U0015926

譯者再現

台灣作家在東亞跨語越境的翻譯實踐

王惠珍 著

目次

導論

　　近幾年筆者一直關注台灣日語、跨語作家們在翻譯領域的文化實踐活動，發現他們在台灣文壇裡除了從事文學創作之外，也經常被當時的媒體主編賦予「翻譯者」（the translator）的角色，然而，這樣的文化身分卻鮮少被論及。在台灣的翻譯知識系譜中，戰後台灣外文學門以英美文學為尊。[1]「日語」在國民黨的抗日史觀中，被視為台灣人「被奴化」的表徵，但它同時也是台灣民間另一種反國民黨極權統治的知識話語，[2] 東亞文化區域內另一種交流的「共通語」。「日語」在台灣的文化歷史脈絡中，成為與時俱進不斷被賦予多重政治文化意義的語言。目前雖已有研究者關注到日治時期外來思潮譯介的情況，[3] 但論及台灣翻譯知識時，仍

---

1 王智明，〈文化邊界上的知識生產：「外文學門」歷史化初期〉，《中外文學》
　　41卷4期（2001.12），頁177-215。

2 「從未如此認真學習日語/終戰後（高瘦叟）」（頁71）、「一聽到我口中哼唱
　　著日語歌，立即罵我「奴隸根性」（王進益）」（頁73），轉引自黃智慧，〈台
　　灣的日本觀解析（1987- ）：族群與歷史交錯下的複雜系現象〉，《思想》14期
　　（2010.01），頁53-98。

3 邱慧恩，《日治時期外來思潮的譯介研究：以賴和、楊逵、張我軍為中心》
　　（台南：台南市立圖書館，2009）。

多強調來自中國、日本、西方橫向移植的影響關係，以中國五四傳統和歐美文化的翻譯傳播為主，鮮少關注島內縱向繼承的問題。因此，筆者將試圖重新檢視台灣作家的「譯者」身分，釐清他們在實際的翻譯實踐中如何「再現」（represent）台灣。

單德興在〈譯者的角色〉裡定義，翻譯就是語文的再現，而翻譯者就是語文的再現者（representer），薩依德指出知識分子在「代表／再現」他人時，其實也「代表／再現」了自己的觀點，認為「作為再現者的譯者（也是某種意義的知識分子——至少是具備兩種語文知識的人），在代表／再現原作（者）時，其實也代表／再現了自己」。[4]在台灣新文學的發展過程中，台灣譯者在其中究竟扮演怎樣的角色？他們又面臨怎樣「再現」的問題？戰前日語譯者吳坤煌（1909-1989）和楊逵（1906-1980）在日本左翼的報章媒體上，藉由「翻譯」如何「代表／再現」殖民地台灣？在政權更迭的戰後初期，本土知識分子利用翻譯如何進行文化傳播，和中國知識的再脈絡化？冷戰時期龍瑛宗（1911-1999）等本省籍[5]譯者如何利用對日的宣傳雜誌《今日之中國》，翻譯「再現」戰後1950、1960年代的台灣當代文學？1970年代之後，跨語世代的譯者如鍾肇政（1925-　）、葉石濤（1925-2008）等人在翻譯實踐中如何成為日語世代與中文讀者的

4　單德興，〈譯者的角色〉，《翻譯與脈絡》（台北：書林出版社，2009），頁19。

5　中華民國政府接管台灣後於1947年5月起普發國民身分證，其中設有祖籍欄，台灣省出身者，稱之為本省人，其他省籍者稱之為外省人，直到1986年官方為消弭省籍問題加強島內團結才廢除祖籍欄。本書將沿用「本省」、「省籍作家」等歷史名詞，以期更貼近當時的歷史語境。

中介者（mediator），成為二者之間的溝通者（commuicator）與傳達者（expresser）的角色？他們如何將台灣戰前的日語文學翻譯「重置」（re-place）到戰後當代中文文學的脈絡中，扮演著再脈絡化（recontextualization）的角色（contextualizer）？解嚴後，葉石濤、陳千武（1922-2012）如何將在台日人作家西川滿（1908-1999）的文學以翻譯的形式重新回收到台灣新文學的範疇中，讓西川滿的台灣書寫重返台灣文學場域？

　　在翻譯研究的領域中，韋努隄（Larence Venuti）認為盛行的翻譯研究、評論、教學與出版所採用的都是「工具性的翻譯模式」（an instrumental model of translation），即其所謂的「工具性主義」（instrumentalism）。此種模式與主義所重視的是原始文本，基於本質論的思維，預設了原文中有其「不變之處」（invariant），要求在譯文中加以複製或轉移，以期製造出語意上、形式上與效應的「對等」（equivalence），並且傾向於馴化的翻譯策略，盡其可能符合譯入語的風格與成規，強調譯文的流暢性、可讀性與透明性，但卻忽略翻譯過程中的物質性、文化條件、社會背景與歷史脈絡。譯作經常依附在原著之下，漠視譯者的角色與貢獻，譯者隱沒其中，使得翻譯研究在學院中長期處於邊緣位置。[6]台灣學界鮮少注意譯者的存在，更遑論非學院派的民間「日語譯者」，其文化位置更是邊緣的邊緣，以至於他們的譯業長期受到漠視。因此，當我們重新探討台灣的殖民歷史或後殖民文學譯本時，究竟應該如何看待和評價這群譯者在戰前跨殖民地（trans-colonial）

6　單德興，〈朝向一種翻譯文化——評韋努隄的《翻譯改變一切：理論與實踐》〉，《翻譯論叢》8卷1期（2015.03），頁146。

的翻譯活動和戰後跨時代、跨語際縱向繼承的翻譯活動？他們在此翻譯實踐中如何彰顯譯者的能動性（agency）和建構台灣民族文化的多元意涵？希望藉由本書各章節的討論，讓這些「譯者」能夠「再現」（reappear），釐清台灣作家在翻譯實踐上的文化特殊性，及其譯業對台灣新文學發展的歷史意義與文化貢獻。

目前台灣國內翻譯理論多源自於「英美文學」領域的譯介，並運用於文化研究領域的討論而備受關注，翻譯研究甚至成為台灣外文學門的顯學之一。然而，外文學門的研究者大都聚焦在中國清末西學東漸的過程，分析西方文化知識中譯的翻譯現象，並對西方翻譯理論提出質疑和反思。[7] 然而，對於台灣內部因被殖民的歷史而衍生的特殊翻譯現象卻鮮少關注。因此，筆者將反身自照，借鑑這些翻譯理論重新檢視屬於台灣在地的翻譯經驗，進行具有在地性的理論詮釋。

近年來坊間出現數本西方翻譯理論的譯介評論選集，[8] 皆是當前備受學界關注的翻譯理論，發人省思，對筆者釐清台灣翻譯文學的研究議題頗具啟發性。其中的「目的派」之漢斯・弗美爾（Hans J. Vermeer）認為翻譯是一種行動，而行動皆有其目的性，因此翻譯要受目的的制約，譯文好不好在於能否達到預期的目

---

7 彭小妍主編的《文化翻譯與文本脈絡：晚明以降的中國、日本與西方》（台北：中央研究院中國文哲研究所，2013），頁11-20。邱漢平的〈在班雅明與德勒茲之間思考翻譯〉，《英美文學評論》25期（2014），頁1-27。

8 例如：陳德鴻、張南峰編譯，《西方翻譯理論精選》，（香港：香港城市大學，2000），許寶強、袁偉選編，《語言與翻譯的政治》（北京：中央編譯出版社，2001），張上冠主編，《橘枳之間：西方翻譯理論再思與批判》（台北：臺灣商務印書館，2015）等等。

的。「忠於原文」並非是唯一的選擇，而是視其目的而決定選擇哪一種翻譯行動，即「翻譯」、「意譯」、「編譯」或「忠於原文」。戰後跨語作家的翻譯政策，其文化政治的目的性皆鮮明可見，但是在檢閱制度的規訓下，為了不牴觸政治禁忌和規範，譯者必須調整翻譯策略藉以達到翻譯的目的性。

伊塔馬・埃文—左哈爾（Itamar Even-Zohar）認為翻譯文學在文學多元系統中本身亦有其層次。[9]在台灣的文學場域裡，西方翻譯文學占據了核心位置，日本文學次之，台灣島內日語作家的譯作，經常在讀者欠缺台灣歷史認知的情況下，被誤讀成「中文」作品。另外，台灣跨語作家又多身處於台灣文壇的邊緣位置，因此，「光復前台灣文學全集」成為「長銷」全集自然是可預期的。但，左哈爾認為翻譯文學在塑造多元文學中心部分的過程中，扮演著舉足輕重角色。綜觀解嚴前後台灣民族文化論者，為了塑造台灣多元文化的內涵，譯出台灣日語文學、在台日人的文學與戰前有關台灣原住民、庶民文化踏查的文化成果，藉以挑戰被定為一尊的「中華文化」。1970年代台灣鄉土派文學在台灣文學場域中，處於邊緣弱勢。戰後在這波譯介戰前台灣文史資料的過程中，主流媒體《聯合報》的「聯合副刊」，在論戰後雖亦想參與這個翻譯文學的生產活動，但跨語作家仍仗其語言優勢，主導此項文學翻譯的工程，翻轉彼此的關係建立某種合作關係。到了1990年代本土化的潮流已勢不可擋，他們又繼續譯介曾是具有政治禁忌的「在台日人」的文學，這樣的翻譯實踐展現了台灣

9　陳佩筠，〈翻譯中的差異與空間概念〉，《橘枳之間：西方翻譯理論再思與批判》（台北：臺灣商務印書館，2015），頁121。

新文學如何從「幼嫩」、「邊緣」、「弱勢」到走向多元性的歷程。

　　另外，酒井直樹也提醒：

　　　　國家語言並不是超歷史的統一體，而是經歷了漫長的歷史
　　　建構以及社會轉型的過程，牽涉在其中的翻譯的政治社會特
　　　質，應該受到關注，因為檢視翻譯的政治面向就等同細察該
　　　國家語言的空間分布關係（cartography）以及社會關係。[10]

反思台灣的後殖民譯本時，不難發現被視為國家語言（日語／中文）的「國語」在戰後台灣文化場域的翻譯領域裡，因其政治權力消長和社會歷史條件的差異，在社會發展的各個階段中，一再顯現各自的政治性。

　　1990年代翻譯研究逐漸演變為文化研究、後殖民研究以來，亦受到中文學門研究者的關注，彭小妍在《文化翻譯與文本脈絡：晚明以降的中國、日本與西方》[11]的〈導言〉中，亦援引韋努隄的翻譯經典《譯者的消失：一部翻譯史》（1995）與《翻譯之醜聞：朝向一種差異倫理學》（1998）其中的「歸化的」（domesticating）和「異化的」（foreignizing）概念，同時肯定1990年代中期因酒井直樹與劉禾的投入，將東亞現代性與翻譯的關聯帶入研究的視野，引起國際矚目，翻譯研究成為「東西比較研究」不可或缺的一環。從該書所集結的論文亦多採東西譯作

10　陳佩筠，〈翻譯中的差異與空間概念〉，同上。

11　彭小妍，〈導言〉，《文化翻譯與文本脈絡》，頁3-4。該書主要是彭小妍與李
　　奭學於2006至2007年執行中央研究院先導計畫「文化翻譯與文本脈絡：晚明
　　以降的中國、日本與西方」的國際合作成果的研究論文集。

文本比較研究的論述框架，其中除了分析說明「歸化的」、「異化的」翻譯作品之外，尚出現另一種實難以機械式切割的混雜現象。若反思解嚴前後跨語作家的翻譯實踐，日語原文曾是他們熟悉的文學語言，戰後在國民黨戒嚴體制下才重新學習中文，因此在他們的譯文中不自覺地使用日語漢字語彙，或殘留日語句法的痕跡，這並非他們有意為之，而是跨語世代特有的翻譯文體，非直截了當劃分為「歸化翻譯」、「異化翻譯」足以說明的。劉禾、酒井直樹在美國東亞文化研究領域中，提出有關翻譯的相關論點，對台灣文學研究者具有很大的啟發性。但，兩人的論點主要都是源自於他們想要解決自身的文化母體（中國的現代性和日本近代思想）的問題。然而，台灣文學場域中翻譯理論的闡釋，最後還是得回歸於台灣的文化歷史脈絡與翻譯文本之上。

　　許俊雅近年來也不斷拓展台灣翻譯文學的研究領域，在其論著《低眉集：台灣文學／翻譯、遊記與書評》收入了分別探討朝鮮作家朴潤元、黎烈文、杜國清、莫渝的翻譯活動的研究論文，藉以凸顯譯者在翻譯實踐中的能動性。誠如〈自序〉所言：「我們都無法拒絕把『翻譯文學』作為20世紀以來台灣文學一個可能的關鍵字，台灣文學史的書寫需要此一部分作為參照。」[12]因此，她也投入了日治時期台灣文學翻譯文本材料的整理工作，將日治時期「台灣翻譯文學」的發展脈絡分成三個階段：萌芽期（1895-1920）、發展期（1920-1937）、衰微期（1937-1945）。這樣的分期顯然是為了對應台灣新文學史，而將譯作進行線性的分期。但

---

12 許俊雅，〈自序〉，《低眉集：台灣文學／翻譯、遊記與書評》（台北：新銳文創，2012），頁1。

是台灣翻譯文學隨著翻譯者因其自身譯語（中國文言文、中國白話文、台灣話文、教會羅馬字、世界語、日語）的主觀選擇，進而出現多語譯作同時並存的現象，有時實難以線性發展的方式概括之。

　　另外，由於當時譯作的編譯者未明確標註原文的出處，導致後來的研究者難以掌握譯作與原文之間正確的對應關係，究竟是改寫之作還是譯作？這樣的問題亦出現在部分日語譯作中，例如筆者在第二章梳理楊逵的翻譯實踐時，發現《台灣新文學》刊出部分譯作，是直接從《文學評論》轉載而來或直接重刊的日人譯作，而非為雜誌專題特別翻譯的文本。有鑑於此，筆者在闡釋這些翻譯文本時，將首重譯作原文的出處確認，以期避免產生論述題材謬誤的尷尬。

　　在東西文化交涉的論述框架中，無論譯語為何，台灣研究者多側重於西方文學、中國文學、日本文學如何「譯入」台灣，及其對台灣在地文化的衝擊與影響。然而，筆者卻嘗試著眼於台灣日語譯者在東亞如何「譯出」台灣殖民地的文化現況；戰後的跨語翻譯者如何在翻譯實踐中，找到屬於他們的文化協商空間和展現他們文化的能動性。

　　筆者在探討個別「譯者」的翻譯實踐時，除了部分文本採行「工具性的翻譯模式」（an instrumental model of translation）的分析之外，主要將以「詮釋性的翻譯模式」（a hermeneutic model of translation）進行分析，闡述他們在日本殖民體制與戰後國民黨戒嚴體制、解嚴後的文化條件、社會背景與歷史脈絡下，如何展開他們的翻譯實踐。同時，藉此凸顯「譯者」在選譯、意譯、改譯的文化再生產過程中，他們在面對當時的文化霸權（cultrual hegemony），展現了怎樣的「翻譯的背叛」與追求怎樣的翻譯目的，其文化政治又為何？並將翻譯理解為某種社會文化運動。

　　翻譯價值的體現，需要經歷過翻譯的生產、傳播、消費等社會化過程，並在此過程中產生了一些社會關係。除了在地的社會關係之外，台灣位於東亞邊陲夾在中國與日本兩股強勢文化匯集的交疊之處，深受兩地文化勢力的影響，進而出現文化的重層性現象。同樣地，在翻譯文學的領域中亦是如此，因而這些譯作與東亞社會文化交涉關係亦值得我們關注。在台灣知識建構整合自我的文化價值體系與文化身分的過程中，文化的「他者」不斷轉換，為求從根本糾正挑戰「他者」對台灣的歷史誤讀與文化偏見時，台灣譯者首先得進行社會內部文化的自我翻譯，因此希望藉由深入探討台灣各個階段的翻譯現象，釐清台灣翻譯文學的特殊性。換言之，在「普遍性特殊化」與「特殊性普遍化」的雙向原則下，筆者將試圖在東亞區域的文化空間中，強調譯者的文化身分，以及他們在翻譯實踐中所彰顯的特殊性與普遍性。

　　翻譯作為跨語言、跨文化的交流活動，從來就無法擺脫客觀環境條件和社會歷史脈絡，例如《光復前台灣文學全集》的翻譯，若非台灣鄉土文學論戰的推波助瀾，實難立即有效地被整理譯出。誠如韋努閡所言，「翻譯把外來（霸權）文化與本土文化相雜糅從而導致文化變革，在後殖民的狀況下，這不僅要重新把握本土文化傳統的方向，還要重塑文化菁英語言與人民大眾的文化身分。」[13]鄉土文學論戰之後所出現的這波翻譯熱潮，雖是戰後

13　陳永國，〈代序：翻譯的文化政治〉，《翻譯與後現代性》（北京：中國人民大學出版社，2005），頁13。

本土知識青年與跨語作家之間的合作，但他們顯然亦是希望透過翻譯整理將台灣新文學的歷史再脈絡化，建置台灣本土文化的實質內容，召喚台灣本土的歷史記憶與重塑台灣文學的主體性，藉以把握本土文化的發展方向。

　　在台灣戰後的文化場域中，跨語作家並非全然是立足於追求現代化的軌跡上所進行的翻譯實踐，更大的動機是源自於去殖民（de-colonization）的慾望（desire）。即是，在經歷長期的社會壓抑，在台灣主體化的建造工程中，譯者希望藉由翻譯活動積極地回應這個慾望。同樣地，劉禾探討跨語境翻譯而創造國民性概念的現象，提到翻譯並不是外來思想與語彙傳遞，而更是本地自發創造意義的活動。[14]但，對台灣跨語作家譯介的客體知識語彙並非全然是「外來的」，因戰前的殖民地教育他們早已將日語內化成為自我知識體系的一部分，為了去日本殖民的歷史汙名，「翻譯」卻成為他們「在地自發創造意義」的文化實踐活動。

　　劉紀蕙則關注譯者主體的「心」，她認為翻譯並不是外地的活動，應是屬於在地之論述，或可稱之為在地化干預（local intervention），也就是體制化過程中涉及以本地為基礎之論述構成、選擇、詮釋、播散與再生產的問題。翻譯者是具有能動性的主體，可以主動選擇與再次製造一個新文本。但是，這個「能動性」早已被架構在一個特殊的主體結構與歷史條件中。無論是具有意向性的翻譯行為，或是屬於非意向性的誤讀、改寫，都受制

---

14 劉禾著，宋偉杰等譯，〈第二章　國民性話語質疑〉，《跨語際實踐：文學，民族文化與被譯介的現代性（中國：1900-1937）（修訂譯本）》（北京：生活・讀書・新知三聯書店，2014），頁73-107。

於被給定的歷史文化與社會脈絡。我們必須先討論此「主體」是在何種知識脈絡與感知體系之下被建構的，以及此「主體」受到何種機構性及論述性的暗示與鼓勵，才能夠具體定義「能動性」的屬性。[15]同樣地，這群台灣譯者在1970年代末之後，之所以進行一連串的翻譯實踐活動，都與戰後台灣文化主體的建構有其密切的關係。在此過程中也具體地展現了譯者主體的能動性，將「譯」聲化作「異」聲，作為對抗黨國文化主流意識的存在，戰後台灣日語文學在轉碼的過程中生產出另一類型的後殖民譯本。以下試以這幾位譯者在東亞區域裡，如何進行跨語越境的翻譯實踐活動為例，進行討論。

　　目前的研究者比較關注台灣日語、跨語作家的創作活動和作品分析，較少關注他們的「譯者」身分和翻譯實踐。因此，本書試圖釐清他們在東亞的文化場域中，如何藉由「翻譯」實踐進行空間性的橫向交流；在台灣內部重層的殖民歷史關係中，進行歷時性的跨時代跨語的縱向繼承。在每個時代的譯本出版都有其各自的歷史語境與生產條件，本書將爬梳報紙副刊、雜誌、作家個人的日記等一手文獻史料，進而進行實證歸納，希望讓這群島內非學院派的日語譯者的文化貢獻能受到該有的重視和評價。

　　本書除了借鑑各家的翻譯理論之外，亦援引侯伯‧埃斯卡皮（Robert Escarpit）文學社會學[16]中「生產」的概念，釐清譯作的出版傳播情況。因為翻譯者進行譯作產出的過程中，除了考量當時

15　劉紀蕙，〈「心的治理」與生理化倫理主體〉，收入彭小妍，《文化翻譯與文本脈絡》，頁271。

16　侯伯‧埃斯卡皮（Robert Escarpit）著，葉淑燕譯，《文學社會學》（台北：遠流出版公司，1991）。

的國際思潮和社會情勢之外，雜誌、報紙副刊主編的編輯方針也直接影響譯者的選材。另外，譯者在出版印刷的資本市場中並非全然處於被動狀況，他們亦會先投石問路，先在報紙副刊中刊出後再集結成冊，最後委由出版社出版，延續譯作的影響力，建立符合出版市場生產操作模式。假若譯作題材不合時宜引發論爭，譯者也會選擇適可而止。在本書所選定的這些個案研究中，不難發現台灣譯者在譯作的生產過程中，他們雖未能掌握主流媒體和國家出版資源，但仍鍥而不捨地利用民間有限的媒體和出版資源，展現高度的文化能動性。以宣揚台灣文化的主體性為目標，展現文化抵抗的翻譯策略。

　　戰前的台灣日語作家利用日語媒體在東亞文化界進行跨域翻譯，藉由翻譯在日語帝國中輸出「台灣知識」。戰後的省籍跨語世代則積極學習中文，成為島內日語作家與中文讀者的橋梁，扮演台灣文化傳燈者的角色。但，台灣的翻譯知識與政治權力一直存在微妙的關係，例如：美援與台灣美國文學的譯介關係，[17]在台灣戰後譯本生產中，展現翻譯的政治性。跨語作家們也不斷以翻譯為手段，清理台灣殖民地經驗，進行後殖民譯本的生產，以翻譯作為另一種去殖民的方法，藉以累積台灣文化民族主義的論述資源。

　　簡而言之，本書將首先採行實證主義的研究方法，釐清譯作的原文出處與版次的差異性等基礎性比較研究。其次，將研究的重點聚焦於「譯者」的翻譯實踐活動與「媒體」的關係，關注譯

---

17 單德興，〈冷戰時期的美國文學中譯——今日世界出版社之文學翻譯與文化政治〉，《翻譯與脈絡》（台北：書林出版社，2009），頁117-158。

本生成的歷史條件與文化環境，參閱西方翻譯理論的觀點，藉以深化議題的討論。從1930年代到1990年代挑選幾位具代表性的台灣「翻譯者」，進行他們翻譯的路徑分析（path analysis），釐清他們譯作生產的社會脈絡（context），及他們與時俱進，如何透過翻譯實踐轉換他們的文學能量，展現各自的文化能動性。

　　前兩章筆者將探討戰前日語「譯者」如何利用「帝國媒體」在東亞展開他們「對外」的文化翻譯活動。吳坤煌和楊逵是1930年代後期日本普羅文學運動重建時期（1934-1937），在日本東京進行跨國性左翼運動裡最為活躍的台灣日語作家。他們各自以不同的形式參與了東京左翼文化運動的跨界交流，翻譯「台灣」是他們被期待的重要任務之一。筆者將利用當時的報章媒體等一手文獻史料，重新探討他們如何站在時代的浪頭上進行翻譯實踐，再現台灣。

第一章〈吳坤煌在日的文化翻譯活動：以1930年代日本左翼雜誌為考察對象〉

　　本章主要以殖民地台灣詩人吳坤煌在日本左翼雜誌中所發表的作品為題材，進行文本譯作的分析，探討他在日本左翼文化團體中，所被期待及其扮演的角色。左翼實踐是他一貫的政治立場和文學主張，但在他的作品中仍會恰如其分地抹上代表台灣鄉土的「異國情調」，將殖民地的現況與歷史文化揭櫫於這些媒體版面，藉以傳播台灣知識。

　　本章將說明吳坤煌如何跨足當時東京的左翼詩歌、演劇界等領域，穿梭在台灣、中國、朝鮮的留學生團體和左翼文化團體之間，進行翻譯工作。他又如何積極利用這些媒體雜誌不斷地轉

換、分飾多重的譯者角色，例如：詩人、演劇的評論者、殖民地
的報導者等，成為一名跨界的文化翻譯者。

第二章〈1930 年代日本雜誌媒體與殖民地文學的關係：以台灣／普羅作家楊逵為例〉

　　楊逵以獲得《文學評論》徵文獎的方式進入日本文壇，也藉
此與日本左翼同人雜誌建立深厚的同盟情誼。在本章中筆者將釐
清在殖民地作家的文化生產過程中，帝國的「雜誌媒體」所扮演
的角色，「作者」楊逵自身在日本普羅文學運動衰退之際，又如
何分飾「台灣作家」、「普羅作家」、「殖民地讀者」等多重角
色，翻譯台灣文化進行跨域的「譯出」活動。

　　即是，楊逵在吸收日本雜誌的知識內容後，藉由引述翻譯內
容，建立他與東亞作家交流的平台。同時他也藉由《台灣新文
學》的發行與日本媒體建立連帶合作關係。其次，釐清他如何透
過「普羅作家／讀者」的身分轉換，介入日本文壇文學議題的討
論。最後，釐清楊逵如何翻譯台灣殖民地的現況，利用日本媒體
版面批判日本帝國的殖民政策，希望藉此說明在1930年代楊逵如
何利用日本雜誌媒體，建置屬於東亞知識的文化交流圈和左翼批
判。

　　1940 年代前半與日本雜誌媒體關係最密切的台灣日語作家，
當以龍瑛宗莫屬，因為筆者於《戰鼓聲中的殖民地書寫：作家龍
瑛宗的文學軌跡》的〈第三章　揚帆啟航：殖民地作家龍瑛宗的
帝都之旅〉[18]已詳述，故本書將不再贅述。

---

18 王惠珍，〈第三章　揚帆啟航：殖民地作家龍瑛宗的帝都之旅〉，《戰鼓聲中

　　1945年8月日本戰敗台灣政權更迭，台灣文化場域曾短暫地出現過雙語現象，因此第三章將探討這個過渡時期的翻譯現象。

第三章〈戰後初期（1945-1949）台灣文學場域中日譯本的出版與知識生產活動〉

　　本章主要探討日本戰敗後，1945年至1949年政權更迭之際，前帝國的語言「日語」，在戰後初期的台灣文化場域中，究竟具有怎樣的工具性意義，釐清官方文化宣傳機關與民間出版業者如何調整日語書刊的出版，進行政令宣導，同時滿足台灣日語讀者的閱讀需求。官方將翻譯作為一種文化傳播策略，將「日語」轉化成媒體「譯語」。即是，官方為宣達政令與闡揚國民黨政權的統治正當性，「日語」成為官方的宣傳用語，進行政治性的翻譯，並發展出新的文化協商空間。

　　民間的文化勢力則透過「日文版」或日文書籍、中日對照書籍，展現翻譯的政治性與商業性的目的。台灣藝術社延續戰前刊行通俗文學的出版策略，跨越時代因應大眾閱讀通俗文學之需。左翼文化人士雖將譯介活動作為國語運動的一環，但譯本內容卻夾帶著左翼的大眾文化關懷與現實批判之精神等。翻譯在戰後初期成為一種文化傳播策略與將中國知識再脈絡化的文化生產手段。

　　台灣的日語作家在戰後面臨二二八事件、白色恐怖的衝擊和創作跨語的困頓，他們大多都選擇輟筆緘默以求自保。然而，他

的殖民地書寫：作家龍瑛宗的文學軌跡》（台北：國立台灣大學出版中心，2014），頁141-178。

們並未完全放棄未竟的文學夢，自學中文，希望有朝一日跨越語言的高牆重返文壇。當前的研究者對1960年代的台灣文學大多關注現代主義作家的文學成就與美援文化對港台文學的影響等議題性的研究，較少關注這群省籍作家的翻譯實踐活動。然而，當冷戰後期美國準備中止美援計畫撤出東亞區域時，便積極扶植日本經濟發展，藉以鞏固亞洲的反共防線。1960年代國民黨為爭取日資來台，不得不重新啟用省籍日語人士譯介「今日之台灣」，這樣翻譯實踐的機會，重燃了他們的文學熱情。

第四章〈1960年代台灣文學的日譯活動：《今日之中國》的文學翻譯與文化政治〉

　　本章以龍瑛宗等主編《今日之中國》的文學譯本作為主要考察對象，探討他在東亞的冷戰結構中，如何藉由雜誌的編譯重新集結戰前、戰後的省籍作家群，對日本宣傳「中華民國在台灣」的文學，翻譯戰後的台灣當代文學給日本讀者。早期雜誌翻譯的文學作品以小說為主，輔以介紹台灣風土民情、民俗文化等隨筆，後期則改為「隨筆欄」多為雜文。但，雜誌的作者群與翻譯群以省籍文化人為主。

　　本章除了以「工具性的翻譯模式」檢視他們實際的翻譯情況之外，同時採行「詮釋性的翻譯模式」探討譯者的文化身分和當時的歷史條件等等。筆者試圖重新審視該雜誌的文學空間，對省籍作家群於戰後整編的重要性，釐清它與本土性雜誌《台灣文藝》與《台灣風物》（為方便閱讀，本書期刊名稱統一使用「台」字）之間的合作關係，以期說明他們在台灣文化場域的邊緣處，如何藉由選譯台灣當代文學，思考台灣文學的內涵與重塑本土文化。

　　戰後跨語作家的翻譯實踐，並不是為了東西文化交流或現代性的追求，而是一種因應台灣社會內部的知識慾望和本土化的需求。對跨語譯者而言，「翻譯」是他們重要的跨語書寫，經由「腦譯」才得以充分表達意思，譯寫並行。另外，台灣島內經歷日本殖民與國民黨威權統治時代，戰後中華民國的抗日文藝觀成為當時唯一的文化圭臬，本土的文化傳統和歷史經驗長期備受壓抑，戰前日治時期累積的台灣日語新文學的成果，儼然成為歷史負債。直到1970年代台灣知識分子為了找尋台灣左翼傳統系譜，挖掘整理史料方使楊逵等人的文學重見天日。然而，大規模系統性的跨時代翻譯實踐，則是要等到鄉土文學論戰後，由《民眾日報》副刊和《台灣文藝》的主編鍾肇政負起歷史重軛，才展開這個跨時代跨語的翻譯工程。

第五章〈析論1970年代末台灣日語文學的翻譯與出版活動〉

　　1970年代末鄉土文學論戰後，知識分子因台灣在國際社會的挫敗與國內讀書市場閱讀之需，台灣日語文學的譯介和傳播相形活絡。本章將探討台灣日語作家的作品於戰後出版市場中如何被翻譯出版，且又引發怎樣的文學論爭。1970年代末以鍾肇政為首的譯者群在他主編的《台灣文藝》和《民眾日報》副刊（1978.09-1980.02），及其他報紙副刊上刊載他們的文學譯作。他為了延續這波譯作的影響力，積極地找尋出版作家全集的管道，其中幾經挫折最後才由遠景出版社出版《光復前台灣文學全集》，在戰後台灣文化場域中傳播戰前台灣新文學的成就。

　　筆者藉由鍾肇政等人的書信集、訪談內容，重新拼貼出當時他們如何利用副刊版面和主流報界的人脈關係轉介譯作，讓「譯

／異」聲在戒嚴時文化場域邊緣有其發表的管道，讓戰後中文讀者重新「發現台灣」。但，戰爭末期台灣日語文學的譯作發表後，竟引發「皇民文學」等議題的論戰，台灣社會也藉此機會重新認識台灣殖民經驗的光與影。總之，本章將透過釐清1970年代末台灣殖民地經驗的文學翻譯與傳播之文化再生產現象，說明這一波翻譯出版活動，在台灣翻譯文學史上的特殊性與歷史價值。

第六章〈1980年代葉石濤跨語越境的翻譯實踐〉

　　本章以「翻譯者」葉石濤的翻譯實踐作為具體實例，闡述他在1980年代的台灣文化場域中，如何藉由「翻譯」展開文學生產，進行跨語越界的翻譯實踐。首先，比較葉石濤翻譯松永正義和若林正丈的論文譯作版本內容，探討在譯本生產的過程中，翻譯者的政治性考量、意識形態如何影響譯作的內容，藉以說明翻譯的政治性。接著，探討葉石濤如何利用前帝國的遺產「日語」這項文化資本，翻譯日本推理小說累積他個人的經濟資本。即是，他如何配合大眾文學的商業運作模式，在報紙副刊、雜誌上譯介松本清張的作品，以滿足1980年代台灣大眾文學市場譯作的需求，說明翻譯的商業性。最後，以葉石濤的譯作《地下村》為例，說明他如何從日文譯本再「重譯」戰前朝鮮的短篇小說文本，去脈絡後再強調寫實主義的文學觀，實踐具有自主性的文化再生產活動。釐清他如何讓1980年代的台灣「讀者」得以從戒嚴體系的縫隙中，窺見當時東亞區域的多元文化，及其譯業在戰後台灣文學場域中的特殊意義與文本貢獻。

　　台灣新文學史的書寫實難無視戰前日人作家在台的文學活動，然而，這些日人文學的譯作因涉及島內戰後抗日史觀的敏感

性議題，自始至終爭論不休。故筆者在第七章接續釐清解嚴後台灣文學界為何重啟西川滿文學的翻譯活動？譯者選譯的文化意圖為何？

第七章〈後解嚴時期西川滿文學翻譯的文化政治〉

本章主要聚焦在戰前在台日人作家西川滿（1908-1999）文學的翻譯問題。他的文學在戰後的台灣文學翻譯史中，一直因作者戰前的帝國御用作家身分與皇民文學論爭的關係而備受爭議。然而，在後解嚴時期台灣文化民族主義意識高漲，強調台灣文化多元起源，他的文學才因此得以藉由「翻譯」形式重新被閱讀認識。

譯作的內容雖然含括戰前與戰後的作品，但本文將以他戰後的文學譯作作為主要的討論範疇，釐清西川滿戰後台灣書寫內容的特點，梳理他的文學在台翻譯的情形。藉以探究在1990年代台灣民族文化論者進行台灣主體建構的過程中，這些作品如何被再脈絡化，其內容又如何與台灣讀者產生文化經驗和感情結構上的連結，藉此重新思索解嚴後台灣社會應該以怎樣的視角檢視在台日人的文學。

在翻譯研究領域中「譯者」經常隱而未現，台灣作家身兼數職，譯寫並行，同樣未受到關注。戰前吳坤煌、楊逵憑藉文化翻譯的方式參與東亞區域內左翼文化交流活動；戰後初期台灣的文化人經由「翻譯」讓兩岸中、日文化得以溝通，重新認識彼此；冷戰時期官方為吸納日資來台，龍瑛宗等省籍作家利用舊帝國的「日語」譯介台灣當代文學輸出日本，也藉此重新集結了島內的省籍作家社群。1970年代末隨著台灣島內經濟發展與本土化的發

展需求，台灣知識分子重新「發現台灣」而出現鍾肇政等人翻譯
台灣日語文學的文化實踐。1980年代東亞區域經濟快速發展，舊
帝國日本亦夾帶新帝國的經濟優勢擴展輸出日本大眾文化，葉石
濤也藉由日語的文化資本轉換成經濟資本，展開東亞區域內的翻
譯實踐。1990年代因為台灣文化民族主義者因應建構台灣文化主
體性之需，西川滿文學再脈絡化的譯出才成為可能。這些譯者無
論面對戰前的日本帝國或戰後國民黨的極權統治，他們都是藉由
翻譯跨語越境建構台灣的主體性，闡明自身文化的歷史性發展。

　　本書各文多已刊於國內、外的研究學術期刊之上，受限於期
刊篇幅，大量刪減論文的史料鋪陳與邏輯推演的過程，有其未盡
完善之憾。因此希望透過這本專書呈現所欲開展的論述全貌，期
待能夠見樹亦見林，藉此讓台灣翻譯文學史上的另一支台灣日語
文學翻譯系譜的發展脈絡，更為清晰可辨，思考在全球化
（globalization）下，這群譯者如何展現翻譯的「台灣性」。

第一章

吳坤煌在日的文化翻譯活動

以1930年代日本左翼雜誌為考察對象

前言

　　從1920年代中期起日本普羅文學家就開始意識到，在日本文壇的普羅文學運動中，殖民地文學存在的必要性。日本普羅文學聯盟的任務規定中，第七項目之五，特別標舉子項：「在殖民地・半殖民地中帝國主義的文化支配之鬥爭」，指示：「我們的目標畢竟是在於揚棄民族文化，樹立國際文化，絕非是建設民族文化……我們非得為在朝鮮、台灣、關東州等地民族文化的自由戰鬥不可。」（《NAPU》2卷11號）[1]日本左翼運動者積極地拉攏殖民地和半殖民地的被壓迫者，以期團結各方勢力對抗、鬥爭帝國主義，其中文學結盟是他們最有效的方式。

　　台灣（1895）雖比朝鮮（1910）早十五年改隸被編入日本帝國版圖中，然而，朝鮮日語作家卻比台灣日語作家更早活躍於日本文壇，早在1920年代日本普羅文學團體的機關誌《戰旗》、《プロレタリア文化》等刊物中，就可見金斗鎔（1903-？）、李北滿（1908-？）、金龍濟（1909-1994）、安漠（1910-1958）等知名朝鮮左翼文化人士的創作，包括文學創作、論述或介紹朝鮮文學、演劇等。

　　1931年滿洲事件後日本軍國主義者對左翼運動的鎮壓更形激烈。然而，根據白川豐的研究歸納，1930年代前半台、鮮殖民地作家的作品在日的曝光率卻未降反升，其理由是因為：「當時是日

1　轉引自金允植著，大村益夫譯，〈韓国作家の日本語で書いた作品とその問題点〉，《傷痕と克服―韓国の文学者と日本―》（東京：朝日新聞社，1975），頁171-172。

本文壇的交替時期，有必要從『外部注入』殖民地作家的異色文學。殖民地作家方面又利用這種狀況登上日本文壇，訴諸故國的殖民地現實。」[2]這些雜誌因而設置「地方特輯」、「地方消息」欄位，提供殖民地作家發表的空間。他們的論述與主張藉由這些雜誌媒體的流通傳播，讓日語讀者理解台灣、中國、朝鮮各地受壓迫者的現實情況，期待募集對殖民地議題關心的日本讀者大眾。

　　社會主義思潮在當時是代表新興、前衛、進步的思想，同時也是殖民地知識分子抵抗殖民政權的重要文化武器和思想材料，同情受壓迫者的處境的日本左翼知識分子，是他們對抗壓迫者的重要盟友。他們也藉由各種管道不斷地吸收、輸入日本左翼文藝理論建構殖民地文學，例如：楊逵在建構台灣的普羅大眾文學論述的過程中，進行社會主義思想在地化，從「接收」德永直的「社會主義寫實主義」到「背離」，轉而趨近貴司山治的「文學大眾化」，[3]從中我們可見日本左翼理論在台灣在地化的過程和變異，其中也彰顯出楊逵在「擇譯」過程的作家主體性。殖民地知識分子除了「輸入」日本左翼理論之外，他們如何譯介殖民地文化和社會實況的資訊「輸出」亦值得關注。殖民地的日語作家似乎很有意識地扮演起譯介「外地／地方」文化資訊的報導人角色。他們「積極地將日語作為武器，正面拿出策略性的姿勢」，[4]

2　白川豊，《植民地期朝鮮の作家と日本》（岡山：大学教育出版，1995），頁18。

3　垂水千恵，〈為了台灣普羅大眾文學的確立〉，收入柳書琴、邱貴芬主編，《後殖民的東亞在地思考：台灣文學場域》（台南：國家台灣文學館籌備處，2006），頁113-130。

4　下村作次郎，〈フォルモサは僕らの夢だった─台湾人作家の私信から垣間

進入「日語帝國」預設他們的「日本讀者」進行文化翻譯，在被
稱為「雜誌的世紀」的大正昭和時代，藉由雜誌媒體的傳播力，
進行殖民地知識的傳播流布，進入日本帝國的讀書市場內，形成
多元的影響與交流關係。

　　1930年代台灣日語作家中與日本左翼文化團體關係最為密切
者，當屬楊逵（1906-1985）與吳坤煌（1909-1989）兩人。楊逵
因小說〈送報伕〉一作榮獲《文學評論》的徵文獎進入日本中央
文壇，但吳坤煌在日本文壇卻未曾得過任何文學獎項，作品以詩
和評論為主，產量不多。1939年便前往中國謀職，未直接參與台
灣戰爭期的文學活動。因此，在台灣新文學史上並未受到特別的
關注。直至下村作次郎著手研究《福爾摩沙》青年們之後，利用
挖掘的一手文獻史料，釐清了吳坤煌與朝鮮左翼知識分子金斗
鎔、舞蹈家崔承喜（1911-1969）的交友關係和他在日本的中、
台、鮮文化交流圈內所扮演的角色後，才讓我們對吳坤煌在日的
文化活動有較完整的認識。5另外，金史良（1914-1950）也在他寄
給龍瑛宗（1911-1999）的信中，特別提及他與這位台灣「詩人」
吳坤煌曾在日本東京和中國天津相遇過兩次。6

見る日本語文学観とその苦悩〉，《中国文化研究》29號（2013.03），頁33-
60。

5　有關吳坤煌在日活動，在下村作次郎的〈台湾人詩人吳坤煌の東京時代
（1929年-1938年）——朝鮮人演劇活動家金斗鎔や日本人劇作家秋田雨雀と
の交流をめぐって〉，《關西大學中國文學會紀要》27號（2006.03），頁31-
49、〈現代舞蹈和台灣現代文學——透過吳坤煌與崔承喜的交流〉，《台灣文
學與跨文化流動》（台北：文建會，2007.04），頁159-175；已考察詳盡，故
不再贅述。

6　在金史良寫給龍瑛宗的書信原件中提到：「或は兄は台湾出身の詩人吳伸煌

　　1930年代初日本左翼社會運動風起雲湧之際，中國留日學生與殖民地台灣、朝鮮的留學生經常因參與社會運動而齊聚東京警察署的拘留所，因而建立屬於他們的某種革命情感。「日語」成為他們情感交流與文化活動的連結，翻譯彼此的共通語。帝都的種種經驗不只豐富了他們個人的生命史，在這群青年匯集的過程中，亦激盪出各種東亞文化的交流形式，關於楊逵、吳坤煌兩人的旅日文化交流活動，在台灣學界目前已累積了相當豐厚的學術成果。[7]

（按：坤煌）君を御存じでせんか。同君と計らずも或る警察の中で会つたのですが、眉目秀麗な人で印象深いものです。先年北京に行つて天津へ歸る時、天津驛のフオームで偶然會ひました。」（中譯：你知道台灣出身的詩人吳坤煌嗎？和他在警察署不期而遇。眉目秀麗之人，令人印象深刻。那一年去北京回天津時，在天津車站偶然相遇。）根據在1937年3月12日《大阪朝日新聞》「台灣版」的報導記事「不穩な民族解放／舞台から呼びかく／崔承喜孃等も利用／赤い本島人警視廳で取調」（中譯：不穩的民族解放／從舞台呼籲／也利用崔承喜等／赤色本島人在警視廳審訊」，警視廳內鮮科友松警部置台灣台中州南投郡南投街出生的吳坤煌〔二十九歲〕於本富士，因有違反治安維持法的嫌疑，而被審問。根據信件內容和時間點，筆者推測兩人當時應該是一同被拘留在本富士警察署。）王惠珍，《戰鼓聲中的殖民地書寫》，頁439。

7　有關楊逵的旅日活動研究，有河原功的〈楊逵─その文學的活動〉，《台灣近現代研究》創刊號（1978.04）、張季琳的《台湾プロレタリア文學の誕生：楊逵と「大日本帝国」》，東京大學大學院人文社會研究科博士論文（2000.06）等。有關吳坤煌旅日期間的文化交流活動之前行研究，有如：下村作次郎的〈台湾人詩人吳坤煌の東京時代（1929年-1938年）──朝鮮人演劇活動家金斗鎔や日本人劇作家秋田雨雀との交流をめぐって──〉，《中國文學会紀要》，第27號（大阪：關西大學中國文學會，2006.03），頁31-49、〈現代舞踊と台灣文学─吳坤煌と崔承喜の交流を通して〉，《「磁場」としての日

　　在目前殖民地文學比較研究中，經常會出現因文本的社會背景、歷史脈絡的差異，產生文本比較詮釋上的不對等與偏頗的問題。因此，本章將借用文學社會學中文化生產（cultural production）的概念，探討作家、作品、讀者、雜誌媒體之間的連結關係，即是以**殖民地作家**吳坤煌發表於**日本左翼雜誌**的**作品**作為研究範疇，探討作家吳坤煌在日本左翼的國際連結活動中，究竟以怎樣的身分在雜誌中發表作品？作為傳播媒體的雜誌又提供他怎樣的言說空間？對當時文化議題又做了怎樣的回應，其言說內容有何特點和傾向？這些作品又提供讀者怎樣的閱讀想像？在這個文化生產的過程中，他又發揮怎樣的文化翻譯功能？究竟是傳達台灣人被壓迫階級的控訴，還是提供日本左翼文化界另一種異國情調的點綴？同時，筆者也將關注朝鮮作家在同一雜誌的言論內容，探討他們對同一議題的回應方式究竟有何差異，以期精準地掌握吳坤煌在日言說所顯現的台灣觀點，希望藉此廓清吳坤煌作為東亞跨界文化翻譯者的形象。

一、旅日福爾摩沙青年吳坤煌

　　1909年吳坤煌出生於台灣南投，是日治時期第一位當上台灣

郵局局長的台灣人吳鼎秋之長子。1923年4月考取第一屆總督府
新設立的台中師範學校公學師範部普通科。1928年課程修畢後，
進入為期一年的演習科就讀，接受強調教育實習與藝能科目的通
才教育。這樣的課程啟發他多元的才華，如同台灣一般的師範
生，因接受殖民地師範體系的通才教育後，進而激發出他們在人
文藝術方面的才能，日後成為台灣文化界重要的菁英分子，出校
園後，這群校友相互影響與提攜鼓舞。

　　原先預定1929年春天畢業的吳坤煌，竟因1928年11月9日
台中師範學校的「小山事件」（日籍教師對台籍學生的歧視事
件，而引起學生抗議），於1929年3月18日的畢業典禮中，拒穿
日本服而遭到退學處分，賠償公費後當月月底起身前往東京。抵
日後，他雖然曾設籍於日本齒科學校，但因參與東京留學生的左
翼文化活動，而成為「流」學生，輾轉進入日本神學校、日本大
學藝術專門科、明治大學文科等校就讀。[8]

　　吳坤煌抵日後，1931年開始與王白淵（1902-1965）聯絡互
通信息，隔年與林兌、王白淵發行通訊刊物《訊息》（《ニュー
ス》）。二月，傳發《赤旗》（日本共產黨機關刊物），動員台灣
留學生，參加日本共產黨資金局的活動。[9]又，因同人葉秋木於九
月一日震災紀念日參加反帝示威遊行，連帶引發「東京台灣文化
サークル檢舉事件」（東京台灣人文化同好會檢舉事件），他首度
被捕而中斷學業。1933年3月與張文環、巫永福、蘇維熊等人成

8　陳淑容，〈重讀吳坤煌：思想與行動的歷史考察〉，《吳坤煌詩文集》（台北：
　　國立台灣大學出版中心，2013），頁311-319。
9　參閱台灣總督府警務局，《台灣總督府警察沿革誌（三）》（台北：南天書
　　局，1995，復刻版），頁55。

立「東京台灣藝術研究會」，發行同人誌《福爾摩沙》（《フォル
モサ》）。但因個人熱衷於戲劇活動，在第二期便脫退，之後轉而
積極參與東京的左翼劇團活動。[10]根據如下當時報紙的報導內容，
大致可以了解吳坤煌在日活動的概況：

> 吳坤煌過去的一年以來，更是藉由階級性的演劇，以統整
> 台灣、朝鮮、支那三民族解放運動的戰線為目標。一直與之
> 前警視廳所檢舉的半島出身的金斗鎔和在上海的同志台灣出
> 生的王白淵聯繫，和三・一劇場、メザマシ會劇團、新協劇
> 團、朝鮮劇團有關，或偽裝合法或非法地總是經常從舞台呼
> 籲大眾，也有以北村敏夫、槙葉的筆名頻繁地《生きた新
> 聞》、《時局新聞》等之上投稿，致力於宣傳赤色思想的事
> 實。[11]

　　根據上述的報導可知，吳坤煌並非只追求殖民地台灣的民族
解放運動，而是進一步企圖展開東亞的橫向連結，除了「利用」
崔承喜之外，結交朝鮮左翼分子金波宇，在築地劇場演出摩爾托
日（モルトデー）紀念演劇，1933年2月25、26日兩天訂為遠東
民族之夜，吳坤煌因受三・一劇場的朝鮮人金波宇一派的支援，
於「遠東民族之夜」參與〈出草智〉、〈搗杵手〉、〈霧社の月〉

---

10 下村作次郎，〈留日時期における吳坤煌の文學活動〉，《台湾近代文学の諸
　　相―1920年から1949年―》（大阪：關西大學審查學位論文，2004.09），頁
　　138-162。

11 作者不詳，〈不穩な民族解放／舞台から呼びかく／崔承喜孃等も利用／赤
　　い本島人警視廳で取調〉，《大阪朝日新聞》「台灣版」（1937.03.12）。

的舞蹈和歌謠的演出。[12]同時因中國詩人雷石榆的關係與中國留學生團體往來密切。

　　總之，吳坤煌旅日期間（1929-1938）以台灣人的身分穿梭在中、鮮留學生社團和在日左翼文化團體、戲劇團體中，並在他們的同人刊物中發表文章。1938年夏天返台之前，他的作品分別發表在《詩精神》、《詩人》、《詩歌》、《生きた新聞》、《テアトロ》等刊物之上，為日語讀者提供中國與台灣的文化訊息。

　　吳坤煌在這些左翼雜誌中，除了部分詩作之外，多為因應雜誌編輯所需而寫的文章。從作家與媒體的關係觀之，他究竟被期待扮演怎樣的角色？他又是站在怎樣的位置發言？選擇了哪些內容？這些作品內容又提供日語讀者對中國或台灣產生怎樣可能的閱讀想像呢？

二、日本左翼同人詩刊中的台灣詩人

　　吳坤煌旅日期間發表的詩作並不多，只有六篇，除了第一篇〈烏秋〉，發表在日本的同人詩刊《詩精神》（1卷5號〔1934年6月1日〕）之外，其他皆發表於《台灣文藝》。在日本詩刊上另有一篇譯詩〈鹽〉（中國‧林林、《詩精神》2卷8號〔1935年9月〕）和評論一篇〈台灣詩壇の現状〉（《詩人》3卷4號〔1936年4月〕），並在中國詩歌會的《詩歌》中發表了〈現在的台灣詩壇〉（《詩歌》1卷2號、4號〔1935年8月5日、10月10日〕）。

12　參閱台灣總督府警務局，《台灣總督府警察沿革誌（三）》，頁57。史料將人名「金波宇」誤植成「金波宗」。

　　吳坤煌參與在日詩人活動的過程中，最重要的詩友莫過於中國詩人雷石榆（1911-1996）。雷分別自1933年春至1935年11月、1936年3月至11月中旬，約莫三年多的時間活躍於日本詩壇和留學生界。兩人是在遠地輝武的《近代日本詩的史的展望》（《近代日本詩の史的展望》）和《石川啄木的研究》（《石川啄木の研究》）的出版紀念會「遠地輝武出版紀念會」上結識的，吳坤煌比雷石榆更早發表作品於《詩精神》上。隨後兩人便在新創的《詩歌》與《台灣文藝》上展開交流。[13]

　　在吳坤煌的引薦下雷石榆代表「中國同人」出席1935年2月5日在東京市新宿エルテル召開的「台灣文聯東京支部第一回茶話會」，隨後在《台灣文藝》上發表多篇詩文。這段東京交流情誼一直延續至戰後初期，並在台灣出版詩集《八年詩選集》。訪台的這四年期間（1946年4月-1949年9月）他經歷了與台灣舞蹈家蔡瑞月結婚、驅逐出境、生離等過程。[14]

　　《詩精神》是由新井徹（1899-1944）、後藤郁子為中心，於1934年2月創設的詩刊。他們夫婦負責編集、經營等事務性工作，同時邀集各類型的創作者寫稿。原本刊出遠地輝武（1901-1967）、小熊秀雄（1901-1940）、大江滿雄（1906-1991）等馬克思主義詩人的作品，但也刊出草野心平、小野十三郎、萩原恭次郎等無政

13　北岡正子，〈雷石榆《沙漠の歌》──中國詩人の日本語詩集〉，《日本中國學會報》49集（1997.10），頁222。

14　雷石榆，池沢実芳、內山加代編譯，《もう一度　春に生活できることを：抵抗の浪漫主義詩人雷石榆の半生》（東京：潮流出版社，1997），頁97-119。戰後雷之所以選擇渡海來台，原因之一是因為認識吳坤煌、賴明弘，也聽過楊逵、呂赫若的名字。

府主義詩人的作品。普羅文學退潮期，集結了許多普羅詩人，同時堪稱具有「普羅詩雜誌的〈正系〉」的地位。[15]該雜誌除了刊出日本普羅詩人的作品，亦刊登介紹中國詩歌會同人雷石榆、林林，台灣詩人吳坤煌、王白淵，朝鮮詩人金龍濟等人的作品。

　　1935年5月10日詩刊《詩歌》創刊，由雷石榆擔任《詩歌》（1卷1號-3號）的主編（第4號由魏晉接替），積極促進中國左聯東京支部的文藝運動社團東流社和詩歌社的同人們與《詩精神》相互交流。1935年4月7日《詩精神》的同人們為雷石榆的《砂漠の歌》的出版刊行召開紀念會，當時與會人士有詩歌社的魏晉、林煥平（1911-2000）、陳子鵠、林林、駱駝生、蒲風等人，吳坤煌也出席了這場紀念會。[16]至於《詩歌》與《詩精神》的關係，北岡認為：

　　　　《詩歌》發刊的意義在於，《詩歌》是中國詩歌會的新詩歌
　　　　運動窒礙難行之際，為繼承其系譜而誕生的詩刊。幫助《詩
　　　　歌》誕生的是，「同樣在沙漠中」尋找「綠色的方向」，繼續
　　　　寫詩的日本的《詩精神》的同人們。日中兩國的詩人們的交
　　　　流，正準備了《詩歌》的搖籃。[17]

　　至於吳坤煌參與詩歌社的活動情況為何？根據小谷一郎的調查，在1935年7月1日發行的《留東新聞》曾留下「詩歌社座談

15　伊藤信吉，〈《詩精神》題解：一つの詩史〉，《プロレタリア詩雜誌集成中》（東京：久永社、1978），頁4。
16　北岡正子，〈《詩歌》の誕生〉，《野草》54號（1994.08），頁79-98。
17　同上注，頁94。

會／歡騰中—滿堂壯語交響」詩歌社的活動紀錄：

> 6月25日下午「詩歌」社在留日青年會一樓的訪客室召開。
> 除了上次出席的人有幾名缺席之外，第一次參加的人多達十
> 幾名。會議在每個人自我介紹後，由雷石榆報告編輯經過、
> 林蒂報告財務。之後，在歡迎拍手聲中，由吳坤煌以日語報
> 告台灣詩壇和日本詩壇的近況，由駱駝生擔任翻譯。接著，
> 黃風報告中國詩壇近況。聚餐後，進行評論《詩歌》第2期，
> 活潑的議論交錯其間，吳君也以福建語評述，林林當翻譯。
> 最後討論第3期的出版計畫，直到10點半才散會。[18]

在這場中國留學生的聚會中，吳坤煌顯然扮演著雙重角色，同時
報告台日詩壇的近況。聚會中吳以日語與福建話雙語並行，他的
「現在的台灣詩壇」分別刊於同年8月和10月的《詩歌》（1卷2、
4號）中。他也翻譯林林發表在《詩歌》（1卷1號）的〈鹽〉，刊
於《詩精神》（2卷8號〔1935年9月〕），「翻譯」成為吳坤煌介
入《詩歌》與《詩精神》交流活動的重要方式。

　　吳坤煌在日發表的第一篇詩作〈烏秋〉[19]刊於《詩精神》，是
一篇兼具台灣地方色彩與普羅意識的詩作，作者特別在文末標註
說明台灣常見的鳥類「烏秋」（生長在台灣，嘴巴黑色的一種鳥）
和台語發音的「ギヌア」（牽著水牛到原野餵草／整天看牛的牧

---

18 小谷一郎，〈黃新波に関するいくつかの写真から——1930年代後期中国人
　　日本留学生文学・芸術活動 断章（四）〉，《中国文芸研究会会報》380號
　　（2013.06），頁2。

19 吳坤煌，〈烏秋〉，《詩精神》1卷5號（1934.06），頁41-42。

童／那樣悲苦的哀調，和你的友人傾訴）的特殊語彙，透過寫實的字句讓詩語陌生化，再加以註解，藉以提供南方異國田園景致的閱讀想像。但，土笛所吹奏出來的卻是「悲哀、悲哀的聲音」、「受□無智而蒙昧／被□□民族的土著的孩子們」。[20]因此，除了可以將這篇作品解釋為，表現被壓迫民族台灣民眾的普羅詩歌，它同時也提供了另一種「異國色彩」的詩歌想像。同期雜誌中除了吳坤煌的〈烏秋〉之外，尚有王白淵的短歌〈行路難〉，詩作內容主要是歌詠他盛岡時期的回憶，詩中即使呈現詩人對未來充滿不確定感，但仍樂觀以對，「越過漫長的黑暗之路／見到地平上的曙光／在佈滿荊棘的彼方」。[21]此外，同期也刊載朝鮮詩人金龍濟譯的林和（1908-1953）之〈鎮上的小順〉。[22]這三位殖民地詩人歌詠的題材雖然互異，竟共同出現「出走」的意象和對未來的不確定感：

　　　　お前が今行かうたつてどこへ行くといふのか（林和）
　　　　（中譯：即使現在你想走　何處可行？）
　　　　お前は何處へ飛んで行く？（吳坤煌）
　　　　（中譯：你飛往何處？）
　　　　複雜なる運命を　背負ひて步み行く（王白淵）
　　　　（中譯：背負著　複雜的命運行走）

「出走」的意象正象徵著在1930年代東亞左翼運動備受壓制的時

20　根據下村作次郎的推測，前者為「虐」；後者為「壓迫」二字，頁122。

21　王白淵，〈行路難〉，《詩精神》1卷5號（1934.06），頁52。

22　林和著，金龍濟譯，〈街の順ちゃん〉，同上注，頁28-29。

期，他們仍一同面對被壓迫階級、民族的困頓時，積極前進尋找
生命出口，試圖擺脫當前困境的時代精神樣貌，同時也折射出與
日本左翼詩人們「同處在砂漠中」以「往綠色的方向」（綠洲）
共同前進的想望。

　　朝鮮詩人金龍濟當時以左翼詩人活躍於日本文壇，和日本普
羅文學者並肩作戰甚為活躍。他在日本左翼文學同人支持提攜
下，以旺盛的創作力回應他們的期待，陸續在日本左翼雜誌中發
表詩作。[23] 然而，吳坤煌旅日期間，他正好因違反治安維持法成為
被告入獄服刑。因此，編輯在「編集後記」特別提及：「刊載發
現猶在獄中的金龍濟君的譯詩稿，願年青有為的詩人金君保持健
康。」[24] 之後，繼《詩精神》發刊的《詩人》中，亦陸續刊載他的
〈獄中詩集〉（3卷6號）、〈獄中漢詩選〉（3卷7號）、〈黑い太陽
の日〉（3卷8號）等詩作。

　　《詩人》雖然承繼延續《詩精神》的詩誌，其主要的理念是
「站在進步的立場，從勞動大眾中培育年輕的詩人，從勤勞和生
產中產生詩的發表場所，扮演我國詩壇優位的角色」[25] 之綜合性詩
刊，詩刊中特別設置「地方詩壇的動態」（地方詩壇の動き）專
欄，編輯規範撰稿內容：「本誌不採用一開始撰寫冗長而一般的
社會情勢，抑或自我詠嘆的主觀論。希望盡可能簡單而直率敘述

23　大村益夫，〈来日と文学活動の開始〉，《愛する大陸よ─詩人金竜済研究─》
　　（東京：大和書房，1992），頁39。

24　內野郁子，〈編輯後記〉，《詩精神》1卷5號（1934.06），頁80。

25　遠地輝武、貴司山治，〈創刊辭〉，《詩人》3卷1號（1936.01），卷頭頁。根
　　據《詩人》的〈全國詩人住所錄〉（1935年12月調查），台灣地方列出了秋
　　元貞造、董金富、呂石堆、西川滿、後藤大治五位的名字。

各地方的情勢⋯⋯」[26]希望各地作者利用這個欄位，客觀地介紹當地的詩人組織、活動及其各詩壇的優缺點。吳坤煌也因應專欄編輯之需，撰寫〈台湾詩壇の現状〉一文，與〈高知詩壇の報告〉（大江鐵屋）、〈宮崎詩壇の展望〉（砂木宗治）並列，報導台灣「地方詩壇」的概況。

　　《詩人》的〈台湾詩壇の現状〉與刊於《詩歌》的〈現在的台灣詩壇〉（滿洲國留學生駱駝生的中譯）刊出時間相距數個月，但內容都是介紹台灣詩壇現狀的文章。經筆者比對發現，吳坤煌為因應中日讀者的差異，進行部分內容的增刪修訂。《詩歌》分成（上）、（下）兩次連載，（上）的內容進行大幅度的修訂，（下）的部分只有幾處進行字句增添修改。[27]《詩人》主編因對日本國內的檢閱制度有所顧忌，因此，〈台灣詩壇の現状〉出現幾處「伏字」。然而，這些空白處卻可在〈現在的台灣詩壇〉中找到「答案」，例如：

　　　　台灣的現實，事實上就是⋯⋯愈行貧困化的農民和中間層⋯⋯是很顯明。[28]

　　　　台灣底現實。事實上是最迫切的，在貧困化的農民和中間層，正意識化下去的事實，是很顯然。[29]

26　作者不詳，〈地方詩壇の動き〉，《詩人》3卷4號（1936.04），頁85。

27　請參閱附錄。

28　吳坤煌，〈台灣詩壇の現状〉，《詩人》3卷4號（1936.04），頁84。

29　吳坤煌，〈現在的台灣詩壇〉，《詩歌》1卷1期（1935.10），頁16。

對照上述引文，日文原文的「最迫切了」和「意識化」的字詞被刪除了。另外，在這篇文章中吳坤煌對《福爾摩沙》中的詩人蘇維熊、巫永福、翁鬧等人的詩作皆有所批評。最後總結，認為《福爾摩沙》的詩人當中「一開始就具有普羅思想的詩人，是王白淵氏和吳坤煌氏」。他認為自己的詩歌觀，是立足於階級立場，強調詩歌的社會性與大眾化思想。這或許是他當時之所以自第二期起從《福爾摩沙》脫退有關吧。

從上述與吳坤煌在日同人雜誌發表的概況可知，「翻譯」台灣、中國詩作是他在東京重要的跨域文化書寫活動之一。他的「讀者」除了日語讀者之外，因「翻譯」擴及至東京的中文同人讀者圈。吳坤煌透過《詩精神》同人的關係，與中國詩人雷石榆建立親密的友誼，但因當時朝鮮知名詩人金龍濟身處獄中兩人失之交臂，未有具體的交流，但他仍透過左翼劇場活動與朝鮮左翼劇團人士建立同志之誼，實踐他藝術大眾化的理想。

三、在日本戲劇雜誌的台灣評論家

吳坤煌在日的文化身分，除了「詩人」的身分之外，偶爾也化身為「戲劇評論家」。他留日期間積極參與東京左翼戲劇團體的演出活動，例如日本左翼戲劇團體（築地小劇場、新協劇團等）、在日中國人左翼戲劇團體（中華同學新劇公演會、中華戲劇協會、中華國際戲劇協進會等）、朝鮮左翼戲劇（三‧一劇團、朝鮮藝術座）。誠如他晚年的回憶：

　　我參加了日本新戲劇運動，並在東京築地小劇場受訓練，

再者，當時來日研究文藝的眾多中國大陸的戲劇家，各方面的文學作家，留學生都要我做他們的橋梁，教日語、翻譯工作，參觀活動等等，叫我無暇去參涉一本非大眾化的雜誌了。30

顯然他經常扮演翻譯橋梁的角色，穿梭在這些團體之間，參與演出和觀戲。他也因與在日朝鮮左翼劇團的關係，轉而促成朝鮮半島舞姬崔承喜1936年的來台演出。31吳坤煌在日的劇評主要發表於1934年5月創刊，由秋田雨雀主編的綜合性戲劇雜誌《劇場》（《テアトロ》），該雜誌主要是繼文學界的「文藝復興」之後，回應戲劇界提出的「演劇復興」所創設的戲劇雜誌，其部分的發刊詞如下：

演劇復興之聲確信在各個陣營內，唯有由真摯的演劇人的藝術性協力才得以回應。我們在此立意發刊綜合演劇雜誌《劇場》，確實無非是為了回應藝術的必然性無他。我們的《劇場》不偏任何黨派，作為戲劇界刷新的羅盤針，持續具有權威的編輯。非常希望得到在日本進步的演劇人—劇作家、演員、演劇研究家、劇評家、觀客諸君的熱烈支持和聲援。32

---

30 吳坤煌，〈懷念文環兄〉，《台灣文藝》81期（1983.03），頁76-77。
31 下村作次郎，〈現代舞蹈和台灣現代文學——透過吳坤煌與崔承喜的交流〉，《台灣文學與跨文化流動：東亞現代中文文學國際學報》3期（台北：文建會，2007.04），頁157-175。
32 作者不詳，〈發刊に際して〉，《テアトロ》創刊號（1934.05），頁3。

雜誌除了刊出日本演劇活動的相關文章，也刊載「進步的」中國新劇、在日朝鮮劇團、介紹朝鮮新劇活動等的文章，是東亞戲劇交流重要的媒體平台。

（一）中國戲劇

　　吳坤煌曾以「北村敏夫」[33]的筆名於《劇場》的「海的彼方」專欄中發表〈中國通信〉（1935年8月）、〈中國通信：農民劇團和露天劇〉（3卷3號〔1936年5月〕）和在「民族演劇的動向」專欄中發表〈出獄後的田漢和南京劇運〉，[34]提供有關中國戲劇的相關資訊。這些文章以報導性的內容為主，其中「中國通信」的〈幾則電影界的消息〉（〈映画界の消息二三〉）、〈最近的戲劇界消息〉（〈最近の劇界消息〉）主要是介紹中國影劇界的作品、演出劇目、中國的文化政策等，甚為具體詳實。

　　另外，〈中國通信：農民劇團和露天劇〉提及的「華北事件」，應是指1935年日本帝國主義在華北地區進行的一連串侵華行為，南京政府卻一再退讓喪權辱國引發民怨。但，作者對此並未從民族主義的立場展開抗日論述，轉而介紹定縣和廣西省為主的兩地農民劇之演出狀況。另外，他也特別提到：「劇作家熊佛西致力於撰寫農民自己演出自己看的戲劇，表現提升意識的劇

33　下村根據文獻資料的交叉比對，認為「北村敏夫」為吳坤煌的筆名可能性很
　　高。陳淑容指出吳曾使用過「木村俊男」（Kimura, Toshio）、「北村敏夫」
　　（Kitamura, Toshio），只差一個音節，因此此名或許是他喜好、慣用的名字。
34　北村敏夫，〈出獄後の田漢と南京劇運〉，《テアトロ》3卷5號（1936.05），
　　頁104-106。

本」、「一昨年東石落崗的農民劇團在戶外上演〈屠戶〉」。[35] 1932
年熊佛西（1900-1965）擔任河北縣試驗區戲劇研究委員會主任兼
農民劇場主任，組團至農村地區演出，為北方戲劇運動的領導
者。除了介紹在華北主要的戲劇活動，他也同時介紹在日中國左
翼作家聯盟成員所刊行的雜誌《東流》、《雜文》等遭禁的情況，
最後期待：「我們所想像的是，左翼作家聯盟掌握主導權去實踐
所謂文化的統一戰線，在國際性連結的意義上，非常期待日本作
家們能一同參加。」強調在左翼國際聯盟的中、日合作關係，更
甚於凸顯當時中國抗日運動的問題。

　　〈出獄後的田漢和南京劇運〉中，作者將中國的田漢（1898-
1968）與日本的村山知義（1901-1977）相比擬，介紹他出獄後的
戲劇創作與演出活動。1935年2月因中共上海中央書記李竹聲、
盛忠亮叛變告密，引發大規模的搜捕行動。當天共有三十多位中
共人士被捕，田漢也因而被捕，由公共租借臨時法院引渡到國民
黨上海公安局，又轉往南京憲兵司令部看守所，7月27日才由國
民黨交通部次長、CC派的張道藩和知名教授徐悲鴻、宗白華聯
名保釋。[36] 出獄後田漢在南京組織「中國舞台協會」，演出他所編
的〈回春之曲〉、〈洪水〉、〈械鬥〉等作品，這些劇作幾乎都是
宣傳團結抗戰的戲劇。

35　在戰後初期熊佛西的〈屠戶〉也曾於台南演出過，見王莫愁，〈「屠戶」の上
　　演に際して」〉，《中華日報》（1946.10.09）一文。他認為這齣戲在各地之所
　　以受歡迎的理由是，因為這齣戲大膽地揭發血淋淋的現實，清楚再現封建經
　　濟桎梏的真正□□。可以這麼說：這個精神正是承襲由魯迅以來，中國主流
　　的寫實主義。

36　張耀杰，〈魯迅與田漢的文壇恩怨〉，《中國文化報》（2010.01），頁58-59。

魯迅（1881-1936）曾撰文[37]批判當時徐懋庸等人任意誣陷他人為「內奸」的問題，文中指出事實證明被誣陷者「他們既沒有像穆木天等似的做過堂皇的悔過文，也沒有像田漢似的在南京大演其戲」。可見，魯迅對於田漢的政治立場及在南京的戲劇活動給予較為負面的評價。或許因為如此，雜誌編輯部才會在這篇文章的文末附上：「田漢最近的行動也有各種意見，魯迅等人的見解好像與這位作者的意見很不同。」[38]吳坤煌因非身處中國文化界，身為文化翻譯者，並未著墨中國左聯內部對於「抗日統一戰線」意見分歧的問題。他只能以戲論戲，強調田漢的戲劇活動及其演出的具體成果。他肯定田漢在南京的劇作〈回春之曲〉、〈洪水〉、〈械鬥〉的公演成果，認為出獄後的作品在創作手法上逐漸清理機械式、公式化的一面，已到達不同的藝術性作品程度。其中〈械鬥〉不只有其傑出的藝術性，在社會或民族集體的情感上還強烈地反映了時代性意義。劇中安插中國獨特的武術和歌曲，就戲曲的新形式這點，給予高度評價。[39]雖然這樣的見解是不足以代表整個中國左翼文化人士對田漢劇作的定評，編輯部急欲澄清雜誌的立場。然而，這篇文章正保留了身處東京的戲劇人對田漢戲劇活動的另一種理解。

吳坤煌這些報導性的文章，大都應該是間接援引自中國報章雜誌的資料，這些資料源自何處仍待釐清，除了他個人蒐集的資

---

37 魯迅，〈答徐懋庸並關於抗日統一戰線問題〉，《且介亭雜文末編》（台北：風雲時代出版，1990），頁94。

38 編集部，〈編輯部より〉，《テアトロ》3卷3號（1936.05），頁106。

39 北村敏夫，〈出獄後の田漢と南京劇運動〉，《テアトロ》3卷3號（1936.05），頁104-106。

訊，一部分可能是中國左聯東京支部的友人所提供的內容。他以身在東京戲劇人的身分，以左翼觀點譯介中國新劇活動訊息，試圖強調中、日左翼人士的交流合作，淡化日帝侵華緊張的軍政敵對關係。

（二）朝鮮戲劇

　　誠如上述，吳坤煌因為受到金波宇的支援，參與了遠東民族之夜的演出，但，與他互動最為密切的朝鮮作家應該是金斗鎔（1903年-？）。在日朝鮮人勞工運動中，從引起大轉變的在日本朝鮮勞働總同盟到日本勞働組合全國協議會的解散（1929）過程，或是從朝鮮普羅藝術同盟・東京支部的成立（1927），經歷無產者社（1929）、同志社（1931），到日本普羅文化聯盟・朝鮮協議會的成立（1932），文學團體的再組織，甚至主導劇團「朝鮮藝術座」，一再都可以見到金斗鎔的名字。[40]他時常在日本介紹東京朝鮮劇團的動態，在〈朝鮮藝術座的近況〉中介紹了在日劇團朝鮮座的演出動員狀況。同時，他建議「藝術座今後的劇目創作，一個明顯的事實是創作劇，二幕是朝鮮的現實。我想二幕放入日本的現實生活的節目是可以的」。[41]同時他也提醒在日本營運的朝鮮劇團，動員觀眾是相當不易的，為了讓日本觀眾（在日朝鮮觀眾）快速理解融入他們的演出內容，「日本的現實」也是他們創作劇本時必須考量的重點。有關金斗鎔與吳坤煌的交友關係

40　藤石貴代，〈金斗鎔と在日朝鮮人文化運動〉，《近代朝鮮文学における日本との関連様相》（大村益夫編，〔東京：綠蔭書房，1998〕），頁192。

41　金斗鎔，〈朝鮮藝術座の近況〉，《テアトロ》3卷3號（1936.05），頁109。

在下村的專文[42]已詳述，因此本文將不贅述。然而，從吳坤煌的傳記陳述：

> 民國二十一年參加了東京築地小劇場新劇工作，就其工作之便，並在該新劇團訓練班兩年半，此期間受到日本戲劇界權威村山知義、秋田雨雀、丸山定夫等作家、演員之指導，獲益良多。[43]

可見，吳坤煌與日本新劇界的淵源和人際脈絡。1938年村山知義主持的新協劇團的第二回公演劇作《半島傳說：春香傳》（六幕十五場），由村山親自改編劇本，當時他雖委請張赫宙（1905-1997）改譯《春香傳》，但最後還是請教了柳致真的意見，自己斟酌修訂，其他如演出的戲劇服裝和考證都有勞他大力協助。[44]同時還在《劇場》上刊出廣告：

> 這是半島數百年前流傳至今的故事，描寫春香這位美少女的悲戀和命運，富有芳香的抒情味和浪漫味的東洋傳說。和所有的傳說一樣，作者不詳。半島民族正是生出它的雙親，

---

42 下村作次郎，〈台湾人詩人吳坤煌の東京時代（1929年-1938年）——朝鮮人演劇活動家金斗鎔や日本人劇作家秋田雨雀との交流をめぐって〉，《關西大學中國文學會紀要》27號（2006.03），頁31-49。

43 黃武忠，〈詩人兼戲劇家：吳坤煌〉，《日據時代台灣新文學作家小傳》（台北：時報文化公司，1980），頁102。

44 白川豊，〈張赫宙作戲曲〈春香伝〉とその上演（1938年）〉，《植民地期朝鮮の作家と日本》（岡山：大学教育出版，1995），頁201。

半島人的靈魂，正是它的母胎。[45]

廣告文強烈地暗示這個作品蘊含的歷史性和民族性，希望以「富有芳香的抒情味和浪漫味的東洋傳說」能吸引觀眾入場觀戲。《春香傳》的原作雖有數十種，但卻沒有「定本」，它像其他民間文學一樣，非由一人所作，是篇流傳的口傳文學。《春香傳》這齣戀愛悲劇從當時的社會、政治、經濟各種條件的觀點來看，劇中批判辛辣，描寫因封建的黑暗政治毀損民眾生活之處，是有很大的存在價值。[46]

　　在新協劇團公演之前，早在1937年6月22、23日在築地小劇場，已由東京學生藝術座的柳致真（1905-1974）領銜主演《春香傳》（4幕5場）。金承久（1914-1994）也為此寫了相當嚴苛的劇評〈關於春香傳〉評論，認為柳只著墨在主角李夢龍和春香的戀愛關係上，而不太強調《春香傳》的社會性。又，未呈現重要的封建陋習，即是因兩班和常民階級差別而來的問題。全然無視於古典戲劇中賦予的現代性意義。[47]隔年張赫宙為了讓日本讀者較容易理解，亦參考各種流傳的版本，翻譯了比小說本還多唱劇所使用的歌詞，並將《春香傳》的譯作發表在文藝雜誌《新潮》（35卷3號〔1938年3月〕）上。張赫宙改譯的主要動機在於：「希望藉由〈春香傳〉的演出，讓人知道朝鮮過去的樣貌。筆者等也致力於以文學形式表現出朝鮮的現代生活，為了深化推廣日本文

---

45 作者不詳，〈新協劇團的第二回公演／村山知義演出作品／《半島傳說：春香傳》〉，《テアトロ》4卷2號（1938.02），廣告頁。

46 金承久，〈春香傳について〉，《テアトロ》4卷8號（1938.08），頁51。

47 同上註，頁52。

化，全面地理解和知悉「朝鮮」也是非常有意義的事。」[48]然而，村山所考量的卻是，想讓「日本內地的朝鮮人」看到朝鮮美好的藝術，委託張撰寫以朝鮮為主題的戲曲。[49]由於兩人所預設的讀者觀眾群截然不同，才導致村山後來不得不徵求柳致真的協助的主因吧。

　　根據白川的研究，《半島傳說：春香傳》實際的公演情況，自1938年3月22日至4月14日在東京的築地小劇場，於4月27日至30日在大阪、5月1日至3日在京都舉辦公演，演出非常成功。隨後又由10月25日至11月8日到朝鮮京城府等其他主要都市巡迴公演。[50]這場巡演活動令台灣文化人稱羨不已，龍瑛宗的小說〈歌〉還特別寫到：「由於笹村的關係劇團已數度到朝鮮巡演，對戲劇全然外行的李東明也提出希望他們也能到台灣演出的期盼。」[51]可見，日本左翼劇團的巡迴演出活動，不只是日本戲劇界，在東亞殖民地的文化界亦引起相當大的關注。

　　《劇場》4月號（1938年4月）中先刊載公演時的劇照後，《劇場》5月號（1938年5月）隨即刊出各家劇評，作者從各自的觀劇立場提出感想己見。布施辰治（1880-1953）是當時為朝鮮獨立運

---

48 張赫宙，〈春香傳について〉，《テアトロ》5卷3號（1938.03），頁22。

49 白川豐，〈第三章　張赫宙作劇曲〈春香伝〉とその上演（1938年）〉《植民地期朝鮮の作家と日本》，頁194-195。

50 白川豐在《植民地期朝鮮の作家と日本》的〈第三章　張赫宙作劇曲〈春香伝〉とその上演（1938年）〉已詳盡地處理了〈春香伝〉在日本、朝鮮巡迴公演的實際演出狀況，和公演後觀眾的反應。除此之外，文中也討論了劇作的問題、作家張赫宙和導演村山知義之間的關係。

51 龍瑛宗，〈歌〉，《台灣文藝》2卷1號（1945.01），頁19。

動者無償辯護的知名律師，他事先閱讀了張赫宙刊於《新潮》的
《春香傳》譯本後才前往觀劇。他在劇場現場裡除了關注當日的
演出內容之外，他也注意到觀看《春香傳》的朝鮮觀眾和日本觀
眾在觀劇時，哭點與笑點錯落不一的現象。另外，由於布施特殊
的律師身分，使他特別關注新任「使道」審判罪犯的橋段：

　　日本的觀眾對於朝鮮農民的溫順，被告人借提至法庭到如
「白州」那樣的地方，覺得非常滑稽令人好笑，或許因此不
禁令人失笑。然而，在日本德川時代法庭上的「白州」的樣
子正是如此。切身經歷那樣裁決的朝鮮觀眾憤怒悲泣，但早
已未有這種體驗的日本觀眾卻滑稽失笑，這樣的不協調，事
實上這是非得彼此去深刻體會不可的歷史性場面。[52]

　　再則，平田勳從東京保護觀察所的官方立場，觀看此劇的演
出，認為此劇已跳脫新協劇團過去的形式，劇中強調表現貞潔、
正義、美的價值，肯定揚棄朝鮮殖民性的詮釋，演出立基於愛的
精神和日本精神的真髓。[53]
　　在日朝鮮人觀眾金スチャン，正是村山知義當初改編此劇公
演所訴諸的在日朝鮮觀眾群，但金對此劇褒多於貶。

　　雖然〈春香傳〉若不使用朝鮮語演出是無法討喜的，但在
千里之遙的異鄉之地，看到身穿朝鮮服飾的日本內地的演員

---

52 布施辰治，〈春香伝を観て〉，《テアトロ》5卷5號（1938.05），頁26。
53 平田勳，〈春香伝観劇所感〉，《テアトロ》5卷5號（1938.05），頁28-29。

們又說又演的光景，身為朝鮮人的我們，身處在這奇妙的事實中，有種向別人炫耀寶物的驕傲感，因而無法言語地感動落淚。54

但，他仍提出：「唯有遺憾的是，歌舞伎式的機智、朝鮮風的演技，以及新劇式的基調時常出現不協調。關於融合的點，各個演員，或在各個場面中難免都有其等級的差異。」55點出了日、鮮文化和新、舊戲劇文化的不相容性。

除此之外，秋田雨雀（1883-1962）則關注觀眾的心理，在《春香傳》公演期間，他將每場觀眾的反應當作民族心理研究的素材。他認為《春香傳》的演出在兩民族的文化交流上，給予他非常珍貴的東西。56

在此劇公演過後，吳坤煌也隨之評述這齣戲劇，文中雖肯定因村山的改編增添了朝鮮的地方色彩，但他的重點卻放在《春香傳》與中國元曲之間的歷史淵源關係，因為：

朝鮮的傳說〈春香傳〉，其戲曲結構、出場人物、情節進展，與支那的唐傳奇和元曲非常相似。這並非是偶然的現象，自古以來在大陸的文物及其制度的影響下，二者間必有

54　金スチャン，〈春香伝（移民観衆の中で）〉《テアトロ》5卷5號（1938.05），頁30。
55　同上注，頁32。
56　秋田雨雀，〈談話室：觀客心理の研究について〉，《テアトロ》5卷5號（1938.05），頁20-22。

著什麼關係。[57]

　　他認為《春香傳》因受到元曲影響，以皆大歡喜的大團圓作結，表現出「勸善懲惡」的因素，「丑角」角色發揮的作用，甚至從官吏服飾上龍虎圖樣也能看到朝鮮文化和中國文化間的影響關係。

　　在這篇評論中，他並未強調翻譯改編後的《春香傳》其演出效果的優劣，抑或站在階級的立場評論，反而從文化歷史淵源的觀點評價《春香傳》在日的演出成果。他在中國古典戲曲的知識基礎上理解該劇，試圖建立東亞相互理解的文化平台，透過戲劇演出的翻譯形式，跨越彼此語言的藩籬，建立彼此文化交流合作的可能。

四、左翼雜誌中殖民地資訊的報導翻譯

　　吳坤煌曾在《生活新聞》（《生きた新聞》）發表過〈南國台灣的女性與家庭制度〉、[58]〈台灣流氓的故事〉。[59]《生活新聞》由三一書房出版發行，自1934年12月15日創刊號至1935年8月5日的第8號為止，全部共發行了八號。雖然以「新聞」為名，實際上是雜誌，但因經營困難和屢遭禁刊，最後併入《時局新聞》，

57　北村敏夫〈『春香傳』と支那歌舞伎の元曲〉，《テアトロ》5卷6號（1938.06）頁49。

58　吳坤煌，〈南国台湾の女性と家族制度〉，《生きた新聞》1卷3號（1935.03），頁34-39

59　吳坤煌，〈台湾老鰻物語〉，《生きた新聞》1卷7號（1935.07.05），頁60-62。

根據它的創刊詞：

> 《生きた新聞》的發刊，並沒有特別困難的目的。只想向
> 勞動者傳達必要的生活訊息，同時分析發生這個消息的社會
> 性原因。希望為沒錢沒閒的勞動者盡可能編輯易讀的內容。[60]

可知，這份左翼雜誌的讀者設定，為一般的普羅勞動大眾，除了
刊載日本國內各地有關勞動階級的相關議題報導之外，同時亦刊
載海外，例如：中國、印度等地類似的社會問題。雜誌還另闢
「殖民地新聞」（殖民地ニュース）刊載台、鮮、滿等殖民地勞農
的相關消息。其消息來源主要是摘錄當地的報紙，例如有關朝鮮
的報導部分摘錄自《東亞日報》等，台灣消息則摘錄自《台灣日
日新報》等，例如：〈台灣的選舉制是世界最短的居住條件〉、
〈台灣蕃社的反抗〉。[61] 在這些報導中甚至提及原住民的反抗：

> 原因是タマロワン蕃社是州內最貧窮的蕃社，不考慮他們
> 餬口都有問題了，竟想把它建設成模範蕃社，強迫建造木造

---

60 作者不詳，〈生きた新聞の創刊と読者社の解消について〉，《生きた新聞》1
　　卷1號（1934.12），頁1。

61 〈台湾に選挙制世界最短の居住条件〉（《生きた新聞》1卷2號，1935.02，頁
　　2-3）是〈世界に比類なき短い居住条件／問題は「独立の生計」〉和〈台湾
　　蕃社の反抗〉（同上，頁5-6）、〈有権者の数は卅萬人位か／台湾全島を通じ
　　て〉，《台湾日日新報》第二版（1934.12.25）整理撰寫的內容。「四、駐在所
　　襲撃を幸ひ未然防止／首謀蕃人を逮捕と同時に反抗蕃社を非常警戒」（同
　　上第三版，1934.10.27）所摘錄的部分內容。

　　白壁的住屋，全然不適合他們的習性，之前發生二十名的逃走蕃人，或許是鬱悶憤怒交加，最後才發生此舉。[62]

雜誌編輯對台灣「蕃情」相當關注，並將事件的重點置於統治不當與原住民反抗的因果關係中進行理解。另外，在「地方消息」專欄的撰稿者也關注到台灣人權問題，[63]〈台灣消息〉的內容亦有部分則轉載自《台灣新民報》的報導，[64]而非吳坤煌撰寫的文章。

　　根據金斗鎔的自述，他1930年入獄時對朝鮮的認識甚少，但1934年出獄後他開始迅速學習朝鮮知識，後來以他們為中心發行的《生活新聞》（《生きた新聞》）的出版社三一書房，希望他寫一些易讀的朝鮮讀本，他也樂意為之。但，1936年書房遭到鎮壓，當時所寫的原稿全部被取走，當時所做的努力皆成廢紙。[65]因此，《生活新聞》全八號中有七號可以讀到他的文章。[66]從他的文

---

62 作者不詳，〈台湾蕃社の反抗〉，《生きた新聞》1卷2號（1935.02），頁6。

63 作者不詳，〈台湾にも人権ヂュリン問題（ヒースブラウ事件）〉、〈台湾人権蹂躪事件で警務課長免職」（《生きた新聞》1卷3號，1935.03），頁2。

64 作者不詳，〈水苦しむ台湾の農民〉、〈台湾帽子統制に反対の烽火〉，《生きた新聞》1卷3號，頁34-38。

65 金斗鎔，〈著者のことば〉，《朝鮮近代社会史話》（東京：郷土書房，1948），頁1。

66 除了上述的文章之外，金斗鎔尚發表了〈農業朝鮮より工業朝鮮へ〉1卷1號（1934.12），頁29-35、〈朝鮮開国についての諸学説〉、〈火田民・土幕民の話〉1卷2號（1935.2），頁25-28、頁45-51。〈「文化戦線の見透し」を批判す──蔵原氏と北氏の誤謬について〉1卷3號（1935.03），頁2-17、〈インテリゲンチャ論は何故擡頭したか〉1卷4號（1935.04），頁2-17、〈プロレタリアに春は来たか〉1卷5號（1935.05），頁26-33、〈文化・文学諸問題をめぐる右翼的左翼的偏向について〉1卷6號（1935.06），頁53-64。〈農村に夏

章標題可知，他主要以朝鮮報導人的身分執筆撰文，同時也研究日本農民處境等，但因檢閱制度的關係，其左翼的論述和批判之處，常見被挖空刪除的空白痕跡，有些作品甚至無法全文刊出，例如〈關於朝鮮開国的諸學說〉，[67] 主編曾婉惜地說：「對他來說這是首次可以期待的佳作，但有比這篇論文更為重要的二章，由於太過重要和無法採用的意思一樣，被打叉拿掉了。」[68] 根據刊出內容論述脈絡，似乎可以想像金試圖透過闡述開國諸說，挑戰「日韓合併」的正當性，編輯為了避免禁刊而不得不忍痛割愛。

　　吳坤煌因劇場活動的關係與金斗鎔私交甚篤，可能因他的引薦才為《生活新聞》撰稿，相對於金斗鎔具戰鬥性的左翼論述與對農村議題的深入關懷，吳坤煌的文章顯得較為「軟性」。〈南國台灣的女性與家庭制度〉主要介紹台灣因封建大家族制度衍生出買賣婚姻、纏足陋習等問題。〈台灣老鰻物語〉是介紹台灣社會內部特有的黑道組織，兩篇文章皆在強調有異於日本家庭、社會組織的台灣社會現象。雜誌主編在〈編集後記〉中寫到：「台灣女性和家族制度的文章非常爽朗，吳氏邀請我們參觀台灣，清楚地說明，一一指出在那裏的女性的桎梏。在閱讀的文章中，傳來了南國台灣水果的香氣。」[69] 從這兩篇文章來看，吳坤煌雖然報導了台灣女性受壓迫的處境，但似乎誠如主編所言也提供了異國「台灣水果的香氣」，他為日本左翼同人雜誌所撰寫的文章，顯然

は来たれど〉、〈森山啓君の批判〉1卷7號（1936.07），頁2-16、頁64-68）。

67 金斗鎔，〈朝鮮開国についての諸學說〉，《生きた新聞》1卷2號（1935.02），頁25-28。

68 鹿島タマ，〈編輯後記〉，《生きた新聞》1卷2號（1935.02），頁68。

69 鹿島タマ，〈編輯後記〉，《生きた新聞》1卷3號（1935.03），頁78。

不盡然都是如前述報刊所言，具有「宣傳激進的左翼思想」。

結語

　　吳坤煌旅日期間除了於島內的《台灣文藝》、《台灣新民報》文藝欄上發表部分的作品外，主要仍是以日本文壇作為主要的發表場域。他不斷地穿梭在台灣、日本、中國、朝鮮左翼同人文化組織中，參與台灣留日學生同人雜誌《福爾摩沙》的創刊，但是築地小劇場演出活動對他的吸引力更大，因此，轉而更積極地投入參與中、日、鮮戲劇人的聚會和演出活動。

　　他在日的文學創作量不能算多，報導性的文類多過於純文學的作品，且以左翼同人雜誌作為他主要的發表園地。他時而以左翼觀點發表詩作、劇評等，時而又以台灣文化人的代表自居，報導殖民地景況。在《劇場》中他翻譯介紹中國新劇活動近況，在中國文化歷史的脈絡中闡釋評論朝鮮戲劇《春香傳》。出席中國留學生聚會時，他除了介紹台灣詩壇的概況之外，又得為參與的中國留學生們說明日本詩壇的近況。在東京的左翼詩歌同人的文化交流活動中，他根據中、日讀者的差異和編輯的要求調整文章內容，積極地扮演著文化翻譯轉介者的角色。

　　戰前台灣日語作家中，鮮少像吳坤煌這樣具有穿梭於多域文化團體，並具有文化實踐力的人物，無論是作為詩刊的同人、戲劇的評論者、殖民地的報導者，左翼關懷是他一貫的立場。台灣是他重要的書寫題材，透過「異色」、「異國情調」的包裝翻譯，讓殖民地台灣的現況與歷史文化等在日本內地的左翼刊物達到傳播之效。他藉由詩歌文學和演劇活動的交流，累積了來自台灣、

中國、日本、朝鮮四個地區的社會資本，他不只是單純地追求日、台雙方的左翼解放的社會運動者，更是當時活躍於整個東亞左翼文化圈重要的文化翻譯者。中日戰爭爆發後，1939年為了避免被警方監視，他再次選擇「出走」，前往當時的北平新民學院專任教職，結婚生子。二戰結束後，1946年他攜家帶眷重返故鄉，豈知更嚴峻的台灣政治情勢讓他三次身陷囹圄，直到1960年1月才假釋出獄。經歷白色恐怖的洗禮，即使他曾是殖民抵抗的戰士，一位不可救藥的樂觀者，「詩人梧葉」[70]的詩心仍在，但昔日的青春生命早已垂垂老矣，曾有過的文化理想逝者已矣，只能悼念老友與追憶過往。

---

70 吳燕和，〈重新認識父親吳坤煌〉，《吳坤煌詩文集》，頁15。「有一天，他滿臉憂傷且嚴肅地對我說，如果那天他過世了，他希望在墓碑上刻著『詩人梧葉埋葬於此』。」

附錄：〈現在的台灣詩壇〉與〈台湾詩壇の現状〉的增刪情況

〈現在的台灣詩壇〉（《詩歌》[71]第2號、第4號，1935.08、10，頁1、頁15-16）	〈台湾詩壇の現状〉（《詩人》3卷4號，1936.04，頁84-86）
1. 正如雷石榆君曾經指謫過的一樣。（第2號，頁1上行11）	
2. 但是不堪著正在發展著的歷史的社會底壓力，希望安居於逃避現實的詩底世界，把詩關閉在主觀底呻吟圈內，或作為無聊的消遣物，這是不得已的，但在台灣，對著比詩人還進步的大眾，來糊塗現實，主張詩底純粹性和無黨派性，正是在詩底世界，一種永遠的幻想存在于美麗的烏托邦一樣，麻醉著大眾，甚焉者，變成為反動的東西，那都不是偶然的現象，若說是現實的必然性的話來，這就是混沌的台灣詩壇的重大事。（第2號，頁1上行14至下行7）	彼らの詩が元來感傷的なもの、詠嘆的なもの、或は浪漫詩、或は戀愛に終始してゐるものであつたため、現實の鏡にはなれなかつたのは當然ではなからうかしかも民衆の詩や唄歌が澎湃として起つてゐる―詩人達が當然時代の鼓手であるべきで筈であるのに詩人達が却つて意識に於て民衆よりも後れてゐるから民衆から唾棄されて省みられなくなつたのだ。 　他面彼らの喘ぎは無定見、無自覺を暴露するにすぎず寧ろ多くの農村出の詩人や都會の勤勞者の詩の簇出に押されて慌てふためいてゐる醜い姿を見るのみであつた。彼らが現實と心中してしまふのは、當然の樣にも思はれる。何故なら次に述べるやうに彼らの詩は彼らの頭ででつち上げられた書齋の鼻歌が多いから。（頁83，段2行9至段4行13）。

---

71 雜誌《詩歌》雜誌原件，感謝北岡正子教授提供，謹此誌謝。

3. 深深地凝視歷史的車輪，深入了幾重枷鎖之下的大眾生活，依照著流遍世界的社會的矛盾，而來把握和歌唱台灣底現實的詩人，在黑闇的台灣文學界，作為曙光，混在前述的詩人群裡拼命鬥爭的詩人，不是沒有的。我們可以相信他們會穿過許多藝術家的頭角，成為領導未來台灣底詩壇的明星。那麼，我們來照一照撩亂的台灣詩壇罷。（第2號，頁1下行7至14）	
4. 日本語（第3號，頁16上行3）	日本國語（頁84，段2行10）
5. 黃裕峯（第3號，頁16上行9）	黃祐峯（頁84，段2行26至段3行1）
6. 並且，這種自然行的明顯，是非常危險的……（第4號，頁16上行13）	國粹的明朗さは非常に危險である。（頁84段3行9至10）
7. 一方面為日本文化底 X 劑所侵蝕，他一方面則為中國文化底更革命的潮流所波盪。（第4號，頁16下行11至12）	日本文化のアンサンブルに蝕ばれた台灣青年は他面中國文化のより……動搖ある波にもまれてゐる（頁85段1行11）

第二章

1930年代日本雜誌媒體與殖民地文學的關係

以台灣／普羅作家楊逵為例

前言

　　戰爭時期（1931-1945）殖民地文學為因應日本帝國的擴張和總動員之需，由「外地文學」重新被整編，成為帝國的「地方文學」，日本的媒體出版界也開始關注殖民地的社會文化。殖民地作家也趁勢逆向操作，積極地利用日本的雜誌媒體出版品，往日本文學場域輸出殖民地知識和描寫殖民地景況，「想大肆宣傳，那些民眾的悲慘生活」。[1]根據白川的統計，在這段期間朝鮮作家發表的作品共約有504篇，同時歸納出戰爭期舊殖民地作家在日發表情況曾出現兩個高峰：第一個是1933年到1935年期間，日本普羅文學運動因受到官方鎮壓而衰退，舊普羅文學者為力圖振作，積極吸納殖民地作家，才讓殖民地文學「有機可趁」並受到日本文壇的「關愛」。第二個是1939年到1941年太平洋戰爭爆發後，因日本帝國的海外擴張政策，在大東亞共榮圈的號召下，使得東亞地區的文化現狀備受關注。[2]白川雖然勾勒出東亞殖民地作家在日本雜誌媒體發表的概況，但並未深入檢視作家、作品內容與媒體刊物之間的內在關聯性。

　　同樣地，藤井省三亦以宏觀視角將日本近代文藝界的「台灣熱」分成兩期：第一期是從1930年代後半到1945年日本敗戰的十年間；第二期是1947年到1960年代後半的二十年間。他指出台灣作家活躍的領域，前者是在普羅文學和純文學的領域；後者

1　張赫宙，〈僕の文学〉，《張赫宙日本語作品選》（南富鎮、白川豐編，東京：勉誠出版，2003），頁290。

2　白川豐，〈日本雑誌に発表された旧植民地作家の文学〉，《植民地期朝鮮の作家と日本》（岡山：大学教育出版，1995），頁1-20。

則是大眾文學領域。[3] 但，第一期的「台灣熱」應可再細分成1930年代後半與1940年代前半。1930年代後半日本普羅文學領域中的台灣作家，以楊逵（1906-1985）為代表；1940年代純文學領域則以龍瑛宗（1909-1999）為代表。[4] 太平洋戰爭爆發後，殖民地的文學動員備受關注，台灣文化在日的譯介工作部分轉由在台日人文化人，例如西川滿等人接手代言，他們所發表的媒體類型與模式也不盡相同。1930年代的媒體以左翼同人雜誌為主；1940年代則除了同人雜誌之外，尚有一些作品刊於大眾雜誌與綜合文化雜誌媒體。

　　在日本文壇出現殖民地文化知識譯介的熱潮有其主客觀因素，和泉司從當時殖民地日語作家個人的主觀意願，和文壇徵文比賽機制之間的關係進行說明，並以龍瑛宗的〈植有木瓜樹的小鎮〉榮獲《改造》懸賞創作獎為例說明之。[5] 但，無論1930年代抑或1940年代殖民地文學熱的出現，除了作家個人主觀意願之外，尚與日本雜誌媒體對殖民地文學接納程度有關。日本普羅文學運動在1933年克普的代表作家小林多喜二（1903-1933）遭刑求致死後，該文學運動隨之走向衰微。舊普羅文學者仍試圖力挽頹

3　藤井省三，〈西川滿の戰後創作活動と近代日本文学史における第2期台湾ブーム〉，《日本文学における台湾》（張季琳編，台北：中央研究院人文社會科學研究中心，2014.10），頁1-39。

4　王惠珍，〈第三章　揚帆啟航——殖民地作家龍瑛宗的帝都之旅〉，《戰鼓聲中的殖民地書寫：作家龍瑛宗的文學軌跡》（台北：台大出版中心，2014），頁141-177。

5　和泉司，〈懸賞当選作としての「パパイヤのある街」——『改造』懸賞創作と植民地〈文壇〉〉，《日本台湾学会会報》10號（2008.05），頁119-139。

勢，調整文學運動的路線，創設新刊物，拉攏殖民地左翼作家以求發展新的合作模式，殖民地作家也把握這樣的時代趨勢，藉由與日本媒體的合作機會，拓展殖民作家在帝國的發言空間，傳播殖民地的文化知識。

　　目前日治時期台灣文學的跨界研究較關注日本近代文學單向對殖民地文學的影響關係，殖民地作家的逆向輸出的情況討論較少。戰爭期因日本帝國的戰爭暴力驅動東亞區域內部相互的流動，間接地影響日本文化界重新認識東亞的知識需求（即使這些知識內容中存在日本知識分子對東亞認識的偏頗），產生所謂的「朝鮮熱」、「中國熱」的出版盛況。但並未出現較具規模性的「台灣熱」，因為台灣的文壇規模與讀書市場、文學社群等都遠不及中國、朝鮮兩地。在1937年又面臨報紙漢文欄遭廢止的問題，因此與日本帝國文壇的互動方式與中、韓兩地甚為不同。在此一時期台灣日語作家在日的發表多採游擊式，即是在雜誌發表單篇作品為主，報導性的文章居多，藉由翻譯輸出台灣殖民地社會現況、特殊風土民情等的文化知識。

　　楊逵和吳坤煌兩人是1930年代與日本普羅文學界關係最為密切的台灣日語作家，誠如第一章所述吳坤煌以詩人自居跨足戲劇等文藝活動，活躍於在日左翼文化團體中，與中國詩人雷石榆（1911-1996）和朝鮮的金斗鎔（1903-?）交往甚密，但在中日戰爭爆發後不久他就前往中國尋求發展。[6]相對於此，楊逵1934年以小說〈送報伕〉（《文學評論》1-8，1934年10月）一作獲獎後，

6　王惠珍，〈日本における吳坤煌の文学翻訳活動について── 1930年代の日本左翼系雑誌を地中心に〉，《天理台灣學報》23號（2014.06），頁31-52。

卻積極地扮演台灣與日本文壇交流的重要對口，成為研究1930年代台、日左翼文化人交流的關鍵性人物。因此，若能釐清楊逵此一作家個案，將有助於我們理解當時台灣知識分子如何藉由日本媒體在東亞進行文化知識的交流和建立社群網絡間的合作關係。

楊逵留日期間（1924-1927）因參加佐佐木孝丸的演劇研究會，結識當時知名的日本左翼文化人士，例如：秋田雨雀、島木健作、窪川稻子、葉山嘉樹、前田河廣一郎、德永直（1899-1958）、貴司山治等人。[7] 返台後，他逐漸從社會運動轉向文學活動，[8] 為了與日本普羅文學運動同步發展，在島內外文友的聲援下，1935年11月創設台灣新文學社，12月發行同人雜誌《台灣新文學》，並與《文學評論》、《文學案內》締結為姊妹誌，成為兩誌的台灣支部。但，在該誌裡除了有ナウカ出版社和文學案內社的出版品廣告之外，亦不時可見其他日本左翼同人雜誌的廣告，例如週刊《時局新聞》、詩誌《太鼓》、詩誌《詩人》、《勞動雜誌》、《實錄文學》等的廣告。[9] 在《台灣新文學》創刊號的

7　戴國煇、內村剛介（訪問），葉石濤譯，〈一個台灣作家的七十七年〉，《楊逵全集‧資料卷　第十四卷》（彭小妍編，台南：國立文化資產保存研究中心籌備處，2001），頁250-252。

8　黃惠禎，〈第二章　1930年代楊逵圖像：從社會運動到文學活動〉，《左翼批判精神的鍛接：四〇年代楊逵文學與思想的歷史研究》（台北：秀威資訊科技，2009），頁25-119。

9　關於楊逵與日本左翼文學運動的關係，可參閱尹了玉的〈楊逵《台灣新文學》與無產階級文學運動〉，《第一屆全國台灣文學研究生學術論文研討會論文集》（國立清華大學台灣文學研究所編，台南：國家台灣文學館籌備處，2004，頁171-191），該文從雜誌專題、廣告進行分析，探討《台灣新文學》與當時世界性無產階級文化活動的關聯。但本文主要側重於探討作家楊逵在

「對台灣新文學的期待：（1）殖民地文學應該前進的道路，（2）在台的編輯作家讀者的訓言」[10]的回覆名單中，也不乏下述各類雜誌的主編，例如：《文學評論》主編德永直、《行動》的豐田三郎、《文學案內》的貴司山治、《星座》的矢崎彈等。從這些友人名單和雜誌廣告內容，可窺見他在日本左翼文壇所建立的人際網絡圖。1937年6月至9月楊逵因《台灣新文學》的存續問題，特地再度訪日滯留期間積極寄稿至《文藝首都》、《星座》、《日本學藝新聞》等舊友新知的報章媒體。[11]

　　楊逵獲獎後與積極融入日本文壇的在日朝鮮日語作家張赫宙（1905-1997）不同，他不以「小說家」自居，而是分飾「殖民地台灣作家」、「普羅作家」等多重角色，時而以「台灣作家」對日本的讀者大眾介紹台灣文壇的現況；時而以「普羅作家」的身分積極介入日本普羅文學界的議題討論，並將日本文壇的論述內容擇其所需轉譯至島內雜誌媒體中，例如：「文藝大眾化」、「行動主義文學」、「社會主義的寫實主義」等的倡導。[12]但，楊逵與日

───────────────

東亞日語知識交流網絡中，與日本雜誌媒體的關係。

10 〈台湾の新文学に所望する事〉，「1.植民地文学の進むべき道。2.台湾に於ける編集者作家読者の訓言」，《台灣新文學》1卷1號（1935.12），頁29-40。

11 河原功，〈楊逵の生涯──一貫とした抵抗精神〉《翻弄された台湾文学検閲と抵抗の系譜》（東京：研文出版，2009），頁3-18。

12 白春燕，《普羅文學理論轉換期的驍將楊逵：1930年代台、日普羅文學思潮之越境交流》（台中：東海大學日本語文學系碩士論文，2012）。其中，他介紹了日本文藝大眾化的論爭和德永直、貴司山治分道揚鑣的原委、當時行動主義文學的主張，最後分析楊逵如何接收、轉化這些文學概念。本文主要聚焦於楊逵與日本媒體的關係，因此有關他如何轉引日人作家的論點，將不再重複贅述。

本文壇的關係最後因中日戰爭爆發而告終，概算他在日媒體上發表的作品約有32篇，文體類別除了小說〈送報伕〉和〈蕃仔雞〉之外，其餘的多為評論和隨筆。[13]

　　楊逵在日本媒體上活躍的時期恰與日本舊普羅文學者重建、集結至完全潰散的期間幾乎完全重疊。本文將探討1930年代後半殖民地作家在其文化生產過程中與帝國的「媒體雜誌」之間的關係究竟為何？「作者」楊逵自身如何分飾多重角色，為滿足「日本讀者大眾」的閱讀之需如何選擇書寫內容，進行台灣文化知識的跨域輸出？筆者除了關注他與這些雜誌媒體的互動關係之外，亦將進一步探討他如何將這些雜誌內容轉化成自己寫作的材料，他透過怎樣的方式介紹朝鮮作家、中國作家的言說內容，建立彼此的交流關係？希望以楊逵與日本媒體雜誌關係的個案研究，勾勒出1930年代東亞作家們如何利用日本雜誌媒體進行區域內文化知識的交流。

一、東亞作家的文化交流

　　楊逵在他的文章中時常會引述日本報章媒體的論點，與之對話表達並提出個人觀點，時而申論時而駁斥。其中，除了同時代的日人作家之外，朝鮮的張赫宙和中國胡風（1902-1985）是他最常提及的東亞作家。因此，本節將聚焦於他們如何利用日本媒體雜誌展開對話交流。

13　請參閱文末附錄〈1930年代楊逵在日刊物發表目錄〉。

（一）楊逵與朝鮮作家張赫宙

　　張赫宙與楊逵是同時期活躍於1930年代前期日本文壇的殖民地作家，張赫宙於1932年以〈餓鬼道〉榮獲《改造》懸賞創作獎；楊逵則於1934年獲獎。當時的日本評論界喜歡將兩人相提並論。對此張赫宙曾特地寫了〈給對我有所期待的人——給德永直的信〉公開回應大家對他的指教，表示無意與楊逵競爭，只想自在地當一名日語作家。[14]即使如此，細田民樹還是期待楊逵能像張赫宙一樣，「即使不是所謂的左翼作家，但他描寫貧農、賣春婦真實的生活，將文學最重要的點訴諸讀者。[15]」那麼，楊逵如何利用日本媒體擷取張赫宙等人所提供的文化訊息，藉以思考台灣文學的問題呢？

　　《文學案內》是楊逵了解朝鮮文學的知識平台之一，《文學案內》（1935年7月至1937年4月）是1930年代傳播殖民地文學很重要的文藝雜誌，由丸山義二（1890-1958）、貴司山治（1899-1973）發行主編，共發行12冊。它是日本普羅文學運動從政治運動中解放出來，回歸文學路線，廣泛集結對普羅文學懷有理想的有志之士，以文學進行抵抗的一本文藝同人雜誌。其成員除了舊普羅文學者之外，亦網羅當時具進步立場的文學者。其編輯方針是立於勞動者的立場，描寫他們自身內部的生活，讓他們感受到未來，並提供滿足勞工閱讀需求的文學，進而從他們當中培養出

14　張赫宙，〈私に待望する人々へ——德永直氏に送る手紙〉，《行動》3卷2號（1935.02），頁190。

15　細田民樹，〈リアリズムの正しき理解の上に〉，《台灣新文學》1卷1號（1935.12），頁37-38。

作家。其編輯深具國際視野，除了對東亞殖民地文學之外，也對
歐美等其他區域的普羅文學活動同表關心。[16]

　　該誌的主編貴司曾表示，期待台灣作家：[17]

> 1. 在作品中清楚地描寫台灣人的民族生活（其風俗、習
>   慣、氣氛等）。
> 2. 清楚具體地描寫台灣民族當今在經濟上、制度上、或政
>   治上的境遇。
> 3. 描寫台灣民族在其生活中，有意無意的期待是什麼？但
>   那不是源自作家的腦海，而是從現實的民族生活中找出
>   來的。
> 4. 台灣人所謂的熟蕃、生蕃……即使在藝術上得描寫他們
>   的生活不可。

他除了期待在殖民地可以出現優秀的藝術作品之外，同時他也與
一般日本讀者一樣，對台灣原住民族保有高度的興趣。在1935年
《文學案內》10月號的「新報告」中特別提到：

> 《文學案內》對朝鮮、中國、台灣的文學感到同胞般的親
> 切，希望相偕參與新時代的文學建設。朝鮮、中國、台灣的
> 詩人、作家這裡有您的友人《文學案內》。日本的勤勞大眾

---

16 浦西和彥，〈題解〉，《《文學案內》解題・總目次・索引》（東京：不二出版
　　社，2005），頁5-15。
17 貴司山治，〈台灣の作家に望むこと〉，《台灣新文學》1卷1號（1935.12），
　　頁36。

期待你們不斷的通信與作品出現在這裡，我們向您伸出東洋之朝的握手。[18]

在此主編除了強調東亞區域內「勤勞大眾」的連帶關係，同時預告將積極推出中國、殖民地文學的特輯，同號的特輯集結了張赫宙的〈朝鮮文壇の現狀報告〉（頁62-65）、楊逵的〈台灣の文學運動〉（頁66-67）和雷石榆的〈中國文壇現狀論〉（頁68-70）三人的作品提供文學交流的平台。張和雷都身處日本文壇介紹祖國的文壇現狀。張赫宙是當時在日朝鮮文學的代言人，「日本製」的殖民地作家代表，即使他在文末自道在朝鮮他毫無文壇地位可言，與朝鮮文壇的關係也特別緊張，但弔詭的是，他在日本文壇卻是殖民地樣板作家。

雷石榆當時也因身在日本而與當時的中國文壇產生距離感，但他與當時旅日的留學生團體關係密切，文中介紹「詩雜誌的活動」裡還特地提及活躍於《詩歌》的台灣青年吳坤煌。從上述兩人的文章可知，當時中國左聯、朝鮮普羅藝術同盟都採組織的形式推動左翼文學運動，於1935年也與日本一樣，面臨當局鎮壓而日漸式微。相對於前兩人的「不在場」，楊逵卻身處台灣貼近文壇現況，當時台灣新文學運動者雖未遭逢大規模逮捕的問題，但文壇內部卻因創作語言的紛擾出現鄉土文學論爭。文中楊逵主要介紹在台日人為核心的台灣文藝家協會和以台灣人為核心的台灣文藝聯盟兩大團體的組織成員及其活動等。

之後，台灣的楊逵和朝鮮的張赫宙在《文學案內》中分飾提

---

18 作者不詳，〈新報告〉，《文學案內》1卷4號（1935.10），頁62。

供台、鮮文壇訊息的重要譯介者。1935年11月號繼續刊出張赫宙〈朝鮮文壇の將來〉（頁94-95）和楊逵的〈台湾文壇の現状〉（頁96-98）。他們透過雜誌版面間接地促成台、鮮文壇之間的資訊交流，例如楊逵在文章中就曾提到：

> 　　新文學運動深受到資產階級報紙的影響，是眾所皆知的事實。<u>特別是讀了本刊張赫宙氏的報導之後，更深有同感。</u>
> 　　<u>看到朝鮮的許多報紙刊出朝鮮作家的作品，我實在羨慕。</u>和資本階級報刊扯上關係，往往就會有扭曲文學運動的危險，雖然這是事實。即使顧慮這樣的危險，在我們的文學運動上，還是不能小看資產階級報紙的力量。[19]（按：下線為筆者所標示）

他以朝鮮報刊對文學重視的情形為例，呼籲島內報紙應開放文藝版提供台灣作家發表的園地。由於本文篇幅過長，未刊完的部分改以〈台湾文壇の近情〉為題轉刊於《文學評論》（2卷12號），作者為求文章的完整性，文中先摘錄重複刊於《文學案內》的部分重點，再補上「文學的社會性」和「文學的大眾化」的內容。

　　《文學案內》1935年12月號的「新年號廣告」中特別預告新年號的特輯將刊出「朝鮮・中國・台灣・新銳作家集」，其中包括「〈朝鮮の作家と作風〉張赫宙、〈台湾の作家群〉楊逵、〈中國文壇の現狀〉雷石榆」。小說作品除了張赫宙的〈アン・ヘエラ〉確定之外，計畫刊出丁玲的作品和三地作家的詩作、小品

---

19 楊逵，〈台湾文壇の現状〉，《文學案內》1卷5號（1935.11），頁98。

等。但最後卻因譯者的推薦，中國的小說作品改刊吳組緗的〈天下太平〉（深川賢二譯）。台灣的代表作原計畫刊出楊逵的〈蕃仔雞〉，亦因楊逵的推薦改刊賴和的〈豐作〉（譯者楊逵）。

　　原先預定刊出的作品，主編貴司只好另行於《文學案內》1936年5月號中刊出，其中轉載已在《台灣文藝》刊出的葉冬日的詩作〈烏秋〉（2卷3號，1935年3月）和楊啟東（1906-2003）的詩作〈朝の市場〉（2卷2號，1935年2月），繼之6月號才刊出楊逵的小說〈蕃仔雞〉、〈台湾文壇の明日を擔ふ人々〉和張赫宙的〈朝鮮文壇の作家と作品〉。

　　其中轉載的詩作內容多少帶有台灣的異國色彩，畫家楊啟東的詩作充滿著台灣早市寫實的畫面性，葉冬日的〈烏秋〉（代表台灣的鳥類）的文字充滿著客家山歌的音樂性。楊逵〈蕃仔雞〉一詞則是直接「崁入」台語詞彙，詞意是指稱日人家中僱用的台籍下女。他藉由這樣的標題除了挑戰日語的正統性，衍生出日語的混雜性之外，對日本讀者也提供了一種異國情調的想像。[20]但，若細讀小說內容卻可發現，它的情節仍是一篇描寫台灣勞動者的普羅小說。台灣青年明達苦於日、台勞工薪資差異、裁員問題，又加上台灣的聘金陋習，讓他負債累累苦不堪言。妻子素珠因當

---

20 雖然趙勳達討論〈蕃仔雞〉一作時認為：「楊逵以日語的形式作為偽裝，實際上卻在語言中批判日本人，在日語中崁入台灣人的口語的這種方式，讓台灣作家與台灣讀者在文學的生產與接受的關係上，建構了台灣人私密的空間」（《《台灣新文學》（1935-1937）定位及其抵殖民精神研究》，台南：台南市立圖書館，2006，頁234。）但若考慮這篇作品最初的刊載處是日本內地媒體，殖民地作家面對「日本讀者」所展現的語言策略，除了抵殖民的文學現象之外，其具混雜性日語的名詞使用更凸顯殖民地作家在日本文壇的異質性。

「蕃仔雞」而在婚前遭日本老闆數度性侵暗結珠胎，她為擺脫日人老闆的騷擾，婚後不願再繼續上班，但卻面臨丈夫明達鐵工廠的工時減少，家計陷入困境的問題。最後，她竟以尋短的方式對壓迫者做出最強烈的抗議。小說的標題雖戴上異國色彩的面具，但其內容卻是描寫台灣被壓迫階級的悲慘故事。

《文學案內》除了刊出台、鮮文學介紹特輯之外，陸續刊出「哀悼魯迅之死」（魯迅の死を悼む，2卷12號，1936年12月）、「朝鮮現代作家特集」（1937年1月），連載李箕永（1895-1984）的長篇小說〈故鄉〉（1937年1月-4月），從中可以窺見當時左翼雜誌如何關注東亞的文學議題。1936年8月楊逵與妻子葉陶（1905-1970）雙雙臥病之後，楊逵便未在這個刊物上發表作品，但仍持續閱讀關注該雜誌。例如在〈談藝術中的台灣味〉[21]中楊逵討論應如何表現「台灣味」時，他便以朝鮮作家李箕永的個案為例，提到：「如果用台灣話文表現的話還可以，但要用日文抒情表達這種芳香或氣味，我想可能非常困難。舉個例來說，李箕永的作品中的朝鮮色彩之所以能比張赫宙更濃厚，據說是因為李箕永用朝鮮文寫作。」這個實例的說明應是他轉引自Ｋ・Ｔ・Ｙ〈朝鮮的普羅作家李箕永的人和作品〉的見解，因為該文提到：

　　但直言不諱，對我們朝鮮人而言，在張赫宙的作品中感受到的朝鮮味極為淡薄，其中的原因之一或許是他不用朝鮮語

---

21 楊逵，〈藝術における"台湾らしいもの"について〉，《楊逵全集　詩文卷（上）》9卷（彭小妍編，台南：國立文化資產保存研究中心籌備處，2001），頁472-473。原刊於《大阪朝日新聞・台灣版》（1937.02.21）。

寫而以日語寫作的關係。其根本的原因是作品中人物所使用
的語言和描寫的問題。但，要是讀一次李箕永的作品，就可
發現他自始至終都使用朝鮮語──而且是獨特的朝鮮人的語
言。[22]

1930年代李箕永以探究下層庶民生活，具體描寫他們的生活樣貌
著稱，並在農民小說領域中嶄露頭角。〈故鄉〉原連載於《朝鮮
日報》（1933年11月15日-1934年9月21日）的長篇小說，以忠
清南道天安的一處農村為小說舞台，將當時農村現況描寫得淋漓
盡致，小說內容也觸及當時農村土地遭到地主階級和殖民地當局
雙重奪取的經濟結構問題。[23]楊逵與《文學案內》的關係，除了代
表台灣作家在雜誌上介紹台灣文壇現況，翻譯台灣作家作品之
外，同時也藉由閱讀該雜誌關注日本普羅文學界的討論議題，吸
收朝鮮的文化資訊，並轉介至台灣島內的文化界，以引起台灣讀
者對朝鮮文壇動向的關注。

　　楊逵因受到德永直等人的賞識1934年以〈送報伕〉一作獲得
《文學評論》第二獎（首獎從缺）並刊於《文學評論》1卷8號
（1934年10月）進入日本文壇，之後，他便積極與該雜誌建立密
切的合作交流。《文學評論》（1934年3月至1937年4月）1934年
3月為ナウカ社刊行的文學雜誌，根據主編渡邊順三（1894-
1972）的回憶，雜誌的創刊動機除了為解決他個人的失業問題之

---

22 K・T・Y，〈朝鮮のプロ作家李箕永の人と作品〉，《文學案內》3卷1號
　　（1937.01），頁242-246。

23 權寧珉編，田尻浩幸譯，〈李箕永〉，《韓國近現代文學事典》（東京：明石書
　　店，2012），頁353-357。

外，主要還是與為了實踐德永直的文學理想有關，而該誌的主要
成員以舊普羅文學者為主。在納普解散前後刊行的左翼雜誌中，
它是刊行最久、頁數較多的雜誌。其編輯方針在於反省過去普羅
文學過於執著政治的經驗，透過這本雜誌的發行希望再集結有心
者的抵抗活動。[24]繼楊逵的〈送報伕〉之後，《文學評論》於1935
年的新年號又刊出呂赫若的〈牛車〉。根據垂水的研究，她認為
〈牛車〉可能是呂赫若以新人之姿應《文學評論》「村の生活・町
の生活」的徵稿，主編渡邊之所以會採用這篇作品與農民派關注
農民文學有關。[25]在編輯後記如此記載：

> 創作欄的呂赫若氏是住在台灣的全新新人。曾因受到本誌
> 募集小說中楊逵〈送報伕〉的當選刺激，台灣文壇突然活躍
> 驚人，在此得以再介紹一位台灣的新人作家，本誌甚感自
> 豪。這篇〈牛車〉是優於〈送報伕〉的佳作而勉於推薦。

隨後二月號的「創作月評」對〈牛車〉展開批評，壺井繁治
（1897-1975）在〈文藝時評〉中提到：

> 對於最近殖民地作家開始活躍於日本文壇的現象，必須給
> 予高度肯定。讀了發表在《文學評論》的楊逵（案：逵）的
> 〈送報伕〉、呂赫若的〈牛車〉深受感動。覺得這兩位殖民地

---

24 祖父江昭二，〈解說〉，《文學評論 總目次・解說》（東京：ナウカ株式會
　社，1984），頁1-10。
25 垂水千惠，〈二章 〈牛車〉の執筆（1934-1935）〉，《呂赫若研究：1943年ま
　での分析を中心として》（東京：風間書房，2002），頁34-76。

作家的文章的共通處是樸實與素樸，雖然同是殖民地出身卻
具備與張赫宙很不一樣的類型。如果要檢討這篇文章的相異
點是源自何處，的確是有意義的題目，但限於篇幅而不被允
許，且留待其他機會，想將評論轉移至張赫宙〈一日〉（改
造）。其實這是我第一次讀這位作家的作品。一看這篇作品
就知道這位作家在文學方面頗富才能。但這篇小說文勝於
質，深入挖掘現實，寫出整體複雜的各種關係，令人感到有
其不適切性。〈一日〉是描寫任職於金融組織的上班族消極
的一面。在這篇作品中，他的文才掌握了主人公的心理變
化，表現得很生動巧妙。但讀到最後卻覺得欠缺讓讀者留下
踏實深刻的感動。主人公キム・ヘーチュ作為一種上班族的
類型描寫得相當巧妙，但作者卻對他的消極性批判得相當不
徹底。這是作者和主人公立於同樣的消極性之上嗎？被人懷
疑其曖昧性。他挖掘被夾在金融組織和農民之間，主人公因
良心而苦惱的心情，在其過程如果能更加具體暴露描寫農會
對農民的欺瞞政策的話，這篇將會是更有意義的作品。[26]

中條百合子（1899-1951）也在同一專欄發表〈新年號《文學評
論》及其他〉提到：

> 呂赫若氏的〈牛車〉是殖民地作家的作品，讓我想起前前
> 號的〈送報伕〉。從作品整體的效果而言，可見〈牛車〉在
> 描寫細部形象化方面所做的努力，但在打動讀者內心的力道

26　壺井繁治，〈文藝時評〉，《文學評論》2卷2號（1936.02），頁106。

　　方面，一眼便可看出他的寫作手法稚嫩。在這方面〈送報
　　伕〉勝出。但〈牛車〉有其他令人感動之處。這些殖民地的
　　人們……曾經歷了數十年的苦痛歲月，諷刺現實的是，現在
　　要將曾是他者的國語成為殖民地大眾的語言，更為廣泛地傳
　　達到勞動大眾的心中並流露而出的事實。讓我聯想到烏克蘭
　　文學發展的方式，我們由衷地高興殖民地進步作家的抬頭。[27]

　　從壺井的評論篇幅的比例與深入度，便可知1930年代日本文壇對
張赫宙作品的重視程度，將它視為殖民地文學的代表類型。楊逵
的〈送報伕〉則是他們在評價呂赫若的〈牛車〉重要的參考值。
中條也看到了在殖民地以大眾語言書寫的困境。楊逵雖然不是
〈牛車〉刊於《文學評論》的推薦者，但卻是台灣作家前進中央
文壇重要的前導者。

　　當時旅日的賴明弘與郭天留（劉捷的筆名）以台灣讀者的身
分繼之在「讀者評壇」上發聲。賴明弘在〈指導殖民地文學
吧！〉提到：

　　刻苦再刻苦較朝鮮晚一年，我台灣作家也進入了日本文
　　壇。在《文評》看到我的友人楊逵的名字時內心實在非常高
　　興。為了進入日本文壇我們拼命地努力競爭，最後由楊君先
　　馳得點。我們首先慶祝台灣文學的新發展，當然我們台灣人
　　不應為日本作家認可而滿足。（中略）。我們期盼日本普羅作

27 中條百合子，〈新年號の《文學評論》その他〉，《文學評論》2卷2號
　（1936.02），頁117。

家能以溫暖的手提攜，培育並指導殖民地文學。[28]（下線為筆者所標示）

從這篇短文中可知殖民地作家之間存在著前進中央文壇的競爭關係，同時他們與日本普羅文學界之間，似乎存在著上下位階的指導關係。

高爾基在全蘇作家大會中發表的〈談蘇維埃文學〉的論述，郭天留（劉捷的筆名）發表了〈高爾基與殖民地文學〉回應之，文中引用〈全蘇作家大會報告〉（ナウカ社版）的內文反思殖民地文學（台灣）的問題：

在日本普羅文學與諸殖民地的關係，幾乎從未被考慮過，最近殖民地的出身者逐漸想參與出現其中，是個應該關注的現象。但現階段的殖民地文學活動（特別是台灣）與韃靼作家寫給高爾基的書信所提到的完全一樣，「我們的藝術從形式逐漸……成形，但卻得不到作家、評論家、主編的理解。即使現在我們仍被視為「為人種學提供展件者」。我們的作品從他們看來是「附屬出版」、「勉強的選擇品」，有意識地將我們製造成民族政策的產物」……在台灣從前述高爾基的演說中受教很多，但尚處於低水準的形式中，鄉土性的內容藉由社會主義寫實主義的創作方法，想創造普羅藝術，以期

---

28 賴明弘，〈植民地文学を指導せよ！〉，《文學評論》1卷9號（1934.11），頁37。

逐漸接近母國的普羅藝術。[29]

這篇文章也一針見血地指出當時殖民地作家前進中央的困境，他們似乎只能接受中央文壇評論者「未成熟」、「質樸」的評語，以「逐漸接近母國的普羅藝術」自我期許，其中隱藏著殖民地作家的諷刺與無奈。

楊逵與《文學案內》的關係，除了成為台灣的譯者在雜誌上介紹台灣文壇現況，翻譯台灣作家作品之外，同時也積極閱讀該雜誌，關注日本普羅文學界的討論議題，接收朝鮮文學的資訊轉引至台灣島內的文化界，以喚起台灣讀者對朝鮮文學的關注。

（二）楊逵與中國作家胡風

1937年中日戰爭爆發的前夕，日本社會風聲鶴唳不利台灣人活動，上述的劉捷在友人陳煥圭的協助下，搭乘箱根丸前往上海，李萬居（1901-1966）由南京到上海接風設宴款待他，胡風也在好友李萬居的邀請下作陪，根據他的回憶：

> 胡風與我對坐，臉上有麻跡，他是日本的留學生，我以日語介紹台灣文學的現狀及日本關係，而也許第一次見面的關係吧，他沒表示什麼，但對台灣或日本的普羅作品好像有一種肯定。[30]

---

29 郭天留，〈ゴリキイと植民地文学〉，《文學評論》2卷3號（1935.03），頁130-131。

30 劉捷，《我的懺悔錄》（台北：農牧旬刊社，1994），頁61-62。

這是劉捷對胡風的印象，「日語」是他們交流的共通語。

　　胡風1929年因遭桂系軍閥追緝，只好與同學朱企霞東渡日本求學，由於當時他只有清華大學二年級的學歷，計畫在日升學受挫，幸因錢稻孫（1887-1966）的推薦和畑教授的協助，取得庚子賠款的助學金，使他得以進入慶應大學英文科就讀。此時正值日本普羅文學運動最興盛的時期，他積極參與日本反戰同盟、日本共產黨的《赤旗報》的讀書小組、中國左翼作家聯盟東京支部等組織。1932年他與方天一等中國留日學生成立「新興文化研究會」，出版不定期的油印刊物《文化鬥爭》。1933年2月22日日本當局虐殺進步作家小林多喜二，並展開掃蕩逮捕行動時，胡風3月便以在日中國留學生界中宣傳馬克思主義和反戰思想為由被日本特高逮捕，6月被遣返回上海。[31]返國後他依舊相當關心日本普羅文學運動發展的情況，在《文學評論》雖未見胡風的文章，但他仍很精準地掌握這波在日的殖民地文學風潮，關注殖民地作家的作品。

　　楊逵留日期間（1924-1927）剛好與胡風留日期間（1929-1933）錯開，因此兩人未曾謀面，日本雜誌媒體卻成為他們交流重要的媒介，楊逵的作品也因胡風的翻譯在中國才較為讀者所熟知。

　　當時擔任加拿大麥吉爾大學中國學院院長的江亢虎（1883-1954）於1934年8月22日至9月9日曾受邀來台，返中後他將在台遊歷見聞撰寫成《台游追記》。[32]當時楊逵便撰寫〈評江博士之

31　馬蹄疾，〈第四章　搏擊在異國的土地上〉，《胡風傳》（四川：四川人民出版社，1989），頁41-62。

32　江亢虎，〈41　會場花絮〉，《台游追記》（上海：中華書局，1935），http://www.tonyhuang39.com/tony1027/tony1027.html（2015.2.15檢索）。江亢虎訪台

演講―談白話文與文言文―〉駁斥江博士：「語言會變遷，白話
文會隨之變遷，因此後代將無法閱讀前代的著作」、「文章頻繁使
用方言，將破壞國語」的論述觀點。[33] 他站在「藝術大眾化」的立
場強調「白話文」的普及性和現代性。

　　之後，他又於《文學評論》上發表〈小鎮剪影〉，[34] 重複批判
江亢虎的言論，語帶諷刺地描述當天江亢虎在彰化中華會館談
「文化復興」的情形，即是江雖受到島內各地代表傳統舊勢力人
士的歡迎，演講盛況空前，但因其主張：「為了強化民族信心應
該認識自己的古代文化，謀求復興」等，引發在場聽眾的不滿，
出現鼓譟騷動，腳穿木屐的「男性勞動者」甚至上台發言，演講
會最後被迫匆促散會。楊逵藉由「論者：博士的演講／聽眾：勞
動者的抗議」以凸顯當天的衝突場面。遊記中雖也記載了這段插
曲，但卻辯稱清楚抗議者的意圖，並未提及自己在會場中動怒退
場之事。

　　胡風經由《文學評論》閱得此文，將部分內容直接翻譯轉引
於〈存文〉，[35] 藉以批判江亢虎在中國推動的「存文會」。在此，
《文學評論》顯然成為中、台兩位普羅文學者批判江亢虎「文化

始末等可參閱許俊雅的〈江亢虎《台游追記》及其相關問題研探〉（《文與
　　哲》17期，2010.12，頁457-496）。

33　楊逵，〈江博士講演評――白話文と文言文に就いて〉，《楊逵全集　詩文集
　　（上）》第9卷，頁95-102。（手稿，發表於《台灣新民報》，1934年日期不
　　詳）

34　楊逵，〈町のプロフイル〉，《文學評論》1卷10號（1934.12），頁85-86。

35　胡風，〈存文〉，《胡風全集》第4卷（梅志、張小風整理輯注，湖北：人民
　　出版社，1999），頁30-32。原刊於《太白》2卷2期（1935）。

復興」論述的資訊交流平台。胡風又於1935年6月譯出〈送報
伕〉，刊於《世界知識》2卷6號。1936年4月出版的《山靈——
朝鮮台灣短篇集》收入了台灣作家楊逵的〈送報伕〉和呂赫若的
〈牛車〉、朝鮮作家李北鳴的〈初陣〉（《文學評論》2卷6號「臨
時增刊新人推薦號」），這些都是刊於《文學評論》的作品，因
此，我們不能忽略該雜誌的物質性價值對文化交涉的貢獻與影
響。

　　胡風與楊逵的資訊交流平台除了上述的《文學評論》之外，
《星座》也是他們重要的交集園地。文藝同人雜誌《星座》的主
編矢崎彈（1906-1946）也曾以明信片回覆《台灣新文學》的問
卷，期待雜誌能刊出：「有關殖民地政策的批判性小說、殖民地
的歷史過程與風俗史為著重點的小說。」[36] 1937年楊逵訪日期間曾
積極地在《星座》上發表文章。

　　《星座》1935年4月創刊1937年9月停刊，雜誌同人石川達三
小說〈蒼氓〉雖未入選《改造》懸賞創作獎，卻因主編中村梧一
郎在未經作者許可的情況下，強行刊出〈蒼氓〉，讓他意外獲選
第一屆芥川賞。在中日戰爭前夕這份文藝同人雜誌亦難逃言論箝
制而被檢舉。[37]在中日戰爭爆發後矢崎卻仍前往上海積極地與中國
作家展開交流。[38]返國後他進一步媒合《星座》與王照統等人的

---

36 矢崎彈，〈台湾の新文学に所望する事〉，《台灣新文學》1卷1號，頁32-33。

37 近藤龍哉，〈星座の運行なかなかになめらかならず——同人雑誌と矢崎
　　彈〉，《Net Pinus》74號（2008.03.30），http://yushodo.co.jp/pinus/74/
　　kindaizasshi/index.html。（檢索日：2015.02.05）

38 近藤龍哉，〈胡風と矢崎彈：日中戦争前夜における雑誌『星座』の試みを中
　　心に〉，《東洋文化研究所紀要》151號（2007.03），頁55-95。

《中國文藝》締結成為姊妹誌，並刊出《中國文藝》發刊辭的譯作。胡風得知矢崎在日遭逮捕時，於《七月》週刊（3號，1937年9月25日）發表〈憶矢崎彈──向摧殘文化的野蠻的日本政府抗議〉[39]說明兩人往來的邀稿經過，藉以表達聲援矢崎之意。《星座》雖然只是一本小型的文藝同人雜誌，但其內容卻含括東亞跨域的文藝活動，雜誌中亦可見張赫宙由赤塚書店新刊的《深淵の人》廣告，停刊前甚至還試圖募集「地方同人」，推展該誌在東亞地區的流通。

楊逵曾於「星座クラブ」欄中發表過〈文學與生活〉，[40]從中可知他除了關注日本普羅作家的論述內容之外，也注意日本同人雜誌與中國現代文學者的交流現況。當時中國新進作家蕭軍（1907-1988）在日備受關注，他亦購讀蕭軍的《第三代》，並將感想寫成〈《第三代》及其它〉一文，發表於保高德藏主編的《文藝首都》（5卷9號），文中他除了肯定蕭軍沒有紳士意識，小說亦無欺瞞性和通俗性之外，他還直接轉引用胡風發表於《星座》的〈我的心情〉[41]的內容，藉以說明殖民地作家、地方作家亦如中國現代作家般，雖然不受日本中央文壇的關注，但卻希望透過作品讓日本的「進步的讀者」了解他們在各自的土地上如何受到壓迫，又如何奮起自我改造的過程，並致力於文學的社會性和大眾化。

楊逵接著又發表兩篇短文於《星座》中，都是為了回應雜誌

---

39 胡風，〈憶矢崎彈──向摧殘文化的野蠻的日本政府抗議〉，《胡風全集》第4卷，頁55-59。

40 楊逵，〈文学と生活〉，《星座》3卷8號（1937.08），頁63-65。

41 胡風，〈私の気持〉，同上注（1937.08），頁20-21。

編輯所提出的「民族主義再檢討」和「對綜合雜誌的期待」的問
卷題目，前者他以〈給新日本主義的二三直言〉[42]回應，質疑新日
本主義文化會的政治性，他提出兩個疑問：一是新日本主義者想
要教導國民什麼？二則是想要怎樣規畫日本的未來發展？因為日
本以移民方式解決人口問題，從台灣、朝鮮獲取利益，但卻未讓
國民生活受益。有很多日本人即使到台灣，也不像台灣人找得到
工作而淪為乞丐，由於朝鮮勞動者的湧入，日本的勞動者反倒受
到威脅。執問新日本主義者或民族主義者是怎麼思考看待這個問
題的呢？楊逵顯然是站在日本勞動者無產階級的立場提問，而非
從台灣或朝鮮殖民地的民族主義立場思考新日本主義的問題。

　　對於「綜合雜誌的期待」，他則站在「閱讀大眾」的立場希
望媒體正確報導事實。雜誌較報紙冷靜，綜合雜誌對於當時國人
聚焦的蘇、滿國境問題、北支事件應據實報導以取信讀者。雜誌
除了表面的事件報導之外，對於事件的前因後果亦應說明。最
後，他期待綜合雜誌能多使用一些篇幅刊載報導文學，除了如
《中央公論》特輯的「西班牙風暴」之外，在未來的綜合雜誌上
也能刊出「蘇、滿國境問題」、「北支事件」風暴和全國各地的報
導。[43]日本雜誌媒體的編輯取向隨著日本帝國的海外擴張，紛紛動
員報導人員前往戰地取材，雜誌社陸續新設許多戰地現場報導和
海外通信專欄。之後，綜合雜誌中報導文學的篇幅的確增多了，
只是最後卻多淪為官方的時局雜誌。

42　楊逵，〈日本主義への質言二三〉，《星座》3卷9號（1937.09），頁18-19。

43　楊逵，〈総合雜誌に待望するもの〉，《星座》3卷9號（1937.09），頁51-52，
　　接頁37。

　　胡風與楊逵雖分屬中、台的左翼作家，但他們卻利用日本的雜誌媒體《文學評論》、《星座》等作為交流的資訊平台，譯介援引彼此的文章，形成東亞左翼文學運動的連帶關係，藉以引發讀者群的共鳴。

二、與日本媒體建立的合作模式

　　楊逵的《台灣新文學》與ナウカ社、文學案內社、時局新聞社、土曜日社等的合作關係可以從廣告中窺其一二，[44]各社的廣告費應是雜誌重要的收入之一。同時，從這些名單中大致可以勾勒出楊逵與日本雜誌媒體的關係圖。但，筆者希望進一步透過楊逵的文章內容，釐清日本雜誌媒體對楊逵的寫作、《台灣新文學》的內容、台灣知識在日翻譯傳播具有怎樣的實質意義？以下試以ナウカ社的《文學評論》和《日本學藝新聞》為實例說明之。

　　從《台灣新文學》刊出ナウカ社出版品的廣告頻率之高，可見兩誌穩固的合作關係，從招募雜誌同人的經營模式到《台灣新文學》雜誌的實質內容，都足見《文學評論》的影響痕跡。楊逵擔任《台灣文藝》主編，便曾直接刊出德永直的回信內容，這篇是當時少數日人在台提及〈送報伕〉[45]的文章。由於他既批評〈送報伕〉：「在技術方面，不如說尚未成為小說」，但在12月的《文學評論》和《行動》中又說：「因應日本紳士的喜好而粉飾」，楊

44　尹子玉，〈附錄　《台灣新文學》雜誌廣告一覽表〉，頁189-191。

45　河原功，〈十二年間封印されてきた〈新聞配達夫〉──台湾総督府の妨害に敢然と立ち向かった楊逵〉，《翻弄された台湾文学：検閲と抵抗の系譜》（東京：研文出版，2009），頁43-63。

達質疑其中是否有其矛盾之處？對此德永卻不認為有所矛盾，並進一步說明之，最後以「追求小說更高的形象化」嘉勉他。46

　　《台灣新文學》創刊後，楊逵也不時在自己發表於島內媒體的文章中，直接轉引《文學評論》中的論述，或表贊同或反駁之，藉以達到某種為《文學評論》廣告的效果，例如他曾在〈台灣文壇一九三四年的回顧〉47附和《文學評論》編輯部肯定譯介N・馬卡理尤夫〈保持這種水準〉的評論內容，因為從中可學習作者的評論態度。又，《文學評論》自1935年2卷3號刊出高爾基的〈社會主義的寫實主義〉後，雜誌上陸續刊出森山啟、久保榮、金斗鎔等人的討論，主編甚至特闢「社會主義的寫實主義再檢討」專欄提供闡述意見的園地。他也特地在〈新文學管見〉（《台灣新聞》，1935年7月29日-8月14日）中，除了介紹誌面上提及有關「社會主義的現實主義」（社会主義のリアリズム）的討論內容之外，他也一一點出論者，認為：「在這些討論裡，始終未見有新意的內容加入，氾濫於紙面上的，似乎多半是語病上的攻擊和名詞解釋上的爭論而已。」無論楊逵對他們的觀點贊成與否，但他在自己的文章轉引這些作者論點的同時，似乎已達到某種為雜誌置入性行銷的目的。

　　除了文章內容的轉引之外，甚至直接將《文學評論》的文章重刊，以高爾基紀念專輯為例，《台灣新文學》原計畫在1卷7號（1936年8月）刊出高爾基紀念專輯，但因楊逵自己生病和稿件蒐

46 德永直，〈形象化について〉，《台灣文藝》2卷2號（1935.02），頁13-14。
47 楊逵，〈台灣文壇一九三四年的回顧〉，《台灣文藝》2卷1號（1934.12），頁71-73。

集的問題而延至1卷8號（1936年9月-10月合併號）才臨時轉由
王錦江（王詩琅，1908-1984）負責編輯刊出。特輯中收入五篇作
品：但〈戲劇の創作方法〉（ゴーリキイ）、〈高爾基年譜〉皆直
接轉載自《文學評論》3卷8號的內容。〈ゴーリキイの死に際し
て〉（安德烈・紀德）與《文學案內》2卷10號茨信次所譯的〈與
高爾基告別在莫斯科棺木前的演說〉（〈ゴーリキイへの告別　モ
ウスコウにおける棺前演說〉）雖是同一篇，但譯文卻略有不
同。[48]高野英亮的〈高爾基的教訓〉和健的〈高爾基的道路〉[49]應是
編輯新增添的文章。譯者高野英亮是誰未知，但他的小說譯作
〈馬丁的犯罪〉（〈マルチンの犯罪〉，ヴァイスコツフ作）、〈艾
蜜莉〉（〈エミリア〉，ヘルマン・ケステン作）卻曾在《台灣新
文學》上刊出。另外，該誌也曾直接節錄一段山村房次譯的高爾
基的〈給新人作家的信〉。[50]從《台灣新文學》「高爾基紀念特輯」

---

48 《台灣新文學》的譯文的譯者多為內地譯者，關於譯文轉引的問題將另文討
　　論。

49 健，〈ゴーリキイの道〉，《台灣新文學》1卷8號（1937.09），頁29。〈高爾
　　基的道路〉可能是楊逵病中之作，其由有二：一是楊逵曾用過「健兒」、「賴
　　健兒」的筆名，「健」可能也是他的筆名。二是根據文章的內容，因為作者
　　提到：「最近這幾年我們多位有志於文學的同志們，身、心應是血氣旺盛之
　　年，卻看到他們罹患病症和毒素成為半廢人，或有此傾向的事實。筆者自身
　　現在也被毒素所包圍，自覺雖持續奮鬥但卻仍漸漸陷入泥沼中。」又提及屏
　　東的楊華貧病辭世的慘例。《楊逵全集》並未收入本文，黃惠禎的《左翼批
　　判精神的鍛接：四〇年代楊逵文學與思想的歷史研究》的〈附錄一　楊逵文
　　學活動年表〉中未提及此篇作品，因此本文在此僅以推論之。楊逵因同情楊
　　華的處境，在《台灣新文學》1卷4號（1936.06，頁15）特地刊出〈島の有為
　　なる詩人　楊華氏を救援せよ〉的募款短文。

50 エム・ゴリキイ作、山村房次譯，〈新進作家に送る手紙〉，《台灣新文學》1

編排內容可知，楊逵雖有意與日本同步悼念高爾基的辭世，但受限於稿源和譯文的不足，只好重刊《文學評論》等日本內地現成的譯文，在某種程度上殖民地雜誌《台灣新文學》，此時成為內地左翼同人雜誌在殖民地的延伸媒體。高爾基文本在東亞的譯介傳播邊界，因《台灣新文學》的直接轉載而擴及到台灣的文化知識界。

　　除了左翼同人雜誌之外，因楊逵的積極聯繫與寄稿，《日本學藝新聞》成為刊出最多台灣文化界消息的日本報刊。《日本學藝新聞》（1935年11月5日至1943年7月1日）由川合仁編輯、發行，根據青野季吉執筆的發刊辭可知，該刊物是致力於發展獨立的「學藝新聞」的小報，其發展可分成四個階段：（1）確立期的雙重構造（1935年-1939年），（2）統制機關紙的第一步（1940年-1941年），（3）報紙機能的變化（1942年），（4）文化運動的組織（1942年-1943年）。[51]楊逵主要活躍於「確立期」，在這個階段中該報提供了許多有關殖民地文化人士在日活動的消息，例如在「學藝往來」的「演劇」刊出：「朝鮮藝術座在31日和11月1日即將在築地舉行的第二次公演金相福作的〈漂浪〉、金泰俊作的〈山の人々〉，卻因思想性理由全員被拘留在早稻田外的各署，導致無法舉行公演」（15號，8版，1936年10月15日）消息等。這波大規模的逮捕活動也波及牽連了當時旅日的台灣留學生吳坤煌、張文環、劉捷等人。

卷5號（1936.06），頁50-51。

51 香內信子、香內三郎，〈解說〉《《日本學藝新聞》解說・總目次・索引》（東京：不二出版，1986），頁5-16。

　　另外，該刊物也在「同人雜誌めぐり」系列中特別介紹《台灣新文學》：

　　　台灣新文學這個十一月刊出第九號，第八號高爾基的紀念
　　專輯中有非比尋常的努力。主事者楊貴以楊逵為筆名從事活
　　動，收入以漢和雙文寫的創作、評論、詩等等。以日文寫的
　　作品有略微遜色之感，是萌芽期本島文學的不得已之處。
　　　次號預計發行漢文小說專號，近期也有發行介紹全島作家
　　號的計畫。法國《國際文學》的編輯者計畫刊行世界各民族
　　童話叢書，該誌援助參加介紹台灣童話的連溫卿氏、設立台
　　灣新文學獎激勵新人等，其文化性的熱忱非得高度肯定不
　　可，得獎的發表應該會在來春一月發表。
　　　編輯者有：賴和、楊守愚、黃病夫、吳新榮、郭水潭、王
　　登山、賴明弘、賴慶、李禎祥、藤原泉三郎、藤野雄士、林
　　越峰、葉榮鐘、田中保男、黑木謳子、楊逵、林朝培。（定
　　價三十錢、台北市梅枝町五三其社）[52]

文中簡述《台灣新文學》的活動概況，但第十號出刊的漢文特輯
最後卻遭當局查禁，在台大力推動世界語的連溫卿（1894-1957）
譯介台灣童話的活動，在《台灣新文學》1卷9號中也刊出〈台湾
童話の国際的紹介に参加せよ！！〉的廣告招募台灣童話。楊逵
利用《日本學藝新聞》的版面介紹《台灣新文學》並與日本同人

---

52 作者不詳，〈同人雜誌めぐり（六）『台湾新文学』〉，《日本學藝新聞》16號
　　5版（1936.11.15）。

展開交流。例如山本和夫在〈同人雜誌の動向〉中便提到刊載於
《台灣新文學》三月號的張文環的〈豬的生產〉，他認為：

> 因為自從這樣的暴風狂風大作以來，顯然悠然自得的作品
> 已消失在同仁雜誌之中。例如：已無像《台灣新文學》三月
> 號的〈豬的生產〉（張文環）那樣的作品。我讀〈豬的生產〉
> 讀得非常愉快。在作品裡口中塞入大紅檳榔的老先生和老太
> 太夫妻吵架邊帶著過分的地方味道和習俗邊敘述……但由於
> 現在的作家們太過競爭的緣故，有意識地在「悠然自得的愉
> 悅」中忘了讀者的存在，打破這樣童話般的境地。在這篇
> 〈豬的生產〉的境地中也有很多本國的讀者。因此，在這篇
> 文章中高呼某種小小的啟蒙。[53]（按：下線為筆者所標示）

　　張文環的小說〈豬的生產〉中阿春婆的形象個性鮮明，所謂
的「習俗」應該是指：為了讓母豬安產而邀請紅頭道士阿圳作法
的過程。但，阿圳為了生活不得不為豬作法事，「咀嚼屈從的悲
哀，他發覺男人也有意志被強姦的悲哀」，小說在「悠然自得」
的異國情調閒適之感中，似乎潛藏著一種淡淡的屈辱感。至於阿
圳的喪氣臥床不起的事，作者張文環採以「因好色而殺了丈夫」
的謠言虛結，這裡山本所謂的小小的啟蒙，應該是指作家如何
「忘了讀者的存在」。

　　在1937年4月20日《日本學藝新聞》的「地方文化」欄開始
出現台灣地方消息的刊載，分別由「台中支局」和「台北支局」

---

53 山本和夫，〈同人雜誌の動向〉，《日本學藝新聞》25號4版（1937.03.20）。

負責發送新聞稿，報導當時台灣文化界的各種消息。楊逵為該雜誌的「地方文化」欄中譯介台灣島內的文化情況如〈台灣文化的現況 初等教育如考試地獄〉。[54]時而又改為「台灣支局」發訊，以「新聞報導」[55]的形式發出「初等教育如考試地獄」、「新聞漢文欄廢止」、「台灣文壇的一個轉機」三篇報導性文章。第一篇裡撰稿者以台中市為例說明；因公學校建置不足，有近20%到50%約五百名左右的學童喪失接受初等教育的機會。其次，又指出報紙漢文欄廢止對台灣人的影響，他「翻譯」出台南市六七十歲老人的諷喻內容：六七十歲才學アイウエオ，要到墳裡之後才能看懂報紙的話，而且還得看當今報導的扭曲新聞。最後，台灣文壇的轉機是指台灣日語作家的作品在日獲獎、發表，致使台灣的文學受到關注和《台灣文藝》、《台灣新文學》的刊行、《大阪朝日新聞》新闢「南島文藝欄」、《台灣新聞》設「月曜文壇」甚至提供微薄稿費的情況，以此說明在1937年前半年台灣文壇曾出現過的一片榮景。

但從其他的新聞稿仍可見台灣的報導人對殖民地的語言、同化政策充滿批判的態度，例如：〈台灣特種檢閱：《蒼氓》風暴〉[56]直接批評當局依據台灣特別法假同化之名，禁刊佐藤春夫的

---

54 楊逵，〈台湾文化の現勢 初等教育に試験地獄〉，《日本學藝新聞》28號6版（1937.04.20）。

55 雖然林淇瀁從媒體研究的角度研究楊逵有關報導文學的創作，但是他主要還是利用他在島內《台灣新文學》的文本為主，對於他在日的報導活動較少論及。（〈擊向左外野：日治時期楊逵的報告文學理論與實踐〉，《場域與景觀：台灣文學傳播現象再探》，台北：印刻出版社，2014，頁137-161。）

56 作者不詳，〈台湾は特種檢閱：《蒼氓》あらし〉，《日本學藝新聞》31號6版

作品、中央公論的入選之作〈野蠻人〉、楊逵的〈送報伕〉。相當
多中國電影也遭禁，即使日本在內地製作或經日本轉至殖民地的
外國電影也會同遭禁播。漢文遭廢、台灣話遭禁，想藉此消弭台
灣的民族意識，說因為台灣是殖民地，但實際上不外是對島民思
想的監控。楊逵又在同欄發表〈「模範村」的實體 部落振興會的
工作〉、〈嚴懲不諳國語〉，[57] 其中他直戳殖民政策擾民之舉的荒謬
性，這些殖民地人民的不平之鳴，顯然也只能在日本內地的媒體
版面才能夠宣洩。

　　1937年因楊逵訪日《日本學藝新聞》特地刊出「特輯台灣文
化」，其中包括楊逵與龍瑛宗的座談〈談台灣文學〈植有木瓜樹
的小鎮〉及其它〉[58] 和楊逵的短文〈輸血〉[59]、〈報導文學 攤
販〉。[60] 在〈輸血〉中他強調文學的社會性與大眾化的問題，為了避
免文學走向頹廢，應從「地方」和「大眾」輸血而來，並以「報
導文學」的形式撰寫〈報導文學 攤販〉以實踐自己的文學大眾
化的主張。

　　《日本學藝新聞》的主編還特別在「消息欄」提醒讀者，如
要聯絡楊逵可以直接將信寄至報社，可見楊逵訪日期間與日本學
藝新聞社保持相當密切的聯繫。「編輯室」也特別聲明：「獲得上

　　（1937.06.01）。

57　作者不詳，〈模範村の實體 部落振興會の仕事〉、〈国語不解者に鐵槌〉，
　　《日本學藝新聞》32號6版（1937.06.10）。

58　楊逵，〈台灣文學を語る「パパイヤのある街」その他〉，《日本學藝新聞》35
　　號6版（1937.07.10）。

59　揚（楊逵筆名），〈輸血〉，同上注。

60　林泗文（楊逵筆名），〈ルポルターチュ 行商人〉，同上注。

京的楊君的協助才得以編輯地方文化的第一輯，今後也想推動包括鮮滿的特輯，因此，絕對需要地方文化人、雜誌同人諸賢的協助。」但，這樣的合作計畫，卻因楊逵在日被捕而未能實現，台灣文化界與《日本學藝新聞》的關係也就此告終。

　　在此刊物中介紹朝鮮文學的報導者，主要仍是張赫宙，1938年他改寫朝鮮古典文學〈春香傳〉在日出版，並由村山知義等人改編成戲劇在各地巡迴公演，為此他寫了一些導論性的文章進行宣傳。[61] 另一位則是李文園，他是該刊物中最積極介紹朝鮮文化的發訊者，文章聚焦在朝鮮文化與朝鮮語問題的報導。[62] 但隨著中日戰爭的戰火蔓延，1939年末在該報上出現了「中國稱呼運動」，有人呼籲應將「支那」改成「中國」。接著又有人提出「朝鮮人」一詞的歧視問題，但為何當時稱呼「台灣人」一詞未出現歧視問題呢？其理由是：

　　　　這可能是因為日韓合併之後，從朝鮮來了許多勞動大眾，
　　成為在日本稱呼朝鮮人的印象，結果加深讓人們覺得他們是
　　勞動的、汙穢、下賤的感覺。稱呼台灣卻難以含括明瞭的概

61　張赫宙，〈《春香傳》餘談〉52號5版（1938.03.01）和劇評〈有樂座九月劇評〈春香女傳〉に寄せる感想〉116號3版（1941.09.10）等。

62　李文園在《日本學藝新聞》的發表情況如下：〈「朝鮮藝術賞」第一回賞の発表を見て〉84號3版（1940.04.25）、〈文学と言語「半島語」の問題について〉85號3版（1940.04.10）、〈半島新聞論：諺文紙はどこへ行く〉87號3版（1940.06.10）、〈半島新聞再論：民間諺文紙を弔ふ〉93號6版（1940.09.10）、〈朝鮮文化（1）〉（112號5版，1941.07.10）。關於李文園的人物背景目前仍有待釐清。

念。台灣人渡日者並不多，特別是渡日的勞動者相當稀少。[63]

由於在日台、鮮移民人口質量不同，也導致日本人對台灣人、朝鮮人的稱呼和態度有所差異，顯然當時日本輿論界將同是殖民地的台灣，視為朝鮮問題重要的參照組。1940年代《日本學藝新聞》已逐漸轉型成為當局的機關誌，1941年春山行夫訪台後，曾發表〈台湾の文化〉（111號5版，1941年6月25日）介紹台灣文化界的概況：例如在台熱帶研究、新聞雜誌、純文學雜誌（台灣文藝家協會的《文藝台灣》）、音樂與電影等。其中提及電影院的觀眾本島人只占三成，但李香蘭主演的〈支那之夜〉放映時據說竟高達八成之多。1942年11月《日本學藝新聞》曾大篇幅地報導第一次大東亞文學者大會的行程，戰時動員情況與各國代表演說內容，為戰時文學者動員情況留下重要的歷史紀錄。

　　總之，楊逵與日本媒體的合作關係，不僅只是在經營上與他們保持合作關係，也透過轉引部分內容達到宣傳雜誌效果，甚至因直接轉載雜誌譯文，擴大了當時日本翻譯文學在台的影響力。楊逵無論在台或訪日皆積極經營與日本小報媒體的合作關係，利用有限的版面譯介輸出台灣文化訊息，批判台灣的殖民地當局，藉以提高了台灣在日本媒體的能見度。

---

63 作者不詳，〈朝鮮と半島〉，《日本學藝新聞》74號12版（1939.11.10）。關於「朝鮮人」應該稱為「半島人」的議題引起爭辯，在《都新聞》亦刊出〈「朝鮮」と「半島」お手町氏に答へる〉（1939.10.29）之後，《日本學藝新聞》的編輯才刊出此文進行答覆。（《都新聞》資料由大村益夫教授提供，謹此誌謝）。

三、日本文壇文學議題的參與

　　楊逵對於日本文壇的文學議題，一直擁有相當高的敏感度，並積極掌握其中的文學論述與論爭重點進而吸收、轉介到台灣文壇。然，楊逵顯然不只是單純地譯介輸入，他也試圖化身為「普羅文學者」、「讀者」、「雜誌同人」提出己見直接介入日本文學界的討論。因此，本節試以利用楊逵發表在日本雜誌上的文本，歸納他如何參與其中。

（一）提倡文藝大眾化

　　楊逵曾為了回應李張瑞在《台灣新聞》（1935年2月20日）提出「普羅文學因知識分子而興盛，優秀的藝術作品多凌駕於大眾之上」的質疑，而在《文學評論》上發表〈摒棄高級的藝術觀〉，[64]藉以讓日本讀者間接地了解台灣民眾對文藝大眾化的理解與爭論之處，接著，他又以「讀者」之姿，在《新潮》上發表文章。

　　《新潮》於1904年創刊是一本純文學的文藝雜誌，在昭和前期普羅文學興盛之際，中村武羅夫等十一人組織新興藝術派俱樂部，反普羅文學的色彩鮮明，但雜誌主編秉持一貫客觀的立場，亦刊出其他文學者的作品。此一階段的《新潮》特色在於貼近文壇動向，積極地提供新人作家登場的機會。「新人作家」楊逵也化身為台灣「讀者」楊貴，在此刊物發表兩篇短文，〈傾聽讀者

64　楊逵，〈お上品な藝術觀を排する〉，《文學評論》2卷5號（1935.05），頁163-165。

的聲音〉（〈読者の聲を聞け！〉，《新潮》32卷4號，1935年4月），以台灣「讀者」的身分肯定雜誌開放短評專欄給讀者，因為「藝術的鑑賞本來就屬於大眾」，他在文章中轉引權五郎在《東京日日新聞》「蝸牛的觀點」中〈職業代表的評論〉的論述並附和之。繼之發表〈歪理〉（《新潮》32卷6號，1935年6月），站在普羅文學派的立場反駁藝術派杉山平助在〈冰河的哈欠〉（〈氷河のあくび〉）中提出純文學難解的「歪理」。

　　楊逵後來又將這兩篇文章集結成一篇發表於台灣島內《台灣新聞》（1935年7月20日）上。[65]從作品再刊登的情況可知，在他宣揚「文藝大眾化」的過程中並未因日本和台灣「讀者大眾」的差異而因地制宜調整內容，而是直接將在日的發表內容複製至島內一般媒體中，藉以宣揚「文藝大眾化」的概念。

　　他也藉由在同人雜誌發表文章的方式，期待與日本同人展開對話交流，如〈寫給「文評獎」評審委員諸君〉[66]中他以「同人身分」採書信體寫給《文學評論》主編渡邊順三陳述己見，強調大眾雜誌之所吸引讀者的「大眾性」有其值得借鑑之處，甚至直接轉引《文學評論》的〈勇敢的士兵帥克的文壇突襲〉[67]的最後一段，希望評委能夠關注既能描寫真相又能吸引「讀者大眾」的作家作品，藉以發揮普羅文學對社會的影響力。

---

65 楊逵，〈摒棄高級的藝術觀〉，同上注，頁177。但《楊逵全集》只譯介刊於日本雜誌的版本，《台灣新聞》版未見。

66 楊逵，〈文評賞審查委員諸氏に與ふ〉，《文學評論》3卷3號（1936.03），頁168-173。

67 吞氣放亭，〈勇敢なる兵卒シュベイルの文壇突擊〉，《文學評論》3卷2號（1936.02），頁107-109。

　　在文藝大眾化論爭中如何獲得「大眾」一直是爭議的焦點之
一，即是如何吸引一般「讀者大眾」關注普羅文學的「大眾」。
由於台灣讀書市場欠缺「日語讀者大眾」，因此楊逵所提出的
「讀者大眾」有其曖昧性。[68]他在日本媒體發表的文章中，大都直
接挪用日本「讀者大眾」的概念展開論述；但，他在殖民地的文
學實踐過程中，卻仍試圖與資本主義媒體爭奪讀者大眾，以翻譯
《三國誌》與《水滸傳》作為爭奪、教化大眾的手段。[69]因為，殖
民地的大眾讀者除了反法西斯主義、資本主義之外，尚得面對抵
殖民等更為複雜的問題。

（二）提倡行動主義文學

　　楊逵藉由日本的雜誌媒體吸收當時日本文壇行動主義文學的
論述，同時他也透過發表文章的方式參與其中。《行動》（1933年
10月-1935年9月）全24冊，由豐田三郎編輯，舟橋聖一（1904-
1976）、阿部知二（1903-1973）也參與其中，紀伊國屋出版部發
行。其發刊時正值普羅文學運動退潮，文藝復興之際，該誌雖試
圖與普羅文學的政治性劃清界線，但並不徹底。雜誌的成員雖以
藝術派為主，但其主張仍獲得如：青野季吉、矢崎彈、德永直等
人的共鳴，1934年下半年作為推動行動主義文學運動的機關誌才
開始受到關注。[70]《行動》的主編豐田三郎也曾在《台灣新文學》

---

68 垂水千惠，〈台湾人プロレタリア作家楊逵の抱える矛盾と葛藤について〉，
　《国文学：解釈と教材の研究》54卷1號（2009.01），頁40-50。

69 陳培豐，〈殖民地大眾的爭奪──〈送報伕〉、《國王》、《水滸傳》〉，《台灣
　文學研究學報》9期（2009.10），頁249-290。

70 野口富士男，〈行動〉，《日本近代文學大事典》5卷（小田切進、日本近代文

的問卷中簡短回覆：「期待台灣文學（不是殖民地文學）的發展。最重要的是應有獨自的基礎，為此有必要確立意識形態與發表機構。」[71]

　　1935年楊逵以「台中氏　健兒」在《行動》上發表了〈為了時代的前進〉（3卷2號）、〈擁護行動主義〉（3卷3號）兩篇作品。前者：他肯定《行動》設置「我的論壇」提供一般讀者投稿之舉，認為：「應該儘量多刊載具有行動精神的作品，即使技巧粗糙、生澀，我們還是應該重視其精神對大眾的影響力」，「應多注意如舟橋的〈跳水〉那種知識菁英的呼籲，以及刊載於《文學評論》十月號上的〈送報伕〉中那些勞動者、殖民地農民的吶喊。」因為它是藝術派的刊物，文中提及的「讀者大眾」並非局限於「普羅大眾」，期待一般讀者也能關注描寫殖民地的〈送報伕〉，藉此進行自我宣傳。在後者的文論中他主要表達自己對日本文壇行動主義文學論爭的理解與立場，肯定行動主義文學的積極性，並對舊普羅文學者教條主義式的批評不以為然，主張為了達到「文藝大眾化」的目的，普羅文學者需要拉攏進步的自由主義者。他也在島內發表〈檢討行動主義〉（《台灣文藝》2卷3號，1935.03）直接轉引舟橋發表於《經濟往來》二月號的〈論主動精神〉對「台灣讀者」轉介日本內地行動主義文學論爭的問題。

　　楊逵同時也在《時局新聞》（1934年1月-1936年7月）發表〈進步的作家與共同戰線──對《文學案內》的期待〉（116號，1935年7月29日）呼籲《文學案內》主編貴司山治應當將行動主

<hr>

　　學館編，東京：講談社，1977），頁102-103。

71　豐田三郎，〈台湾の新文学に所望する事〉，《台灣新文學》1卷1號，頁38。

義文學也納進「進步作家的同盟戰線」，以此作為他對新同人雜誌《文學案內》的期許。

　　在《台灣新文學》也可偶見《時局新聞》的廣告，《時局新聞》的主筆是1936年擔任日本無產黨委員長的加藤勘十，1937年12月15日在「第一次人民戰線事件」遭逮捕，當時身為日本無產黨常任委員中西伊之助（1887-1958）亦在台灣被捕引渡返日。據垂水的推測中西訪台期間應是1937年4月底至10月17日左右，訪台的真正目的，不應只是為了撰寫《台灣見聞記》，應該與日本無產黨「為反法西斯動員所有要素、在廣泛的機構和勞動大眾之上集結人民戰線」的成立目的有關，楊逵之所以接待當時訪台的中西應與任職於《大阪朝日新聞》台北支局的浦田丈夫有關。[72]

　　總之，楊逵不只在台灣島內地媒體輸入日本「文藝大眾化」、「行動主義文學」等概念，他也以「殖民地作者：台中　健兒」的身分撰文投稿，積極介入日本文壇行動主義文學的討論，藉此讓台、日的讀者了解彼此的理解與觀點。

四、殖民地台灣社會的報導與批判

　　楊逵在日本媒體的評論中經常會因其發言位置的差異，而調整主張的重點，他除了扮演殖民地「文學」的譯介者、同時還扮演殖民地「社會」的報導批判者。根據他報導的主題，大致可歸

---

72 垂水千惠，〈中西伊之助と楊逵——日本人作家が植民地台湾で見たもの〉，《国際日本学入門》（横浜国立大学留学生センター編，横濱：成文社，2009）。楊逵如何將行動主義文學轉介至台灣文壇的過程，可參閱白春燕的碩士論文，頁70-83。

納為台灣大地震的災難報導和殖民地教育現況等的報導與批判。

（一）台灣大地震的報導

　　楊逵寄至《社會評論》的〈台灣地震災區勘察慰問記〉，[73] 被視為台灣報導文學史的濫觴之作。《社會評論》（1935年2月-1936年7月）編輯發行者大竹博吉，該雜誌亦是ナウカ社發行的刊物，在1936年因為政治鎮壓發行至第18號即休刊，戰後為啟蒙和普及馬克思主義才又復刊發行。在《台灣新文學》中可偶見雜誌廣告，這篇作品中楊逵以「報導人」的身分觀察報導於1935年4月21日發生在新竹—台中的大地震災情。報導內容除了參考台中的《台灣新聞》的報導消息之外，他也與台灣文藝聯盟的一行人親自探訪文友，親臨現場報導災情和從事實地的救災工作，文末以日記的形式條列「實地調查日記」（23日-30日）記錄災區現況。

　　震災後三個月後，1935年7月楊逵與台灣文藝聯盟的友人繼續關注災後重建的問題，發表〈逐漸被遺忘的災區──台灣地震災區劫後情況〉[74]於日本左翼媒體《進步：La progreso》（由現代文化社出版的「進步」的綜合文化雜誌，標題為世界語，發刊期間由1934年至1935年）揭露未被列入災區民眾的生活慘況、漫無章法的重建、保正私藏物資等問題。

　　楊逵藉由這場災難報導對外發出台灣震災和災後重建的訊

---

73 楊逵，〈台灣震災地慰問踏查記〉，《楊逵全集 詩文卷（上）》第9卷，頁204-217。原刊於《社會評論》1卷4號（1935.06）。

74 楊逵，〈忘れられゆく災害地──台湾震災地のその後の状況〉，同上注，頁267-271。原刊於《進步：La progreso》2卷7號（1935.07）。

息，在日本雜誌媒體上進行個人報導文學的實踐。同時，在島內
發表的〈台灣大震災記──感想二三──〉最後卻提及：「有些問
題仍待考察，詳情我已寫於台中新報和東京ナウカ發行的《社會
評論》，請參照之。」[75]也藉此順便為雜誌《社會評論》廣告宣傳。

（二）殖民地的教育問題等報導與批判

　　楊逵在日發表的文章散見於各類型的刊物中，關係較淺者大
都只刊出一篇文章。1937年楊逵的長女楊秀俄（1930年出生）適
值入學的年齡，但她卻歷經兩次才通過入學考試，身為父親的楊
逵還寫了〈別傷心哪──寫給女兒──〉[76]一詩（未刊稿）。中西伊之
助訪問台中之際，也曾讀過這首詩而在〈台灣吟詠行〉的「在台
中市」以短歌吟詠：「見到寫詩安慰未能考入公學校的愛女的父
親」。[77]可見，這個時期楊逵對殖民地的初等教育情況和殖民地學
童的教育權有其切身之感，成為他反覆書寫的報導議題。他利用
日本雜誌篇幅報導實情，希望喚起日本的「讀者大眾」關注殖民
地教育的窘境。他除了在上述的《日本學藝新聞》提及這個問題
之外，亦在《土曜日》和《人民文庫》也採以短文的形式重複報
導。

75　楊逵，〈台灣大震災記──感想二三〉，《台灣文藝》2卷6號（1935.06）），
頁25。

76　楊逵，〈悲しむな──娘へ与える〉，《楊逵全集　未定稿卷》13卷，頁437-
439。

77　張家禎，《中西伊之助臺灣旅行及書寫之研究─兼論1937年前後日本旅臺作
家的臺灣象─》，（台中：靜宜大學台灣文學所，2011），頁114。短歌：「公
学校にはいれぬといふいとし子をなぐさむる詩かく父に会ひけり」。

　　《土曜日》是以京都為據點的同人雜誌，為中井正一等學者所集結，人民戰線寄予高度期待的雜誌。《日本學藝新聞》的「地方文化誌」中曾介紹過：它是一本「編排新聞批判、社大黨何去何從等特輯，細心編輯電影、戲劇、文學、婦女欄和知識分子訴諸大眾之內容很熱鬧」[78]的雜誌。楊逵也在該刊物發表了〈小鬼的入學考試──台灣風景（一）〉（32號，1937年5月5日）。他與《土曜日》的關係是否與人民戰線的中西伊之助（1887-1958）有關仍待確認。但，在文中楊逵語帶諷刺地說希望將台灣觀光局未介紹的「台灣風光」介紹給雜誌讀者。文中敘述Y先生（應是楊逵）因帶女兒參加公學校入學考試，而在現場直擊家長為了讓小孩擠進公學校窄門的焦慮，老太婆在考場臨時找女學生替孫子惡補、嚥著淚水帶著哭鬧子女參加考試的木工等各種考場風景。

　　之後，楊逵又發表〈緩和考試壓力的方法〉於《人民文庫》（2卷10號，1937年9月）的「市井義談」專欄。這本雜誌由武田麟太郎（1904-1946）出資編輯，此專欄在日本軍國主義嚴峻的鎮壓下，因執筆群和讀者的協助，成為人民（庶民）批判和抵抗官方的重要舞台。[79]這篇文章也是批判台灣初等教育問題的文章，其中指出殖民地的「公學校」和「小學校」教育的差別問題，不會因為中學考試只考一科日本歷史而解決，初等學校嚴重不足致使入學考試競爭激烈，呼籲當局應增建學校，質問不准設私校又查禁漢文書房，台灣文化豈能發展？

---

78 作者不詳，〈地方文化誌　土曜日〉，《日本學藝新聞》21號4版（1937.02.10）。
79 辻橋三郎，〈人民文庫〉，《日本近代文學大事典》5卷，頁211-222。

　　另外，楊逵也在《現代新聞批判》發表〈台灣舊聞新聞集〉
分成五次連載（96號到100號，1937年11月1日-1938年1月1
日）。《現代新聞批判》（1933年11月15日-1943年3月1日）是
《大阪朝日新聞》出身的記者太田梶太在關西所創設反主流媒
體、反法西斯的批判性媒體。他雖然謙稱自己是一「市井小
民」，為回應主編的要求，他以台灣人唯一的喉舌《台灣新民報》
的報導為題材，較無顧忌地表達所見所聞，例如小標所示「小孩
不如十圓」，直指不追究貧農因被當局強迫義務勞動，才造成小
孩被燙死的悲劇原因。殖民當局假借各種名義剝削民力強刮民
財，卻亦不見台灣媒體進行批判。他直批殖民當局推動國語運動
的強制性，卻忽視初等教育需求的矛盾處，以諷刺戲謔的筆致描
寫台灣百姓使用剛學會的「國語」時，但因同音異義詞[80]招致誤
會受罰的情況。「土地疑案非疑案」轉引《台灣新民報》1937年
12月6日的報導，說明「台灣農民組合」過去曾對此進行過抗
爭，同時質疑殖民當局與民爭地的非正當性。

　　楊逵以報導人的身分在這些具有反抗色彩的日本媒體刊物
上，報導台灣社會現況批判殖民當局的教育政策、國語政策、土
地政策等，藉以引起日本「讀者大眾」對台灣殖民地社會的關
心，了解台灣民眾真實的生活現況。同時也藉此建立日本左翼媒
體與殖民地媒體資訊的交流平台。

---

80 例如：二本（日本）なら負ける；これ品（支那）いい的用法，原意：如果兩
　　枝就算便宜些；這個東西好。諧音：如果是日本就會輸；這個支那好啊。

結語

綜觀上述1930年代殖民地作家楊逵與日本雜誌媒體的關係，可知他在獲獎後，便以「楊逵」（楊達）、「楊貴」、「林泗文」、「揚」、「健兒」等筆名代表台灣作家在日本的雜誌媒體上發聲，同時透過「日語」轉引、介紹東亞各地作家的言論、文壇資訊等等建立彼此的交流平台。他因雜誌性質和編輯等媒體需求，扮演多重角色，例如：殖民地台灣作家、普羅作家、一介讀者等的文化身分。在報導介紹性的作品中，「台灣作家」的身分鮮明可見；在文壇議題討論如行動主義文學、文藝大眾化等論述性的文章中，「普羅作家」立場明確，時而他亦會假「讀者」的身分闡述來自「殖民地讀者」大眾的意見。

楊逵在日發表的雜誌幾乎都是在日本普羅文學運動衰退期，1933年之後才創設的刊物，雜誌刊行時間大多不長，大多只維持兩三年。除了少數報刊型的刊物，例如：《日本學藝新聞》、《現代新聞批判》之外，幾乎都在中日戰爭爆發前後面臨停刊的命運。日本左翼文學者為了延續日本的普羅文學運動，積極栽培殖民地的橋梁性人物，廣納殖民地文學，擴展運動的邊界。楊逵藉此主動地透過與他們的合作提攜，試圖建立台灣文化界與日本雜誌媒體的合作連帶關係，譯介台灣文藝界的消息，扮演翻譯輸出台灣文化知識的角色。他除了作為譯者直接翻譯賴和小說〈豐作〉之外，也化身成殖民地的文化翻譯者，他將台灣的庶民日常話語轉譯成書寫日語，生動地再現殖民地社會現狀和民眾對殖民政策的不滿。

然，楊逵也會積極主動地透過日本左翼同人雜誌的提攜，試

圖建立台灣文化界與日本內地同人刊物的連帶關係。他利用日本媒體所提供的版面，介紹殖民地的社會現況的同時，也同步掌握日本、中國、朝鮮等地普羅文學運動的發展情勢。

　　他與中國作家胡風以文會友，藉由雜誌展開文字上的實質交流。兩人素未謀面，在《台灣新文學》雖可看到胡風翻譯的《山靈》的廣告，但兩人的交流模式主要是透過日本的同人雜誌，例如：《文學評論》、《星座》相互引述譯介，以達到文化交流的目的。另外，他也藉由《文學案內》、《星座》的特輯介紹，了解中國文壇的發展現況、蕭軍等人在日的翻譯評價等，且轉引呼應其中的內容。

　　楊逵除了關注日本文壇普羅文學運動的發展情況之外，殖民地朝鮮文壇也是楊逵的他山之石。他藉由朝鮮日語作家張赫宙等人在日的譯介和朝鮮作家的譯作，認識朝鮮現代文學的發展與成就。同時也刺激他思考台灣文學發展的各種問題，例如張赫宙的文章引發他檢討台灣文壇與資本主義媒體的關係，另外在創作語言與表現「台灣味」的問題上，李箕永以朝鮮語寫作〈故鄉〉的個案提供他思索以台灣話創作的意義與價值。

　　在殖民地與帝國雜誌媒體的提攜模式，若以殖民地同人雜誌《台灣新文學》與《日本學藝新聞》的合作模式為例，發現它提供版面介紹《台灣新文學》，評論其中的作品，又設置「地方文化」欄刊載台灣文化特輯、旅日台灣文化人的動向等動態訊息。另外，《文學評論》的ナウカ社除了提供廣告費的支持之外，因《台灣新文學》的人力資源等甚為有限，直接讓它轉載《文學評論》等中所刊出的譯作等。

　　日本雜誌也適時地提供楊逵對殖民地文化政策的批判空間，

開展殖民地的抗議論述。受限於殖民地的檢閱制度，在殖民地發行的媒體上批判殖民政策是無法見容於殖民當局。但日本左翼同人媒體恰巧提供楊逵批判的空間，揭露當局推動的殖民政策的壓迫性和殖民地教育的窘境，看似據實以報的報導內容，其中卻夾雜代表翻譯者的諷刺與批判的積極性作為。

　　縱然日本媒體提供楊逵許多投稿的發表機會，但台灣文壇才是他社會、文學運動的實踐場域，日本文壇只不過是他的一個參考點。

　　　要掌握我台灣文壇，首先得認識日本文壇。為了決定我們的出路，必須關注日本文壇的動向。當然，關注日本文壇並非去盲目的追隨日本文壇。由於創作的職業化，日本文壇有許多非文學性的因素橫行跋扈。我們的創作尚未成為商品，現在是我們可以真正貫徹自己的情感，奠定我們創作活動的基礎。[81]

雖然在殖民地台灣推動左翼文學運動，有著種種現實的限制與困難，但他終究仍得面對台灣的「讀者大眾」。在1937年《台灣新文學》停刊後，他便在「首陽農場」過著晴耕雨讀的生活伺機而動。

　　日本帝國在東亞的影響勢力隨著戰場的擴大而不斷擴張，帝國的慾望亦隨之膨脹。在日本的報紙雜誌上有關東亞各地的風土民情與文化知識的介紹更形活絡，日本的徵用作家、報紙的戰地

81 楊逵，〈芸術は大衆のものである〉，《台灣文藝》2卷2號（1935.02），頁12。

記者、雜誌的特約撰稿人紛紛出籠，前往東亞戰區和殖民地，實地近距離地進行文化觀察和戰爭宣傳。日本文人北進前往北京、滿州等地者常會路經朝鮮半島，南進南洋或南支那者，則會路過南進基地的台灣，並與當地文人進行一些交流。例如龍瑛宗因改造社的關係，曾接待過社長山本實彥、該社記者大森、特派記者中山省三郎等人。西川滿為1941年從印尼北返日本時路經台灣的高見順當過台北嚮導，高見由於旅費拮据無法入住日式飯店，只好委請在台日人西川介紹便宜且具異國情調的地方，因此西川才特地帶他前往大稻埕，[82]返日後高見順（1907-1965）寫了〈小說總評：昭和十八年上半年的台灣文學〉[83]一文回報台灣文學界。1940年代殖民地作家與日本的雜誌媒體又發展出有別於1930年代以左翼雜誌報刊為主的互動模式。

82　西川滿，〈人間のいのち〉，《アンドロメダ》167號（1983.07.23），頁5-6。
83　高見順，〈小說總評：昭和十八年上半年的台灣文學〉，《台灣公論》8卷8號（1943.08），頁86-92。

附錄：1930年代楊逵在日刊物發表目錄

時　間	標　題	日本雜誌刊物	備　註
1934.10	〈新聞配達夫〉	《文學評論》1-8	
1934.01	〈町のプロフィル〉	《文學評論》1-10	
1935.02	〈時代の前進の為めに〉	《行動》3-2	健兒
1935.03	〈行動主義の擁護〉	《行動》3-3	健兒
1935.04	〈読者の聲を聞け！〉	《新潮》32-4	
1935.05	〈お上品な藝術観を排す〉	《文學評論》2-5	
1935.06	〈屁理窟〉	《新潮》32-6	楊貴
1935.06	〈台湾震災地慰問踏查記〉	《社會評論》1-4	
1935.07	〈忘れられゆく災害地——台湾震災地のその後の狀況〉	《進步》2-7	
1935.07.29	〈進步的作家と共同戰線——「文學案內」への期待〉	《時局新聞》116號	筆名誤植為楊達
1935.10	〈台湾の文學運動〉	《文學案內》1-4	
1935.11	〈台湾文壇の現狀〉	《文學案內》1-5	
1935.11	〈台灣文壇の近情〉	《文學評論》2-12	
1936.06	〈蕃仔雞（小說）〉	《文學案內》2-6	
1936.06	〈台湾文壇の明日を担ふ人々〉	同上	
1936.01	〈豐作〉（翻譯）	《文學案內》2-1	賴和原作
1936.03	〈文評賞審查委員諸氏に與ふ〉	《文學評論》3-3	

時　　間	標　　題	日本雜誌刊物	備　　註
1937.04.20	〈台湾文化の現勢――初等教育に試験地獄〉	《日本學藝新聞》28號「地方文化」欄	
1937.04.20	〈新聞漢文欄廢止〉	同上	
1937.05.05	〈チビの入學試驗台湾風景（その一）〉	《土曜日》32號	筆名誤植為「楊達」
1937.06.10	〈“模範村”の實體――部落振興會の仕事〉	《日本學藝新聞》32號「地方文化」	
1937.06.10	〈國語不解者に鐵鎚〉	同上	
1937.07.10	〈台湾文学を語る「パパイヤのある街」その他〉（座談）	《日本學藝新聞》35號「台灣文化特輯」	
1937.07.10	〈輸血〉	同上	揚
1937.07.10	〈ルポルターチュ　行商人〉	同上	林泗文
1937.08	〈文學と生活〉	《星座》3-8	筆名誤植為「楊達」
1937.09	〈『第三代』その他〉	《文藝首都》5-9	筆名誤植為「楊達」
1937.09	〈試驗地獄の緩和方法〉	《人民文庫》2-10	
1937.09	〈新日本主義への質言二三〉	《星座》3-9	
1937.09	〈綜合雜誌に待望するもの〉	同上	
1937.11.01-1938.01.01	〈台湾舊聞新聞集〉	《現代新聞批判》96號至100號	

第三章

戰後初期（1945-1949）
台灣文學場域中日譯本的
出版與知識生產活動

前言

　　1945年8月15日，日本敗戰，一夕之間台灣人從「日本人」變成「中國人」，[1] 被要求重新學習當一名「中國人」。台灣島內人來人往，旅居中國大陸、日本、南洋各地的台灣人紛紛乘船返台，日僑則陸續被遣送返日。剛從殖民體制與戰爭中解放的台灣島，也成為祖國青年一攫千金或謀職的新天地。戰後台灣文化界人士雖然面對現實社會的混亂、經濟生活困窘等問題，但在二二八事件之前，他們仍對台灣的未來充滿樂觀的想像，投入戰後台灣文化重建工作，此刻出現了前代未聞的蓬勃景象。

　　在易代之後，官方積極推動國語運動，民間人士熱衷於學習祖國語言，在此文化情境之下，「日語」對個人的文化意義究竟為何呢？以《吳新榮日記》為例，他在1938年1月1日始以日文撰寫日記，但在1945年8月15日之後，立即改以中文撰寫，但閱讀日文書籍的習慣並未中斷，甚至重讀日譯本威爾士的《世界文化史》。[2] 他在1946年10月31日的日記中，記載將著手譯出日治時期未能發表的詩作，並命名為《鳴劍集》。[3] 可見，「譯寫」儼然成為吳新榮戰後初期的另一種書寫形式。換言之，日本敗戰後殖民統治勢力雖已「告終」，但日本文化或殖民經驗的影響力仍留存於台灣社會中，「譯寫」不只是個人延續文化生命的方式，同時

1　傅彩澄，〈勝利者の便宜によりて台湾人日本人になりまた中国人に〉（譯文：依勝利者之便／台灣人成為日本人又成為中國人），孤蓬萬里編，《台灣萬葉集（續編）》（集英社，1995），頁229。

2　1947年3月26日，《吳新榮日記8》（台南：國立台灣文學館，2008），頁372。

3　1946年10月31日，同上注，頁324。

也是這個世代轉進下一個新時代重要的文化資本。

　　戰後國際社會秩序重新整編，美蘇對峙、國共內戰烽火四起，台灣社會又因陳儀政權治理不當而出現了種種亂象。這些國內、外情勢的報導評論紛然雜陳於報紙媒體版面，原以日語作為知識語言的台灣讀者，卻難以在短時間內閱讀消化這些資訊。為此，報章主編不得不因應讀者之需，在配合國語政策的原則下，設置「日文版」以中、日互譯的方式作為過渡性的編排策略。這是繼1937年「漢文欄」遭廢止後，媒體版面上再次出現雙語並置的現象，只是主客易位，被標上敵性語言的「日語」退居邊緣，其文化優勢雖已不再，但仍保有作為「傳播」的工具性價值。因此，本文將關注在1946年10月定期的報章雜誌「日語版」遭禁前後，「日語」其傳播語言的功能性為何？

　　本文將探討翻譯作為一種文化傳播策略，他們如何將殖民者的「日語」轉化成媒體的「譯語」，藉由「日文版」、「日語譯註」生產怎樣的文化知識，其目的性為何？對官方和民間的台灣文化人而言，以日語生產的文化知識其內在的政治性動機和意圖為何呢？

　　戰後代表中華文化道統的國民黨，藉由文宣組織的動員，積極介入台灣文化場域。殖民地時期備受壓抑的台灣本土文化菁英，亦企圖主導戰後台灣文化的發展，再加諸左翼勢力來台傳播，使得台灣文化場域中的知識生產顯得複雜而多元。台灣讀者成為官方民族思想傳播、左翼思想傳播、在地文化出版業者競相爭取的閱讀「大眾」。

　　侯伯・埃斯卡皮（Robert Escarpit）曾提到：「書籍另外的特點，則是不能只光考慮潛在讀者群眾的人數，還要注意這些讀者

的素質、他們的實用需求，尤其他們的心理狀態。」[4]因此，在易代之際台灣讀者的閱讀心理與需求，即是在「日文版」廢除後，支持本土出版業者繼續發行日語書刊或中日對照書籍的原動力。因此，本文試圖釐清戰後初期各方勢力透過日文書籍、中日對照的形式，如何爭取台灣日文讀者大眾進行知識的生產活動。

　　戰後初期跨語際的翻譯實踐，並非是為了解決東西文化衝突，或社會內部追求現代性的文化發展脈絡下，所展開的文化翻譯活動，而是因外部政治力的介入，藉由政治性的操作，當權者急欲將前殖民主的帝國的語言「日語」剷除，使得日語與中文之間產生對立的緊張關係。戰後「去日本化」是既定的官方文化政策，但在重新整編台灣文化，收編進入中國政治文化體系的過程中，在面對占台灣多數的日語人口時，為宣達政令與「再中國化」之需，竟不得不做出有條件的妥協，借助「日語」工具性的傳播功能進行譯介活動，將「翻譯」作為一種宣傳策略，提供雙方溝通的平台。因此，本文首先將釐清戰後初期官方翻譯的政治性，即「日語」在戰後初期中、日文化知識權力消長之際，官方為宣達政令與闡揚國民黨政權的統治合理性之便，「日語」作為官方傳播語言的機能性及其特徵為何？又，發展出怎樣的新的文化協商空間？

　　新聞雜誌媒體和書籍是當時譯介文化傳播主要的載體，台灣知識分子面對「新時代」的到來，躍躍欲試一展抱負。台灣文化出版業界自總督府情報課的檢閱制度解放而出，報刊雜誌的發刊

4　Robert Escarpit著，葉淑燕譯，《文學社會學》（台北：遠流出版公司，1991），頁81。

如雨後春筍般，出現了百家爭鳴的盛況。[5]台灣社會的文化語境中台語、日語、中文眾聲喧嘩，「中文」因國語運動的推動而握有官方絕對的權力與文化資源，「日語」仍是台灣民間主要的公共知識語言，「台語」則在戲劇演出中找到發聲的可能等。台灣民眾雖曾積極地學習國語，但二二八事件之後卻發展出一套複雜的語言認同感。本文主要乃聚焦於雜誌「日文版」的譯介內容，藉此釐清譯本中隱匿的敘事觀點，說明跨時代台灣文化人在戰後台灣文化場域中如何使用「日語」，展現他們的文化能動性。即是，戰前活躍於文化界的台籍菁英，在戰後初期如何轉而積極運用戰前所累積的文化資本，利用有限的出版資源，進行日文編譯出版工作，參與跨時代的台灣文化重建工作。

戰後初期雖然曾有大批中國知識青年來台謀職，尋求發展機會，其中亦有具左翼理想者從事地下共產黨的宣傳傳播工作。他們積極參與台灣島內的文化工作並與台灣左翼分子積極從事文化交流活動，但在1949年前後因四六事件等政治事件，[6]他們多數又潛逃返回中國，之後多隱姓埋名，定居台灣者亦更改筆名，例如：歐坦生長期被誤認為是藍明谷，但其實是丁樹南。[7]由於這些作者群身分複雜確認不易，因此本文主要聚焦於台灣知識分子的翻譯傳播實踐，暫不將來台的中國知識分子的譯介活動列入考察範疇，留待他日再行檢討。[8]

5　何義麟，〈戰後初期台灣出版事業發展之傳承與移植（1945-1950）〉，《台灣史料研究》10期（1997.12），頁3-19。

6　曾健民主編，《那些年，我們在台灣……》（台北：人間出版社，2001）。

7　歐坦生著，《鵝仔：歐坦生作品集》（台北：人間出版社，2000）。

8　《台灣新生報》和《和平日報》等的文藝版面，雖時而可見翻譯西方詩文譯

　　本文以國家圖書館的數位資料庫「台灣記憶」所整理的「館藏光復初期台灣地區出版圖書目錄」[9]等日文出版品和戰後初期所發行的覆刻雜誌[10]為主要考察資料。有關戰後初期台灣文學的研究，已累積不少的研究成果，並有幾本專著出版。[11]關於當時台灣圖書出版的情況，如蔡盛琦〈戰後初期的圖書出版1945年至1949年〉一文中對於出版數量與法規等，陳述完備並歸納出戰後初期圖書出版的特點：官方宣傳品的大量出版、中小學教科書的缺乏、國語學習教材的出版熱潮、反映社會思潮的圖書出版、文學作品中日對譯出版。[12]其中，無論官方出版品或自學國語學習教材、反映社會思潮的圖書出版等皆出現中、日對譯的排版方式，此一方式是戰後初期重要且特殊的文化傳播模式。

　　以下試就戰後初期「日語」譯介出版活動與知識文化生產的關係，針對政治性的翻譯、翻譯的政治性和社會需求、日語通俗文學的出版與譯介、左翼文化人的譯介活動等方面進行考察。

作，但因作者確認不易，筆者能力未及，故暫不處理。

9　「館藏光復初期台灣地區出版圖書目錄」（已數位化），臺灣記憶 Taiwan Memory／首頁／圖書文獻／（已數位化共982筆資料）（檢索日期：2018年1月11日）

10　『台灣舊雜誌覆刻系列1-4』（台北：傳文文化事業有限公司）：《台灣文化》、《新新》、《政經報》、《台灣評論》、《新知識》、《前鋒》、《新台灣》、《創作》、《文化交流》共九種。

11　如徐秀慧，《戰後初期（1945-1949）台灣的文化場域與文學思潮》（台北：稻鄉出版社，2007）、陳建忠，《被詛咒的文學：戰後初期台灣文學論集》（台北：五南圖書出版公司，2007）、黃英哲，《「去日本化」「再中國化」戰後台灣文化重建1945-1949》（台北：麥田出版，2007）等。

12　蔡盛琦，〈戰後初期的圖書出版1945年至1949年〉，《國史館學術集刊》5期（2005.03），頁212-251。

一、政治性的翻譯：官方日語書籍的譯介與出版活動

　　戰後初期台灣省長官公署對台灣的接收工作大致可分為文化、政治、經濟三個範圍，即是所謂的「心理建設」、「政治建設」、「經濟建設」，文化政策當屬「心理建設」之一環，其具體內容根據台灣省長官公署祕書長葛敬恩對台灣未來建設的報告：

> 第一，心理建設：我們要發揚民族精神，實行民族主義，其中頂要緊的工作是宣傳與教育。教育是走著正常軌道，循序漸進……而宣傳則對於民族意識、政令法規、見聞常識等的灌輸，期其收效較速，特見重要。[13]

因此，在台灣省長官公署之下積極地設立了「台灣省長官公署宣傳委員會」、「台灣省編譯館」作為執行戰後台灣文化重建政策的「宣傳」與「教育」之專責機構。

　　戰後「中國化」（chinization）始終是當局治理台灣的最高指導原則，唯有因應台灣社會快速變遷，及台灣在國際政治秩序中所代表的意涵變化，中國化的政策亦隨之有其不同的重點。[14]戰後官方在執行政策之前必須先克服台灣人的語言問題，因為1942年全台日語的普及率已達60%，如果以每年5%的普及率增進，戰

---

13 葛敬恩，〈台灣省施政總報告（1946年5月）〉，陳鳴鐘、陳興堂主編，《台灣光復和光復後五年省情（上）》（南京：南京出版社，1989.12），頁228。

14 楊聰榮，〈從民族國家的模式看戰後台灣的中國化〉，《台灣文藝》18卷138期（1993.08），頁77-113。

爭結束前夕，日語的普及率應有75%左右。[15]雖然此數字只是粗估尚有可質疑之處，有人認為日語常用者應為19.63%。[16]但不可否認，這近20%的日語使用者應是台灣的知識菁英和日語書籍主要的購讀階級。因此，官方如何對他們宣傳國民黨統治區的官方思想、立場與對台政策，確立政權的正當性，政治性的翻譯活動，仍有其迫切性。

　　宣傳委員會在台灣行政長官公署成立之際，即成為編制組織內的一個機關，負責接收宣傳事業，並透過檢閱制度，掌控台灣的言論自由。[17]該組織所推動的宣傳業務，可分為政令宣傳、電影戲劇、圖書出版、新聞廣播四個方面，在圖書出版方面主要著力於闡述三民主義、蔣主席言論、陳長官治台方針及報告本省各部施政概況，以及生產建設情形。宣傳委員會當時已出版中文書籍32種，日文9種，總共計52萬冊，均係分贈或出售。每週出版《台灣通訊》、每月出版綜合性之《台灣月刊》及《新台灣畫報》。[18]同時，在「去日本化」的過程，台灣省長官公署明文公告「查禁日人遺毒書籍」，[19]委員會同警務處及憲兵團進行檢查，在台

15 許雪姬，〈台灣光復初期的語文問題：以二二八事件前後為例〉，《史聯雜誌》19期（1991.12），頁89-103。

16 曾健民，〈八、台灣光復時期的語言復原與轉換〉，《台灣光復史春秋：去殖民．祖國化和民主化的大合唱》（台北：海峽學術出版社，2010），頁185-186。

17 黃英哲，〈第三章　傳媒統治：台灣省行政長官公署宣傳委員會〉，《「去日本化」「再中國化」戰後台灣文化重建1945-1949》，頁65-79。

18 南榮，〈台灣省的宣傳工作〉（原載上海《益世報》，1947.03.10），李祖基編，《「二二八」事件報刊資料彙編》（台北：海峽學術出版社，2007），頁215-218。

19 薛化元等編，《戰後台灣民主運動史料彙編（七）新聞自由（1945~1960）》（新北：國史館，2002），頁40-41。「台灣省行政長官公署公告　查本省淪陷

北市查獲違禁圖書836種，7300餘冊，除一部分留作參考之外，餘均焚毀，其他各縣市報告違禁圖書者，亦焚毀1萬餘冊。[20]部分日文書籍被視為帝國遺毒，大量被查扣焚毀，「日語」成為敵性語言而遭到賤斥，甚至成為指控台灣人遭「奴化」的語言符號。

　　另一方面，「再中國化」的過程中，因政治宣傳之需，官方卻利用日語的工具性價值，在陳儀長官的指示下，日譯《三民主義》十萬冊分贈或廉價出售。另外，又將日文的《台灣指南》改譯成中文，以供來台外省人士參考。[21]宣傳委員會完全以政治性目的為考量，製作宣傳小冊，將台灣民眾視為教化宣傳的對象，以「翻譯」作為文化生產策略，將官方的中文思想教材轉譯成日文知識，藉以達到普及的效果。同時，也將既有的日文生活知識轉譯成中文，以滿足中國人旅台之需。但在戰後紙張短缺、紙價高漲的情況下，官方為政治性的宣傳之需，投入國家印刷資本，壟斷台灣島內的出版資源，出現排擠現象，對民間文化出版事業想

五十一年，在文化思想上，中敵人遺毒甚深，亟應嚴予查禁，凡(1)贊揚「皇軍」戰績者；(2)鼓動人民參加「大東亞」戰爭者；(3)報導占領我國土地情形，以炫耀日本武功者；(4)宣揚「皇民化」奉公隊之運動者；(5)詆毀總理總裁及我國國策者；(6)曲解三民主義者；(7)損害我國權益者；(8)宣傳犯罪方法妨礙治安者等圖書，雜誌，書報一律禁止售購，全省各書店書攤，應即自行檢查，如有此類圖書，雜誌，書報者，速自封存聽候交出，集中焚燬，如敢故違，一經查獲，定予嚴懲不貸，除定期舉行檢查並分令外，特此公告週知。」(《台灣省行政長官公署公報》35年春字第8期，民國35.03.01)，頁133。

20 台灣省行政長官公署宣傳委員會編著，《台灣一年來的宣傳》，(台灣印刷紙業公司第三印刷廠，1946)，頁25。

21 同上註，頁21-22。

必產生相當大的影響。

　　相較於宣傳委員會鮮明的政治性傾向，1946年8月7日成立的台灣省編譯館因館長許壽裳（1883-1948）「知日派」背景，在從事台灣文化重建工作時，卻試圖繼承在台日人所遺留的學術文化資本，[22]深具知識分子的文化理想性。編譯館組織其下分設四組：學校教材組、社會讀物組、名著編譯組、台灣研究組，透過行政組織的推動，落實文化理念。學校教材組的工作重心主要在於教科書籍的編纂。社會讀物組主要在於編輯一般民眾的讀物，「光復文庫」的出版品為它主要的成果之一，其旨趣在於期待台灣省民「能夠充分接受祖國文化的教養而成立」。[23]書籍文字力求淺顯，字數不求繁多，訂價力求低廉。該文庫的「編輯綱要」第五條：「為適應本省民眾目前之需要起見，擬以一部分書籍出版中日文對照或中英文對照。」[24]可見，編輯者仍顧及省民尚未熟悉中文閱讀，為普及祖國文化、主義、國策、政令等一切必須的實用的知識，「翻譯」成為不得不的文化策略，雙語對照方式成為跨語必要的出版形式。

　　編譯名著組由李霽野（1904-1997）擔任該組主任，其主要的任務為編輯翻譯西洋、中國名著，除了提供一般民眾研究與閱讀之需及文化視野之外，另一個動機不外乎是希望以中文譯本取代日譯本，以便提升台灣人的中文解讀能力。根據黃英哲的調

22 黃英哲，〈第四章　教育、文化內容再編：台灣省編譯館〉，《「去日本化」「再中國化」戰後台灣文化重建1945-1949》，頁81-118。

23 許壽裳，〈「光復文庫」編印的旨趣〉，《王充傳》（台北：台灣書店，1946）。

24 未見出處，轉引自蔡盛琦〈戰後初期的圖書出版1945年至1949年〉，《國史館學術集刊》9期（2006.09），頁233。

查，[25] 其中只刊出哈德生著、劉文貞譯的《鳥與獸》（台北：台灣書店，1947 年 6 月）和吉辛著、李霽野譯的《四季隨筆》（台北：台灣書店，1947 年 6 月）兩冊，尚有數冊待印。《鳥與獸》的譯者劉文貞於〈小引〉中，提到：「這是我們在抗戰爭期中『搶運的物資』，雖然中途損失了另外一小部份，能夠集起剩餘下來的印成一本小書，我們覺得已經是可以欣慰的了。」[26] 可見，他們來台出版的譯作並非是為了台灣文化環境之需，所擇譯的內容，反而是當時台灣的文化出版氛圍，提供他們一個延續抗戰時期未竟之業的出版環境，這些文化業績成為戰後台灣文化的一部分。依筆者管見，在以台師大師生為主的雜誌《創作》[27] 或《台灣新生報》的「橋」副刊[28] 等的文藝副刊中，時而可見西詩中譯之作，部分譯者尚無法確認，但仍可推論的是，戰後台灣的翻譯文學由這群外省籍知識分子，開展了另一台灣翻譯文學的系譜，有待他日再行深究討論。

---

25 黃英哲，〈第四章　教育、文化內容再編：台灣省編譯館〉，同註 12，頁 106。

26 劉文貞，〈小引〉，《鳥與獸》（台北：台灣書店，1947.06），頁 6。第一版 2000 冊。

27 許俊雅，〈《創作》──覆刻前的幾點說明〉，《台灣舊雜誌覆刻系列 3-1 創作》，頁 5-16。

28 根據許詩萱〈戰後初期（1945.08~1949.12）台灣文學的重建──以《台灣新生報》「橋」副刊為主要探討對象〉（台中：國立中興大學中國文學系碩士論文，1999 年 7 月）的《台灣新生報》「文藝」副刊（1947.05.04-1947.07.30）和「橋」副刊（1947.08.01-1949.04.11）的作品目錄可知，「文藝」副刊共十三期只有三期未有翻譯作品。「橋」副刊中時有西方文學的譯作，但其中林曙光、潛生、蕭金堆等人亦積極譯出省籍作家的作品，他們的翻譯的業績對中、台文化交流的助益頗大。

　　台灣研究組則由楊雲萍主事，對台灣歷史文物進行研究，並中譯日人研究者的學術著作，如國分直一、淺井惠倫等人的著作。[29]編譯館館長許壽裳曾於說明業務的記者會上提到，「如果把過去數十年間日本專門學者從事台灣研究的成果，加以翻譯和整理，編成一套台灣研究叢書，我相信至少有一百大本。」[30]他將日人在台的學術遺產視為世界文化的一環，主張將其保留發揚光大，[31]計畫將這些文化遺產中譯出版。該組的出版品皆歸類為《台灣研究組編譯鈔校》叢書，同時編印《台灣學報》，該組在戰後台灣研究方面扮演著承先啟後之角色，同時也開啟了戰後台灣民俗學研究之可能。

　　誠如上述，戰後初期日中的翻譯活動中，官方文化單位編譯館扮演著極其重要的角色，但其主要的目的，其一是希望透過出版品普及提升一般台灣民眾的中文程度，其二是透過淺顯易懂的中文譯介祖國文化和國際資訊。其三是因主事者許壽裳的知日背景，肯定日人的學術遺產，使得這些著作與學風影響了戰後台灣民俗研究的學術傳承，即是他們延續戰前民俗調查研究的文化活動，承繼以台大學術領導為核心的運作模式。[32]

　　在日文版遭廢前夕，新竹市參議會、高雄市參議會陸續請願，希望台灣長官公署廢止新聞紙日文版的執行能夠展期，但紛

29 楊雲萍，〈近事雜記（六）〉，《台灣文化》2卷5期（1947.08），頁12。

30 黃英哲，〈第四章　教育、文化內容再編：台灣省編譯館〉，《「去日本化」「再中國化」戰後台灣文化重建 1945-1949》，頁95-96。

31 同上注，頁110。

32 王惠珍，〈老兵不死：試論五〇、六〇年代台灣日語作家的文化活動〉，第二十屆天理台灣學會年會，（台北：中國文化大學，2010.09.11）。

紛被拒，[33]以「為執行國策，自未便久任日文與國文併行使用，致礙本國文字之推行」[34]為由，於1946年10月25日起，將本省境內新聞雜誌附刊之「日文版」一律撤除。為因應此官方決策，《台灣新生報》報社自1946年11月起積極地發行「日文時事解說叢書」，根據〈刊行の辭〉此叢書的發行目的是，因有鑑於省內青年層的國語文程度尚有不足，因應社會需求的過渡期叢書。時事的客觀解說為其主要任務，換言之，內容主要著重於介紹更勝於批判，解說更勝於立論。編輯為前日文版編輯主任孫萬枝和王耀勳、薛天助、賴義三人。如下說明「本叢書三大目的」：

1. 本叢書是在青黃不接之際，為了國語國文尚未熟達的人們，透過日文給予精神糧食為目的。
2. 本叢書是以解說介紹國際情勢動態、國內情勢、省內時事問題進行為內容。為了防範一般的知識水準低下，也致力於世界新發明新發現的事實之介紹與譯載。
3. 本叢書以社會服務為優先，頒布任何一般人都能購買的最低價。[35]

可見，此叢書版品仍以日文讀者為主，內容誠如叢書的發行「目的」所言，譯介中國國內情勢的《國共談判一年の回顧》（1947

---

33 薛化元等編，《戰後台灣民主運動史料彙編（七）新聞自由（1945-1960）》（新北：國史館，2002），頁46-47。

34 同上註，頁8。

35 台灣新生報社編，〈本叢書三大目的〉，《国民大會及び中米商約・幣制改革問題》（台北：台灣新生報社，1946），廣告頁。

年11月）、《國民大會》、《三中全會政治經濟改革方案》，相關政令《中日對照中華民國憲法》、《土地法の解說》，國際情勢的《聯合國大會》、《東南亞細亞的民族解放運動》、《敗戰後の日本はどうなつてゐる？》、《米蘇關係の解剖》、《日本の賠償問題》。有關省內時事的則有二二八事件後詔告省民的《二二八事件の處理方針》，及翻譯新任省主席魏道明及其官僚政策說明的《台湾省政府の新施政方針》，報社配合官方宣導政策之需，以日文翻譯官方言論以求達到傳播撫民之效。代表官方宣傳敘事模式的此套叢書，於1947年7月之後便不再發行。讀者的反應不得而知，但從廣告欄中可知，第1-7輯1947年3月前後便早已「售完」，但第8-14輯遲至1947年7月卻仍是「銷售中」，官方出版品或許亦受二二八事件的影響，出現滯銷問題。總之，「日文版」遭禁之後，雖然官方出版上述日譯叢書或中華日報社出版的《中華週報》（1947-1948）附日譯文，以吸引讀者購讀，但其內容逐漸轉而變成宣達政令的工具。[36]

　　戰後初期台灣的讀書市場國家印刷資本積極挹注，「廉價」是官方出版品的特點，藉由印刷語言的譯介與傳播，日譯或中日對照的對譯方式，以利達到普及官方主流思想之目的，此為不得不然的「順應民眾」之出版模式。藉由書籍物質文化的流通，希望盡速讓台灣人進入中華民國的民族文化想像與政治思維的脈絡中，企圖凝聚民眾的國族意識形構出官方式的民族認同。至於官方的宣傳效果如何？即使陳儀相當重視宣傳工作設立宣傳委員

---

36 何義麟，〈「國語」轉換過程中台灣人族群特質之政治化〉，《台灣重層近代化論文集》（若林正丈、吳密察主編，台北：播種者文化，2000），頁451-479。

會，但因長官公署與媒體關係緊張，因此在二二八事件後被要求裁撤，可見其宣傳之功未獲民眾肯定，其宣傳之效顯然是「不彰」的。[37]換言之，台灣民眾即使對形式「語言」譯介有其閱讀的需求性，但若對「內容」不再信任時，一切政治性的翻譯其傳播效能便很難發揮。

二、翻譯的政治性和社會需求

　　戰後台灣社會迅速地展開「中國化」的進程，除了官方的政治性宣傳，民間也積極印行出版《三民主義》，如政經報社、楊逵[38]等，雖然在二二八事件之後三民主義的熱潮退卻，但顯然地有關中國政治思想等的相關書籍，仍有其市場性需求。在台灣讀書市場中湧現大量簡明的中文報章雜誌，中、日文書刊的出版情況亦如同語言的消長現象，中文出版書籍的增長為大勢之所趨，日文書籍的出版充其量只能被視為過渡性的現象。當時日語讀者大眾仍占多數，為滿足這群讀者的知識權利，日文書籍的出刊似乎有其必要性。當日本帝國的出版資本退出台灣讀書市場時，台灣在地的出版業者便積極地接手此一日語讀書市場，民眾雖熱衷於中文學習，但仍有日文閱讀之需，因此出版業者亦有利可圖。

---

37 廖風德，〈台灣光復與媒體接收〉，《政大歷史學報》12期（1995.05），頁201-239。

38 楊翠，《永不放棄：楊逵的抵抗、勞動與寫作》（台北：蔚藍文化，2016），頁144。提到：他（楊逵）還募款印了三大批三民主義，想要廣為流傳。二二八事件後，「沒人要看『三民主義』，五千本都成廢紙。朋友出了三萬元，都成廢紙」。

有關國語學習運動的相關出版，如教科書和字典等出版甚為盛行，如戰前本以出售中文書籍為大宗的蘭記書局圖書部，其出售的教科書和工具書約有272種，此一書籍販售特色，頗能符合戰後文化潮流。[39] 又如國家圖書館的網頁說明：「92年完成〈台灣光復初期（1945-1949）出版品書目〉（初稿）。舉凡政治、社會、歷史、法律等各科門類，目前總數已達千餘種，其中又以教科書為最大宗。」[40] 但因本文以日文和日譯書籍為主要的討論範疇，因此，教科書雖亦有中日、中台對照的書籍，但因涉及語學的問題等，留待它文再行討論。本文希望藉由梳理民間雜誌、書籍出版品，探討他們以翻譯作為出刊策略，究竟發展出怎樣的出版傾向？另外，將關注中國相關知識的傳播與婦權運動言說的譯介傳播現象，以期釐清當時台灣文化人如何藉由「日語」進行「跨時代」的文化活動，其擇譯內容的文化意義，及其隱藏的傳播動機為何？

（一）中國相關知識的傳播

誠如前述，官方思想宣傳性的日文書刊已印行不少，但為滿足台灣民眾對於中國政經等相關知識的閱讀需求，民間的出版社亦紛紛投入相關書刊的出版發行。例如有關三民主義的書刊，除了官方的大量印行之外，民間出版社也紛紛發行不同的日語譯介本，如《三民主義之理論的體系（上、下卷）》（台南大同會編，台南：台南大同會，1945），而青年出版社也為應時之需，出版

39 林以衡，〈文化傳播的舵手──由「蘭記圖書部」發行之「圖書目錄」略論戰前／戰後的出版風貌〉，《文訊》257期（2007.03），頁90-92。

40「館藏光復初期台灣地區出版圖書目錄」簡介，http://memory.ncl.edu.tw/tm_new/subject/ImageTw/action3.htm（檢索日期：2018年1月11日）

『光復小叢刊』旨在：

> 本小叢刊為普遍三民主義提高一般政治水準為目的故所編
> 內容頗為嚴選，而通俗正確、一般省民、尤其是黨團關係幹
> 部人員訓練用、宣傳用、所不可或缺之參攷書、本社不惜努
> 力、蒐羅新資料、陸續發刊以應時需。[41]

其中第五輯《倫敦遭難記》（四六版，64頁，2元）、第六輯《中
國革命史》（四六版、24頁、1.2元）和第七輯《婦人はなぜ三民
主義を理解せねばならないか？》（《婦人為什麼須理解三民主義
不可》，四六版、28頁、1.2元）皆為翻印之書刊，內容全為孫中
山先生的原著或演講的日譯文。1945年光復初期的雜誌無論楊逵
主編的《一陽週報》、龍瑛宗主編的《中華》，甚至《台灣藝術》
改名的《藝華》皆紛紛刊載總理孫文、蔣中正的思想、或三民主
義等的思想言論等，或以簡明中文說明，或以日文，或以中日文
對照的形式刊出，其目的不外乎讓台灣人民盡快了解中國近代政
治人物的思想言說和傳記等，以利汲取相關知識。

　　除了名人的政治性言說，台灣民眾對於中國當代的政治或文
化界人士所知不多，因此，台灣新文化服務社出版了《中国話題
の人物》，[42]分別以簡明的日語介紹十六位當代中國名人，其中包

---

41 孫中山，《婦人はなぜ三民主義を理解せねばならないか？》（台北：青年出
　　版社，1945.11），封面內頁。可能因為鉛字的關係，版頁標點仍以「、」號
　　代替「，」號。空格處因汙損，無法判讀，以缺空方式表記。

42 新台灣文化服務社編，《中国話題の人物》（台北：新台灣文化服務社，
　　1946.08）。

括立法院長孫科、美髯公于右任、中共代表團領袖周恩來、丘八詩人馮玉祥、軟禁在貴州的張學良等人，文學家則有郭沫若、茅盾、張恨水、謝冰心等人，藉以概述中國現代名人。

至於中國文化方面，由於中日戰爭爆發後，隨著戰局擴大，日人對於「支那」大陸的關心日益高漲，關於中國的各種問題，在各大報紙雜誌中出現「現地報告」的專欄，也有幾個出版社例如改造社、東成社、大東出版社、生活社等陸續譯印中國人的著作。[43]台灣文化人也藉由日文閱讀吸收了不少「中國知識」。[44]戰爭期在大東亞共榮圈「興亞」口號下，在台出現了中國古典白話小說的日譯風潮，黃得時譯《水滸傳》、楊逵譯《三國志物語》等。[45]誠如《中國之古典》的〈後記〉[46]中譯者所言，一般台灣讀者對於宋元之後的文學較為熟悉，如《漢宮秋》、《琵琶記》、《西遊記》、《水滸傳》、《紅樓夢》等膾炙人口的作品皆有耳聞，這些中國知識部分或許是戰前藉由日語閱得，但有一部分也可能是源自民間說書系統的流傳。但戰後編輯者之所以擇譯出版此書的目的，乃是「為了喚起青年諸君對於祖國古典的親近感，而非為了古典的學術研究」，[47]且介紹中國思想史為主要的內容。戰後初

---

43 徐羽冰，〈日本的「中國熱」與中國的「日語熱」〉，《中國文藝》2卷1期（1940.03），頁34-36。

44 王惠珍，〈戰前台灣知識分子閱讀私史：以台灣日語作家為中心〉，《戰爭與分界》（柳書琴編，台北：聯經出版公司，2011），頁129-150。

45 蔡文斌，《中國古典小說的在台日譯風潮（1939-1944）》（新竹：國立清華大學台灣文學研究所碩士論文，2011.07）。

46 何達光著，劉學彬譯，〈後記〉，《中國之古典》（台北：光華出版公司，1946），頁100。

47 編輯者，〈序〉，同上注，頁1-3。

期日譯活動的動機顯然與戰爭期不同，但譯介中國知識仍是為了符合「應時之需」，只是「日語」從大東亞共榮圈的「帝國語言」變成「前殖民地」語言罷了。

另外，曾任《台灣日日新報》記者的林東辰在戰後初期也以日文撰寫《故事今談》，以古諷今，慎選中國故事，對當時各種怪現狀冷諷熱嘲。[48]他們除了當時以日文寫作或譯介廣義的「中國知識」，藉由文化知識的連結，與中國的文化語境接軌，滿足讀者的閱讀期待，提供他們戰後進入中華民族想像的共同體所需的背景知識，也試圖以「翻譯」保有當時台灣文化場域中言說中國的話語權。

（二）婦權運動言說的傳播

戰後隨著民族解放運動，婦女亦開始尋求解放，婦女解放運動成為民主運動重要的一環。因此在戰後報刊雜誌上出現了不少討論婦權問題的報導與討論。在婦女團體組織方面，國民黨政權透過培植謝娥（1918-1995）於1946年5月16日成立「台灣省婦女會」，中國婦女領袖蔣宋美齡特派廖溫音來台，於1946年12月28日成立「台灣省婦女工作委員會」積極介入主導台灣婦運團體。戰後初期婦女團體其實際主要的表現，在於婦女參政議題與廢娼運動上。雖然在廢娼運動問題上最終仍告失敗，[49]但婦權因在婦女會等組織的運作，輿情的熱烈討論增溫下受到各界的關注。

---

48 林曙光，〈台灣光復初期日文寫作的回顧〉，《文學界》10期（1984.05），頁147-150。

49 許芳庭，《戰後台灣婦女團體與女性論述之研究（1945-1972）》（台中：東海大學歷史研究所碩士論文，1997.01），頁10-49。

　　當時關於婦女相關議題的討論，以《新新》雜誌社為例，其中微芳〈女男平等〉[50]一文充滿男性諷刺女權的言說。又，徐瓊二於〈事實の表裏：「婦女會指導理念の貧困」〉[51]中，認為戰後台灣社會最引起關注的議題之一是婦權抬頭的現象，他強調男女平等的合理性、主張婦女參政權等，同時提出婦女會主張廢娼和取締女給（女接待）應有其配套措施，應顧及她們基本的生存權，並期待台灣婦女會應有其指導理論等。雜誌中關於婦運的譯介則有，劉清揚著、雲中譯的〈中國婦女運動的檢討〉[52]中，介紹在中國婦運的發展脈絡、與外國婦運之比較、今後婦運之路等。又如編輯後記所言，因讀者迴響熱烈又譯出〈女人天国にも悩みあり〉（在女人天國也有煩惱）[53]介紹美國婦女的現況。最後，《新新》雜誌社甚至舉辦「未婚女性座談會」（中文）[54]並邀請作家呂赫若主持，拋出「男女共學」、「現在台灣女性的好處與壞處」、「有沒有理想的男人」、「對於現在政治有什麼感想」等女性話題，進行發言討論，其中呂也提及公娼問題，認為應該視為整個社會問題來解決。該雜誌之所以重視女性議題，與郭啟賢承繼戰前《台灣藝術》的編輯方針，希望吸引女性讀者，因此對於婦權

---

50 微芳，〈女男平等〉，《新新》2卷1期（1947.01），頁8。

51 徐瓊二，〈事實の表裏：「婦女會指導理念の貧困」〉，《新新》（7號，1946.10），頁19。

52 劉清揚著，雲中譯，〈中國婦女運動的檢討〉（上）、（下），《新新》2號、3號（1946.02、03），頁4-6、頁6-7。

53 Thompson著，高木英譯，〈女人天国にも悩みあり〉，《新新》3號（1946.03），頁16-17。

54 作者不詳，〈未婚女性座談會〉，《新新》2卷1期（1947.01），頁10-13。

問題等多所關注有關。

　　有關婦權相關言論的日文書籍，以下試就何森耀編譯的《女性よ、何處へ？女權論爭》[55]和龍瑛宗的《女性を描く》[56]、林曙光的《戀愛小論》[57]為例，說明戰後在台譯介婦權言說的內容和傳播模式。

　　《女性よ、何處へ？女權論爭》的譯者柯森耀是台北市立女子中學的年輕教師，其譯寫目的乃在於，希望為國語能力不足的讀者，介紹祖國文化而出版此書。〈序文〉[58]由當時台灣婦女會重要成員之一陳招治撰寫，文中她強調婦運若無男性的理解與協助，婦女的解放便是無望，因此婦運需獲得男性的支持。[59]

　　該書的內容主要是譯自1942年雜誌《戰國策》中的四篇文章，分別是：沈從文的〈男女平等〉、紺弩〈賢妻良母〉、〈母性と女權〉、葛琴的〈男女平等論〉。當年沈從文因寫了〈談家庭〉和〈男女平等〉而備受爭議。根據〈譯者序〉的摘要，沈教授的〈談家庭〉中有如下的論點：

　　　　一部分女子高喊婦女解放，大概是由於這些女子身體有所

55　何森耀編譯，《女性よ、何處へ？女權論爭》（台北：共益印刷局，1946）。

56　龍瑛宗，《女性を描く》（台北：大同書局，1947）。

57　林曙光，《戀愛小論》（高雄：青年出版社，1946）。

58　何森耀編譯，《女性よ、何處へ？女權論爭》（台北：共益印刷局，1946），頁2。

59　陳招治，台灣人，日本東京音樂學校畢業，原為台北市知名的黃婦人科醫生之夫人。台灣光復後走出家庭從事教育工作，當時任台北市女子初級中學校長。參考許芳庭，《戰後台灣婦女運動與女性論述之研究（1945-1972）》，台中：東海大學歷史研究所碩士論文，（1997.01），頁21。

殘缺，或是容貌不佳，因而無法擁有家庭。再則，即使擁有
「家庭」，由於無法擁有美滿的家庭，才會引起婦女問題。但
婦女想要獲得和男子一切同樣的東西，簡直就是幻想。女子
真正的位置終究是在家庭。因此為了解決婦女問題，若能給
予這些女子「家庭」即可。男女將從「對立」變成「合
作」，非得築起如鳥巢般溫暖的家庭不可。[60]

如此充滿保守且具挑釁的言論，引起當時一連串有關女權問題的
激烈爭辯，討論婦女究竟應「安於室」，抑或應走出家庭為國家
社會貢獻才學，爭取婦權等的論辯。根據該書正反意見譯寫的比
例來看，譯者顯然傾向於後者的論述，即強調女性在社會發展過
程中，應積極扮演更為重要的角色。同時，婦權論爭的內容「男
女平等」的問題，與當時台灣社會討論的婦權議題有其類似性，
因此擇譯中國婦權論爭之情況，和當時台灣輿情是有其關聯性
的。此書翻譯出版也顯現出，台灣婦女運動雖有其內在的歷史發
展脈絡，但戰後亦逐漸納編中國婦運的言說內容，譯者透過知識
的轉譯展示其能動性，其傳播模式則是藉由譯本的流通，讓台灣
讀者更能掌握中國婦運的言說內容。

　　龍瑛宗戰後出版的第一本著作《女性を描く》，[61]即是有關婦

60 何森耀編譯，《女性よ、何處へ？女權論爭》（台北：共益印刷局，1946），
頁2。

61 雖然未知龍瑛宗的《女性を描く》初版共刷幾冊，但2月10日出版，2月20
日便又再版發行，可見銷售速度相當快。根據該出版社的三則廣告：「姚鱒
鱗編譯，日文書名映小說《未卜先知》明朗，豔情，諷刺，烤（按：搞）
笑」、「姚鱒鱗著，日文革命秘話霧社事件元首《モーナ・ルダオ》純情，悲

女議題的書寫。他之所以如此慷慨激昂地針對女性議題陳述己
見，與其當時擔任日文版編輯有關。他為填補「家庭欄」版面之
需，抒發個人對於「女性貞操」、「男女平等」、「新女性」等的
想法。之後將這些與婦女議題相關的篇章收入書中。[62] 其中，他認
為即使成就了「男女平等」，但新女性永遠是女性，不可以喪失
女性的本質，而所謂女性的本質，就是保有母性愛、作為女性的
溫柔，和不可忘卻家庭。[63] 總之，在他的論述中，理想的女性應具
備現代知性的賢妻良母，以家庭為重，行有餘力才再進一步參與
公共事務與婦權運動。他同樣強調婦權運動若要成功必須獲得男
性的理解與支持。[64] 文中所闡述的觀點與當時的主流觀點相去不
遠，並未逾越當時婦權輿論的範疇。該書同時收錄了龍瑛宗的文
學評論〈文學中的女性〉與充滿世紀末浪漫頹廢的短篇小說〈燃
燒的女人〉，及其傷別離的抒情隨筆〈給某位女性的書翰〉等充

壯，霧社事件實相」、「孫遜編著，日文名作小說《大地》美國パールバック
女史傑作」。又林熊生（金關丈夫筆名）的《龍山寺的曹姓老人》（1945.11）
初版可能由東寧書局出版，但下村作次郎所收的版本卻是大同書局出版的
《謎樣的男人：龍山寺的曹姓老人》（1947.01.26）（下村作次郎著，《從文學
讀台灣》，台北：前衛，1997），頁159。可見，該出版社出版通俗性書刊、
抗日敘事的作品和有關中國知識的著作，多少反映出當時大致的出版取向。

62 根據筆者的查閱「家庭欄」與「文藝欄」交錯刊載，其中並與「每週評論」
　　欄一同刊行。「家庭欄」的刊載內容，主要有持家育兒的基本知識，但亦刊
　　出不少女性議題的相關作品，如除了龍瑛宗的十二篇作品之外，尚有其他關
　　於女性議題的文章，請參閱附錄二。

63 龍瑛宗，〈新しき女性〉，《女性を描く》，頁3。

64 王惠珍，〈第七章　青天白日下的希望與絕望：龍瑛宗的台南時期〉，《戰鼓
　　聲中的殖民地書寫：作家龍瑛宗的文學軌跡》（台北：國立台灣大學出版中
　　心，2014），頁359-371。

滿文學感性的作品。

另外，當時《中華日報》記者也是重要的翻譯家林曙光，在轉任編輯高雄市政機關報《國聲報》日文版後，其第一篇評論即是以日文撰寫的〈寄語台灣婦女運動〉，對當時風起雲湧的婦權運動，進行冷靜的批判。同時他也以日文撰寫《戀愛小論》一書，其內容仍是以討論戀愛問題為主，如〈何謂戀愛？〉、〈戀愛的機緣〉、〈戀愛和環境〉、〈戀愛至上〉、〈關於戀愛與結婚〉等。在〈戀愛與環境〉中，提到：

> 當前世界中最嚴重的鬥爭問題，即是民族、階級和性別三者。惟一的方針也是以三民主義的解釋來解決這三者的鬥爭。

> 現在以最為感情性的反動和反理性的形式，在本省所進行的婦女運動只不過是性的鬥爭。（中略）國父的民權主義雖然規定男女同權，認定女性從家庭解放出來的社會性地位，即使社會制度將男女平等法定化，當看營運所要面對殘存的封建思想時，便覺得那是很難成功的。在此看到婦女協會的活動遲遲未能有所進展，我們對其存在與否──即使如此要不要存在都感到很懷疑。[65]

顯然他對台灣婦運未來的發展，並不樂觀。最後的〈滯洛書簡〉中以書簡的方式，陳述戰後他在京都時與友人討論戀愛等問

---

65 林曙光，《戀愛小論》，頁7。

題，其中最後的書信提到戰後不久即見到日本女性與美國大兵並肩而行甚為驚訝，對於日本如何走出敗戰的難關重新站起相當注意。整部書雖只有25頁，但對於古今中外的戀愛觀點多所闡述，最後以中國古典白話小說《西廂記》中的五絕「待月西廂下／迎風戶半開／隔牆花影動／疑是玉人來」作結，肯定「戀愛」的美好。

誠如上述，戰後初期台灣婦權運動積極展開之際，台灣婦女們積極參與公共事務推展婦運，台灣文化界也積極參與討論，省籍男性的文學家、評論家等文化人亦紛紛加入其中展開對話。但他們的言論卻顯露出他們對台灣婦運的微妙而複雜的心理，即是雖然肯定男女平權的理想，但是對於現實婦運狀態批評仍多於鼓勵，其中似乎隱藏著深懼男權受到過度挑戰的不安。

但無論他們言論的出發點或對台灣婦運觀感為何，由於「跨語」問題讓台灣婦女更顯現出其文化上的弱勢，[66]因此他們仍以「日語」作為傳播語言，以女性讀者為主要言說的對象，藉由報刊媒體的報導和雜誌的刊載和單著的出版發行形成輿情，並積極介紹中國婦運情況及其相關論述，激發關心台灣婦運問題的讀者一些共鳴。

三、日語通俗文學的出版與譯介

光復後台灣的官方語言中、日文位置轉換，民眾積極學習中文，但是日語仍是他們最為熟悉的閱讀語言，特別是一般的「閱

---

66 許芳庭，《戰後台灣婦女運動與女性論述之研究（1945-1972）》，頁52-55。

讀大眾」，此一消費讀者群並未因「終戰」而隨即消失，為填補
尚有利可圖的日文讀書市場，滿足台灣的日語讀者的閱讀消費需
求，戰前以出版通俗綜合型雜誌《台灣藝術》的台灣藝術社等人
士再度集結，重振旗鼓發行具大眾通俗性質的書刊，根據郭啟賢
的回憶當時因印刷機器設備都算齊全，鉛字的漢字尚可湊合著使
用，但唯有紙張取得不易。[67]本節根據筆者掌握的台灣藝術社出版
的書籍及其廣告，作為主要的討論對象，以期說明台灣藝術社如
何跨時代，從戰前大東亞共榮圈的口號裡，以「興亞」為大義名
分的出版熱潮中，進入戰後「中國化」的文化脈絡中，但在戰後
初期作為民間商業出版社的台灣藝術社，在台灣讀書市場裡如何
以不變應萬變，凸顯其一貫作為「本島唯一的大眾雜誌」的出版
主軸。

　　《台灣藝術》於1940年3月4日創刊，為大眾取向的綜合型文
化雜誌，其屬性既非同人雜誌亦非機關雜誌，為黃宗葵個人經營
的商業雜誌。因其個人人脈與在主編江肖梅（1898-1966）的學生
群等的協助下，獲得贊助會員、廣告贊助商、購讀者的支援，使
得《台灣藝術》雖數度改名仍跨越戰爭、終戰直至戰後才停
刊。[68]雜誌名稱自1944年12月改成《新大眾》又於1946年1月改
成《藝華》。誠如河原功所言，戰前戰後台灣文學或台灣文化以
日本敗戰為界線產生「鴻溝」，但《台灣藝術》卻是唯一橫跨
「鴻溝」的細細的「吊橋」。[69]根據河原功編製的總目次可知，雜誌

67　承蒙郭啟賢先生賜教，謹此誌謝。

68　河原功，〈雜誌《台灣藝術》と江肖梅／《台灣藝術》、《新大眾》、《藝
　　華》〉，《成蹊論叢》39號（2002.03），頁88-145。

69　同上注，頁101。

社在日本敗戰後竟仍於1945年10月1日繼續發行，戰前已編印完成的雜誌，有由藍蔭鼎繪製，描繪女工在工廠中操作機器勞動的封面，有許丙的肯定東亞奉公言論，廣告中刊出有關決戰下的相關書籍，令人覺得很不可思議。但，在最後的內頁中，宣稱下一期起會變更成「國語」（中文）。[70]

次期雜誌隨之更名為《藝華》（1946年1月），由日人宮田晴光（1906-1968）繪製封面與插畫，編輯迅速地掌握戰後文化氛圍，標舉「宣揚三民主義、高揚台灣文化」，政治正確地高舉官方思想口號後，再繼續以所謂「提昇台灣文化」，採以既政治又通俗的編輯方針，介紹三民主義等的文章與短篇小說葉步月的〈指紋〉、江肖梅的〈奇遇〉與吳濁流〈先生媽〉及張新金的獨幕劇〈金珠的失蹤〉等作品並置其中。

戰前台灣藝術社的出版品例如：《木蘭從軍》（1943）、《包公案》（1943）等，以大眾化路線為主。[71]《台灣藝術》台灣戰前出版量從創刊號的1500部到戰爭末期提高至4萬多冊，成長之速與其朝向娛樂性與大眾化，積極開拓女性讀者群有其密切關係。[72]雜誌社所培養出來的消費群，戰後仍繼續購讀，成為台灣藝術社通俗文學出版品的主要讀者群。又，根據該雜誌戰後初期出版目錄和廣告中提及的書籍種類，[73]該出版社仍繼續以「大眾化」路線作

---

70 同上註，頁99-100。雜誌實物未見。

71 同上註，頁97-98。

72 河原功著，黃安妮〈《台灣藝術》雜誌與江肖梅〉，《文藝理論與通俗文化（上）》，（彭小妍編，台北：中央研究院中國文哲研究所籌備處，1999），頁255-278。

73 請參閱附錄一：戰後初期「台灣藝術社」出版品。

為主要出版主軸，以出版日文書籍為主，除了印行通俗性文學刊物之外，尚發行朝日新聞駐上海記者甲斐靜馬的《終戰前後の上海》（1947），該書的內容主要描寫終戰前日本軍閥在滬的暴行，終戰時日軍的狼狽之狀和日本僑民混沌的狀態，及終戰後日僑富有者盡其可能將資產運回日本，但貧困的日僑卻有不少人餓死的慘況。[74]總之，該書主要在於揭露日本軍閥與財閥的蠻橫、酷行，其內容與中國抗日論述有其一致性。另外，《和平の道》（1947）主要就「支那事變」、「三國同盟」、「日本交涉」進行歷史性的說明。[75]蔡文德的《國語常用語用例》（1947）封面上標示「日語注解」為經官方許可應民眾自學國語之需而發行的書籍。

　　戰後台灣藝術社仍是以通俗小說作為重點商品。戰前雜誌主編江肖梅在認識中國、中日親善的文化號召的時代需求下，曾開始著手譯寫〈諸葛孔明〉連載於《台灣藝術》（4卷11期-12期，1943年11月、12月），雖深受讀者期待，但卻因檢閱官的干涉而中止。戰後以「希望早日融入中國文化」為由，繼續譯寫集結成冊《諸葛孔明》（1947年）由台灣藝術社出版發行。[76]根據推測其

---

74 甲斐靜馬，〈序〉，《終戰前後の上海》（台北：台灣藝術社，1947），序文頁。（資料出處：國立中央圖書館台灣分館）。

75 當時台人讀者似乎仍相當關心敗戰後日本的情況，因此尚有民報印書館出版謝南光中日對照《敗戰後的日本真相》（謝南光，台北：民報印書館，1946）、日文的《日本を裁く》（東京朝日記者團編著，台北：台灣文化協進會，1947）、《日本の敗戰尾を解剖す》（木俁秋水著，台北：光華出版公司，1946）等。

76 江肖梅，〈序文〉，《諸葛孔明》（台北：台灣藝術社，1947），序文頁。「雖受到一般各位愛讀者的期待，但當時因日人檢察官的命令而不得不中止對中國英雄的介紹。」

中或許因當時紙價飆漲和譯者過於忙碌等因素，不得不倉促結束譯寫工作出版。因此譯寫內容出現了「反諸葛」及「虎頭蛇尾」的狀況。[77]江肖梅在戰前之所擇譯三國的〈諸葛孔明〉，其考量理由不外乎是東亞漢文圈中，諸葛孔明是日、台讀者所熟知代表智者的中國英雄人物，本身具有其通俗趣味性，戰後當日本檢閱制度退場後，它竟搖身一變成為譯介祖國文化的書刊，以此標舉書籍出版的合理性。

　　葉步月（1907-1968）曾於1940年建議當時擔任「新高報社」記者黃宗葵發行《台灣藝術》雜誌，[78]葉亦在行醫之餘從事創作，並將作品寄至《台灣藝術》發表，在此之前他的作品刊登並不太順遂，但他的創作熱情卻不輟。1944年雖提筆撰寫第一篇長篇小說〈限りなき生命〉（又名，〈不老への道〉）卻未能順利被刊載。在戰後1946年11月才以偵探小說《長生不老》之名，由台灣藝術社發行。戰後他也積極學習中文，將中文小說〈指紋〉發表於台灣藝術社的《藝華》之上。在日語版廢除之際，他的兩部偵探推理小說《長生不老》（1946）與《白晝的殺人》（1946）卻陸續由台灣藝術社出版，且在短短的幾個月內又再版，雖然再版數量不甚清楚，但根據「忽ち再版　日文小說」（馬上再版／日文小說）的廣告詞，可知其雜誌社針對日語讀者的宣傳策略，並展示日文通俗小說的消費力。雜誌社亦出版日文小說《偵探小說　怪奇殺人事件》、《暗鬥小說：三魔爭花》兩冊，文本實體雖

---

77 蔡文斌，〈第四章　被翻譯的特殊性──讀江肖梅的《諸葛孔明》〉，同註46，頁99-100。

78 葉思婉、周原柴朗編；陳淑容譯，〈葉步月年譜〉，《七色之心》（高雄：春暉出版社，2008），頁516。

未見，但根據其廣告詞「右邊兩冊小說，極為怪奇的社會事件／越讀越有趣，玩味其趣味和巧妙，慰藉終日疲憊的唯一的小說」，可推論這兩本小說亦強調娛樂性的通俗小說。

　　當時日文通俗小說除了台灣藝術社之外，從現存的書籍中尚可見，如由顏水龍裝幀插繪，廖嘉瑞編《「スパイ小說」女間諜飛舞》，[79] 內容主要是描寫歐洲戰場女間諜獻美人計，獲取情報的通俗小說。銀華出版社也印行出版呂訴上劇本的《現代陳三五娘》（全五幕十九場），[80] 其廣告詞為「感傷的舌氐（正確字：舐）夢／搖扌晃（正確字：晃）在陳三五娘的故事裡／看呀／哀豔的戀受（按：愛）經過／是種現代人所最要的／酸蜜慰藉（全編台灣風土語）」，內容雖為閩南語劇本，但因為補足空白頁面而仍附上「介紹筆者取材中最有趣的大作贈為讀者閱」，即佐藤春夫的日文小說〈星（陳三五娘）〉。另外，大同書局出版的姚鱒麟編的《映畫小說　未卜先知》，其內容是將他看過的西片《未卜先知》改寫成小說，但似乎為了補足頁面，後面又補上與西片情節很不協調，與求神卜卦相關的內容如〈姜太公和諸葛孔明〉、〈未卜先知和隱身花〉、〈黑頭導師嚇死虎〉等民間信仰內容。可見，當時

79 廖嘉瑞編著，《「スパイ小說」女間諜飛舞》，（台南：興台日報社出版部，1947）。

80 呂訴上，《陳三五娘》（台北：銀華出版部，1947）。呂訴上於1938年籌組的劇團「銀華新劇團」，為供上演與審查用而撰寫該劇本，並受到任職於壽星戲院的林越峰先生之協助。因本劇本「內容採取本省，所以俗語多，文字也力求淺白，現本省的國語文初學者，正欠淺白初步的娛樂安慰讀物」，因此出版該劇本。由於預定的頁數仍有許多空白之處，竟擅自將該劇本參考的資料之一，佐藤春夫的作品〈星〉當作附錄，希望說明劇本與小說的立旨各不同，且對小說表敬意。

日文通俗讀物的出版內容題材，甚為駁雜，西方影片情節、中國民間文學、台灣民間信仰等內容竟皆混雜充數。

　　戰前與台灣藝術社關係密切的編輯者吳漫沙、郭啟賢、龍瑛宗等人，戰後仍繼續從事編輯工作，雖然因個人文學信念與編輯方針而風格互異，但他們皆試圖利用雜誌的刊行展現他們的文化能動性，以龍瑛宗編輯現存的兩期季刊《中華》（創刊號，1946年1月20日；1卷2期，1946年4月20日）為例，雜誌主要採中日對照的形式出刊，中文在前日文在後，創刊號中除了吳瀛濤的〈抗戰的一角〉與吳濁流譯莫泊桑的〈淒慘〉，皆是龍瑛宗的中、日文對照的作品。第二期對譯情況除了龍瑛宗的連載作品歷史小說〈太平天國〉與通俗小說〈楊貴妃之戀〉之外，杜章譯出鹿地亘的〈魯迅與我〉。龍相當重視文學在戰後台灣文化重建中所扮演的角色，因此在此刊物中，雖仍可見政治性的言說，但文學的啟蒙理想卻是他的編輯重點，希望藉由翻譯文學以達到社會啟蒙和娛樂讀者之效。

　　戰前曾主編過《台灣藝術》的郭啟賢戰後擔任《新新》的主編，[81] 該誌主要仍依循戰前《台灣藝術》的經營模式，走向「大眾化」路線，關注一般讀者文學閱讀之需求，並積極爭取女性讀者。日文版遭廢止之前，刊載日、中互譯的文學作品，承繼戰前累積的文化資本，將圓本全集《現代日本文學全集　國木田獨步集》的短篇作品〈巡查〉和〈少年的悲哀〉[82]、林房雄〈百合子的

81　鄭世璠，〈滄桑話「新新」：談光復後第一本雜誌的誕生與消失〉，《新新（覆刻本）》（台北：傳文文化事業公司）。

82　這兩篇作品應是選自《現代日本文學全集　國木田獨步集15》（東京：改造社，1927），前者譯者未署名，後者由星帆譯出，並叮嚀讀者若是與原文對

幸福〉中譯，由傅彩澄譯介抗戰時期知名作家老向的代表作之一〈村兒輟學記〉，[83]日本現代文學與中國現代文學，因「翻譯」而匯流具現於戰後初期台灣的雜誌中，展現了戰後初期台灣文化的重層性。

　　官方如火如荼地推動國語運動，民間出版界亦積極配合嘗試，努力以中日對照的模式跨語，但語言的學習非一朝一日一蹴可幾，在此過渡期裡為滿足台灣民眾的閱讀需求，報章雜誌常以中日對照的方式，藉由擇譯的方式展現譯者的主體性，選擇台灣人當時需要的中國文化知識。當官方廢除報紙雜誌日文版後，一時之間他們喪失在報章媒體上暢所欲言的話語空間，因此，改以出版日文書籍，使其言說主張有其流布之管道，亦可滿足日語閱讀大眾的需求。如徐瓊二（1912-1950）1946年8月至10月所寫的言論，原刊載於《新新》的「社會時評」，在日文版雖遭廢禁後，他轉而將短文集結成《台湾の現実を語る》繼續流通，以作為「在日本帝國主義統治之下無作為地渡過半生的自己的精神清算，同時體現作為迎接新時代的心理準備」。[84]在該書中他深刻地分析台灣戰後一年來的社會發展動向，針貶時事不假辭色。龍瑛

照閱讀，將更有趣。前者出自國木田獨步的「運命篇」，後者出自「獨步集篇」。

83 〈斯人遠去空留名：作家老向其人其事〉，http://www.chinawriter.com.cn （2007.08.10）。老向風格集京派文學、幽默派文學、通俗派文學於一身，但卻受到該有的重視。當時在台發行的中文自習書籍《華語自修書（第四卷）》（香阪順一著，台北：三省堂，1946）除了中國現代文學作家魯迅、冰心、郭沫若等人的作品之外，亦收有老向的此篇作品。

84 徐瓊二，《台湾の現実を語る》（台北：大成企業局出版，1946），序文頁。

宗的日文集《女性を描く》也是報紙專欄文章集結成冊的單著。
總之，報刊雜誌日文版雖然被禁，但以出版販售大眾通俗文學的
台灣藝術出版社，或出版評論社會時事相關書籍的出版社，[85]仍繼
續採出版日文單著的方式，試圖尋找出文化論述傳播出版的可能
管道，以滿足閱讀客群之需求。

四、左翼文化人的譯介活動

　　戰後台灣文化界從殖民體制中被解放出來，台灣知識分子紛
紛將戰前的文化理想付諸行動，然而台灣日語作家中最具實踐力
者首推楊逵。他編輯報章雜誌《一陽週報》、《和平日報》「新文
學」、《文化交流》、《台灣力行報》「新文藝」和《中國文藝叢
書》、《台灣文學叢刊》等，透過文化活動落實他的左翼關懷和大
眾啟蒙事業。另外，戰後來台的外省籍文化人中，亦有不少中國
進步知識分子，在友人輾轉的引薦介紹下，陸續在台建立屬於
「他們」的社群人際網絡，加入戰後台灣文化重建的工程。具有
左翼色彩的文化人士面對仍不諳中文的台灣群眾，如何利用「日
語」的工具性價值和翻譯策略在戰後初期的文化場域裡，傳播他
們的左翼思想？以下試圖探討戰後初期楊逵文化活動中的譯介活
動，及左翼雜誌裡的譯介策略，以期說明透過在戰後初期左翼知
識分子的文化活動中，日語譯介的傳播形式和影響力。

---

85 民報總社以中日對照的方式印行出版謝南光的《戰敗後日本真相》（民報印
　　書館，1946），中文編置前，日文編置後，從書名實難判斷書籍的使用言
　　語。但，很顯然地日文在中文的掩護之下，仍繼續在讀書市場上流通。

（一）戰後初期楊逵的譯介活動

　　相對於為了滿足閱讀消費大眾的通俗性閱讀，長期以啟蒙普羅大眾為職志的楊逵，依舊秉持此一信念，關注普羅大眾閱讀之需。在戰後初期他除了自己發行《一陽週報》熱心宣揚三民主義和孫文思想，在主編《和平日報》的「新文學」欄（1946年5月10日至8月9日，共14期），中、日文併刊，其內容除了當代文學創作，主要尚有中國文學與文化、世界文藝、台灣新文學運動之回顧與展望三類，[86]企圖在「中國化」與「世界化」過程中，以左翼的現實主義重建戰後台灣文化。

　　根據黃惠禎的研究，在日本敗戰後三個月內，楊逵陸續出版了戰前被官方禁刊的日語創作小說《新聞配達夫》、《模範村》、《撲滅天狗熱》，1946年3月由台北三省堂出版了他的創作合集《鵝媽媽出嫁》。1946年7月和1947年10月分別由台灣評論社與東華書局發行胡風譯的《送報伕》中日對照本。日治時期的作品共有小說七篇和劇本兩篇被重刊或譯出，[87]他堪稱是戰前日語作家

---

86 黃惠禎，〈第四章　跨越與再出發：戰後初期楊逵活動概況〉，《左翼批判精神的鍛接：四〇年代楊逵文學與思想的歷史研究》（台北：秀威資訊科技，2009），頁293。

87 同上注，頁324-325。

楊逵於1948年7月-1949年1月間被譯出之作品

時　　　間	譯　者	篇　　　名	發表刊物
1948.07.12	林曙光	〈知哥仔伯〈獨幕劇〉〉	「橋」副刊第138期
1948.10.20	李炳崑	〈無醫村〉	「橋」副刊第176期
1948.12.15	蕭荻	〈模範村〉	《台灣文學叢刊》第3輯
1949.01.13	陸晞白	〈萌芽〉	「橋」副刊第200期

中，最多作品被譯出的作家。這除了與楊逵積極從事出版編輯活動有關之外，作品本身所表現出的左翼關懷、抗日情節、文學大眾化的特質，應有其文本內在的關聯性。

在日文版遭禁後，楊逵又於1947年受台北的東華書局之託，策畫中、日文對照版的《中國文藝叢書》，以普及國語學習與提升台灣文化為目的。另由蘇維熊撰寫〈發刊序〉文，強調此叢書「精選國內名作家巨著，並為適合台灣今日的需要，加以日文全譯及詳細注解，況兼譯注者各得其人，可謂為本省同胞及文藝愛好青年帶來一份豐美的精神糧食」。[88]可見，出版者希望透過中日對照的「翻譯」形式，滿足讀者閱讀中國現代文學的需求，並將其作為學習中文的教材。編者楊逵則基於個人一貫的「大眾文藝」理念，展現他的現實關懷和強烈的反抗批判精神，選擇了魯迅（1881-1981）的〈阿Q正傳〉；茅盾（1896-1981）的〈雷雨前〉、〈殘冬〉和〈大鼻子的故事〉；郁達夫（1896-1945）的〈出奔〉、〈微雪的早晨〉；沈從文（1902-1988）的〈龍朱〉和〈夫婦〉；鄭振鐸（1898-1958）《黃公俊的最後》（未見出版）等作品，這些作者皆是中國五四時期的重要知名作家，譯者雖未清楚交代擇譯的理由，但根據這些小說內容，可見楊逵對中國現代文學的認知程度，譯出以社會寫實題材為主的文本，試圖與光復初期台灣社會情況相扣連，具現反封建、反壓迫、反帝國的抵抗精神。

相較於《中國文藝叢書》，《台灣文學叢刊》的作品大都轉載

---

88 蘇維熊，〈中日對照 中國文藝叢書發刊序〉，《蘇維熊文集》（蘇明陽、李文卿編，台北：國立台灣大學出版中心，2011），頁91-92。

自報刊雜誌的文藝副刊中，[89]如《台灣新生報》「橋」、《中華日報》「海風」、《台灣力行報》「新文藝」、《公論報》「日月潭」等，甚至還轉載歐坦生刊登於上海《文藝春秋》的小說〈沉醉〉。另外也轉載了與楊逵關係密切的銀鈴會等新生代作家之作品。其中，由蕭荻譯出張紅夢的〈葬列〉（原載：《台灣新生報》「橋」160期）其中諷刺著來台的國民黨政權：「哦，中華，我的祖國！／你誇耀著／黃帝的子孫／五千年的文化／悠久的歷史／因此把你的虛榮的形式／更牢固地拘泥著」、「哦，中華，我的祖國！／我為你憂慮／人們仍然還遵循著／這個樣式的葬列／有一天，你會／衰老，頹廢而被葬送。」又，譯出楊逵的〈模範村〉並指陳：「魯迅寫了一個孔乙己，他希望孔乙己從中國的封建社會中消滅，楊逵寫了一個陳文治，他要陳文治脫胎換骨，負起改造社會的責任。」[90]這些作品之所以被擇譯的原因，或許因其作品諷刺政治現實，與魯迅的批判精神有其相應之處，並期待戰後的台灣社會能被改造。林曙光也在「文藝通訊」欄中，自告奮勇〈翻譯工作我要幫忙〉，「希望你能夠專事創作，我想利用暑假多譯一點過去台灣所生產的值得紀念的作品，使台灣文學獲得一個較好的基礎。」[91]他希望戰前日語作家不要因跨語而中斷創作，以中譯的成果為戰後台灣文學的發展奠基。從楊逵主編《中國文藝叢書》和《台灣文學叢刊》這兩套書籍，足見「戰前兩岸新文學運動在台

89　根據黃惠禎論文的附錄四〈《台灣文學叢刊》刊載作品一覽表〉，頁491。

90　蕭荻，〈跋楊逵的模範村〉，《台灣文學》第三輯（台中：台灣文學社，1948.12），頁40。

91　林曙光，〈翻譯工作我要幫忙〉，《台灣文學》第二輯（台中：台灣文學社，1948.09），頁12。

灣匯流的歷史系譜，以及省內外作家在台同時進行文學活動的地理圖景」。92雖然這兩套叢書的編輯目的互異，但楊逵仍希望藉由「翻譯」活動連結中、台知識建置文化溝通的平台。《中國文藝叢書》的發行出版，雖然是配合國語運動的推展，但同時也展現出楊逵作為台灣知識分子，在擇譯過程中的文化政治。他在〈台灣新文學停頓的檢討〉也極力呼籲：「作為過渡性的辦法，設立一個強而有力的翻譯機構，扮演負責譯介以各自方便的語言所寫的作品的角色，乃為當務之急。」93

另外，根據刊載於《台灣評論》1卷2期的廣告文可知，「中日文對照‧革命文學選」刊行了胡風譯楊逵的《新聞配達夫》，其廣告詞「台灣□年□不奴化，請看這篇抗日血鬥的故事」，尚有「近刊」楊逵譯的《魯迅小說選》和楊發（逵？）譯的《賴和小說選》。可見，出版社將台灣日語讀者預設為這些革命文學選集的讀者，企圖透過賴和與魯迅小說選的翻譯出版，讓他們從閱讀這些文學文本，認識「革命文學」的意涵。

（二）左翼刊物中的譯介內容

台灣無論戰前的殖民地時代或是戰後的國民黨時代，左翼言論的書刊幾乎皆成為違禁品而被禁絕。現存資料多為斷簡殘篇甚為有限，只能從幾期的雜誌刊物中，想像推論可能的現象。同樣

---

92 黃惠禎，〈台灣文化的主體追求：楊逵主編「中國文藝叢書」的選輯策略〉，《台灣文學學報》15期（2009.12），頁165-198。
93 楊逵，〈台湾新文学停頓の檢討〉，《楊逵全集 第十卷‧詩文卷》（國立文化資產保存研究中心，2001），頁220。（原出處：《和平日報‧新文學》3期，1946.05.24），

地，戰後初期由左翼文化人士主導的報刊雜誌中，[94]除去報紙副刊
的譯文之外，多為中文雜誌。如最早的《政經報》和1947年1月
刊行的《文化交流》全是中文雜誌，唯有在《新知識》與《台灣
評論》中尚可見部分日譯文，因此以下試就兩份雜誌為例，觀察
「日譯文」在其中所扮演的角色為何？

　　中國來台謀職的媒體人樓憲（1908-1997）、周夢江（1922-
2012）、王思翔（1922-2011）於1946年10月合編《新知識》月
刊，中、日文合刊。[95]其中樓憲曾加入中國左翼作家聯盟，執筆群
中楊克煌（1908-1978）、謝雪紅（1901-1970）等人皆是台灣左翼
人士。其內容主要是刊登台灣省內外知識分子的言論和轉載中國
大陸各地報刊的評論性文章。因日語版尚未明令廢除，因此在其
〈稿約〉中仍徵求「希望研究台灣問題的著作」，中日文皆歡迎，
譯稿則請附原文。[96]從其版面編排可知，除了日文文章之外，施復
亮〈何謂中間派〉、赫生〈馬歇爾在華的工作〉、許新〈論當前的
中國經濟危機〉的文章中則以夾注的方式，扼要地以日語翻譯部
分重要內容，以期讓尚未熟悉中文的讀者能確切地掌握中國內地
政經情況及國際情勢，由此可見其雜誌社積極開拓爭取日語讀者
的編輯策略。

　　《台灣評論》為台灣半山派李純青出任主編，半山中的左翼

---

94 徐秀慧，〈表3-1　戰後初期左翼文化人主導的刊物發行一覽表（1945.10-
　　1947.02）〉，《戰後初期（1945-1949）台灣的文化場域與文學思潮》（台北
　　縣：稻鄉，2007），頁399-400。

95 秦賢次，〈《新知識》導言〉，《台灣舊雜誌覆刻系列4-1・「新知識」》（台
　　北：傳文文化事業，出版年不詳）頁5-7。

96《新知識》，頁16。

刊物。[97] 雜誌內容延續《政經報》的風格，以政經相關言論為主，
但部分社論附上採中日對譯的方式刊載，將讀者設定為致力於學
習中文的省民。[98] 根據〈編後〉的記載，如此的編排方式受到相當
程度的歡迎，普通市民亦有人購讀，並提到：「中國政治和台
灣，掃蕩官僚資本兩篇非常同感，特別有日譯文，所以完全看得
懂。」並在「徵稿啟事」說明來稿可以「用日文繕寫，發表以中
文為標準，即可用的日文稿件，由本刊予以登載，或譯成中
文」。[99] 在當時日語文章的刊載顯然與雜誌的販售有密切的關係。
但綜觀刊載的日譯文內容，李純青的政論性文章全數，附有日譯
文和編輯部的創刊詞與社論內容兩篇，可見該雜誌側重於政治性
言說的傳播，雜誌發行有其時效性和宣傳效果，中日對照看似配
合國語運動，但其中夾雜的「日文」卻發揮對一般省民讀者進行
思想啟蒙與左翼觀點的傳播。其中「凝視台灣現實」專題內容，
除了第一位以中文撰文，其他皆以日文撰稿，直抒對台灣現狀之
觀感，「日語」成為宣洩輿情很重要的工具。「日文版」之所以會
於一年內即遭禁，雖有官方文化政策的規畫，當局對於日語的煽
動性與影響力亦應深有警覺。因為中、日對照形式中仍隱藏著輿
論渲染的危機，因此不得不廢除日文版。之後，雜誌出版者便以

---

97 何義麟，〈《政經報》與《台灣評論》解題：從兩份刊物看戰後台灣左翼勢力
　　之言論活動〉，《台灣舊雜誌覆刻系列四《台灣評論》》，頁5-18。

98 〈創刊詞〉，《台灣評論》創刊號（1946.07），頁1。「但我們對現代中國文化
　　的動態，詩歌小說及其他藝術國史的研究或讀法，引人入勝的遊行遊記等打
　　算陸續介紹，給學校做一種補充讀物。最困難一點是如何使讀者看懂及看慣
　　國文，為了這點，我們決定選擇幾篇附譯日文對照。」

99 雲，〈編後〉，《台灣評論》1卷2期（1946.08），頁32。

附「日譯文」或「日文注解」作為權宜之策，以便吸引讀者購讀。如楊逵主編的《文化交流》第一輯（1947年1月）「本社新書預告」的廣告頁中，印有王思翔編著《怎樣看報》，廣告文中亦特別強調「本書以中日文對照，並附重要通訊社及報紙介紹，與讀報常識等」。

　　總之，左翼文化人在台的文化宣傳活動，主要仍是在推展國語運動的政策規範之下，進行中、日對照的譯介活動，以利台灣民眾對中國的現狀有較深刻全面的認識，同時也進一步宣揚左翼的批判觀點，透過社論讓民眾對社會現狀的不滿情緒有其發洩的出口，並產生共鳴形成輿情。

結語

　　戰後初期的文化場域中，中文書報出刊量遠勝於日語書報，但台灣知識階層的日語讀者量卻遠勝於中文讀者，在讀者數相差懸殊的文化現狀下，「日語」便在官方有條件的妥協下，發揮它戰後的工具性價值。即是，官方在接收台灣之際，其文化策略雖以禁絕日語為目標，但戰後初期報紙雜誌仍保有一年的「日文版」（欄）空間，日文版遭禁之後，為因應台灣日語讀者閱讀之便與政令宣傳之需，仍准允不定期的刊物等中、日文對照書籍或日譯本繼續刊行。「日語」雖屬於日本帝國的敵性語言，但在戰後初期官方台灣文化重建過程中，官方在台灣宣傳政令與中國民族文化、思想等，卻不得不借助它的傳播效能，以「翻譯」作為策略，出版「光復文庫」等書籍，「日語」成為國民黨接收台灣的過渡性語言工具。

　　在戰後初期的譯介活動並非只是進行單純的文字轉譯活動，同時，更展現台灣文化場域，日本文化退場之際，中國文化進場之時，台灣日語世代對於選擇文化傳播內容的主體性。換言之，日文或中日對照書籍的文化知識背後，顯現出其翻譯工程中所隱匿的民間敘事的自主性和讀書市場消費機制的調整關係。即民間出版界為繼續滿足台灣讀者的閱讀慾望，繼續以日文或中、日對照形式出版書籍，經營台灣的日語讀書市場，譯介中國當代政治思想文化、婦權運動言說等。因為日本印刷資本退出台灣讀書市場，因此台灣藝術社等本土出版社紛紛投入日語通俗文學的市場，部分文本是作者戰前的創作或譯作，部分文本是當時因應市場之需的出版，品質出現了良莠不齊的情況。根據廣告內文與快速再版狀況，日語通俗文學在當時應是有利可圖的商品。左翼文化人編纂的雜誌日譯篇幅雖不多，但仍透過「日語」的傳播，希望不熟悉中文的台灣讀者能夠理解他們的左翼關懷與文化理念。

　　若從台灣翻譯文學史的研究脈絡觀察，戰前台灣現代化的進程中，大都仰賴中、日譯本引進西方思想文化和中國知識，唯至戰爭末期在大東亞共榮圈的旗幟下，「地方文化」出現了發展的縫隙，為求共榮圈的文化交通之需，台灣作家才較積極從事翻譯活動。從江肖梅、楊逵的個案可知，雖然他們的譯介的目的各異，但他們的譯介活動顯然有其內在的自主連續性。[100]戰後初期因政權的更迭台灣文化人產生跨語的焦慮，因此「翻譯」便成為他們學習新「國語」的管道之一，中日對照的書籍應時而生，以

---

100 蔡文斌，《中國古典小說的在台日譯風潮（1939-1944）》（新竹：國立清華大學台灣文學研究所碩士論文，2011）。

緩和失語與知識權被剝奪的恐懼，此一中日對照出版形式也成為戰後初期出版書籍的特殊形式。同樣地，官方也試圖以簡明的中譯本取代日譯本在台的流通。「翻譯」作為一種文化傳播策略，在戰後初期台灣文化重建的過程中，出版者雖同床異夢各有其目的性，但卻也展演出戰後初期台灣翻譯文化的自主性與多樣性。

　　另外，就翻譯的文本載體而言，報章雜誌的日文版與日文單著之間有其密切的承繼關係，無論徐瓊二的《台湾の現実を語る》、龍瑛宗的《女性を描く》其內容幾乎都是源自於報章雜誌的「日文版」的文章。即是，當「日語」喪失作為報章雜誌的媒體語言後，它便改以日文或中日對照單著形式出版，讓日文的知識生產繼續在台灣社會傳播發揮其影響力。至1950年6月1日起，省政府成立「日文書刊日語影片審查」小組管制日文書刊、影片之進口，控管日文資訊才更為嚴密，而此措施不僅是社會控制的問題，其實背後潛藏著族群間資源競爭的關係。[101] 日語書籍的即時性雖不如報章媒體，但因發行時間較長，出版書籍的種類也較多，對於台灣日語讀書市場的影響時效性亦較長。戰後「日語」在台灣文化場域中日漸式微進而被消音，日語讀者也成為隱性讀者，甚至成為部分台人另一種文化認同抵抗殖民的話語，台灣翻譯文學也進入另一個新的發展階段。

---

101 何義麟，〈「國語」轉換過程中台灣人族群特質之政治化〉，《台灣重層近代化論文集》（台北：傳播者文化公司，2000），頁450-479。

附錄一：戰後初期「台灣藝術社」出版品（社址：台北市太平町二段八十五號）

作者	書　名	出版日期	備　註
葉步月	「科學小說」《長生不老》	1946.11.15	定價25元。
葉步月	「偵探小說」《白晝の殺人》	1946.12.25	1947.02.10再版。
編輯部	《戰敗國首都東京黑白篇》	1946	（館藏：台南市立圖書館，遺失）
呂訴上編著	《偵探化妝術》	1947.05.01	訂價40元，由華銀出版再版。
江肖梅	《諸葛孔明》	1947.07	
藍守中	《世界は動く》	1947	（館藏：台南市立圖書館）
編輯部	《和平之道》	1947	
蔡文德	《應用自如國語常用語用例》	1947.03	1947再版。
呂訴上	預定出版廣告「台灣風土小說」《現代陳三五娘》附日文小說〈星〉	1946.07	後改由華銀出版社。
	「偵探小說」《怪奇殺人事件》		未見。
	「暗鬪小說」《三魔爭花》		未見。
	《近衛文麿手記平和への努力》		日文六四版100頁，一部25元，未見。

附錄二：中華日報日文版「家庭欄」與婦女議題相關的文章

作者	篇　　名	日期
未署名	〈婦人教育を昂めよ　職場進出により新生活を建設〉	1946年3月21日
龍瑛宗	〈女性と読書〉	同年4月28日
林花霞	〈婦権と教養〉	同年5月26日
龍瑛宗	〈女性は何故化粧するか〉	同年6月9日
蔡玲敏	〈女性の化妝は健康美の現れ〉	同年6月17日
安達	〈化妝の問題から〉	同年6月19日
陳喬琳	〈婦人の幸福〉	同年7月21日
陳素吟	〈正しい女の道〉	同年7月21日
未署名	〈內地よりの婦人に反省を促す〉	同年7月21日
未署名	〈黎明の女性〉	同年7月21日
龍瑛宗	〈婦人と天才〉	同年8月1日
英玲	〈女性の立場から　不安の克服　新しき歴史の創造〉	同年8月11日
R	〈女性と學問──現代の文化は跛行性〉	同年8月11日
R	〈女性美の変遷──近代は健康美〉	同年8月18日
陳喬琳	〈男女間の信義則〉	同年8月18日
R	〈キュリー夫人──婦人の能力について〉	同年8月25日
陳怡全	〈女権女性二重奏　婦人運動の指標を索めつゝ〉	同年8月25日
R	〈女よ何故泣くか〉	同年9月15日
R	〈男女間の愛情〉	同年9月21日
彭素	〈若き女性の道〉	同年9月22日
龍瑛宗	〈婦人と政治〉	同年10月6日
龍瑛宗	〈貞操問答〉	同年10月20日
彭智遠	〈女性と経済〉	同年10月20日

第四章

1960年代台灣文學的日譯活動

《今日之中國》的文學翻譯與文化政治

前言

　　1945年8月15日日本戰敗後，在台灣有人因回歸祖國欣喜不已，有人則同情日人的處境。[1]但，多數的台灣人最真實的感受應該是「戰爭總算結束了」。[2]二戰的戰火雖然已停息，但接踵而至的社會混亂、物價膨脹、疫病蔓延等問題，又將他們推向另一個「戰場」。1947年二二八事件的鎮壓虐殺，1949年國府播遷來台後，白色恐怖的肅殺氣氛，讓台灣人民對國民黨的極權統治噤若寒蟬。台灣日語作家當時未因政治迫害入獄、傷亡者，也紛紛從台灣的文化場域中隱退蟄居以求自保。除了政治因素之外，他們更面臨跨語的問題，1910年前後出生的台灣日語作家，例如張文環（1909-1978）、龍瑛宗（1911-1999）、巫永福（1913-2008）等人當時已過而立之年，日語書寫能力已臻成熟，重新學習中文書寫實非易事。唯有部分作家因曾受過私塾教育擁有漢文學養，或具有中國經驗者，例如黃得時（1909-1999）、楊雲萍（1906-2000）、王詩琅（1908-1984）、吳瀛濤（1916-1971）等人，戰後才較有機會繼續從事文化工作。然而，為了避免「筆禍」，他們大都轉而投入兒童文學的翻譯出版、台灣民俗採集、文獻整理研究的工作。[3]

　　1960年代初因美國改變東亞布局策略，調整對台的經援政

1　許雪姬，〈台灣史上一九四五年八月十五日前後——日記如是說「終戰」〉，《台灣文學學報》13期（2008.12），頁151-178。

2　龍瑛宗，〈青天白日旗〉，《新風》創刊號（1945.11），頁27-30。

3　王惠珍，〈老兵不死：試論50、60年代台灣日語作家的文化活動〉（「台灣研究的國際化與譯化」：天理台灣學會第20屆國際學術紀念大會，2011.09.11）。

策，國民黨政權不得不引進「舊殖民帝國」日本的資金進入下一
階段的經濟發展，啟用深諳日本國情的「省籍」人士主編對日宣
傳招商的刊物，《今日之中國》因此孕育而生，這群省籍文化人
士藉機預留了一個小小的文化空間譯介台灣文化。本文將以《今
日之中國》裡譯介的內容作為主要探討範疇，重新檢視在冷戰前
期的東亞政經結構中，雜誌主編龍瑛宗（1911-1999）等人如何重
新集結島內省籍作家社群，利用戰後曾被禁絕的殖民者語言「日
語」，以「翻譯」為手段譯介戰後台灣當代文學，進行戰後第一
波台灣文學對日語的翻譯活動？在翻譯實踐的過程中，「譯者」
究竟具現怎樣的台灣文學圖景及其翻譯的文化政治（cultural
politics）？

　　單德興在〈譯者的角色〉裡定義，翻譯就是語文的再現，而
翻譯者就是語文的再現者（representer），他進而引申薩依德
（Edward W. Said）指出知識分子在「代表／再現」他人時，其實
也「代表／再現」了自己的觀點，認為「作為再現者的譯者（也
是某種意義的知識分子——至少是具備兩種語文知識的人），在
代表／再現原作（者）時，其實也代表／再現了自己」。[4]此觀點
提醒我們應該關注這群譯者在對日譯介的過程中，他們所「代
表」的文化身分，且又如何「再現」他們的台灣文學觀？

　　誠如導論所提及韋努堤（Larence Venuti）為了解決譯者的
角色與貢獻長期被漠視的問題，亟思以「詮釋性的翻譯模式」
（a hermeneutic model of translation）取而代之。這種模式重視翻
譯過程中的物質性、文化條件、社會背景與歷史脈絡，將翻譯

4　單德興，〈譯者的角色〉，《翻譯與脈絡》（台北：書林，2009.09），頁19。

視為去脈絡化與再脈絡化的行為，強調譯者的能動性，譯文則為譯者銘寫其詮釋之所在（即譯文是譯者詮釋之後的譯寫）。重視譯者的角色與社會功能，強調譯文的自主性與譯者自省與思辨能力，並企盼在接受方的社會與文化中發揮「轉型的」（transformative）效應。[5]因此，筆者首先進行「工具性的翻譯模式」（an instrumental model of translation）的分析方式，檢視雜誌的中、日語作品，確認文本實際的翻譯情況，探討「譯者」如何「歸化的」（domesticating）消弭原文與譯語的差異，消解省籍和外省籍作家中文表達能力的「差異」。再者，筆者亦將採行「詮釋性的翻譯模式」（a hermeneutic model of translation）的分析，釐清編譯者的文化身分，歸納譯作類型等，藉以釐清省籍譯者如何在1960年代的社會背景與歷史脈絡裡，重新將這些譯作在日語的文化語境中再脈絡化，展現他們文化的能動性（agency）。

　　戰後台灣日語作家中雖有人選擇直接至日本出版日語創作，[6]但在日本讀書界除了直木賞作家邱永漢較受到關注之外，其他與台灣相關的文學作品並未引起太多重視，同樣地《今日之中國》的流通深受台、日、中關係等國際情勢的影響與限制。然而，筆者仍希望透過本文的爬梳，重新肯定省籍文化人士在台灣知識備

5　單德興，〈朝向一種翻譯文化—評韋努隄的《翻譯改變一切：理論與實踐》〉，《翻譯論叢》8卷1期（2015.03），頁146。

6　下村作次郎等，《台湾近現代文学史》（東京：研文出版，2014.12），頁4-5。例如：在日台灣作家邱永漢的《濁水溪》（東京：現代社，1954）、《密入国者の手記》（同前，1956）、《香港》（東京：近代生活社，1956）。吳濁流的《アジアの孤児》（東京：一二三書房，1956）等，1980年代才轉由日人陸續譯出台灣文學的中文作品。

受壓抑的年代裡，其日譯台灣文學之功，和這些譯作在日台交流史上的文化價值和歷史意義，填補台灣文學翻譯史上的這段空白。

一、《今日之中國》的發刊背景及其編譯者

在冷戰前期中華人民共和國與日本政府，因美日安保條約未能建立正常的外交管道。直到1960年8月27日中華人民共和國國務院總理周恩來會見日本經貿界人士，提出「對日貿易三原則」，於1962年11月簽訂《中日長期綜合貿易備忘錄》分設「備忘錄貿易辦事處」，才開始拓展雙方的經貿關係。1960年池田勇人（1899-1965）就任新日本內閣總理後，積極推動「所得倍增計畫」，揭開了日本經濟高度成長期的序幕。1960年中期日本已取代蘇聯成為中國的第一大貿易國，兩國的民間「文化團體」也積極進行互訪交流。戰後遷台的國府雖以中華民國正統政權自居，但仍深懼與日本的外交關係會生變，因此不得不採取積極的作為鞏固台、日關係。

除了外交、政治因素的考量之外，美國自1951年起每年以贈與的方式援助台灣約一億美元，1962年以後除了技術援助200萬美元之外，其他的援助都被中止，以至於台灣經濟發展面臨產業升級資金短缺等問題。[7] 1960年代台灣經濟進入起飛階段後，當時因台灣無力爭取國際金融組織的資金奧援，所以吸引外國民間資

7　衛藤瀋吉等著，《中華民国を繞る国際関係》（東京：アジア政治学会，1967.03），頁97。

金成為唯一的選擇。因此，政府制定了「獎勵投資條例」，設置「國際經濟合作發展委員會」，積極改善投資環境，希望爭取外資的挹注。在此期間台灣吸引到的外資以美國和日本居多，1965年在高雄成立東亞第一個加工出口區。其中，對日本投資者而言，當時台灣擁有低廉而優秀的勞工，又台灣人民沒有排日心理，本土工業規模小技術低，地理位置相近運輸成本較低，台灣進而成為他們重要的投資地。[8]

　　為了提升經濟的競爭力，國民黨政權開始重視對日的經貿關係，但，國民黨政權在台灣的文化政策上，仍相當敵視日本，1946年10月25日起禁止定期報刊雜誌使用日語後，在1949年頒布「台灣省戒嚴期間新聞紙雜誌圖書管理辦法」，查禁日本進口的各類書刊雜誌，亦未曾積極在教育體制內培養日語人才。此時國民黨政府為了對日宣傳招商募資，只好借助戰前「省籍」文化人士的日語能力，希望經由他們「翻譯」戰後台灣社會、政經、文化等各方面的現況，鼓勵日商來台投資。

　　1947年日語作家龍瑛宗結束在台南編輯《中華日報》日本版的工作後，重返台北城。因朱昭陽等友人的協助推薦，才在合作金庫覓得一職，返回銀行界重操舊業。1950年代受到從北京返台的張我軍的提攜，曾參與金融雜誌《合作界》的編務工作，偶爾也會在該誌上發表與經濟相關的文章。但，此時他在私領域的寫作仍以日語為主。[9]《今日之中國》初創之時設有東京資料室，1963

8　林鐘雄，《台灣經濟經驗一百年》（台北：三通圖書，1995.08），頁117-119。同時感謝劉文甫教授提供相關的資訊，謹此誌謝。

9　龍瑛宗，〈故園秋色〉（日語），未刊稿。

年龍瑛宗接受國民黨中央委員會祕書長徐慶鐘（1907-1996）的推薦，準備赴日編輯這本刊物，他也為此重燃對文學的熱情躍躍欲試，最後竟然因國民黨黨部作梗而未能成行，他只好留在台北資料室執行《今日之中國》的編務工作。[10]徐慶鐘年輕時是位客籍文藝青年，對同屬客籍的前輩作家龍瑛宗等人似乎存有幾分敬意，《今日之中國》雖是綜合性刊物，或許是因為尊重龍瑛宗的文學長才而特闢文學空間，供「省籍」文化人士創作和譯介戰後台灣當代文學和民俗文化等，名正言順地宣傳戰後台灣的政經社會和風土民情。

　　《今日之中國》為綜合性宣傳月刊，由今日之中國社發行，雜誌副標為「アジアを研究する參考資料誌」（亞洲研究參考資料誌）。刊行時間自1963年6月至台、日斷交的前夕1972年6月止，共發行十卷。雜誌內容含括台灣經濟、歷史、文化、政治等各個領域，每期除了專題報導之外，還設立了常態性的「文化社會ニュース」（文化社會消息）、「經濟の動き」（經濟動態）、「台灣への投資機会」（對台投資機會）、「学界紹介」（學界介紹）等。刊載內容多譯自台北的《聯合報》、《徵信新聞》等國內的新聞媒體。在第1卷尚設有「中文欄」，第2卷起撤除該欄，第3卷始設「中國大陸事情欄」，報導當時在中國大陸如火如荼展開的文化大革命等相關訊息。第4卷第10號起將「小說欄」冠以「現代中國小說選」以刊載外省籍作家的作品為主，但自第6卷第2號起不再刊登小說作品，只剩「隨筆欄」的雜文。

---

10 陳萬益，〈龍瑛宗與《今日之中國》──記1960年代一段軼事〉，《文學台灣》33號（2000.01），頁49-58。

　　根據「隨筆欄」的內容研判，該誌實際的讀者群多為日本華僑和具有台灣經驗的日人讀者為主，例如戰前的在台日人，或戰後曾來台從事經貿工作者。內容多以陳述在台期間的生活、旅行等回憶和紀行文。其中，有幾位作者是日本戰敗後被遣返的在台日人，文中記述戰後他們如何藉由經商機會，重訪台灣尋友的點滴。

　　根據龍瑛宗收藏的聘書（「編輯委員會主筆」，署名今日之中國社社長劉天祿），時間雖標誌為 1965 年 5 月 1 日。但，根據雜誌內容，此時他似乎已逐漸淡出編務工作。他自創刊號至第 2 卷 8 號為止，曾為譯作撰寫過十三則「解說」。自第 2 卷 11 號至第 3 卷 9 號雖可見六則「解說」，但卻未標註撰稿者。從選編內容可知，《今日之中國》因主編更易而調整選譯的標準。雜誌前期應是由龍瑛宗擔任編譯工作，以譯介「省籍」作家的作品為主；後期外省籍作家的作品大量增加，只夾雜幾篇「省籍」作家的譯作，當時國民黨黨員的林衡道（1915-1997）的作品被刊出最多，在後期他顯然也取代了龍瑛宗主導文藝欄的編譯內容。[11]

　　由於這本雜誌是宣傳刊物，並非商業性雜誌，因此雜誌社對

---

11 筆者雖然參閱《林衡道先生訪問紀錄》（陳三井、許雪姬訪問，楊明哲紀錄，台北：中央研究院近代史研究所，1992.12）、《林衡道教授紀念文集》（陳德新、謝嘉梁總編，台北：文建會，1998.05）等，卻未見有關林衡道編輯《今日之中國》的相關紀錄。唯在《固園黃家—黃天橫先生訪談錄》（何鳳嬌、陳美蓉訪問紀錄，新北：國史館，2008.05）中，黃天橫談及林衡道時提到，他「1960年代和擔任國民黨副祕書長徐慶鐘創辦日文《今日の中國》月刊，向日本介紹台灣之經濟建設和文藝民俗，林衡道擔任台北總社總主筆，每月以流暢日文發表許多論文」（頁259）。

於讀者群的經營並不積極，鮮少刊出讀者的閱讀感想等，實難窺得讀者反應。唯見島田正郎因受邀撰寫文章，評論林衡道連載在本雜誌上的〈台灣的歷史〉（〈台湾の歷史〉）。他首先肯定這篇文章作為台灣史概說的貢獻與價值，當作鄉土歷史來讀饒富趣味，然而，也指陳作者撰文時無視學界最新的研究成果的缺失。另外，這篇文章談及日治時期的歷史時，只提抗日運動的面向，關於二戰後回歸中國後的部分也全然不提，因顧忌而使內容有所偏頗。希望作者將台灣史作為中國史全體的一環來處理，若以台灣鄉土史觀之，這篇文章是成功的，但作為中國的地方史的台灣史卻仍有所不足，而且只聚焦在「漢族的台灣」史。[12]島田教授的評論直指在戒嚴時期林衡道撰寫台灣歷史的局限性，但同時也反映出台灣文化在當時台灣社會發展的困境，因為當時台灣文化只容許作為「地方鄉土」題材被處理。

　　《今日之中國》前後共登載過41篇小說，本省籍作家的作品刊出20篇，外省籍作家的作品21篇。小說的原刊稿都是台灣戰後1950、1960年代初的作品。除了鍾肇政（1篇）、廖清秀（1篇）、陳火泉（2篇）、林衡道（5篇）、張彥勳（1篇）的作品，為日語作品或由作者本人自譯或改寫之外，其他的則由吳瀛濤（14篇）、林默（6篇）、賴傳鑑（5篇）、王榕青（3篇）、龍瑛宗（1篇）、王海光（2篇）等人譯出。

　　龍瑛宗採行圖文並置的形式編輯欄位，積極地邀請省籍著名畫家為小說繪製插畫，例如：資深鄉土野獸派油畫家林顯宗

---

12 島田正郎，〈林衡道氏の〈台湾の歷史〉を読む〉，《今日之中國》4卷5號，頁21-23。

（1933- ）、留日畫家陳敬輝（1910-1968）、詩人畫家盧雲生（1913-1968）、知名畫家黃鷗波（1917-2003）、新竹畫家鄭世璠（1915-2006）等人，甚至將楊三郎（1907-1995）的油畫〈古木森森〉置於卷首（5卷2號），增添這本雜誌的文化質感。其中，賴傳鑑則是唯一一位自始至終協助繪製插畫的畫家並身兼翻譯工作。[13]

賴傳鑑（1926-2016）筆名雷田，自開南商業學校畢業後，棄商前往日本武藏野美術大學留學。二戰結束後，1946年返台考入省政府編譯社。龍瑛宗在《中華日報》日文版廢刊後，在擔任主編省政府民政廳《山地旬刊》的期間，不時會將中文稿件委請賴翻譯。1956年藍蔭鼎成立台灣畫報社編輯《台灣畫報》時，因社辦位於台北火車站附近，成為省籍文化人士龍瑛宗、郭啟賢、吳濁流、吳瀛濤、賴傳鑑、鄭世璠等人聚集閒聊的地方。戰後初期龍、賴兩人因同為民政廳同事經常相偕共餐，賴的夫人也是北埔人，他也畫了相當多的北埔風景，人親土亦親。[14]之後，他們共組「幾何會」（人生幾何），雖都是中老年人，希望互相鼓勵安慰，將餘生獻給了藝術。[15] 1962年賴傳鑑返回故鄉中壢定居，於新明中學任教繼續他的繪畫創作，他的居所與郭啟賢家成為這群文友的雅聚之地。[16]

---

13 賴傳鑑先生的插畫皆簽上：C.Chien Lai字樣。

14 施翠峰，〈賴傳鑑與施翠峰對談錄〉，《現代美術》131期（2007.04），頁69-78。

15 賴傳鑑，〈放浪的詩魂鄭世璠〉，《埋在沙漠裡的青春：台灣畫壇交友錄》（台北：藝術家出版社，2002.01），頁129-133。

16 賴明珠，《沙漠・夢土 賴傳鑑》（台中：國立台灣美術館，2015），頁26。

　　吳瀛濤（1916-1971）也是《今日之中國》的重要翻譯者，他亦是「幾何會」的成員之一，與龍瑛宗私交甚篤。他1934年於台北商業學校畢業，1941年自台灣商工學校的「北京語高等講習班」第五期結業，1942年曾以〈藝旦〉入選《台灣藝術》的徵文比賽，後兼任台灣藝術社記者，並從事現代詩的創作。1944年曾任職於營造商清水組，往來香港與高雄兩地，在香港結識中國現代詩人戴望舒。戰後初期龍瑛宗編輯雜誌《中華》、《中華日報》日文版文藝欄之際，一直接受他的稿援。龍任職於民政廳時，吳任職於長官公署的祕書室，兼任中、日文週報《中國週報》主編，兩人因職場相近而互動頻繁，他也受邀協助翻譯的工作。但，他在《今日之中國》所扮演的角色，不只是單純的「翻譯者」，第3卷起他也積極自譯採集的民間文學、歌謠、民俗等成果，藉以展現他個人的文化行動策略。[17]

　　除了在台的翻譯者之外，主編也邀請旅日的台籍詩人**王榕青**（1920-？）協助譯介工作。王榕青本名王清潭，出生於高雄鳳山的旅日作家。1935年留日，畢業於日本東海大學日本文學系，任職於台灣駐日單位，在日本曾出版過詩集《花蜜園》（東京：馬雪齡，1950年），該封面經西川滿介紹由立石鐵臣裝幀，並由當時訪日的中國現代女作家冰心題字。1952年又翻譯出版過中國現代詩人馮至的詩集《風見の旗》（東京：馬雪齡），並發表單篇論文〈（台灣文學）鍾氏の作品について〉（《農民文學》36號，1964年）。他之所以協助日譯工作，可能是受當時任職合作金庫

---

17 許博凱，〈跨越殖民之台灣在地知識分子的文化能動與策略──以吳瀛濤為觀察對象〉，《台灣文學評論》7卷1期（2007.01），頁71-107。

的文心之邀，譯出文心和鍾理和的作品。他的日文詩作同時也於1965年10月由張彥勳譯成〈王榕青詩抄〉刊於《笠》詩刊的第九期。[18]至於其他譯者林默與王海光的身分目前仍不詳，他們主要負責翻譯後期外省籍作家的作品為主。

誠如上述賴傳鑑、吳瀛濤皆與龍瑛宗私交甚篤的友人，王榕青則是透過龍瑛宗合作金庫的同事文心的介紹，進而加入這個由省籍人士所組成的翻譯團隊。

二、戰後省籍作家的創作與翻譯實踐

台灣省籍作家1950年代初期已陸續出現優秀的短篇作品，但作品量並不多，文體的穩定度也不高，且大多集中在林海音主編的聯合副刊上。之後，《台灣新生報》、《聯合報》的副刊設置「星期小說」專欄，突破副刊字數的限制。省籍作家此時才競相登場，1950年代後期他們已完全轉向小說創作。[19]《今日之中國》所擇譯的數篇作品也多出自於這兩份報紙的副刊。

1960年代省籍作家們的中文書寫能力因人而異，龍瑛宗在「解說」中特別關注他們當時跨語寫作的情況，例如：鍾理和「學習寫作初期，先以日文構思，之後才譯成中文」，[20]鍾肇政的中

---

18 杉森藍，〈戰後台灣文學翻譯史（1948-1982）──以跨越語言世代作家的翻譯工作為中心〉（台南：國立成功大學歷史學研究所博士論文，2015.07），頁80-81。

19 李麗玲，〈1950年代國家文藝體制下台籍作家的處境及其創作初探〉（新竹：國立清華大學中文研究所碩士論文，1995.07），頁46。

20 龍瑛宗，〈譯者之言〉，《今日之中國》1卷2期（1963.07），頁46。

文比較出色。[21] 廖清秀由於十幾年來與日語疏遠，日語表現不盡理想也莫可奈何，小說中處處可見日語式的中文發想與描寫，甚為有趣。[22] 他也非常佩服年長他一歲的陳火泉，因為「戰後許多日語作家失去發表日文的園地，自然地消聲匿跡，陳火泉氏卻孜孜地學習中文」[23]。張彥勳則是使用兩把刀，以中文和日文兩種文字創作。除了中文短篇作品集之外，當時他也出版日文詩集。[24] 可見這群「省籍」作家為因應時代變遷，戰後自學中文積極努力跨語書寫，日語寫作相形生疏也「莫可奈何」。

　　龍瑛宗在「解說」中以介紹作家的生平簡介、作品出版狀況、小說情節等為主。他評論作品時，仍以日本文學和歐美文學的美學標準為主，例如：鍾理和的〈同姓之婚〉，他以日本文學的私小說和自然主義的作品為喻，類比日本自然主義作家嘉村磯多（1897-1933）的陰鬱風格，只是嘉村困於文壇「圍籬內的生活」，鍾理和卻困於「台灣社會的舊慣」。他也肯定鄭清文執著刻畫心理的作品，將〈芍藥的花瓣〉與莫泊桑的〈脂肪球〉相比擬，希望藉由譯作讓日本讀者認識戰後第一代「省籍」作家的文學成就。

　　主編選譯「省籍」作家的作品[25] 多以描寫台灣的風土民情、殖民地經驗、台灣人的生活情感等題材為主。例如：〈阿九與土地公〉中刻畫台灣鄉間好賭的小人物形象。〈柑子〉描寫蟄居山

21　龍，〈題解〉，《今日之中國》1卷4期（1963.09），頁54。
22　龍，〈題解〉，《今日之中國》1卷3期（1963.08），頁56。
23　龍，〈題解〉，《今日之中國》1卷6期（1963.11），頁54。
24　龍，〈題解〉，《今日之中國》2卷7期（1964.08），頁49。
25　請參閱附錄一。

中的一家人返家奔喪的過程，以凸顯台灣農村社會封建規範崩解的情況。〈內台共學〉中描寫日治時代同化政策下，台人自我扭曲的狀況等。同時亦有多篇作品，例如：〈海祭〉、〈泡沫〉、〈影〉、〈同姓之婚〉、〈古書店〉等，將小說時間設定為跨時代，聚焦人物個人生命經驗和內在心理衝突的刻畫，較欠缺對台灣歷史和社會性的描寫。

　　1960年代初在台灣文壇中「省籍」作家與外省籍作家的活動仍處於壁壘分明的狀態，外省籍作家群掌握了大部分的文壇資源，本省籍作家卻經常處於投稿無門的窘境。這本刊物是當時少數由本省籍文化人士所主導的雜誌，以下試就日語作家的翻譯實踐、本省籍譯者的譯介情況、與《台灣文藝》作品互譯、譯介台灣文學史、譯介《台灣風物》的情況依序進行說明，藉以釐清這群省籍文化人如何利用這一本海外日譯刊物，實踐他們的文學翻譯活動，展現省籍作家的文化政治。

（一）戰後日語作家的翻譯實踐

　　在日發行的《今日之中國》雖然提供一個日語書寫的空間，經過近二十年的停筆，有些人已難重操前殖民者的「日語」，但尚有幾位寶刀未老仍嘗試以日語寫作或自我翻譯。例如張彥勳的〈影〉是譯自他發表於《台灣文藝》創刊號中的〈長影〉[26]的譯作，由於作者與譯者同一人，因此在翻譯的過程中作者自行改譯，調整刪譯了部分內容。原作〈長影〉是以戰後初期為背景，卻不觸及當時政經混亂的社會情境，單純地描寫「他」在日治時

26　張彥勳，〈長影〉，《台灣文藝》創刊號（1964.04），頁12-16。

期因工安事故而殘疾。當退職金用罄、父母雙亡後孑然一身行乞
維生，唯有長影相伴。有一天在一個殘破祠堂遇見一對病夫盲妻
和幼子時，竟因身體的慾望而出現逾矩的行為，最後因自慚形穢
而離開，繼續流浪行乞。作者刪除了前兩節的一些文句，並未影
響小說的結構與讀者對作品的理解，但作者或許是顧及日本讀者
的閱讀感受，而將中文文本的「大日本製糖會社」，改成「×××
製糖會社」，淡化了台灣的殖民地色彩。

　　《今日之中國》所提供的日文發表園地，除了重燃龍瑛宗的
文學熱情之外，也激發了陳火泉的創作慾望。陳火泉戰後任職於
林務局，1950年代初就參加「中華文藝函授學校」，積極自學中
文，閱讀五四文學運動後的一些作品，從「廣播教學」學習ㄅㄆ
ㄇㄈ，從《國語日報》學習寫作文。[27]他曾以「耿沛」的筆名發表
〈路〉在《中央日報》（1963年6月23日）後，再自譯成日語作品
〈山守〉發表於《今日之中國》之上。這篇小說主要描寫林務局
的林技士（友山）如何勸說主角賴木土和他的兒子停止濫墾林
地，最後受雇協助造林的過程。譯作內容大多依照中文原文譯
出。[28]

　　相對於此，他的另一篇小說〈あかね雲〉卻是先發表於《今
日之中國》之後，才自譯成中文〈夕陽山外山〉發表於《幼獅文

---

27 陳火泉，〈八十歲學吹鼓手──從日文到中文，寫到天荒地老〉，《悠悠人生
　　路》（台北：九歌出版，1980.10），頁213-222。
28 與陳火泉的〈路〉內容相較，唯增加兩小句日文：「每當看到這些多數濫墾
　　者住的茅草屋時，都清楚地感覺到人類的任性和貧窮，覺得無比的沉重和感
　　傷。」（頁48）、「嘿，沒聲不是生蕃，不必那麼大聲，應該可以聽得到人說的
　　話」如此回嘴。（頁49）之外，也補充了專有職稱「技士」、「技正」的說明。

藝》（1966年7月）之上。兩篇作品的情節鋪陳和敘事內容雖差
異不大，但作者卻略譯了許多日文原作中寫景和人在群山環繞的
大自然中所感悟到人存在的渺小、孤獨感等抽象性的心理刻畫。
比較這兩篇的翻譯情況，可見此時陳火泉的日語表達能力應在中
文的表達能力之上。1960年代陳火泉重拾小說創作的過程，誠如
龍瑛宗的短評：「作品中雖有幽默感，但混雜許多觀念，因而阻
礙挖掘內在自我與現實。」[29]也就是說，作者偶爾會跳脫小說主
題，轉而闡述的人生道理和政令宣傳式的內容。陳火泉戰後雖然
積極地進行跨語書寫，卻仍無法跨越「小說」文體的高門檻，在
1960年代之後曾沉潛了一段時日，1980年代後才改以「散文家」
的身分重現文壇，以撰寫人生勵志的散文而聞名。[30]

　　林衡道是在《今日之中國》發表最多的作者，此時他仍以
「日語」寫作為主或許與他的上海經驗有關，〈上海〉[31]是少數台人
描寫戰爭期任職於上海日資絲綢廠的朝鮮青年的小說，這篇也是
先以日語發表後，才由台灣文藝社翻譯成中文刊出在該誌上。另
外，他亦將〈人情〉、〈絹のハンカチ〉的中文譯文收入於個人編
著的中文兒童文學創作選集《絲紬的手帕》，[32]前者是描寫師生

---

29 龍瑛宗，〈題解〉，《今日之中國》1卷6期（1963.11），頁54。

30 陳采琪，〈跨時代的「皇民文學」作家──陳火泉研究〉（新竹：國立清華大
　　學台灣文學研究所，2015.01）。

31 林衡道，本社資料室譯，〈上海〉《台灣文藝》3卷12期（1966.07），頁
　　8-18。根據筆者的管見，這篇作品是台灣作家描寫太平洋戰爭前後朝鮮青年
　　的少數作品之一，作品雖觸及抗日議題，但仍是描寫男女愛情為主。

32 林衡道編著，《兒童文學創作選集3　絲紬的手帕》（台北：青文出版社，
　　1972.04）頁4-12；120-130。林衡道將自己發表於《今日之中國》的短篇小
　　說改譯成中文，收入這本選集中。

情；後者是描寫孤女寡母如何嘗盡人間冷暖的作品。林衡道並非以純小說見長，這些短篇作品通俗性較強，且主要發表於雜誌的後半時期。

　　上述的這些「省籍」日語作家在1960年代雖仍保有日語寫作能力，但也已多少具備了中文翻譯的能力，得以較自由地進行雙語創作。

（二）本省籍譯者的翻譯實踐

　　雜誌主編選譯的作品，大都是戰後第一代「省籍」作家發表在當時主流媒體副刊的初登場之作，例如文心發表於《台灣新生報》「星期小說」的〈海祭〉（1959年）、〈古書店〉（1956年）、鍾肇政的〈柑仔〉（1958年）、鍾理和的〈初戀〉（1959年）都是在林海音擔任《聯合報》副刊主編期間1950年代末被刊出的代表作。這些作家的中文書寫能力顯然已達到官方媒體主編認可的程度，但這些作品的日譯工作卻得仰賴其他譯者協助。

　　吳瀛濤是他們重要的翻譯者，翻譯「本省籍」作家的作品時，他偶爾會採意譯的方式翻譯，但大部分的內容他仍力求忠於原文逐句譯出。鄭清文描寫妓女的等待心理的〈芍藥的花瓣〉、劉靜娟的〈泡沫〉是篇描寫女性對愛情的憧憬，猶如泡沫經不起時間與現實衝擊的「跨時代」婚戀故事。林鍾隆的作品〈賊〉描寫台灣農村在日治時期刑囚細節的作品等他皆忠於原文譯出。

　　但「本省籍」翻譯者吳瀛濤礙於文化背景的差異，翻譯「外省籍」作家的作品時，他較常出現改譯或略譯的現象。例如：林海音的〈我們看海去〉，字句原是：「我洗臉的時候，把皮球也放在臉盆裡用胰子洗了一遍，皮球是雪白的了，盆裡的水可黑了。」

譯者卻改譯成：「早上洗臉順便也將球放入臉盆用香皂搓洗乾淨。」翻譯墨人的〈白金龍〉的俚俗譬喻等，也選擇性地略譯，例如：「各人都摸自己的米桶，各自選擇目標」、「三年出個狀元，十年出個戲子，一百年也難碰上這個好騷牯子」等句子皆略而不譯。從這些翻譯現象可知，省籍譯者雖然試圖理解由中國大江南北匯集至台灣的各地特殊的中文表達方式，但似乎仍見力有未逮之處。但即便如此，這些跨語譯者仍積極地翻譯這些匯入台灣的「新文學」給「舊帝國」的日語讀者，努力完成階段性台灣文學外譯的特殊任務。

　　譯者有時因雜誌篇幅的限制，經作者同意後裁減部分內容，以符合編輯之需。雜誌主編相當肯定文心的文學才華，前後共選譯三篇他描寫戰後本省人因「貧窮」而無力完成夢想和育兒的作品。其中，龍瑛宗選譯文心的〈海祭〉刊於《今日之中國》的創刊號上。這篇是描寫純情少男阿生與少女鴛鴦的生死戀。原本生活在都會的阿生因喪母而到漁村的外婆家小住，在此期間結識了女主角鴛鴦，並譜出一段青春戀曲。鴛鴦自小雙親亡故，後竟罹患痲瘋病而在戰爭末期美軍空襲中自殺身亡。阿生每年都會回到小漁村悼念鴛鴦。小說中拉車夫阿戇是兩人關係重要的穿針引線者，從小說的第四、五小節他便成為小說主要的敘述者，講述鴛鴦的死因、日記內容、分享喪妻之痛等。

　　但，經筆者的核對，譯者龍瑛宗並未譯出全文，在作者的允諾下，譯者將五小節的原文改譯成三小節左右。龍畢竟是戰前短篇小說的高手，技巧性地讓這篇小說在高潮處戛然而止，刪除稍嫌冗贅的第四、五節，留下開放式的結局，展現小說最大的張力和想像詮釋的空間，又未損及小說情節的完整性。在文末的「譯

者註記」中他也自道「譯者長期未以日文書寫，日文似乎總是變得有點怪」，[33]請讀者見諒。但在這個案中編譯者龍瑛宗顯然已介入譯文的生產，這篇譯作儼然成為另一篇新的創作。

　　整體而言，本省籍的譯者在譯介的過程中，雖力求忠於原作，但也只能在雜誌篇幅、文化背景等因素的限制下，進行戰後台灣文學的日譯實踐。「日語」在當時台灣島內的社會文化中雖仍被視為是負面的殖民遺毒，但在這樣的翻譯實踐中，卻展現了「日語」作為外交宣傳的工具性價值。

（三）與《台灣文藝》的作品互譯

　　在1950年代的台灣文壇省籍作家們各自投石問路尋求發表機會，但卻沒有他們固定的發表園地，鍾肇政身先士卒努力投稿至各類型的雜誌和引薦文友，才使得其他省籍作家陸續在「主流型」與「大眾型」的雜誌媒體裡尋得發表機會。1965年他主編出版《本省籍作家作品選集》（文壇社）十冊和《台灣省青年文學叢書》（幼獅出版社）十冊，讓省籍作家成功地集體露面。他發表長篇小說《大圳》（『省政文藝叢書』2，1965）後，其他省籍作家亦因他的推薦才有機會出版長篇小說作品。[34]但，由於《今日之中國》的篇幅有限，主編所擇譯的作品多為短篇小說，其原刊

---

33 龍瑛宗，〈題解〉，《今日之中國》1卷1期（1963.06），頁60。

34 郭澤寬，〈第六章　省政文藝叢書裡的族群與書寫（二）──省籍作家作品中的本土〉，《官方視角下的鄉土：省政文藝叢書研究》（高雄：麗文文化，2010.08），頁231-254。如：鄭清文（《峽地》，編號32）、李喬（《山園戀》，編號34）等人的長篇小說。

處有多篇出自於《台灣文藝》。

　　1960年代雖然是現代主義盛行的年代，但是當時鄉土文學已具備了發軔之勢，1964年4月《台灣文藝》承先啟後集結日治時期的作家與提供戰後世代發表空間的文化功能。它一方面培養本土作家，一方面推崇寫實主義的美學思維。在現代主義當道的1960年代，它雖然未受到廣泛的關注，但卻成為本土作家集結的大本營。它的作者群側重經營歷史記憶的重建和反映社會現實的題材，關注外在事物的描寫和刻畫鄉土庶民的世界。[35]《台灣文藝》的創辦人吳濁流在退休之後，將他全部的心力奉獻給台灣文學重建的工作：

> 　　他創辦《台灣文藝》的目的很清楚，是要建立落實在台灣這塊土地和人民上，承繼台灣新文學精神傳統的戰後台灣文學。他要提供缺少發表園地的本土作家足以耕耘的地方，以便培植後起的台灣新本土作家，以及召集昔日共同作戰過的日治時代新文學作家。[36]

《台灣文藝》創刊後「省籍」作家才有較固定的發表園地，但它卻是當時「本土文學系譜」中條件最差、起步最晚，從政治、經濟、語言運用的角度衡量的話，都是最弱的社群。[37]但，其重要性

---

35 陳芳明，《台灣新文學史》（台北：聯經出版公司，2011.10），頁478-485。

36 葉石濤，《台灣文學入門》（高雄：春暉出版社，1997.06），頁128。

37 應鳳凰，〈文藝雜誌、作家群落與1960年代台灣文壇〉，《台灣文學評論》（2007.04），頁46-73。她將1960年代的台灣文藝雜誌分成：「主導型」、「前

卻在於它承先啟後重新集結「省籍」作家，肩負世代交替與傳承的任務。根據《台灣文藝》的座談會紀錄與會員合照的相片，發現它的成員與《今日之中國》重疊性很高。例如《今日之中國》的推手徐慶鐘當時亦應吳濁流之邀出席〈閒談文藝（座談會）〉，會中他特別憶及年輕時曾有過想成為作家的夢想，也曾創作過，喜歡讀感傷的小說和許多文學作品，如歌德、巴爾札克、武者小路實篤等作品。[38] 又在1964年台灣文藝社主辦台籍文藝工作者座談會的紀念合照中，可見龍瑛宗、吳濁流、林衡道、王詩琅、鍾肇政、廖清秀、文心、吳瀛濤、賴傳鑑、林鍾隆等人的身影。[39]《今日之中國》創刊時所集結的「省籍」作家的「班底」，顯然直接成為1964年吳濁流的《台灣文藝》創刊時的創刊成員，在社群建置的意義上《今日之中國》應可視為《台灣文藝》創刊前的海外前奏版。

　　《今日之中國》前期的作品除了多擇譯已發表於國內報章副刊的作品之外，《台灣文藝》創刊後，多譯介刊於該誌的作品，例如：張彥勳的〈長影〉、劉靜娟的〈泡沫〉、[40]江上的〈霧夜〉[41]等。另外，《台灣文藝》也刊出已發表於《今日之中國》的作品，例如前述林衡道的〈上海〉和吳濁流的〈東遊雜感─漢詩日本觀

　　衛型」、「大眾型」的文化形構，說明當時作家社群與雜誌的關係，但《台灣文藝》卻無法歸類於其中。

38 王詩琅記錄，〈閒談文藝（座談會）〉，《台灣文藝》創刊號（1964.04），頁29-35。

39 施翠峰，〈賴傳鑑與施翠峰對談錄〉，同註14。

40 劉靜娟，〈泡沫〉，《台灣文藝》2卷8期（1965.07），頁6-10。

41 江上，〈霧夜〉，《台灣文藝》1卷4期（1964.07），頁27-31。

光記〉[42]也被譯出，刊載於《台灣文藝》之上。[43]吳濁流的漢詩文除了記載吟詠訪日遊覽見聞之外，尚記錄他與戰前文友工藤好美和坂口䙃子等人重逢之事，作品內容更動處不多，唯將年號「昭和」更改為「民國」。吳濁流戰後雖以中文撰寫漢詩或短篇隨筆，1960年代卻仍無法以中文撰寫小說，多仰賴跨語譯者鍾肇政、林鍾隆、鄭清文、江上等人協助翻譯，《瘡疤集》、《台灣連翹》、《無花果》、《黎明前的台灣》才得以出版問世，奠定吳濁流在戰後台灣文壇的地位，因此這群譯者的翻譯貢獻應受到該有的關注。[44]換言之，台灣日語作家在戰後台灣文學史上所受到的關注度，除了作品內容本身之外，譯作出版的質量亦是關鍵因素之一。

　　身處台灣主流文壇邊緣的省籍作家們，經過戰後十多年的努力才在這本半官方的海外雜誌尋得小小的發表空間。對他們而言，這個文學園地的存在意義，其文化象徵意義遠勝過於政經宣傳的實質意義，且階段性地為《台灣文藝》的創刊儲備了一些再集結的文化能量。

（四）台灣文學史的譯介

　　《今日之中國》雖是以政經宣傳為目的的刊物，但仍譯出當

42　吳濁流，〈東遊雜感（一）〉，《今日之中國》4卷5號（1966.05），頁10-14；
　　〈東遊雜感（二）〉，《今日之中國》4卷9號（1966.09），頁40-43；〈東遊雜感
　　（三）〉，《今日之中國》4卷12號（1966.12），頁42-45。

43　吳濁流，〈東遊雜感〉，《台灣文藝》3卷13期（1966.10），頁43-53；〈東遊雜
　　感續〉4卷14期（1967.01），頁23-32。

44　杉森藍，〈戰後台灣文學翻譯史（1948-1982）——以跨越語言世代作家的翻
　　譯工作為中心〉，頁70-75。

時在日本難得見到概述台灣文學史的文章。王詩琅（1908-1984）的〈日本統治時代の台湾新文学について〉（副標：「那是企求脫離異族統治的精神支柱」）和鍾肇政的〈二十年来の台湾文学〉，是兩篇在日介紹台灣文學的代表性文章。

　　戰後王詩琅試圖勾勒出台灣新文學運動的輪廓，在《台灣新生報》的「文藝」欄上發表〈台灣新文學運動資料〉（1947），隨後又在《旁觀雜誌》發表〈半世紀來的台灣文學〉（1951）。事隔十年因吳濁流的催促，才又稍作修訂改寫成〈日據時代的台灣文學〉[45]發表於《台灣文藝》。爾後，再改譯成日語刊於《今日之中國》之上。此文，是1960年代日治世代撰寫台灣文學史的論著中，較完整的單篇論文，對日後台灣文學研究者造成若干程度的影響。

　　這篇史論相較於早期的文章，此時作者已少了因時代的不安和政治的肅殺之氣，以「自我否定」的方式進行自我辯護，其中增加了在台日人的文學活動，對於《台灣文學》與《文藝台灣》關係的說明，亦有所修正。[46]戰後在國民黨的「中華民國」史觀之下，有關台灣文學的史論只能隱身於地方志的「藝文志」裡，作為「區域」研究的一環，[47]強調台灣殖民經驗裡的「抗日」文本，以利與中國的抗日經驗相互扣連。這個時期的基本史觀強調中國五四運動對台灣新文學運動的影響，將台灣文學視為中國文學一

---

45 王錦江，〈日據時代的台灣文學〉，《台灣文藝》1卷3期（1964.06），頁49-58。

46 蔡美俐，〈未竟的志業：日治世代的台灣文學史書寫〉，（新竹：國立清華大學台灣文學研究所碩士論文，2008.07），頁156-157。

47 同上注，頁140。

支流,日治時期台灣文學仍著重於抗日文本和抗日作家的研究。

　　總之,王詩琅即使對戰後初期的論述已有所修訂,但在這篇譯文中他仍依循當時抗日文學史觀,沿用「台灣文學是中國文學一支流」的論述框架,這篇文章雖以「台灣新文學」為標題,但仍以「地方文學」、「鄉土文學」作為「台灣文學」的概念。

　　《今日之中國》的主編於1965年以回顧戰後二十年台灣文化界的發展現狀為題,企畫「二十年來的教育／音樂／文學」系列專輯。鍾肇政受龍瑛宗之託[48]將〈二十年來台灣文藝的發展〉[49]改譯成〈二十年來的台灣文學〉,[50]文章分成「橫的移植」、「萌芽期」、「初代作家群像」、「新世代」、「新時代的出現」五段,簡介戰後二十年的台灣文學現狀。其中所謂「橫的移植」是指戰後初期省籍作家因語言、經濟等因素,作品未能與來台外省作家相匹敵,因此文壇的白話文作品完全是橫向移植。「萌芽期」中介紹了施翠峰和廖清秀兩位作家。「初代作家群像」主要介紹日語世代和曾旅居中國的作家。「新世代」作家是指戰後受正規中文教育的一代,鍾肇政認為他們的中文表現能力當時已與外省籍作家的中文程度無異。「省籍」詩人則是以《笠》詩刊為主要的發表園地。又因《台灣文藝》季刊的誕生、「台灣省籍作家作品選

---

48 陳萬益,〈龍瑛宗與《今日之中國》─記1960年代一段軼事〉,《文學台灣》33號(2000.01),頁57。

49 鍾肇政,〈二十年來台灣文藝的發展〉,《徵信新聞報》光復節特刊(1965.10.25)。兩篇內容文章架構類似,為了刊載之便改譯時,作者自己增刪部分內容。

50 鍾肇政,〈二十年来の台湾文学〉,《今日之中國》4卷2期(1966.02),頁8-13。

集」和「台灣青年文學叢書」的出版、「台灣文學賞」的設立，讓台灣文學的發展進入了新的時代，該文以介紹「省籍」作家的文學活動為主，反之，關於外省籍作家的文學成就卻略而不提。

　　上述的這兩篇台灣新文學的史論是最早透過「翻譯」精簡地勾勒出，以「台灣省籍作家」為主的台灣新文學運動史。在當時這本雜誌的讀者雖然甚為有限，但它卻是戰後日本台灣文學研究「萌芽期（1950年代至1960年代）」重要的參考論文，[51]成為戰後最早讓日人能夠系統性地了解自日治時期至戰後二十年台灣「省籍」作家文學發展脈絡的入門文章。

（五）《台灣風物》作品的譯介

　　誠如前述，林衡道是《今日之中國》重要的編輯之一，他出身板橋林家望族，1938年畢業於日本東北大學法文學部經濟科，隨後進入淺野物產會社，被派至上海。1942年任職華中蠶絲公司經濟調查室。戰後1945年加入國民黨，擔任糧食部糧政特派員公署祕書、糧食局視察。雖曾在台灣大學等校執過教鞭，1952年之後任職於台灣省文獻委員會、台北市文獻委員會，擔任文獻調查編輯工作。[52]當時擔任台北市文獻委員會主任委員及民俗學家。

　　他雖在《今日之中國》發表數篇日語小說，但他最重要的成就還是在「台湾の歴史」專欄上翻譯發表他的民俗采風和台灣古

---

51 下村作次郎等，《台湾近現代文学史》（東京：研文出版，2014.12），頁6-7。
52 口述者林衡道，記錄整理者林秋敏，《林衡道先生訪談錄》（新北：國史館，1996.10），頁353-355。該書的〈林衡道先生著作目錄〉的「日文書目」只列出《今日之中國》的〈內台共學〉和〈おもかげ〉而已，也未提及他是否曾參與該誌的編輯工作。

蹟、台灣原住民的傳說等介紹性文章。「台湾ところどころ」專欄是為了招攬吸引日本觀光客來台的文章，龍瑛宗也受邀撰寫了〈澎湖紀行〉、〈台湾の昔と今〉、〈潮州鎮にて〉等數篇文章。

　　他曾擔任過《台灣風物》的主編。《台灣風物》（1951.12～至今）於1951年12月創刊，由楊雲萍命名，發行人陳漢光，是一份介於學術與通俗之間的雜誌。內容以民俗習慣採集紀錄和隨筆為主，鼓勵當時民間研究者共同參與，早期的撰稿群有楊雲萍、陳紹馨、吳新榮、吳槐、廖漢臣、莊松林、戴炎輝、黃得時、曹永和等人。他們在日治末期都曾受過《民俗台灣》的影響，重視民俗習慣的採集、整理和紀錄，作者群承繼了《民俗台灣》尊重在地民俗文化的精神，扮演台灣民俗研究薪火傳承的角色，架起日治時代民俗研究和戰後台灣研究的橋梁。《台灣風物》刊行的期間因主編更迭，風格內容各有偏重，早期他們偏重田野調查，且偏重藝文、傳記人物和地理方面。[53]

　　林衡道認為由於光復初期「國語」政策，多數不會講國語的台灣知識分子一下子都變成文盲和啞巴，也使得台灣方言失去其應有的尊嚴與地位，更使台灣同胞滋生其內心的失衡感與適應上的困難。[54]這群跨時代的台灣知識人之所以積極投入台灣民俗采風的調查工作，除了為了在肅殺的政治氣氛下保身之外，其內在的動機應是想要藉由在地文化知識的生產，重新找回台灣文化（方言）該有的「尊嚴與地位」，以消弭因「國語」政策帶給他們在

---

53 張炎憲，〈《台灣風物》五十年——從草創到茁壯〉，《台灣風物》50卷4期（2001.01），頁19-40。

54 林衡道，〈光復初期的文化政策得失〉，《林衡道先生訪談錄》（新北：國史館，1996.10），頁305。

知識權力上的剝奪感。在不觸犯官方政治忌諱的原則下，以整理台灣民俗文獻作為他們的文化策略，展現民間精神，發揮他們在台灣文化場域裡的能動性，並影響繼起的世代。

　　另一位民俗學家吳瀛濤在該誌中除了扮演翻譯者的角色之外，由於他出身於台北大稻埕，為當地望族吳江山之姪兒，[55]對台灣民間文化亦有相當高的熟悉度與興趣。1960年前後陸續在《台灣風物》、《台北文物》兩雜誌上發表許多台灣民俗資料收集的成果，他也藉此機會譯介個人採集台灣風俗習慣和民謠諺語的部分成果發表於《今日之中國》之上。

　　《今日之中國》前期的作品與《台灣文藝》雜誌互動密切，但後期卻以譯介林衡道發表於《台灣風物》[56]的作品為主。雜誌的刊名雖然是「今日之中國」，但實際介紹的內容卻是「台灣」在地文化和戰後台灣文化場域所生產的文學作品為主。省籍作家的譯作雖然日漸減少，但有關台灣文化的知識內容並沒有完全消失，只是改成連載林衡道的〈台湾の歴史〉和吳瀛濤的〈台湾の民謠〉等雜文，透過翻譯機制將島國的民間文化轉換成另一種異國情調在日宣傳內容。

　　談論台灣文化主體性和殖民地經驗仍是一種政治禁忌的年代裡，《今日之中國》成為他們少數得以譯介講述台灣文化知識的媒體刊物。在譯本的生產過程中，他們重新凝聚這群「民間」的本省籍文化人士的群體意識，假借民俗風物的研究，以田野調查

55　由國立清華大學台灣文學研究所碩士生雲靜儀確認賜教，在此誌謝。

56　例如：〈新竹的名勝古蹟〉（《台灣風物》16卷1期）、〈霧峰林家圖片〉（《台灣風物》16卷4期）、〈三貂角之行〉（《台灣風物》16卷5期）、〈艋舺寺廟的匾額〉（《台灣風物》17卷2期）、〈宜蘭風光〉（《台灣風物》17卷4期）。

和民俗采風為方法，掩飾他們欲凸顯台灣史、台灣研究的企圖，等待重新建構「台灣」文化知識體系的機會。

三、選譯外省籍作家的作品類型

　　1950年代是國府遷台的第一個十年，目前的文學史多稱之為「反共文學時期」，文學生態主要由「黨政軍作家陣營」和「現代文學作家」陣營所主導，但女作家的出現與本省籍作家群從文壇邊緣逐漸崛起值得關注。[57] 1960年代的台灣作家多專注於現代主義美學的追求與內在世界的挖掘，葉石濤以「無根與放逐」來概括1960年代的台灣文學，批判現代主義這種「無根與放逐」的文學主題脫離了台灣民眾的歷史與現實，並肯定寫實主義文學和社會批判精神。[58] 雖然上述鍾肇政的文章中未能介紹外省籍作家在台的文學活動，但《今日之中國》的本省籍主編並未無視於他們的文學成就，他們究竟選譯了哪些1950年代、1960年代前半的作品呢？他們是否服膺在當時國家美學的標準之下進行翻譯工作呢？

　　《今日之中國》共選譯了二十一篇外省籍作家的作品，龍瑛宗擔任主編的期間，雖以譯介本省籍作家們的作品為主，但他並未忽視外省籍作家在台的文學成就，其中選譯了林海音、王藍、郭嗣汾、魏希文等人的短篇作品，同時言簡意賅地評論這些作品。後繼的主編則大量地譯介外省籍作家的作品，這些外省籍作

---

57 應鳳凰，〈第二章「反共＋現代」：右翼自由主義思潮文學版〉，《台灣小說史論》（胡金倫主編，台北：麥田出版，2007.03），頁111-195。

58 葉石濤，《台灣文學史綱（日譯註解版）》（高雄：春暉出版社，2010.09），頁179-209。

家若非官方媒體主編、黨政關係密切者，即是軍中作家。1950年中國文藝協會成立，為當時文化界最有影響力的文藝組織，《今日之中國》所擇譯的作家王藍（1922-2003）、郭衣洞（1920-2008）、郭嗣汾（1919-2014）、林適存（1915-1998）、公孫嬿（1925-2007）、鍾雷（1920-1998）等人皆是協會的重要成員。另外，墨人（1920-　）、后希鎧（1917-2001）、高陽（1922-1992）、林適存、鍾雷等人也都位居《中華日報》、《中央日報》等報紙媒體的主筆或副刊主編等重要的文壇位置。1950年代台灣主流文壇主要透過「中國文藝協會」、「中國青年寫作協會」、「中國婦女寫作協會」等社群組織運作，這些組織透過相互合作與國民黨黨政系統維繫關係，政治立場上支持國民黨。但，這些社群並未被編入國家體制，因此仍以民間社團形式展開文學活動，作家的寫作與活動尚保有一定自由，[59]但基本上卻未能偏離文學為政治服務的文壇特色。

　　《今日之中國》屬於海外發行的宣傳性雜誌，預設讀者以海外日人為主，文藝欄力求在文學性與政治性之間取得平衡。以下將歸納被選譯的這些外省籍作家的作品特色，藉以釐清雜誌主編選譯的特點，和它們與當時國家文藝政策之間不即不離的關係。

（一）反共戰鬥與亂離懷鄉的題材[60]

　　在國民黨文藝政策的主導下，反共戰鬥與亂離懷鄉成為1950

---

59 陳康芬，〈第二章　反共必勝、建國必成──文學體制與時代文學〉，《斷裂與生成：台灣1950年代的反共／戰鬥文藝》（台南：國立台灣文學館，2012.10），頁38。

60 蔡芳玲，〈1950年代大陸來台小說家作品論〉，《台灣現代小說史綜論》（陳

年代中國來台的作家們重要的書寫題材。當時擔任國防部政治部主任的蔣經國於1951年提出「文藝到軍中去」的運動，由中國文藝協會推廣「軍中革命文藝」。因此，瘂弦說：1950、1960年代台灣文壇最活躍的，不是文人而是「軍人」。[61] 因此，《今日之中國》主編也擇譯了一些軍中作家反共懷鄉的作品，以配合當時國家文藝政策的方向。

1. 反共戰鬥的題材

　　軍中作家基於個人的生命歷史經驗，反共戰鬥是他們最為熟悉的書寫題材之一。**鍾雷**的〈追跡〉是篇描寫抗日剿匪時，英雄救美的故事。**高陽**的〈從戰場到情場〉則是以愛情包裝反共的戀愛故事，主要是描寫空軍大尉因戰功而擄獲即將赴美留學的女友的心。**郭嗣汾**海軍出身，〈岷江夜曲〉是描寫海軍中尉在異國罹病，在醫院受到華僑護士的細心照料康復的過程，文中雖陳述華僑的愛國告白，洋溢著青年男女戀愛甜蜜氣氛，卻也是篇符合反共愛情文學公式的作品。

　　主編所選譯的作家作品除了符合國家美學的作品之外，也嘗試展現「作家」個人多元的文學風格。例如**司馬中原**雖也是位軍中作家，他的作品多以北方大地為背景，取材幅度極廣，因內容不同而改變筆下的創作風貌，呈現多樣的繁複性，他的語言世界與文學世界，也隨著作家的成長不斷地改變。他在〈戰馬的血祭〉中描寫在塞外剿匪激戰的過程，「我」如何馴服101號馬，牠又如何在戰場上殉職的感人場面，作者將人與動物間的情感互動

義芝主編，台北：聯經出版公司，1998.12），頁203-221。

61　同上註，頁221。

描寫得相當細膩，藉此包裝反共議題。但，他的〈黑河〉卻是篇描寫煙花巷中，主角因家貧而被迫為娼的女性悲劇，作品中充滿作家深刻的人道關懷。同樣地，**公孫嬿**的〈不銹鋼〉雖以國軍撤守來台「反攻大陸」的大時代為背景，描寫軍旅中同袍情誼與小兵勤學向上的故事。但，他的〈埋伏坪癡魂〉卻是描寫一位剛調任到台灣原住民部落的外省籍國小校長，他在官舍中所經歷的靈異事件。作品中作者對山居生活和自然風景多所著墨描繪，對癡情等待情人的原住民女孩充滿同情的理解。他的作品不只「戰鬥文學」，誠如他自述自己的文學風格，是「唯美、浪漫，注重文字詞彙、文法、結構、主題」，屬於一種正宗的文學，並不是一味的陽剛，也有極唯美婉約的作品。[62]顯然軍中作家的作品並不盡然完全服膺在反共戰鬥的國家美學之下，從這些選譯的作品中可見，主編試圖藉由「翻譯」為路徑，展現軍中作家創作題材和文學風格的多樣性，讓我們跳脫軍中作家言必反共的刻板印象。若以時間的網篩淘選，描寫人類純粹真摯的情感，才是他們共同的文學主題。

2. 亂離懷鄉的題材

　　在大時代中有不少外省籍作家因戰亂而離鄉背井倉促來台，來台穩定後對於彼岸中國的懷鄉之情亦油然而生。外省籍作家藉由書寫故里的風俗民情，安頓來台後的思鄉之情。主編選譯了**墨人**的〈白金龍〉，作者主要是描寫未受閹的公牛白金龍如何被高價出售，之後，在百花洲如何打敗「楚霸王」、「武松」雄霸一

---

62 樸月，〈醉裡挑燈看劍：訪將軍作家公孫嬿〉，《文訊》121期（1995.11），頁74。

方的過程。[63]〈藝人之子〉則是描寫「我」與下鄉馬戲團的小女孩江久香和老八在單純孩童世界中所發生的一段友誼。[64]這兩篇作品都是描寫中國鄉野裡農民生活的點滴和真實生活的情感。

軍人作家**楊御龍**（1929-1980）的〈天涯孤獨者〉是描寫因逃難隻身來台和喪偶的外省籍鄰人，因同是淪落天涯的外省人而相濡以沫的故事。但，小說的敘事模式並非採「今昔對照」的方式，而是將描寫重點置於描寫三人來台努力生活彼此關照的人情故事。

林適存（南郭）亦是軍中作家，但主編選譯的作品〈神佛的世界〉卻是描寫妻子盼子求神拜佛、女兒早產等家庭生活的點滴，內容無關反共，卻流露出父親對妻小溫馨細膩的情感。

反共文學是當時國家文化霸權操作下的產物，這本具官方色彩的雜誌主編在選譯的過程中仍呼應國家美學的時代要求，然而由於《今日之中國》是海外宣傳刊物，雜誌主編一方面顧及官方的文藝政策，另一方面也考量作品主題的普世性和雜誌的宣傳效能，藉由選譯這些描寫離鄉來台的外省人的在地情感與生活經驗，稀釋了反共文學的政治性，以達到翻譯的文化政治。

（二）通俗情愛小說與女性作家的作品

戰後隨著國語教育的普及，台灣讀書市場逐漸出現一批新的中文消費性讀者，他們大量閱讀消費通俗愛情小說，文化出版界

---

63 根據筆者的核對〈白金龍〉全部雖有三節，因雜誌篇幅的關係，只譯出第一、三節和第二節後半，但小說情節仍「有頭有尾」。

64 墨人，〈久香〉，《青雲路》（台北：臺灣商務印書館，1969.09），頁91-171。

也積極培養新的大眾作家。[65]《今日之中國》除了選譯上述主流文壇的反共懷鄉主題的作品之外，譯介最多的作品反而是當時流行的大眾通俗作品。

1. 通俗情愛小說

　　曾擔任中國文藝協會常務理事的**王藍**雖以抗戰與反共為主軸的小說《藍與黑》聞名，廣受讀者歡迎，但因雜誌篇幅的關係，《今日之中國》主編只選譯他三篇短篇小說。〈摩托客〉是描寫基督教家庭在前往禮拜教堂的途中，「我」駕駛汽車與摩托騎士競速、追逐的過程。龍瑛宗認為他「以私小說文體，處理身邊瑣事」[66]。〈女友夏蓓〉、〈傑作〉是同收入於他的短篇小說集《女友夏蓓》（1957）的作品，作者自題：「戰場與情場有一最大的分野，那乃是：戰爭要制人，愛情要律己。」這兩篇都是描寫律己的愛情故事，前者是篇描寫男女作家如何發於情止於禮，維持純粹男女友誼的代表作。[67]後者是描寫文藝少女迷戀男作家的過程，年輕男子利用她崇拜男作家的心理設局蒙騙她，最後竟譜出一段戀曲，這名男子卻因購鞋未付清款項而事跡敗露，婚事也因之宣告破局。真正的男作家得知來龍去脈後，竟努力撮合讓兩人破鏡重圓，小說中雖有強調「正面人性」的說教內容，但情節安排卻

65　張文菁，〈1950年代台灣中文通俗言情小說的發展：《中國新聞》、金杏枝與文化圖書公司〉，《台灣學研究》17期（2014.10），頁89-112。

66　龍瑛宗，〈解說〉，《今日之中國》2卷4號（1964.04），頁54。

67　根據筆者的調查王藍收入《女友夏蓓》（中國文學出版社，1957，頁1-15）的中文版的〈女友夏蓓〉和日文版的〈夏蓓さん〉的內容有所差異。中文版只有五段，但日文版卻有九段。前後段落內容一致，但日文部分卻多了夏蓓的相片被酒家盜用等橋段，譯作的原文為何？目前尚無法確認。

仍不脫通俗愛情小說大團圓的俗套。

外省籍作家來台後受限於生活圈的關係，較少描寫本省籍人士，即使描寫也多少帶著某種想像與偏見，1950 年代外省籍女性作家出現了書寫本省籍下女的文學現象。[68] 但，外省籍的男性作家**田原**（1927-1987）〈愛似浮雲〉雖也同樣處理台灣下女的題材，但卻有別於女性作家筆下的「台灣下女」。小說描寫台灣「下女」直接全權承擔家務勞動，主導照料單身中年男性的雇主「我」的起居。「我」將家務視為是一種職業分工，對台籍下女相當尊重。本省籍的下女阿秀因為家貧而未能繼續升學，卻是位熱愛文藝的少女。「我」對阿秀的做事能力頗為賞識，起初並無非分之想，並供給她繼續升學，希望栽培她成為商界強人，但兩人卻日久生情甚至論及婚嫁。但，他們的婚約竟因「我」的詩人友人（周青菁）從香港來訪而破局。友人橫刀奪愛、鳩占鵲巢，被派任到海外的「我」對他們兩人雖有怨言，最後卻因「我」對愛情的淡然豁達，選擇成全他們為文學燃燒的真愛。這亦是一篇結局圓滿的愛情小說。

后希鎧（1917-2001）的〈浴佛節的愛〉主要是描寫「我」在緬甸的浴佛節的慶典中，邂逅了一名女孩妮妮，幾年後又在慶典時重逢。當下她說明自己不倫、私奔、喪夫等不幸的遭遇，以至於她無臉回娘家依親。因此，她央求「我」充當她的丈夫，讓她可以藉機返家，但最後「我」還是拒絕了。這是篇瀰漫異國風情的小說，似乎與作家的滇緬經驗有相當密切的關係。

68　王鈺婷，〈代言、協商與認同──1950 年代女性文學中台籍家務勞動者的文本再現〉，《成大中文學報》46 期（2014.09），頁 245-270。

　　郭衣洞（1920-2008，柏楊）1950年代的書寫範圍從反共、諷刺小說到童話故事，而後言情，最後寫實，文學的主題與類型再三改變，都深具批判精神是他1950年代小說的風格，1960年代的雜文書寫只是延續這樣的精神，即使「言情」小說也傾向思考性，接近批判控訴。[69]主編所選譯的〈周琴〉同樣具有這樣的文學風格，小說是從「我」的角度描寫任性又不可理喻的表妹「周琴」，好友世康與她結婚且對她百般容忍。眾人對周琴的無理取鬧都想「息事寧人」，但作家對他們是非不分苟且的態度充滿諷刺與批判。

　　雜誌前後期的主編皆選譯了**魏希文**（1912-1989）的作品，〈人海〉主要是從男主角孫仁培的視角敘述戰後隻身來台女主角艾丹在愛情和人海中浮沉的故事。龍瑛宗認為：「作品並未描寫她堅強的生活，為何一到戰後她的生活好轉且變得闊綽。儘管如此作者仍以敏銳的現代感將她精神上的虛脫和虛無感挖掘出來。」[70]〈晚餐〉卻是描寫整夜因應酬接單而錯失與女友約會共進晚餐的過程。**劉偉勳**的〈雲與夢〉則是由「我」在作品中敘述畫家葉先生與女性友人曖昧的情誼，其中有不少現代主義式刻畫人物內在心理的地方。

　　上述的這些作家都是1950年代具代表性的反共作家，雜誌主編在選譯他們的作品時，並非著重於政治性的反共宣傳，反而更重視文學的娛樂趣味性。

---

69 應鳳凰，〈第九章 「文學柏楊」與戰後台灣主導文化〉，《1950年代台灣文學論集：戰後第一個十年的台灣文學生態》（高雄：春暉出版社，2007.03），頁231-232。

70 龍瑛宗，〈解說〉，《今日之中國》2卷7號（1964.07），頁49。

2. 女性小說家的作品

　　1950年代女性作家輩出，由於當時的時代氛圍容易捲入政治風暴中，所以她們的作品社會性觀點稀少，以家庭、男女關係、倫理等為主題的作品大行其道。[71] 然而，戰後台灣文化場域中女性作家的文學生產力不容小覷，《今日之中國》所選譯的女性作家林海音（1918-2001）、張漱菡（1930-2000）、聶華苓（1925-　）都是1950年代最具代表性的女性作家。當時林海音擔任聯合副刊的主編；聶華苓主編《自由中國》的文藝欄；張漱菡1953年發表第一本長篇小說《意難忘》後，連續出版了數本小說集，展現個人旺盛的創作力，在文壇裡她與林海音同樣是活躍於婦女作家協會的知名女作家。

　　林海音1953年受聘擔任《聯合報》副刊的主編，至1963年為止拔擢提攜許多省籍作家，並鼓勵停筆多年的省籍作家重新寫作。她亦成為龍瑛宗在《今日之中國》中選譯的第一位女作家。〈我們看海去〉是她的代表作《城南舊事》（1960.7）的作品之一，她以1920年代的北京城為其時空背景，藉由小女孩英子的眼光，去觀看那位竊賊的行為，思考人們看待善惡分際的問題。

　　張漱菡的〈疑雲〉是描寫女兒曾小華見母親李維華對家教周念森殷勤款待，而心生疑竇，無意間發現父母假面夫妻的關係。母親最後不得不說出自己陷入不幸婚姻的原委。龍瑛宗評為「雖是短篇，情節卻很周詳。故事進展順暢，成為健康的家庭倫理小說。」[72] 1962年她也出版同名的短篇小說集《疑雲》（台北：正中

71　葉石濤，《台灣文學史綱》，頁158。
72　龍瑛宗，〈解說〉，《今日之中國》2卷5號，頁54。

書局）。

　　聶華苓的〈李環的皮包〉是收入於她的短篇小說集《一朵小白花》（文星書店，1963）的作品。她相當重視短篇小說的寫作技巧，嘗試引進西方小說的經典手法，對日後台灣現代主義文學潮流不無影響。當時她正在翻譯美國小說家亨利詹姆斯的《莫德福夫人》，對於女性的遭遇與壓抑多了一些同情的理解，勇於探索女性的情欲與掙扎的心理狀態。[73]這篇主要是刻畫來台前擅自更改自己出生年月和名字的李環，在面對自己青春歲月即將逝去時的追憶心境和現實中不堪的處境。她與那一只光澤不再，裝滿瑣瑣碎碎、珍貴的、低劣的、塞著滿滿的皮包一樣，對人生充滿虛無之感。

　　這三篇作品都是以女性的視角觀看世界理解人情、家庭關係，並反照女性的生命變化，其情節緊湊懸疑性很強。同時，皆刊於龍瑛宗主編的第2卷中並附上他的〈解說〉，顯然他對當時女性作家的作品相當關注。

　　《今日之中國》提供刊出文學作品的篇幅雖然甚為有限，但雜誌主編卻多元地選譯了這些作家在這個時期的代表作，各種題材的小說幾乎「勻稱」地被選編譯介，其中含括了反共戰鬥、離散懷鄉、通俗愛情、女性作家等各類型的作品並不偏廢。這本雜誌畢竟是以經濟宣傳為目的，但主編在擇譯的過程盡其所能在國家美學和大眾通俗之間取得平衡，即使是軍中作家或反共文學的作家仍選譯他們描寫男女愛情或人間情愛的作品。從這些選譯作

73　應鳳凰，〈第三章　聶華苓文學與台灣文壇〉，《文學史敘事與文學生態：戒嚴時期台灣作家的文學》（台北：前衛出版社，2012.11），頁74-75。

品也可反觀編譯者的另一種翻譯背叛。即是，他們試圖擺脫島內國家文藝政策在台灣文學場域中的規範，藉由「翻譯」的路徑，重新繪製他們心目中當代多元的台灣文學圖景。

結語

筆者藉由釐清《今日之中國》這一本對日宣傳性雜誌的創刊背景、文藝欄主編龍瑛宗等人的編輯策略、翻譯者、譯作內容，它與其他同時期本土刊物的互譯情況、外省籍作家作品的題材類型和譯介情況等，重新評價它在1960年代台灣文學日譯的文化意義與特殊貢獻。

這本雜誌的誕生與冷戰前期台灣當局為對日招商募資的政經目的有關。龍瑛宗因其金融背景與文學長才，受到青睞短暫地出任雜誌主編一職。他也藉此機會重新集結「省籍」文友，一方面自己撰寫解說，另一方面委請吳瀛濤、賴傳鑑等人協助翻譯，邀請「省籍」畫家為雜誌繪製插畫。「省籍」的執筆群中，以戰後跨語成功的第一代「省籍」作家居多。其中，尚保有日語翻譯能力者則自行翻譯自己的作品，但也因此出現了改譯的問題，這些改譯內容也正留存他們跨語書寫的軌跡。但大部分的譯作多仰賴譯者的協助，在翻譯過程中因雜誌篇幅和譯者學養等的限制，部分譯作策略性地被刪譯或改譯。

《今日之中國》與本土性雜誌關係密切，《台灣文藝》創刊後他們透過互譯建立彼此的合作關係，前期以譯介「省籍」作家的短篇小說為主；後期因林衡道著力較深，除了翻譯了較多《台灣風物》的內容，連載譯介台灣觀光資源和民間風俗文化之外，轉

而更積極翻譯外省籍作家的中短篇小說，自第4卷11號起掛上「現代中國小說選」強調「中華民國」的文學，在文藝欄中「省籍」間的文學勢力的消長也自此顯而易見。

　　這些1950、1960年代前半的作品雖以寫實主義的作品居多，但亦不乏具有現代主義色彩的作品。至於小說題材，本省籍作家的小說以台灣鄉土寫實的作品為主；外省籍作家雖有為配合當時國家文藝政策的反共懷鄉之作，但卻以男女愛情、家庭情愛等通俗性題材的作品居多。因為《今日之中國》為「海外」刊物，選譯的標準規範似乎從「國內」反共文學的框架脫逸而出，享有某種程度的「選譯自由」，亦成為另一種特殊的文化協商空間。在這個小園地裡，因為「翻譯」體制翻轉了「省籍」和中文表現能力的限制，「日語」成為唯一的譯語，對讀者而言，它們皆是譯自「台灣」的文學作品無關省籍。小說的舞台空間從中國西北大漠、上海、東南亞、中南半島（緬甸）到台灣的原住民部落鄉土，充分地展現台灣文學豐富而多元的圖景。

　　一般的文學史將1964年《台灣文藝》的創刊視為「省籍」作家戰後大集結的重要起點。但，若觀察他們的社群活動情況，將可發現《今日之中國》是本省籍作家整備出發的暖身刊物，他們藉由「翻譯」跨語越界啟動了新的文化能動性。雜誌社為了招商來台，雖以今日之「中國」為名，但實質內容卻是今日之「台灣」的經濟發展與民間文化。相較於當時島內戒嚴時期的政治氛圍，視「中華文化」為唯一的文化核心價值，這份小雜誌中卻以翻譯「台灣」為主體，譯介台灣的文學、民俗、歷史文物和觀光資源等。「隨筆欄」的日人隨筆內容雖然龐雜，但竟也容許日本遣返者陳述戰後重返台灣的感想，官方的抗日的政治論述竟在此

因經濟發展之需，失去了它的有效性，這份雜誌似乎充分展現了翻譯在文化政治上的背叛性。

在特殊的時空背景和歷史的縫隙中，竟出現如此官民合作對日翻譯的景況，官方為了突破經濟發展的困境，利用省籍文化人的日語能力，他們也趁勢而為利用官方提供的文化資源，日譯當代台灣文學的作品和民間文化，尋求實踐文化理想的自由空間。這樣的日譯活動有別於1960年代台灣現代主義追求的文學現代性，抑或在美援支持下所進行的翻譯實踐。

這本刊物在1972年因日、台斷交前夕，完成它階段性的任務，但也因這些譯文的留存出土，讓我們得以一窺這群省籍編譯者以「翻譯」為手段，闡釋台灣當代文學，兼容並蓄地確立本土文化傳統的方向。總之，《今日之中國》的文學譯作雖未受到日本讀者高度的關注，但在冷戰時期對日宣傳上，卻見證了在特定歷史時空下的文學翻譯與文化政治的特殊意義。

附錄一：省籍作家刊於《今日之中國》的小說作品目錄

日期	卷期	篇名（中文篇名）	作者／譯者	頁數	備註
1963年6月	創刊號	海の祭り（海祭）	文心作／龍瑛宗譯	p.56-60	解說：竜
1963年7月	1卷2號	同姓結婚（同姓之婚）	鍾理和作／龍瑛宗譯	p.46-51	解說：竜
1963年8月	1卷3號	阿九と土地公（阿九與土地公）	廖清秀	p.52-56	解說：竜
1963年9月	1卷4號	みかん（柑子）	鍾肇政作	p.49-54	解說：竜 林顯宗畫
1963年10月	1卷5號	芍藥の花びら（芍藥的花瓣）	鄭清文作／吳瀛濤譯	p.45-48	解說：竜 陳敬輝畫
1963年11月	1卷6號	山守（路）	陳火泉作	p.48-54	解說：竜 盧雲生畫
1963年12月	1卷7號	內台共学	林衡道作	p.36-43	解說：竜 黃鷗波畫
1964年8月	2卷8號	影（長影）	張彥勳作	p.50-54	解說：竜 賴傳鑑畫
1964年9月	2卷9號	おもかげ	林衡道作	p.41-50	呂基正畫
1964年10月	2卷10號	古本屋（古書店，1956年《台灣新生報》徵文佳作）	文心作／王榕青譯	p.47-52	賴傳鑑畫
1965年9月	3卷9號	村の盜難事件（賊）	林鍾隆作／吳瀛濤譯	p.43-49	解說：竜 賴傳鑑畫
1965年12月	3卷12號	初恋（初戀）	鍾理和作／王榕青譯	p.45-49	
1966年4月	4卷4號	上海（上海）	林衡道	p.40-49	

日期	卷期	篇名（中文篇名）	作者／譯者	頁數	備註
1966年5月	4卷5號	捨て子（棄嬰記）	文心作／王榕青譯	p.39-42	
1966年6月	4卷6號	あかね雲（夕陽山外山）	陳火泉作	p.43-50	
1967年1月	5卷1號	絹のハンカチ（絲綢的手帕）	林衡道作	p.43-44	
1967年3月	5卷3號	泡沫（泡沫）	劉靜娟作／吳瀛濤譯	p.46-50	
1967年4月	5卷4號	霧の夜（霧夜）	江上作／王海光譯	p.47-50	
1967年12月	5卷12號	人情	林衡道	p.52-54	

附錄二：外省籍作家刊於《今日之中國》的小說作品目錄

日期	卷期	篇名（中文篇名）	作者／譯者	頁數	備註
1964年1月	2卷1號	〈海を見に行こうよ！〉（我們看海去）	林海音作／吳瀛濤譯	p.65-74	解說：竜 黃鷗波畫
1964年4月	2卷4號	オートバイ乗り（摩托客）	王藍作／吳瀛濤譯	p.50-54	解說：竜
1964年5月	2卷5號	疑雲（疑雲）	張漱菡作／吳瀛濤譯	p.45-54	解說：竜
1964年6月	2卷6號	マニラ夜曲（岷江夜曲）	郭嗣汾作／吳瀛濤譯	p.43-49	解說：竜 鄭世璠畫
1964年7月	2卷7號	人生の海（人海）	魏希文作／吳瀛濤譯	p.42-49	解說：竜
1964年11月	2卷11號	李環のバック（李環的皮包）	聶華苓作／賴傳鑑譯	p.46-51	解說：竜

日期	卷期	篇名（中文篇名）	作者／譯者	頁數	備註
1965年2月	3卷2號	追跡（追跡）	鍾雷作／吳瀛濤譯	p.52-58	賴傳鑑畫
1965年3月	3卷3號	神仏の世界（神佛的世界）	林適存作／吳瀛濤譯	p.42-47	解說：竜
1965年4月	3卷4號	戦場から愛情へ（從戰場到愛情）	高陽作／吳瀛濤譯	p.44-49	解說：竜
1965年5月	3卷5號	浴仏節の愛（浴佛節之愛）	后希鎧作／吳瀛濤譯	p.48-53	解說：竜
1965年8月	3卷8號	芸人の子（久香）	墨人作／賴傳鑑譯	p.44-51	解說：竜
1966年5月	4卷5號	周琴（周琴）	郭衣洞作／林默譯	p.43-48	
1966年7月	4卷7號	戦馬の血祭り（戰馬的血祭）	司馬中原作／王海光譯	p.44-49	
1966年8月	4卷8號	埋伏坪の癡魂〈上〉（埋伏坪的癡魂）	公孫嬿作／林默譯	p.44-49	
1966年9月	4卷9號	埋伏坪の癡魂〈下〉	公孫嬿作／林默譯	p.44-50	
1966年10月	4卷10號	愛は浮雲のごとし〈上〉（愛似浮雲）	田原作／賴傳鑑譯	p.43-48	
1966年11月	4卷11號	愛は浮雲のごとし〈下〉	田原作／賴傳鑑譯	p.43-50	
1966年12月	4卷12號	夏蓓さん〈上〉（女友夏蓓）	王藍作／吳瀛濤譯	p.46-50	
1967年1月	5卷1號	夏蓓さん〈中〉	王藍作／吳瀛濤譯	p.45-50	
1967年2月	5卷2號	夏蓓さん〈下〉	王藍作／吳瀛濤譯	p.47-50	

日期	卷期	篇名（中文篇名）	作者／譯者	頁數	備註
1967年5月	5卷5號	天涯孤独の人（天涯孤獨者）	楊御龍作／林默譯	p.45-50	
1967年6月	5卷6號	雲と夢（雲與夢）	劉偉勳作／林默譯	p.45-50	接p.33
1967年7月	5卷7號	晩餐（晩餐）	魏希文作／林默譯	p.44-50	接p.39
1967年8月	5卷8號	傑作（傑作）	王藍作／雷田譯	p.49-55	
1967年9月	5卷9號	白金龍〈上〉（白金龍）	墨人作／吳瀛濤譯	p.55-60	
1967年10月	5卷10號	白金龍〈下〉	墨人作／吳瀛濤譯	p.57-61	
1967年11月	5卷11號	黒い河〈上〉（黑河）	司馬中原作／賴傳鑑譯	p.53-56	
1967年12月	5卷12號	黒い河〈下〉	司馬中原作／賴傳鑑譯	p.55-59	
1968年1月	6卷1號	錆ない鋼鉄（不鏽鋼）	公孫嬿作／林默譯	p.67-73	

第五章

析論1970年代末台灣日語文學的翻譯與出版活動

前言

　　冷戰時期在美蘇對抗的國際情勢中，台灣國民黨政權對外依附新帝國美國以爭取外交空間，對內挹注國家文化資源，宣揚反共抗俄與復興中華文化等官方意識形態，以此樹立政權在台的正統性。新美帝積極在東亞進行軍事布局，藉由美援將美國文化滲透進台灣社會成為指標性文化，以自由、民主為其核心價值，但為了帝國利益又與獨裁政權維持某種合作關係。舊帝國日本因韓戰和美方勢力的扶植，戰後快速重建，卻仍與舊殖民地藕斷絲連，維持經貿上的合作關係。戰後面對中（國民黨政權）、美、日三方在台的複雜角力關係，台灣本土的殖民地文化問題並未被自主清理，隨即沒入民間社會成為另一股文化潛流。1970年代隨著冷戰體制的鬆動瓦解，台灣社會內部的文化重編，以此為契機的台灣知識分子才重新「發現台灣」。

　　在「回歸鄉土」或「回歸現實」的文化運動中，知識分子們開始著手重新挖掘日治時期新文學與歷史，但此時戰前世代的日語作家卻垂垂老矣，以龍瑛宗（1911-1999）為例，他是同世代作家中對文學執念最深的一位，1976年8月他從合作金庫退休後，重拾創作之筆展開新的文學寫作階段。許維育已在《戰後龍瑛宗及其文學研究》中詳細地整理與論述龍戰後「從沉潛到復出」、「第二個文學夢」。[1] 然，觀其復出的時間點，卻是在鄉土文學論戰前後，綜析他復出的主、客條件，可知除了作家個人主觀強烈的書

1　許維育，《戰後龍瑛宗及其文學研究》，新竹：國立清華大學中國文學系碩士論文（1997.06）。

寫慾望之外，1970年代末台灣社會重啟文化「尋根」的時代氛圍也提供他一個現身／現聲的機會。龍掌握這波社會文化趨勢，積極地尋求發表機會，嘗試以中文撰寫回憶性的文章並努力自譯舊作，企圖重返文壇。戰前日語創作已臻成熟的龍，跨語寫作絕非易事，從他殘留的筆記本和家人的追憶內容，可見其孜孜不倦勤練中文的艱辛過程。但是時不予我，第二個文學夢對他而言仍遙不可及，在戰後文壇他總是被安置在戰前老作家的位置上，聊備一格。但，他仍因應時代之需稱職地演出，留下豐富的回憶性文章，以書寫見證了那一代殖民地日語作家被時代翻弄的無奈與悲情。

　　戰後最支持龍瑛宗復出的推手以鍾肇政（1925-　）莫屬，在鍾的譯介下方始他唯一的日語長篇小說《紅塵》和其他幾篇戰前的短篇小說得以自譯刊載於「民眾副刊」。若進一步按圖索驥整理龍瑛宗的譯介作品刊載處，在當時由外省籍作家所把持的台灣文壇裡，願意「收容」省籍作家作品的報刊雜誌，以具本土色彩的媒體居多。因此，他的創作和中譯作品大多刊載於具本土色彩的小報副刊如：「自立副刊」、「民眾副刊」等之上，偶爾才有機會刊載於「聯合副刊」中。在檢視龍瑛宗戰後的復出歷程，讓筆者想進一步追問，戰後台灣日語作家在台灣的文化場域中究竟以什麼方式現身？他們的作品又有何「容身之處」？顯然「翻譯」成為他們重返當代文壇的必然路徑，被遺忘的文學家龍瑛宗隨著這波歷史的浪頭，推上戰後台灣文學的媒體版面上。

　　近來台灣外省籍譯家的研究備受關注，許俊雅針對左翼知識分子黎烈文來台後的翻譯出版活動進行深入的考察。[2]張俐璇以

2　許俊雅，〈1946年之後的黎烈文——兼論其翻譯活動〉，《成大中文學報》38

「新潮文庫」為例，說明譯者介入文學／文化生產的方式，文庫經由「二次翻譯」的過程媒合島內五四中國與台灣被殖民相異的文化經驗。同時，也說明了譯者翻譯／異／義，除了服膺反共主題之外，並隱匿偷渡左翼思想。[3] 戰後台灣文化場域中的翻譯活動，除了引介西方現代主義等的文化思潮等之外，亦是他們思想偷渡的方法之一。但除了域外文化的譯介之外，島內在1970年代也展開了一場跨時代的翻譯活動，同樣值得關注。本文將以鍾肇政為探討的主要對象，聚焦1970年代末台灣日語文學譯介和出版現象的探討，釐清他在主編《民眾日報》副刊期間（1978.09-1980.02），及參與「光復前台灣文學全集」出版活動中所扮演的角色，而這樣的翻譯與出版活動又衍生出怎樣的爭議與討論。

　　文獻史料方面，本文主要使用鍾肇政與友人的個人書信、[4]《民眾日報》副刊，參酌鍾肇政、張良澤先生的口訪紀錄，以期釐清鍾肇政在進行跨時代轉譯的過程中，如何利用副刊版面、報界的人脈關係轉介譯作，讓「譯／異」聲在戒嚴時期的台灣文化場域邊緣發聲。在「光復前台灣文學全集」的出版過程中，執行編輯者們又如何進行自我檢視以達到出版目的。

　　戰前的台灣知識分子在歷經殖民統治、戰火洗禮、跨時代的衝擊，又遭逢二二八事件、白色恐怖的震懾，使得他們噤若寒蟬，對政治思想議題甚為敏感。譯介活動成為跨時代作家，避走

期（2012.09），頁141-176。

3　張俐璇，〈冷戰年代的翻譯介入——「新潮文庫」的譯者觀察（1967-1980）〉，《文史台灣學報》3期（2011.12），頁53-98。

4　《鍾肇政全集》自第23集至第29集共有七冊書信集，其中收有鍾肇政與鍾理和、張良澤、李喬、鄭清文、葉石濤等人的書信。

政治風暴圈的重要跨語方式。1970年代末鄉土文學論戰結束後，隨著台灣政經社會情勢的轉變與讀書市場的閱讀之需，台灣文學的譯介和傳播相形活絡，本文透過闡述1970年代具台灣殖民地經驗的文學轉化和出版活動之文化生產現象，以期釐清這一波翻譯出版活動，在台灣文學翻譯史上的特殊性與歷史價值。

一、再發現台灣文學的歷史條件

1970年代是台灣從素樸年代跨入多元社會的分水嶺，國內政局從老蔣時代到小蔣時代，對外關係有退出聯合國、保釣事件等紛至沓來。有人說：「我們可以拿『發現台灣』來形容1970年代的思考核心。」[5] 1972年戰前日語作家黃得時（1909-1999）的〈台灣光復前後的文藝活動與民族性〉（《新文藝》，1972年1月5日），吳瀛濤（1916-1971）的遺作〈概述光復前的台灣文學〉（《幼獅文藝》，1971年12月、1972年5月）陸續出現在文藝刊物上，1970年代開始有一些優秀年輕的文藝史學家，如張良澤、林載爵、梁景峰等人，著手整理日治時代台灣抗日文學的文獻史料，《文季》、《夏潮》、《大學雜誌》等雜誌，主動向前輩作家邀稿、舉行座談會與之對談，陸續介紹和評介具抵抗意識的文章，[6] 使得戰前台灣新文學運動受到台灣社會大眾普遍的關注。

主倡中國民族主義的《夏潮》雜誌1976年2月創刊不久便積

---

5 楊照，〈發現「中國」：台灣的1970年代〉，（楊澤主編，台北：時報文化公司，1994.12），頁127-134。

6 陳映真，〈文學來自社會反映社會〉，《鄉土文學討論集》（尉天驄主編，台北：尉天驄，1978.04），頁66。

極地整理、研究台灣文學與進行台灣歷史的重塑，試圖在服膺正統中國歷史意識中偷渡批判與重新詮釋，聯繫批判台灣1970年代的社會現況，為其台灣本土觀察進行奠基。在整理的過程中，因《夏潮》內部成員的左翼色彩互異而出現了不同的類型，[7]但卻提供1970年代讀者再閱讀、再批評日治時代具抗爭型的台灣作家如：賴和、呂赫若、楊華、楊逵、吳新榮、吳濁流、張文環、王白淵等人作品的機會。其中雜誌社對左翼作家楊逵（1906-1985）著墨最深，並將他的中文創作集《羊頭集》（台北：輝煌出版社，1976年）及其相關傳記評論《壓不扁的玫瑰花──楊逵的人與作品》（楊素娟編，1976年）等集結成冊出版。另外，《夏潮》的「讀者天地」中讀者也對如此的文化整理給予肯定與期許：

> 譬如像本省前輩老作家張文環的小說〈論語與雞〉真是難得，一向台灣的現代文學界對於日據時代的台灣文學、藝術，都鮮有批評、介紹或整理，所以我們希望「夏潮」能逐期對台灣過去的文學、歷史、民俗等做有系統的整理，能讓我們在西洋思潮的淹沒下，對自己的過去、未來做一番反省觀察。[8]

《夏潮》中雖陸續刊出日治時期台灣作家的作品，但仍以中文作品居多，其中只譯出張文環的〈論語與雞〉（蕭碧盞譯）和

7　郭紀舟，《70年代台灣左翼運動》（台北：海峽學術出版社，1999.01），頁89-115。

8　林氏兄弟，《夏潮》7號（1976.10），頁82。

呂赫若的〈牛車〉（謝敏譯）。[9]日語作品譯出後雖受到讀者的肯定，但較大規模系統性的翻譯出版活動要等到鄉土文學論戰之後。鄉土文學論戰前後台灣知識分子開始關注台灣本土文化發展的歷史進程，在這一波所謂的尋「根」熱浪中，[10]台灣文學耆老相繼被邀請至各種座談會中細說從前。1970年代的台灣知識分子除了外求譯介西方文藝新知之外，也開始回眸關注台灣社會內部，回溯台灣的歷史文化，跨時代的譯介「台灣知識」成為另一種時代趨勢。

　　松永正義曾將戰後台灣文學研究分成三個階段，[11]第三階段始自1970年以後，當時伴隨國家主義的興起，鍾肇政在《台灣文藝》裡企畫省籍作家鍾理和、吳濁流、張文環、葉榮鐘等的個人特輯。明潭出版社發行「日據下台灣新文學」五冊，遠景出版社也隨之刊行「光復前台灣文學全集」12冊。據此，松永將這個時期稱之為「再發現與彰顯時期」。但，他並未關注到當時本土性

9　雖然標記譯者為謝敏，但經筆者核對譯文內容，實為轉載胡風收入《山靈：朝鮮台灣短篇集》（上海：文化生活出版社，1936.04）的譯文。

10　郭啟賢，〈過去現在未來：獻給中國文學根的發掘者〉（《民眾日報》副刊第十二版，1979.10.25）。「光復後25年的今日，台灣文壇捲起尋『根』熱浪。整理台灣光復前台灣文學活動時，當可發現『台灣藝術』這本刊物，戰爭末期，完全變了質。憶起此一段往事，筆者心裡覺得無法自處，難以表達的感傷湧上心頭。」

11　松永正義，〈台湾新文学運動史研究の新しい段階──林瑞明「頼和与台湾新文学運動」〉，《台湾近現代史研究》6號（1988.10），頁171-188。第一階段是，1945年至1950年，以日治下新文學的繼承及再出發為目標的時期。第二階段是，1950年至1970年的「保存時期」。第三階段是，1970年以後的「再發現與彰顯時期」。

雜誌、報紙副刊在此階段所扮演的角色。鍾肇政1976年繼吳濁流接下《台灣文藝》的重擔，透過個人專輯企畫提供省籍作家重新被認識的機會，增闢「我的近況」專欄，邀集上一代的老作家現「聲」以助長《台灣文藝》的聲勢。[12] 1978年他受邀接掌「民眾副刊」時，適逢台灣報紙副刊轉型期，但他仍堅持以「純文學」為重，利用副刊、雜紙版面，承先整理譯介戰前台灣日語文學，啟後拔擢省籍新人作家，為省籍作家開展一個新的文學發展局面，他也銜領幾位跨語作家，策動這波台灣日語文學的轉譯與傳播。

但，除了雜誌之外，作為意識形態國家機器的報紙傳播媒體，其社會影響力亦不容小覷。關於1970年代中期的報紙副刊，高信疆主編《中國時報》的「人間副刊」、瘂弦主編《聯合報》的「聯合副刊」並稱為兩大副刊。由於他們之間的競爭關係，進而帶動當時副刊形式的轉變，採以「計畫編輯」的方式對當代文化議題進行探討，導致傳統文藝副刊受到相當大的衝擊。[13] 兩大副刊朝向「新型副刊」發展之後，各報副刊也隨之跟進，副刊主編（文學傳播者）主動設定議題，乃至建構議題，掌握讀者所期待的媒介內容，進而創造出一個新的文學傳播模式，[14] 在鄉土文學論戰的過程中，黨營、公營報刊紛紛為國家機器所動員，批判鄉土文學，根據焦桐的歸納分析，攻擊鄉土文學的一方，占有主流媒

---

12 洪炎秋，〈我的近況〉，《台灣文藝》54期（1977.03），頁105。

13 封德屏，〈花圃的園丁？還是媒體的英雄？〉，《世界中文報紙副刊學綜論》（台北：行政院文化建設委員會，1997.11），頁343-387。

14 林淇瀁，〈第二章 戰後台灣文學傳播困境：一個「文化研究」向度的觀察〉，《書寫與拼圖：台灣文學傳播現象研究》（台北：麥田出版社，2001.05），頁67。

體的優勢，砲火基地集中於大眾媒體副刊；提倡鄉土文學的一方，根據地卻分散於小眾雜誌，採較為零星的邊緣戰鬥。最後論戰卻因《聯合報》的介入而擴大了鄉土文學運動的規模與影響，又加上意識形態國家機器的操縱，使得《中國時報》、《聯合報》各自代表同情、支持和攻擊鄉土文學的對峙立場。[15]這場論戰是台灣社會意識形態轉型的一次對決。論戰平息後，回歸鄉土、關懷本土的意識逐漸抬頭，台灣民間出現了一股追求台灣歷史知識的慾望，戰前台灣日語作家的翻譯活動趁勢而起，他們的譯作紛紛連載於當時的副刊，透過「鄉土寫實」的文學作品，召喚台灣的歷史記憶。

另外，若以文學社會學的觀點檢視這波文學生產活動，將令人想追問作家（譯者）、讀者、出版媒體等在其中各自分飾怎樣的角色？[16]他們又如何透過翻譯出現戲劇性的「回收」現象，讓長年被遺忘的作家，重新被認識。這樣的譯本生產究竟提供當時的台灣本土化論述怎樣的文化資源？顯然，在1970年代知識分子追求本土化典範和建構台灣意識的過程，文化民族主義者相應而生，他們認為：

民族認同主要是個意識問題，它的基礎在於將民族獨特性的歷史地理所產生的特殊生活方式加以內化，而非僅僅參與當前國家統治下的社會政治過程。因此，<u>文化民族主義者經</u>

---

15 焦桐，〈意識形態拼圖——兩報副刊在鄉土文學論戰中的權力操作〉，《國文天地》151期（1997.12），頁48-58。

16 Robert Escarpit著、葉淑燕譯《文學社會學》（台北：遠流出版公司，1991）。

　　常致力於保存、挖掘、甚至「創造」民族文化的特殊之處，認為這種文化特殊性是民族認同的基礎。[17]（下線為筆者所標示）

1970年代的文化民族主義者顯然並非以建立獨立自主的國家為首要信條，他們只想從中國民族主義褪脫確立民族文學。因此，重構台灣文化的特殊性，回溯日治時期台灣新文學的文學遺產變成有其必要性。此時「翻譯」成為他們保存、回收殖民地經驗的一種手段，藉由日語作家作品的出土，以達成文化政治的目的，建立台灣文學傳統的系譜，為1980年代台灣民族主義的文化論述提供重要的材料。但，這一階段的文化累積並非一蹴可幾，而是長期地醞釀在歷史條件備足後，策略性地先透過報刊雜誌的刊出後，才採全集式出版呈現在讀者面前，並為1990年代的研究者奠基。

二、報紙副刊作為譯介傳播的載體

　　文化界在1970年代有兩大報文學獎的設立、純文學性的出版社紛紛設立、報紙副刊的變革等。1977年的「鄉土文學論戰」被戲稱為「1970年代規模最大的一次吵架」，[18]因這一連串的外交挫敗，島內民族意識為之高漲，本土意識隨之抬頭，民間社會對官

17　蕭阿勤，《重構台灣：當代民族主義的文化政治》（台北：聯經出版公司，2012.12），頁54-55。

18　馮光遠，〈噓──報報1970年代〉，《1970年代理想繼續燃燒》（楊澤編，台北：時報文化公司，1994.12），頁115。

方展開政治、經濟改革等種種要求。這波島內的社會變革，提供
台灣人重新「認識台灣」的歷史條件，戰前台灣新文學的出土、
研究才略見曙光。當時主流報紙的發行量頗大，報紙副刊對文化
界具有相當大的傳播與影響力，根據林淇瀁的研究，台灣報紙副
刊發展可分為幾個階段：

> 　　1950年代稱為「綜合副刊」；1960年代轉型為「文學副
> 刊」，副刊漸受報業重視，並對文壇產生影響；1970、1980
> 年代轉變成「文化副刊」，由於報社間競爭激烈，此階段的
> 副刊最受重視。瘂弦曾具體指出當時：「報社重視副刊的程
> 度不亞於新聞版，甚至認定副刊的內容與方向攸關訂報
> 率」。1990年代副刊在報業市場的壓力下，逐漸走向「大眾
> 副刊」之路。至於1970年代的「文化副刊」的特徵為：內容
> 的多元化、表現形式的多樣性、計畫性的傳播、知識分子的
> 大量參與。[19]

因此，台灣日語文學的譯作之所以選擇報紙副刊作為載體，與當
時的副刊性質和傳播力有其密切的關係。

　　本節以討論鍾肇政主編「民眾副刊」（1978.02-1980.02）期
間刊載譯作的情況為主，兼述「聯合副刊」、「自立副刊」的刊載
情況為輔，釐清該時期「民眾副刊」的編輯方針與內容，以期說
明鍾如何運用「副刊」版面在台灣文化場域邊緣發出譯／異聲，

---

19 林淇瀁，〈「副」刊「大」業——台灣報紙副刊的文學傳播模式與分析〉，《世
　　界中文報紙副刊學綜論》，頁117-135。

讓台灣日語作家得以現身／聲，藉由閱報者熟悉光復前台灣作家的譯作後，開啟他們對「光復前」台灣新文學的好奇心？

　　戒嚴期間報紙媒體言論受到官方嚴密的監控，如鍾肇政所言，主編「心中有個小警總」，報刊遭到停刊處分之事時有所聞。1970年代各報的新聞報導內容大同小異，報紙副刊為吸引讀者群各出奇招。[20]鄉土文學論戰後日治時期的台灣文學找到了歷史的縫隙，台灣的文史知識備受關注，經由副刊主編的「選擇」（selecting）和「加工」（processing），將它成為具本土性的抗拒性文化（oppositional culture）從「民間社會」崛起，試圖挑戰台灣文化場域中官方所主導的力量，利用這個機運，本土人士展開一場跨越社會內部省籍文化和世代文化差異的譯介活動，進行台灣歷史文化經驗的縱深挖掘。以下檢視當時刊載譯作的主要三種副刊之刊載情況，並說明台灣日語作家與報紙副刊之間的互動關係。

（一）「聯合副刊」

　　《聯合報》創刊於1951年9月16日，歷經多次改稱於1957年6月20日始稱為《聯合報》（發行人王惕吾），報社以49年撤退來台的外省籍新聞從業人士為主，創刊時發刊部數約1萬2248份、61年約11萬8000份、77年60萬份、80年已超過100萬份，[21]依據

20 鍾肇政，〈台灣文學的起飛　開了個頭的日子——職掌民眾副刊的往事種種〉，《民眾日報四十年史》（民眾日報社史編纂委員會編，高雄：民眾日報社，1990.09），頁191-205。

21 赤松美和子，〈第三章　台湾の芥川賞——《聯合報》《中國時報》二大新聞の文学賞〉，《台湾文学と文学キャンプ―読者と作家のインタラクティブな創造空間》（東京：東方書店，2012.11），頁76-77。

發行部數可預估該報的社會影響力。

　　1950、1960年代的省籍作家們與「聯合副刊」的關係並不算特別熱絡，唯林海音主持「聯合副刊」期間（1954.01-1963.04），在她的提攜拔擢之下省籍作家如鍾肇政、鍾理和、黃春明等人才漸有在大報副刊發表的機會。[22]在鄉土文學論戰中「聯合副刊」選擇為意識形態國家機器發聲，因為它是主流報紙，讀者數也較多，遂引起多數知識分子對論戰內容的關注，進而產生一些效應。當時台灣社會「本土化」的浪潮已勢不可擋，島內世代間的文化轉譯有其時代的需求性，「聯副」不得不正視台灣讀者的閱讀慾望，提供篇幅刊載台灣在地的文化議題。副刊主編瘂弦等人特地於1978年10月25日台灣光復節當天舉辦了「光復前的台灣文學座談會」，邀集戰前台灣新文學作家與會座談。該座談會的目的，誠如瘂弦的發言：「為了引起廣大社會的注意，我們想藉用報紙這個比較有力的傳播工具，以座談會的方式，交換意見，期能提出整理光復前台灣文學史料的具體方法。」[23]「聯副」配合讀者市場主導這波尋根熱的方向。根據這場座談會內容，老作家們各抒己見，一一配合座談會主題，進行個人性的歷史回顧，但對鄉土文學論戰似乎仍有所顧忌。會中當王昶雄（1916-2000）欲對「鄉土文學」論戰表達意見：「鄉土文學的精神就是肯定我們祖國——中國」時，擔任主席的黃得時隨之以「最近鄉土文學的

---

22 應鳳凰，〈林海音與六十年代台灣文壇——從主編的信探勘文學生產與運作〉，《霜後的燦爛—林海音及其同輩女作家學術研討論文集》（台南：國立文化資產保存研究中心，2003.05），頁337-351。

23 〈附錄一　傳下去這把火〉，《寶刀集：光復前台灣作家作品集》（聯合報編輯部編，台北：聯經出版公司，1981.10），頁215-247。

討論已告一段落，我們不必再加以討論」加以制止，避免衍生不當的申論。劉捷（1911-2004）將鄉土文學與抗日思想連結，闡述己見。他們很有意識地將「民族精神」、「愛國情緒」、「中華文化薪火相傳」作為護身符，在抗日的民族主義論述脈絡中，強調戰前台灣人堅持「不輸給日本人」（郭水潭語）力證台灣人的民族矜持。會後，因瘂弦的提議和黃武忠（1950-2005）的奔走連絡，讓這群文壇耆老以中文再現寶刀，重新喚起他們的文學夢，並將他們的跨語之作集結成《寶刀集》。[24] 另外，「聯副」配合系列活動亦於1978年11月開始刊載日治時期台灣文學譯介作品和相關的傳記評論作品，其中還包含黃武忠撰寫的日治時代作家訪談紀錄。[25]

　　這些譯作刊於各副刊的概況，根據當時任職於遠景出版社的羊子喬的說法：

> 　　其實那時候這些老作家作品，我曾經拿給聯合報，也登不少，給瘂弦，除了《自立》之外。最主要給自立，再來就是《民眾》，民眾日報那時恰好鍾肇政那邊，拿一小部分給瘂弦自己挑選，挑像龍瑛宗的作品，大概挑了兩三個作家去登……因為他跟中國時報在競爭。[26]

24　黃武忠，〈一滴滋潤文壇的雨露──後記〉，同上注，頁207-211。

25　黃武忠費時三年對日治時代的作家進行的訪談，將其記錄集結成《日據時代台灣新文學作家小傳》（台北：時報文化公司，1980.08）一書，文末以「傳下這把香火」為題，附上《聯合報》主辦的「光復前台灣文學」座談會的內容。

26　黃崇軒，《建構本土‧迎向群眾：《自立副刊》研究（1977-1987）》，頁141。

可見，因大報副刊之間的競爭，才迫使「聯副」半被動地刊登這些譯作，同時《聯合報》經濟實力雄厚，稿費較為優渥，有其優先選擇譯稿的權利。「聯合副刊」的連載日譯作品的情況，主要以「光復前的台灣文學：重要作品選錄」為總標題，自1978年11月19日起至1979年6月12日，選錄有龍瑛宗〈一個女人的記錄〉（張良澤譯）、〈黃家〉（鍾肇政譯）；吳新榮〈亡妻記〉（鍾肇政譯）；葉石濤〈春怨——獻給恩師〉（鍾肇政譯）；吳希聖〈豚〉（李永熾譯）等小說作品，[27] 這些作品日後皆收入於「光復前台灣文學全集」之中。

（二）「自立副刊」

《自立晚報》創刊於1947年10月10日，為台灣第一份中文晚報，創辦人為顧培根。之後，經歷多次經營權轉移、搬遷和停刊處分。解嚴時期「自立副刊」在台灣文學的推廣上，曾發揮相當大的功能，刊出許多不為主流媒體採納的異議人士的作品，如刊載柏楊的〈異域〉、姚嘉文的〈台灣七色記〉，和出獄者陳映真、楊逵、楊青矗等人的作品。《自立晚報》在戰後台灣本土化的過程中曾經扮演過重要的角色，「自立副刊」亦是省籍作家重要的發表重鎮，與鹽分地帶文學活動的關係密切，研究者黃崇軒業已針對「自立副刊」的編輯方針與傳播策略進行全面性詳細的探究。[28] 在前行研究的基礎上，本文則側重譯作本身在文化生產過程中，媒

---

27 黃崇軒，〈表六　《聯合報・副刊》的日治時期台灣文學譯介〉，《建構本土・迎向群眾：《自立副刊》研究（1977-1987）》（台中：靜宜大學中國文學系碩士論文，2007.07），頁174。

28 黃崇軒，〈「表七」：《自立副刊》關於日治時期作品譯介一覽表〉，頁174-175。

體副刊的功能。

　　「自立副刊」在1977年之前都是由外省籍人士主編，1977年前後才由於詩人杜文靖（1947-2010）協助祝豐主編副刊，他因此成為該副刊的第一位省籍編輯人員。他自1979年5月4日起企畫長達三十九天的「鹽分地帶文學展」，介紹日治時期台灣文學，打破過去副刊、雜誌逢「五四」必以專文專題大肆紀念的傳統。為推翻宣揚「五四傳統」的形式主義，在羊子喬、月中泉、陳千武等詩人的協助之下蒐集和翻譯日治時期台灣作家的作品。杜任職「自立副刊」期間（1977-1981）被認為是該副刊「反共氛圍與日治時期文學交織階段」。[29]羊子喬因結識杜文靖，而將部分譯作投至「自立副刊」，以「台灣光復前文學作品精選」為總標題，刊於1979年3月20日至1979年5月3日期間，選刊的譯作有龍瑛宗自譯的詩作、小說〈黃昏月〉、呂赫若〈合家平安〉、〈財子壽〉、陳華培的小說〈豬祭〉、翁鬧〈天亮前的戀愛故事〉、〈音樂鐘〉、張文環的〈藝旦之家〉、巫永福的〈山茶花〉等。在此期間除了林芳年的〈文學隨筆——以小說「合家平安」為中心，談光復前舊友的文學作品〉（4月11日）之外，主要是羊子喬撰寫有關張文環、巫永福、呂赫若作家及其作品的簡介。之後，「自立副刊」又另闢「日據時代台灣詩人詩作譯介」，自1980年11月3日至1981年4月14日止，每篇皆附上羊子喬的作者簡介，並連載黃武忠的「日據時代台灣作家小傳」。[30]無論譯作或簡介之後大

29　黃崇軒，《建構本土・迎向群眾：《自立副刊》研究（1977-1987）》，頁3。

30　黃武忠連載後的文章集結成《日據時代台灣新文學作家小傳》（台北：時報
　　文化公司，1980.08）出版。

多皆收入於「光復前台灣文學全集」之中。

（三）「民眾副刊」

《民眾日報》於1950年9月5日由台灣省基隆市的李瑞標先生創刊，因資金不穩，致使經營權不斷更迭。報業因未能順利轉進台北，故於1978年將總社遷至新興的工業城市高雄，成為南部重要的報社之一，後來由於經營權的爭奪問題，於2010年後結束營運。但，該報副刊長期以來都是高雄地區文化人重要的發表園地。

鍾肇政1977年3月接掌《台灣文藝》的主編工作，但雜誌的篇幅畢竟有限。1978年8月他接受《民眾日報》之邀出任副刊主編，為省籍文友們作嫁，並奔告文友們「請盡力地寫，因為發表的園地已經不成問題了」，[31]文友李喬也承諾「我會要求幾個知己：以後的稿子一要「眾副」不要才再給其他報刊」。[32]葉石濤也「嚴命彭君（筆者按：彭瑞金）撰寫《民眾日報》專欄，也就是我沒有辦法寫的時候，可以刊他所寫的，由我們兩個輪流執筆。」[33]之後，鍾雖邀請其他評論者如許南村（陳映真）撰稿，但葉、彭兩人的評論或文學對話內容仍最常見於「每月對談評論」，由於當時報社支付的稿費甚為微薄，主編鍾日後為此甚感歉意。由於兩人任勞任怨地撰寫評論，使得小說來稿非常踴躍，

31 〈鍾肇政致葉石濤，1979.08.01〉，《鍾肇政全集29‧書簡集（七）純情書簡》，頁276。

32 〈李喬致鍾肇政，1978.08.？〉，《鍾肇政全集25‧書簡集（三）情深書簡》，頁507。

33 〈葉石濤致鍾肇政，1979.09.23〉，同註31，頁278。

年度小說選僅僅「眾副」與《台灣文藝》所發表的作品就占了不少。[34] 鍾在掌管「眾副」期間複製《台灣文藝》的編輯模式，在1970年代報紙副刊雖是以「文化副刊」為主流，但他仍堅持純文學路線，強調文藝評論的功能，拓展省籍作家的發表空間，整備他的副刊班底希望與兩大副刊競逐。[35]

　　鍾肇政初到民眾日報台北支社任職時，並未強勢主導副刊內容，他先從紙面筆談「理想的副刊」，爾後再邀集文壇人士到現場座談，企圖凝聚副刊發展方向的共識，9月16日才始見「民眾副刊」大標。副刊內容主要分成：「主副刊」、「現代人」、「新論語」。「主副刊」由鍾主導採「文學副刊」形式，「現代人」由鄭羽書與劉蒼芝負責，主要刊載婦女、家庭、醫藥、幽默小品等，以滿足一般通俗讀者的閱讀需求。「新論語」內容以中國文化的介紹為主，為投合舊文人的掌故居多。[36] 李喬對「眾副」的「新論語」專欄內容頗為不滿，認為那是「落魄文人的閒談，百分之百腐臭氣的園地，有辱『民眾』的涵義」。[37] 鍾雖有意將它變成「鄉土趣味的」，但「眾副」內部似有其矛盾，李喬甚至直接質疑副刊立場，預言鍾肇政：「也許有一天，就在一年半載間，您半自動地掛冠求去。」[38] 但個性圓融通達的鍾自有其相應之道。

　　依據鍾肇政的回憶，副刊邀稿對象以省籍作家為主，據說約

---

34 鍾肇政，〈台灣文學的起飛　開了個頭的日子——職掌民眾副刊的往事種種〉，頁191-205。

35 同上注。

36 同上注。

37 〈李喬致鍾肇政，1978.11.？〉，同註32，頁518。

38 〈李喬致鍾肇政，1979.02.01〉，同上注，頁525。

占八成左右，他依文章中隱約所顯露的本土色彩和思維，辨認作者的省籍身分。當時副刊稿件大多是作者主動投寄的居多，主編偶爾也會主動向熟悉的作者邀稿。但更多是作者自行發覺副刊中常刊出本土性作品後，主動將具本土性色彩的作品投至「眾副」。最後，「眾副」版面之所以給人「本土副刊」的印象，非他刻意為之，而是自然形成的默契，由於當時投來的稿件已足夠支持版面，所以除了他初接副刊之際，曾發表具環保意識的小說〈白翎鷥之歌〉之外，鍾未再刊載自己的小說於「眾副」之上。[39]

　　鍾肇政之所以堅守「眾副」其最大的目的，無非是為了讓以葉石濤為首的文友們有發表的版面，[40]他犧牲自己的創作時間，努力為其他省籍作家們拓展發表園地，致使「『眾副』聲譽鵲起，已儼然第一副刊了，且新人輩出，老人彌健，連日據時代老作家都被我拉出來不少。」[41]鍾固守這個文學陣地一年多，最後因報社要求他南下赴任而辭掉「主編」的工作。

　　鍾肇政掌舵「主副刊」時除了刊載省籍新人作家的作品之外，也刊載戰前台灣日語作家的譯作。在刊登譯作之前，他總是先讓老作家在「我的近況」[42]專欄中現聲／身（相片）談生活近

39　2013年4月12日〈鍾肇政口述訪談稿〉內容。感謝鍾肇政先生以88歲之高齡接受訪談，在此謹表謝意。

40　〈鍾肇政致張良澤，1979.03.06〉，《鍾肇政全集24・書簡集（二）肝膽相照》（桃園：桃縣文化局，2004.03），頁478。「讓葉石濤為首的朋友們找發表處。我仍擬再挺若干時日，個人犧牲是必需的。我無怨言。但等局面安定下來以後，我仍會開始寫東西。」

41　〈鍾肇政致張良澤，1979.10.31〉，同上注，頁499。

42　「我的近況」……以前也在《台文》上做過，後因日據時代老作家不肯寫，所以就停了，這次我把範圍擴大，擬邀學術、藝文、出版界人士寫。首批邀稿

況，以達宣傳導讀之效。以龍瑛宗為例，在專欄中他先刊出隨筆
〈身邊襍記片片〉（1979年3月23日）後，才連載龍自譯的「龍瑛
宗詩抄：歡鬧河邊的（女查）某們、花與痰盂、蟬、印度之歌」
（3月24日、3月25日、3月26日、4月1日），繼而刊出他的自譯
小說〈黑少女〉（6月5日）、〈白鬼〉（6月15日）。龍瑛宗因以
〈植有木瓜樹的小鎮〉一作榮獲《改造》懸賞創作獎，在戰前已
頗負盛名，其日語作品已具相當的藝術水準，但此時以中文書寫
仍顯吃力。根據鍾肇政的回憶，龍的自譯稿他皆曾加以修改潤
筆，以盡主編之責。[43] 眾副的〈黑少女〉譯文後甚至附上戰前知名
的畫家陳清汾（1910-1987）為該篇作品所畫的插畫，在副刊上

信二月五日發出，也把XX當做一個朋友發了。豈料二月十五日「聯副」搶
先刊出「作家明信片」。（〈鍾肇政致張良澤，1979.10.31〉，同上注，頁474）
根據後文XX應是瘂弦。《台灣文藝》只見刊出洪炎秋的散文〈我的近況〉
（54期，1977.03，頁105-106），冒頭提到：「省籍作家鍾肇政先生給我來一
封信說，《台灣文藝》因為吳濁流社長不幸逝世，他不得不以負軛的心情接
辦下來，並決定在二月份推出革新第一號。他為它設計了一個專欄：「我的
近況」，向各方徵稿。要我也寫一短文，以增加聲勢。」

43 依據鍾肇政口述訪問稿（2013.04.12）。龍瑛宗，〈白鬼的讀者〉（《大華晚報》
1985.07.06）也曾提到：「我的〈白鬼〉迻譯工作，完成之日，拿著稿子跑至
松江路的《民眾日報》辦公室去。在那裏鍾肇政負責副刊工作，好好先生的
肇政，看完了我的中文稿以后，握起紅筆莞爾一笑而說：『老兄的文章，受
日本文學的影響太深了，可能病入膏肓了。有的地方，中國人看不懂。（老
喬黑）的英文詩，刪除好了。老兄以為怎麼樣？』」但根據筆者實際核對中
譯本、日文原文後，發現鍾還是尊重龍的意見，中譯文仍放入英詩，雖然譯
文出現幾處誤譯、微調之處，但未影響小說內容。唯一值得關注的是，日文
〈白鬼〉通篇作者為強調音樂性，為讓小說具有節奏感所以以短句為主，但中
譯版重新分段後，偏重小說情節的發展，小說的氛圍為之一變。這樣的分段
究竟是鍾的建議或是龍的本意不得而知，但譯文顯然已出現質變的問題。

「再現」戰前雜誌圖文的互文關係，文末附上龍添附的導讀圖文：

> 作者按：本短篇刊載於昭和十四年（民國二十八年）東京發行的《越過海洋》雜誌二月號。發行的是財團法人拓殖獎勵館，其宗旨為獎勵日本人海外發展並開拓經濟。申言之，以促進日本帝國國策為目的。譬如說，鼓勵內地的日本人來台灣做官，可以享受六成的加俸，與本島人形成差別待遇，殖民地時代的情形，於此可見其一斑。
>
> 此文發表，匆匆已過了整整四十年。由於此刊專供日本人閱讀，當時未見流傳，手邊僅存的一份也被蟲蛀蝕甚多，面目全非，乃決予翻譯以圖保存，但是中文譯日文我略有經驗，以日文小說譯成中文倒屬頭一次，以我個人來說，不無感慨萬千。本短篇取材於本省養女問題，雖然光復以來養女問題改善甚多，但仍不失其時代意義。
>
> 在此，值得一提的是原刊插圖成於當今實業鉅子陳清汾先生手筆。陳先生是位資深畫家，年輕時曾為日本畫壇重鎮有島生馬的入門弟子，陳先生的太太則是日本貴族田中子爵的小姐，他們的結合曾經轟動了整個文化界。特商得眾副主編先生的同意，將原刊插圖製版刊出。

龍瑛宗譯出的動機雖是「以圖保存」，但在導讀文中言簡意賅帶出日治時期台灣文學的幾個重要的文學議題，如：殖民地差別待遇問題（加俸六成）、養女問題、內台通婚問題等。另外，日本的雜誌刊載台灣作家作品時，通常會找尋台人畫家插畫配合，以建構當時日人讀者整體的台灣想像。在此畫作中陳以簡約的線

條，勾勒出身穿連身旗袍帶有支那風的台灣女子形象，而非苦命的殖民地少女。在主編的應允下，這篇小說的譯出再現，顯然已非單純的中、日語言的對譯，而是以圖文的方式喚起台灣過往的殖民歷史記憶。

除了龍瑛宗之外，尚有多位前輩作家在「我的近況」欄中現「聲」，如：巫永福〈不被打擾〉（1979 年 3 月 21 日）、林芳年〈讀書養性〉（1979 年 3 月 29 日）、水蔭萍（楊熾昌）〈封筆以後〉（1979 年 4 月 25 日）等人的圖文近況，根據標題他們戰後似乎都遠離台灣的文學場域。其中，楊熾昌提到他自 1946 年封筆以後，除了報社的工作之外，「對外從未寫過片言隻語，深知對一向熱愛的文學只是一大辜負，然而形勢比人強，只有認了。」「《聯副》為「台灣文學」提供了不少的篇幅，稱得上難能可貴，可是迄今仍在為夭折的孩子算年齡，想來不無感傷。」字裡行間不時流露出身為戰前台灣作家的遺憾與感傷。副刊除了刊載小說譯作之外，亦出現「龍瑛宗詩抄」和「郭啟賢詩選」（林鍾隆譯）的譯詩連載。根據鍾的回憶，這些似乎是偶然的譯作，因為「龍氏也只是偶然有詩作出現而已，尤其龍是以小說為主的知名作家。」[44]但西川滿曾說：「雖然大家都知道龍瑛宗是小說家，但他本來是詩人。雖然作品很少，但他很擅長西歐式的手法，開拓獨自的境地，這點應該特書一下。雖非近作但去年冬天寫的〈可烈菲特魯陷落〉等，可以寫出這樣作品，在台灣無人能出其右。」[45]其詩作的藝術性，至今似乎尚有其可讀之處。

---

44 同上注。

45 西川滿，〈台灣文學通信〉，《新潮》40 年 6 號（1943.06），頁 54-55。

　　「民眾副刊」受限於篇幅，除了有鍾肇政自譯龍瑛宗的長篇《紅塵》的連載之外，大都是短篇小說，主編以「日據時期作品精華」為總標題，路人譯出張文環的〈閹雞〉和翁鬧的〈憨伯仔〉；龍瑛宗、陳火泉兩人自譯作品；還有鄭清文、林鍾隆、廖清秀等人協助譯出，刊出時間為期約一年多之久。[46]每當作品刊登之後，隨之刊出作者介紹或作品評論，如：彭瑞金的〈台灣文學的中譯〉、花村[47]〈試評〈論語與雞〉、〈辣薤罐〉兼及文學的超越感〉等。

　　另外，張良澤似乎也嗅到時代的氣味，[48]在他出國深造前後即主動積極地尋求機會與鍾肇政合作，希望展開一連串的日治時期台灣文學的中譯計畫，將譯作擇精在「眾副」上發表。[49]《台灣文藝》也趁勢為之，在1979年7月第63期刊出「日據時期台灣文學日文小說譯作專輯」，其中包括龍瑛宗的〈貘〉、巫永福的〈黑龍〉、張文環的〈夜猿〉、呂赫若的〈清秋〉等十篇作品。又因「聯副」示好，張良澤更躍躍欲試，計畫在「聯副」上譯介一系列日治時代台灣人文學，而於「眾副」譯介日人的台灣文學，並著手翻譯佐藤春夫的〈女誡扇綺譚〉。[50]張為何如此積極想譯介在

46　請參閱附錄〈《民眾日報・副刊》（1979.01-1979.12）的日治時期台灣文學譯作〉。

47　根據2013年4月12日鍾肇政口述訪問稿，花村為黃春秀的筆名，頗具才華，鍾曾有一段期間委請她為「民眾副刊」撰寫專欄「硯香集」。

48　〈鍾肇政致張良澤，1978.11.12〉，《鍾肇政全集24 書簡集（二）肝膽相照》，頁464。「近來，挖日據時代台灣文學的空氣高漲，我們也應該積極行動了。」

49　〈鍾肇政致張良澤，1978.11.03〉，同上註，頁460。

50　〈張良澤致鍾肇政，1979.02.13〉，同上註，頁471。「打算在「聯副」一系列譯介日據時代台灣人文學，而於「眾副」譯介日人台灣文學，已著手翻譯佐藤春夫的〈女誡扇綺譚〉，屆時請您修改。」

台日人作品，根據他的回憶主要是當時他與友人相偕購得一批精美的舊雜誌書籍，深為西川滿的裝幀精美所吸引，方知日人作家的存在，進而想譯介他們的作品。[51]但對此計畫鍾卻有所保留，因「眾副」的版面很有限，葉石濤也反對譯介日人作品，其主要的理由是：「《台文》麻煩已經夠多，目前不宜再因此惹人側目，據云，你（筆者按：張良澤）在《自立晚報》譯介的西川滿作品，有若干不良反應。」[52]但鍾最後還是刊出〈女誡扇綺譚〉，採納張良澤的建議標題改為〈禿頭港的故事〉由張撰寫導讀自1979年9月27日起至10月19日止共分23回刊畢。

當時鍾肇政主編「眾副」有聲有色，他與兩大報主編的關係為何？根據他的回憶：「他與當時兩大報副刊主編瘂弦、高信疆之間並無私人上的往來，只有因副刊主編身份的同行關係，但內心裡說不定還可能有某種競爭意識存在，唯大家都相互尊重，見面會握手寒暄幾句。」[53]根據當時書信內容，他有時受友人之託，需要主動與兩大副刊主編交涉。

> 　　要麻煩你寫信給高信疆，替我問問長六千六百字的評論〈論張文環的《在地上爬的人》〉什麼時候可以刊出？如果還要再拖下去的話，乾脆你就跟他要回來在《民眾日報》上發

---

51 受訪者：張良澤，日期：2014年7月31日，地點：真理大學麻豆校區，謹此誌謝。

52 〈鍾肇政致張良澤，1979.08.22〉，同上注，頁495。張良澤譯介西川滿的〈鴨母皇帝〉於《自立晚報》副刊（1979.07.24-25）上，以「日據時期日本人在台灣文學作品選」為大標，但僅此一篇譯作。

53 根據2013.04.12鍾肇政口述訪問稿。

表，我相信這篇評論會是台灣文學史上一篇重要的論文。[54]

　　同封寄「台灣原住民神話傳說」計31頁，六短篇。此稿已寄「聯副」月餘，無動靜。我性急，不能久等。你處若已爆滿，請轉寄自立晚報，或代介紹別處，希望近期刊出。[55]

可見，鍾肇政除了編輯修改寄至「眾副」的文稿之外，尚得幫文友們轉介文稿，代尋可能的發表園地，畢竟當時的大報，如「聯副」的稿酬較「眾副」（當時譯稿費千字約一百二十元）優渥許多，[56]鍾為了友人的收入，一切寬厚以待，「眾副」成為他們不得不的最後選擇。在這波尋根熱中，鍾肇政傾其心力埋首譯介台灣的日語文學或修訂譯稿，最後在書簡中大喊「我已譯怕了」。[57]但在時代的鉅變中，他實踐傳承台灣內部文化薪傳的過程中，扮演極其重要的角色，其文化貢獻不容小覷。

　　在這一波以報紙副刊作為刊載園地的譯介傳播的過程中，在「讀者」端引發了兩個爭論，一為「皇民文學」的問題，二為「在台日人文學」的問題。前者以陳火泉的〈道〉、周金波的〈水癌〉、王昶雄的〈奔流〉的中譯刊載、編錄問題為主，後者以西

---

54 〈葉石濤致鍾肇政，1978.09.23〉，《鍾肇政全集29．書簡集（七）純情書簡》（桃園：桃縣文化局，2004.03），頁279。

55 〈張良澤致鍾肇政，1979.04.26〉，《鍾肇政全集24．書簡集（二）肝膽相照》，桃園：桃縣文化局，2002.11），頁483。

56 〈鍾肇政致張良澤，1975.03.19〉，同上注，頁311。「條件是以字數計，每千字一百二十元，作為買斷版權費。」

57 〈鍾肇政致張良澤，1979.05.12〉，同上注，頁486。

川滿作品譯出的必要性為爭論焦點。[58]

　　鍾肇政在邀集友人迻譯的過程中，最為棘手的問題是所謂
「皇民文學」是否要譯出的問題。當時他將日文資料轉寄給譯者
時屢遭拒絕，理由是：「這是皇民文學，不想譯。也不必譯。」但
他卻認為「皇民文學」是日治時代台灣文學的一個盲點，而將這
些作品視為「受害者的記錄」，「在那個時代裏，它們確曾存在
過，即令它們『不能見人』，但沒有人能否認它們的存在。既然
如此，為它們留下一鱗半爪的痕跡，豈不也是做為一個後人的責
任嗎？」[59] 本著如此的信念，鍾積極地鼓勵陳火泉自譯〈道〉，
「發表的問題不僅無何妥當與否之處，而且還一定要發表出來；
至於內容，在用詞方面稍作修飾無妨，但仍應以忠實為第一要
件。」[60]鍾信守承諾提供副刊版面連載刊出，因為這些文學既然真
實地存在過台灣文學中，是台灣殖民地經驗的一部分，唯有將它
譯出才能接受歷史的檢視，殖民地傷痕才得以清理。

---

58 張良澤曾於1979年11月15日於東京國文學研究資料館主辦的「第三回國際
　　日本文學研究集會」中發表〈戰前の台湾に於ける日本文學─西川滿を例とし
　　て〉一文，另外，他也在台灣報刊上發表幾篇西川滿的譯文。近藤正己也
　　於1980年發表〈西川滿札記（上）、（下）〉（《台灣風物》30：3-4，1980.09
　　／1980.12，頁1-28／頁80-130）。之後，許南村（陳映真）發表〈談西川滿
　　與台灣文學〉（《文季》1卷6期，1984.03，頁1-11），對張的論點提出種種質
　　疑與批判。張良澤又發表〈戰前在台灣的日本文學以西川滿為例兼致王曉波
　　先生〉（《文季》2卷3期，1984.09，頁16-27）回敬，關於在戰後的譯介活動
　　中，西川滿文學定位的評價問題，將於第七章中展開討論。

59 鍾肇政，〈日據時代台灣文學的盲點──對「皇民文學」的一個考察〉，《鍾
　　肇政全集19‧隨筆集（三）》，頁634-646。

60 同上注。

　　陳火泉自譯的〈道〉自1979年7月7日至8月16日（共39回）連載於「民眾副刊」，刊出後作家李喬也在給鍾肇政的信件中，提出〈道〉中譯文的問題，一再如下陳述己見：

　　　看了聯副大作〈皇民——〉（筆者按：1979.04.19），有一句不吐不快，那就是陳火泉先生的〈道〉中譯問題。記得吳老曾一再表示，〈道〉是「皇民化文學」……

　　　我想：中譯發表時，如果祇是「修飾」倒無不可，但如果主題都「改」了，那就是嚴重作弊：那種環境，縱然「皇民」也不必苛責，「現在」要寫「反日」亦可，但如把「媚日」舊作改寫成「抗日」，那就雙重作弊了。我的建議是：如果在你手上發表，或出書，你應要求看過原文才行，此有關您的羽毛風骨，請注意才好。[61]

　　　陳老之〈道〉，我想是：原文照譯，彼本人以為無妨，就發表也罷。我的意思是：無論如何不可「作弊」——把主題作任何「改寫」以欺世人，寫過「御用作品」就寫了罷，也可以再寫反日作品，但不可以把前者「改寫」成後者，若然其心可誅？雙重有罪也，公以為然否？公乃目前祭酒身份，請慎重才好。[62]

61 〈李喬致鍾肇政，1979.06.04〉，《鍾肇政全集25・書簡集（三）情深書簡》，頁532。
62 〈李喬致鍾肇政，1979.06.11〉，同上注，頁533。

　　我發現閒談中朋友們和我的意見相似，請您一定要看過原
文──實際上這種「問題作」，該別人譯才更公正。[63]

　　〈道〉讀了幾天，倒沒有發現什麼「問題」，其迂迴曲折之
妙，令人嘆服，不喜歡的是那種「知識人」的自憐人物也。[64]

從李喬的信件可知，即使是省籍作家中也對鍾刊出陳火泉〈道〉
的譯出抱持許多疑慮，鍾為取信於讀者，特地在作品刊出前於
「眾副」上發表〈問題小說〈道〉及作者陳火泉〉（1979年7月1
日）強調「譯筆謹慎而忠誠，完全可以信賴」。當時林梵也認為
應譯出來讓眾人討論，否則年輕一代道聽塗說不足為憑。但譯文
一刊出後文壇砲聲隆隆，隨即出現：「李南衡也與陳映真共同呼
籲：絕不允許當年無骨氣的『皇民文學』，今天重以『被害者文
學』的偽裝面貌出現！這跟民眾副刊昨日開始連載刊出陳火泉的
〈道〉有關。」[65]甚至連張良澤也參加撻伐行列。[66]有過殖民地經驗
的鍾肇政1970年代末的擇譯標準顯然並未全然追隨中國民族主義
的立場，以「道德」、「抗日」標準裁量這篇作品。他單純地自認
為有責任將戰前台灣人的殖民地經驗譯出，將這些作品當作「可
憐的受害者的血淋淋的記錄」或者「一個時代的歷史證言」。他
希望透過譯作讓戰後的「讀者」重新認識台灣歷史的某個真實面

63〈李喬致鍾肇政，1979.07.05〉，同上注，頁534。

64〈李喬致鍾肇政，1979.07.16〉，同上注，頁535。

65 林梵，《少尉的兩個世界》（台南：南市文化，1995），頁376。

66 張良澤，〈正視台灣文學史上的難題──關於台灣「皇民文學」作品拾遺〉，
　《聯合報》（1998.02.10），41版。

貌，即使是被扭曲的「精神荒蕪」，亦曾是殖民下一部分台灣人的「真實」精神面貌。的確，戰後當我們重構帝國記憶進行帝國批判時，對這些作品實難視而不見。

　　鍾肇政在「眾副」年餘，秉持著「為台灣文學而生」的信仰全力以赴，以「譯介」為方法，以報紙副刊版面為載體，將前輩作家們的作品介紹給戰後的台灣讀者，期待他們有機會跨時代重新認識戰前的台灣的日語文學。

三、遠景出版社的「光復前台灣文學全集」

　　現代的出版商夾在作家的主張與讀者群眾的索求之間，試圖代表群眾去影響作者，又假作者的力量影響讀者，以達到二者交互揣摩影響的功能。[67]同樣地，在台灣日語作家的譯本產出過程中，出版商亦扮演重要的角色。誠如前述所提及「翻譯」是戰後跨語世代重要的書寫方式之一，如：鍾肇政始於1954年2月即在《自由談》中譯介南川潤的〈迷途的羔羊〉，且受當時聯副主編林海音之託，由短篇到長篇陸續翻譯一些日語作品，寫、譯並行。[68]鄭清文也是在譯過川端康成的〈化妝〉（1957年12月23日）刊於聯副後，才發表第一篇小說〈寂寞的心〉（1958年3月13日）於「聯副」之上開展他的寫、譯的小說家生涯。[69]他們的譯寫能力漸

67　Robert Escarpit 著、葉淑燕譯，《文學社會學》，頁79。

68　應鳳凰，〈勤寫譯、多參賽、砥礪文友：鍾肇政與50年代台灣文學運動〉，《聯合文學》230期（2003.12），頁141-144。

69　李進益編選，〈文學年表〉，《台灣現當代作家研究資料彙編26　鄭清文》（台南：國立台灣文學館，2012.03），頁53-87。

受出版界關注，志文、遠景出版社等陸續邀約出版譯作。他們的譯寫活動除了翻譯日本文學作家作品之外，也因應出版社的商業出版之需，翻譯不少實用性、通俗性的日文書籍。以作家林佛兒的林白出版社為例，鍾肇政曾為該出版社譯過一些實用性的大眾讀物如：《幽默心理學》、《夫妻之道》、《高中生心理學》等，讓當時林白出版社的財務狀況化險為夷。[70]在戰後跨語作家們的譯作讀者群，除了純文學的讀者之外，尚應隱藏一群大眾消費讀者群。

在戰後台灣翻譯界裡鍾肇政譯作的質量，少可出其右者，[71]他在林海音主編「聯副」期間，擔任重要的譯手，他的譯功備受文壇肯定，在擔任「民眾副刊」主編期間，除了自譯台灣日語作家的作品之外，還需親自幫其他譯者校譯，工作甚為繁重辛苦。根據他與其他文友之間的往返書信，可知，他的文學譯介工作有時應友人之邀，如：「協助陌上桑推出文學雜誌（按：《這一代》）。第一期的特集是安部公房，我得翻譯幾篇的評論。」[72]他主編《台

70　林佛兒曾於〈「郵寄文情」——談鍾肇政的書信和刊物〉座談會（講者：張良澤與林佛兒。主辦單位：龍潭文學館工作站，地點：龍潭鄉武德殿，時間：2013.03.03）中談及，他1968年創辦林白出版社，因出版文學性的「河馬文庫」致使出版社財務告急，所幸仗其選書才華，轉變出版經營策略改以出版大眾性讀物，方始經營轉虧為盈。（筆者按：河馬文庫收入書籍，以台灣作家為主，其中有七等生的《僵局》、葉石濤的《羅桑榮和十個女人》、鍾肇政的《江山萬里》、李敏勇的《雲的告白》等作品。）

71　莊華堂主編，《鍾肇政口述歷史：戰後台灣文學發展史 十二講》（台北：唐山出版社，2008.07），頁134。鍾肇政言：「翻譯是我一輩子的，跟創作一樣，我一輩子的成績。」

72　〈葉石濤致鍾肇政，1979.06.12〉，《鍾肇政全集29．書簡集（七）純情書簡》，頁348。

灣文藝》期間推出「作家專輯研究」頗受好評，但因欠缺文學評論，所以他自1977年10月（革新第三號）起使用「路人」的筆名以「文藝批評的方法」為總標題，親自投入翻譯系統性的文藝理論。

翻譯是件相當勞心勞力的工作，但稿酬微薄，相較於鍾肇政，葉石濤對於文學「譯業」始終興趣不大，甚至提到：「因為必需要自己的思想完全跟作者吻合」[73]他才會投入其中。當時採買斷式計價譯稿費低廉，他熬夜苦撐一個月不過譯個十萬字內外，讓他心生厭倦。[74]譯稿的苦悶心酸牢騷一樣出現在鍾肇政的書信中：

> 多月來拼老命譯東西，仍還是趕不上窮，眼看又要添新債了。《太》書（筆者按：《太陽與鐵》）艱奧之極，更是嘔心瀝血，四萬五千字僅兩千元，那幾天每天苦吟十小時左右，弄得渾身疲累，困憊之極！（略）共六千元還不知幾時才能拿到錢呢！[75]

為了養家活口，鍾肇政不斷地搖動他的譯筆熬過艱辛的歲月，譯出的作品之多，讓他自豪地說：「大概是全國最多的一位。現在我老了。內心微微地驕傲一下。」[76]兩位相濡以沫的文友在書信中

73 〈葉石濤致鍾肇政，1974.04.24〉，同上注，頁244。
74 〈葉石濤致鍾肇致，1974.10.06〉，同上注，頁246。
75 轉引自張良澤〈煎熬與希望的中年時代──1970年代的鍾老大〉，《文訊》230期（2003.12），頁149-150。
76 莊華堂主編，《鍾肇政口述歷史：戰後台灣文學發展史 十二講》，頁134。

發完牢騷後，總會相互砥礪，繼續鬻譯文維生。總之，他們的譯
介活動內容，除了有其個人高瞻遠矚的文學理想和時代的使命感
之外，亦是他們在窮困的年代裡補貼家用的經濟來源之一，在其
中追求生活的平衡感。因此，他們的翻譯活動經常配合出版社之
需，生產多種通俗、實用性的譯作，但他們的文學譯作卻影響了
台灣戰後新一代的讀者。

　　鍾肇政在1965年出版了《台灣省籍作家作品集》、《台灣省
青年文學叢書》後，期待有朝一日能替前輩作家出版作品集，是
他翻譯工程的目標。在此之前他曾廣發英雄帖，詢問葉石濤等人
是否有意翻譯前輩作家如龍瑛宗或張文環等人的作品？並找到出
版商出版譯文。[77] 邀集翻譯者的過程並不順利也頻向葉石濤請求協
助，[78] 但在他殷勤的委託下，翻譯班底從跨語的一代到新培訓的譯
者群也逐漸成形。

　　1970年代末因台灣社會政經出現變革，出版界亦出現對本土
文化發展懷抱理想的出版人，他們秉持著對台灣文學的熱情和理
想，挹注資金投入省籍作家作品的出版。如：高雄三信出版社，
它原本是高雄三信高商於1970年8月創辦的出版社，一年後即自
設印刷廠，採一貫作業方式，轉而「以廠養社」的方式。該社為
雪高雄為「文化沙漠」之恥，以有限的人手在廣泛的文化領域
中，慎選夠水準的譯著上梓，尤其致力於刊印台灣作家的創作文

---

77 同上注。

78 〈鍾肇政致葉石濤，1979.04.14〉，《鍾肇政全集29・書簡集（七）純情書
　簡》，頁306。信件內容：「預定中的陳千武氏至今全無音訊，人手不夠，再
　怎麼為難，也請你無論如何幫這個大忙。」

類而受到海內外讀者的關注。[79]目前南台灣文學的出版重鎮春暉出版社社長陳坤崙，亦因曾任職於該出版社而進入出版界，並複製三信出版社「以廠養社」的方式，為出版台灣作家作品集付出相當大的心力。[80]

　　鍾肇政早在1975年3月左右便開始著手日治時期台灣文學《台灣鄉土文學全集》的編譯工作，原預計由高雄三信出版社出版。[81]但因三信編輯部內部意見分歧，「楊（逵）、吳（濁流）等人的作品不敢印行。張深切亦因光復後有中文作品，不擬印等」，全集的刊行因而觸礁。但鍾仍積極與《夏潮》的林載爵、梁景峰連絡，希望取得日語作家較為完整的作品。[82]出版日治時期台灣文學的計畫雖然一時受挫無法達成，但他仍伺機而動，1977、1978年是所謂的「台灣鄉土文學論戰年」，但1979年轉而成為「日據時期台灣文學年」，[83]李南衡主編的《日據下台灣新文學》（明集）和遠景出版社的《光復前台灣文學全集》於1979年相繼出版，各報副刊競相刊登此類作品。鍾肇政為了遠景這套作品全集的出版，積極地投入譯介，將他譯出的十萬多字的譯作，分別刊登在各報副刊上，如「眾副」、「聯副」、「自立」、「台副」、「台時」中。[84]

79　不著撰人，〈三信出版社專訪〉，《出版家》33期（1974.11），頁11。

80　陳學祈，〈寸草心，泥土情：春暉出版社〉，《文訊》299期（2010.09），頁138-145。

81　〈鍾肇政致張良澤，1975.03.19〉，《鍾肇政全集24．書簡集（二）肝膽相照》，頁311。

82　〈鍾肇政致張良澤，1975.04.11〉，同上註，頁317。

83　鍾肇政，〈日據時代台灣文學的盲點──對「皇民文學」的一個考察〉。

84　〈鍾肇政致張良澤，1979.04.09〉，同註81，頁480。

論戰之後在諸多主、客觀條件的配合下，其中包括出版人對台灣文化的使命感、跨語作家的再集結、新世代文化人的投入、媒體副刊的宣傳運用等，讓此套書籍得以在鄉土文學論戰後，台灣黨外運動如火如荼展開之際順利出版。據說1979年8月由黃信介發行的黨外政論性雜誌《美麗島》雜誌，因為發行狀況極佳，曾經一度由施明德出面希望與鍾肇政合作，但因施被捕入獄而告終。[85]上一代的日語作家除了葉石濤之外，大都雖未挺身參與鄉土論戰的爭論，但他們默默地自譯或他譯的作品在論戰後卻開花結果，湧現於各個報紙副刊中備受關注。

　　戰前台灣作家全集的出版，因遠景出版社社長沈登恩（1949-2004）的出現才得以完成。1974年他與鄧維楨、王榮文三人共同創辦遠景出版社，出版台灣、香港作家作品，有計畫地出版大規模的全集。他一生熱愛出版，用生命燃燒理想，擘劃他的出版王國，在知識匱乏的1970年代出版好書滋養眾多當代讀者也完成自己的夢想，在警總耳目密布的時代裡是位勇於挑戰權威的人。[86]沈以獨到的眼光出版過不少省籍作家的作品，如吳濁流、李喬、鍾肇政、黃春明、吳晟等人的作品。鍾肇政主編《台灣文藝》時，亦曾接受遠景出版社的資助，讓《台灣文藝》從季刊變成雙月刊，但編務工作則仍由鍾負責，出版社則負擔發行與稿酬等費用（每千字二百元），但只維持了九期。沈登恩在當時有「為一個書系成立一個出版社」的概念，他為出版台灣文學領域的作品而另

85　錢鴻鈞，〈鍾肇政內心深處的文學魂──向強權統治的周旋與鬥爭〉，《文學台灣》34期（2000.04），頁258-271。

86　葉麗晴，〈沈登恩的築夢人生〉，《嗨！再來一杯天國的咖啡 沈登恩紀念文集》（應鳳凰主編，台北：遠景出版社，2009.09），頁18-24。

外成立「遠行出版社」。1977年「遠行」曾企畫出版過張良澤主編的《吳濁流作品集》，但出版過程卻一波三折，其中《波次坦科長》一書被警總查禁。[87]

應鳳凰認為戰後1950年來台灣文化生產場域從「他律」到「自主」，主要是由一些以出版經典好書為職志的文學出版人所建立起來的，他以文星出版社和遠景出版社為例說明之。其中，他認為遠景沈登恩因其選書獨具慧眼，不純以商業利益為考量，善於經營的他，將出版品與報紙副刊巧妙結合，1970年末出現了所謂的遠景旋風。[88]沈因有其獨特的出版眼光與經營策略，他一向以「全集」的構想出版書籍，認為這樣才能經營作者的出版生命，或是一個議題才能豐富地累積，經得起再度的行銷。他精準地掌握台灣文學知識被需求的時代訊息，轉而與譯者合作，大手筆的全集出版「光復前台灣作家全集」堪稱是當時的壯舉，其中也揭示了媒體人、出版人攜手合作的可能。同時，時勢造譯者借此機運他們讓戰前台灣的日語文學出土，提供台灣讀者重新閱讀「台灣」的機會。沈登恩則被譽為台灣文學的先行出版者，因為戰後台灣文學的出版發揚若無他的助產，可能得要再等幾十年。[89]張恆豪回憶當時沈登恩之所以會出這「光復前台灣文學全集」的理由，一方面是因為他是個有理想的出版者，懂得這些文學遺產不能被埋沒，另一方面他也知道這塊市場的存在，於是幾個三十歲

---

87 〈鍾肇政致張良澤，1979.12.03〉，《鍾肇政全集24・書簡集（二）肝膽相照》，頁413。

88 應鳳凰，〈文學出版與文化生產機制〉，《文訊》188期（2001.06），頁6-8。

89 張良澤，〈慰 沈登恩夫人〉，頁119-124。

上下的年輕人，就抱著衝撞禁忌的心情做著這套書。[90]「光復前台灣文學全集」原本計畫出版小說、新詩、論述、劇本、隨筆共五種類，但由於銷路問題，到最後僅出版了小說和新詩部分而已。[91]此套全集在刊行之前，沈登恩便在「眾副」的「我的近況」專欄中，如數家珍般地為出版社的新書、世界文學全集和預計推出的「光復前台灣文學全集」大肆宣傳，他認為：

> 「台灣文學全集」的編纂，溶合了千鈞萬力之作，為台灣文學傳下一把綿延不絕的香火，在藝術價值的墾殖上和歷史意識的見證上，均將無可比擬。（中略）
>
> 台灣同胞抗日五十年，是中國近代史上驚天動地，可歌可泣的一頁。每一位關心民族，關心歷史的人，相信都將為光復前台灣文學全集的出版而給予喝采，給予鼓勵。[92]

該全集中小說作品共有八冊由鍾肇政、葉石濤掛主編之名，於1979年7月起陸續出版，詩作四冊由羊子喬（1951-2019）、陳千武（1922-2012）主編，於1982年5月後陸續出版。前者鍾肇政自己親自參與了翻譯工作，並委請其他譯者，如廖清秀（1927- ）、鄭清文（1932-2017）、張良澤（1939- ）等人協助，分頭負責譯出作品。葉石濤則是負責〈總序〉，闡釋這些作品在

90 巫維珍，〈瞭望遠方的景色：遠景出版公司〉，《台灣人文出版社30家》（封德屏主編，台北：文訊雜誌社，2008.12），頁397-416。

91 羊子喬，〈追憶我在遠景的日子〉，《嗨！再來一杯天國的咖啡 沈登恩紀念文集》，頁82-86。

92 沈登恩，〈我的獻禮〉，《民眾日報》（1979.03.11），12版。

戰前台灣文學發展史上的意義。再由當時任職於遠景的羊子喬、張恆豪，和當時正在服兵役的林梵（林瑞明）負責撰寫作家簡介與解說，及編纂〈日據時期台灣小說年表〉的工作。羊子喬亦將部分譯文刊載在「自立副刊」等，適時地穿插作家簡介和作品解說。詩作集亦循此模式運作，即是先將詩的譯作與簡介刊於「自立副刊」的「日據時代台灣詩人詩作選介」專欄（1980年11月30日-1981年4月14日）上，之後才集結成冊發行。先於副刊上刊載，讓一般讀者先接觸熟悉戰前的台灣文學作品，以收宣傳之效，再由遠景出版社有計畫地集結整理出版，以此減輕出版社在翻譯稿費、宣傳費等的成本支出。

戒嚴時期民眾言論受到國家機器檢閱制度層層的監控，為求全集順利出版，三位執行編者謹慎撰文，於〈出版宗旨及編輯體例〉[93]開宗明義地說明：

> 台灣同胞以武裝或非武裝抵抗日本帝國侵略五十年，這是中國近代史上極具沉雄悲壯的一章。日據下的台灣新文學運動，不僅是中國抗日的民族文化鬥爭的一環，而且也是台灣思想史上的一個啟蒙運動，它在中國近代的新文學史上，實具有不可磨滅的意義。（中略）。期望被塵封多年的光復前台灣新文學，能獲得世人的重視，以釐定它在中國文學史上應有的地位，這是我們編輯的宗旨與動機。（下線為筆者所標示）

---

93 張恆豪、林梵、羊子喬，〈出版宗旨及編輯體例〉，《光復前台灣文學全集》（台北：遠景出版，1979.07），頁3-4。

以此宣示編輯宗旨乃遵循中華民國抗日文藝史觀的立場，編選標準則是注重作品的藝術性、思想性及其時代性。文體形式以小說或具小說性質者。主題除了強調「反帝反封建的民族意識」，同時兼容並蓄反映當時的愛情觀念和浪漫的個人生活者。但下列現象者，則不得不割棄：

1. 作者因基於某種因素而未寫完者。
2. 作品被日本帝國主義的新聞檢查人員腰斬，以致難窺其全貌者。
3. 在寫實作品中，不是反映日據下的台灣經驗或台灣留學生的中國經驗與日本經驗。
4. 雖具有影響性，但卻是言情的大眾的文藝作品。
5. 限於篇幅，長篇小說俱割愛。
6. 日據下在台並反映台灣經驗的日人小說。
7. 寓褒貶於編選之中，凡是皇民化意味甚濃的御用作品，以不選錄來隱示我們無言的、寬容的批判。

其中最具爭議性的莫過於第七項「皇民化意味甚濃的御用作品」的認定問題。在譯介、選編的過程中內部出現了種種的歧見。陳火泉的〈道〉在副刊刊出後，即引起騷動，周金波的〈血癌〉和王昶雄的〈奔流〉卻在全集編選階段出現了爭議。張恆豪曾寄王昶雄的〈奔流〉給魏廷朝請他翻譯，他看過後將原稿退回，理由是他不譯這種呼應「皇民化」的御用作品。寄呂赫若的〈鄰居〉給鄭清文，他看後不置可否，他認為這種鼓吹日台親善的小說，

譯出來並不妥當。[94]但〈奔流〉最後仍收入卷八《闍雞》之中，根據張恆豪的〈解說〉：[95]

> 在這全集的八卷中，本作可說是最受人爭議的一篇。有人說這是一篇皇民意味甚濃的御用作品，也有人說是一篇站在台灣人的立場，傾訴皇民化苦悶心聲的寫實小說。這兩種褒貶互見的論點，都可能影響到本篇小說的評價。

但他認為該作品中揭露了「一個台灣人在皇民化過程中的苦悶、徬徨、掙扎的一面，其語調是嚴厲的、冷靜的、理性的」。在皇民化氣焰高漲的1943年，是有良知的台灣人要反皇民化的心聲，但只能「不得不隱裝、採取正話反說的方式」。為這篇文章進行辯護並給予正面評價。

又，在編輯過程中因羊子喬的「疏忽」，收入了周金波的〈水癌〉，張恆豪試圖在〈解說〉中設法為周金波的作品開脫解套，根據已打樣的解說中遺留下的字跡：

> 最後如此寫道：「這就是現在的台灣。正因為如此，正因為如此，才不能認輸。在那種女人身上所流的血，也是流在我身體中的血。不應該坐視，我的血也要洗乾淨。我可不是普通的醫生啊，我不是必須做同胞的心病的醫生嗎？怎麼可

---

94 張恆豪，〈超越民族情節回歸文學本位：楊逵何時卸下〈首陽農園〉？〉，《文星》99號（1986.09），頁124。

95 張恆豪，〈王昶雄 解說〉，《闍雞》（台北：遠景出版社，1979.07），頁257-258。

以認輸呢……」此一心聲乃乍似贊成皇民化的假面下，真正
告白。96

張恆豪將作品「他」最後不服輸的呼告，解釋為對此「此一心聲
乃乍似贊成皇民化的假面下，真正告白」。但，林瑞明仍覺得甚
為不妥，因為他認為〈水癌〉一文是皇民文學。

　　周金波的〈水癌〉一文，是皇民化文學，羊子喬看得不仔
細竟然選入。
　　其中最嚴重是汙衊台灣人的血不乾淨，要將之洗清。我們
可以體會決戰時期，台灣人「無地可容人痛哭，有時須忍淚
歡呼」（葉榮鐘詩句）的悲苦，但完全失了台灣人立場的作
品，我們不能選入……不管如何，堅持拿掉！不然會被拿來
大作文章，搞不好書還會被查禁。97

書籍和報紙副刊的影響時效性不同，檢閱當局對於書籍控管似乎
較報刊更為嚴格，他們對於當局的檢閱機制心存警戒，為求順利
出版，就得盡量在被允許的中華民國抗日文藝觀的規範下編纂全
集，避免引起沒有必要的「麻煩」。編輯過程或許誠如中島所
言：「最初，編輯者們因沒有事先確立編輯方針，而先完成作品
翻譯，等到確立方針後，卻又因不合原則而取消。」98至於全集

96 羊子喬，〈歷史的悲劇‧認同的盲點──讀周金波〈水癌〉、〈「尺」的誕生〉
　有感〉，《文學台灣》8期（1993.10），頁232。
97 林梵，《少尉的兩個世界》，頁359。
98 中島利郎，〈つくられた「皇民作家」周金波──遠景出版社版「光復前台

中，最後為何仍放入王昶雄的〈奔流〉，而〈道〉被排除在外，
林瑞明認為〈奔流〉中「我若是堂堂的日本人，就更非做個堂堂
的台灣人不可」，最後至少維護台灣人的尊嚴，但陳火泉的〈道〉
在決戰時期是皇民文學的代表作，戰後來看亦然，作家的處境雖
然可以同情，但殖民地台灣的作家有無可推諉的責任！[99] 這也間
接地說明了全集收入了〈奔流〉卻未收入〈道〉的原因。在編纂
出版過程中，對於「皇民文學」的認定問題，作者究竟是假面告
白的逆寫帝國，亦是心悅臣服於皇民化政策之下，在解讀上至今
仍有種種歧見，但當時執行編輯群採取較為保守的策略，排除眾
議以「安全出版」為最高原則。

　　這些日治時期的台灣日語作家在戰後的文壇上知名度並不
高，譯文先刊於各報的副刊上，雖有助於《全集》的宣傳，使
《全集》的出版更具整體感，「自立副刊」也每兩個月都會刊登
〈遠景書訊〉，但《全集》一開始並不好賣，只能算是長銷書。[100]
日治時期的台灣日語文學在跨世代譯者、報紙副刊主編、遠景出
版社的合作下，最後留下以全集的形式出版傳播，讓這群前輩作
家得以重新被戰後的台灣社會認識，戰前的文學美學經驗得以傳
承，台灣的歷史知識可以延續，也為戰後台灣文學研究奠定了重
要的文獻史料基礎。

　　灣文學全集」〉，《日本統治期台灣文學研究序說》（東京：綠蔭書房，
　　2004.03），頁81-104。

99　林瑞明，〈騷動的靈魂──決戰時期的台灣作家與皇民文學〉，《台灣文學的
　　歷史考察》（台北：允晨文化，2001.05），頁294-331。

100　黃崇軒，〈羊子喬的訪談記錄〉，《建構本土‧迎向群眾：《自立副刊》研究
　　（1977-1987）》，頁141。

結語

　　由上述內容可知，1970年代末台灣日語文學的翻譯與出版活動，主要由代表左翼中國民族主義的《夏潮》成員首先發難，積極收集日治時期台灣作家們的作品，迎接他們重回戰後台灣文化場域。但，礙於語言隔閡的問題未能大量譯介出他們的日語作品。直到與代表台灣本土派的鍾肇政等跨語世代合作後，才有計畫地譯出全集式的台灣文學集，但台灣省籍作家戰後一直處於台灣文學場域的邊緣位置，欠缺發表的媒體資源。在台灣鄉土文學論戰後代表官方的主流媒體「聯合副刊」，才正視這股新崛起的本土文化力量，提供版面刊載譯作。這三股勢力的交叉作用下所累積的翻譯成果，最後由對本土文學發展懷有理想的遠景出版社收割，以延續譯本的時效性培養台灣文學的讀者群。換言之，在這個文化生產的過程中，台灣鄉土文學論戰是啟動戰後台灣社會內部文化傳承與反思的重要契機，提供台灣讀者重新「發現台灣」的機會。遠景「光復前台灣文學全集」的出版給予戰前日語作家們莫大的鼓勵，讓他們塵封二十多年的作品得以重見天日，讓戰後的讀者得以一窺戰前台灣新文學的成就。

　　在這波譯介和傳播的文化生產中鍾肇政居功厥偉，當時他身兼數職，除了小說家的身分之外，亦是「民眾副刊」、《台灣文藝》的主編，在文壇邊緣鍥而不捨地努力，為了讓台灣日語文學的出土竭盡心力從事翻譯工作，動員個人的社群關係找尋在媒體版面上刊出譯作的機會，並進一步規畫出版等。彭瑞金在《鍾肇政評傳》中曾道：

> 鍾肇政像照顧嬰兒的褓母，像看顧莊稼的農夫、園丁，呵
> 護台灣文學和作家，他要讓所有的幼苗都能成長茁壯，小樹
> 變大樹，大樹變巨木，更願眾樹成林，不希望在自己成為一
> 顆大樹後，四周仍一片荒涼。[101]

鍾肇政不只讓眾樹成林，他也藉由譯介活動和副刊的傳播，讓枯
木逢春又新生，讓日治時期台灣文學的作品重新被閱讀和評價，
其譯本對戰後台灣文學研究的奠基之功和影響力不容小覷。這一
波日治時期台灣日語文學翻譯的出版，將「日本殖民統治作為一
種資產」，[102]為日後文化民族主義者對台灣文學史的建構與詮釋，
累積了重要的文本資料。

　　然，當上一代人努力留下的譯本卸下時代任務時，當代的研
究者又該如何看待這些譯本呢？戰後龍瑛宗提供給譯者（鍾肇
政）的底稿版本是他戰爭末期遭禁的《蓮霧的庭院》的「校訂
稿」，因此出現「原刊版」與「校訂版」譯本版本差異的問
題。[103]同樣地，由於老作家們所提供的譯文原稿版本不一，楊逵
的〈送報伕〉跨時代有多種版本，[104]張文環的〈夜猿〉亦有兩個

---

101 彭瑞金，《鍾肇政文學評傳》（高雄：春暉出版社，2009.03），頁116。

102 蕭阿勤，《重構台灣：當代民族主義的文化政治》，頁201-203。

103 王惠珍，〈殖民地文學的傷痕──論龍瑛宗《蓮霧的庭院》的禁刊問題〉，
　　《台灣文學研究集刊》9期（2011.02），頁53-90。

104 張恆豪的〈存其真貌──談〈送報伕〉譯本及延伸問題〉（《台灣文藝》102
　　期，1986.09，頁139-149）、塚本照和的〈第一屆台灣文學與語言國際學術
　　研討會文學組補遺──簡介日本的台灣文學研究：並論楊逵著「新聞配達夫
　　（送報伕）」的版本〉（《台灣文學評論》4卷4期（2004.10），頁28-46）針對
　　〈送報伕〉戰前的胡風譯本和戰後楊逵增補後的譯本差異進行說明。最大的

版本，鍾肇政所使用的譯本是張文環親自改訂的，「重寫處約占四分之一」，張良澤的譯本則是原刊物的作品。[105]王昶雄的〈奔流〉亦出現林鍾隆譯的「遠景版」和戰後修訂的「前衛版」。[106]顯然在翻譯產出的過程中，已出現文本的變異問題，內容攸關日語作家對戰前文本的自我反省和再詮釋等問題。因此，戰後作者的自譯文本應如何檢視？作家個人修訂譯稿的意圖為何？等等，是下一階段重要的研究議題，唯有嚴謹地檢視譯本的產出過程，始能釐清殖民地作家戰後殖民地經驗的清理與反思，進而發現另一種屬於台灣的後殖民地文本。

　　另外，若從東亞區域文化比較研究的視角觀之，當前韓國研究者金允植等人雖試圖以「雙語作家」的觀點突破韓國親日文學二元對立的研究困境，[107]但戰後在韓國除了零星的作品譯介之外，未見全集式的翻譯出版活動，他們對於朝鮮日語作品、作家是較為漠視的，縱然如韓國現代文學之父李光洙出版的十六卷全集也未收入他的日語作品。畢竟，戰前使用「日語」書寫對韓國

　　差異點在於楊逵將《文學評論》被查禁刪改的部分重新譯出。修改的重點有二：一是明顯的指控，將原先的批評，修改成更為露骨的指責。二是加強氣勢，原先小說結尾的罷工只是淡化，改寫後卻增添集會場面，並給予更具體的渲染。收入於《光復前台灣文學全集》的作品是楊逵本人戰後重新翻譯並增補改寫之版本。

105 〈鍾肇政致張良澤，1979.04.10〉，《鍾肇政全集24‧書簡集（二）肝膽相照》，頁482。

106 呂興昌，〈文章千古事，得失寸心知──評王昶雄〈奔流〉的校訂本〉，《國文天地》77期（1991.10），頁17-22。

107 承蒙2014年7月4日早稻田大學名譽教授大村益夫教授不吝賜教，謹此誌謝。

人而言，是一種屈辱的、親日的象徵，直到2000年後才有零星的翻譯成果。但，台灣卻早在1970年代末便積極進行台灣日語作家的翻譯出版，與當時台灣陷入外交困境，島內「反求諸己」有其密切的關係。這波島內的譯介出版活動，也折射出糾結其中的左翼中國民族主義者和台灣文化民族主義者對舊殖民地文化的詮釋差異，及彼此勢力的消長，譯本的具體成果轉而成為台灣文化主義者進入1980年代後民族文化想像與建構的文化材料，使台灣殖民地日語文學研究較韓國起步得早。

附錄：《民眾日報・副刊》（1979.01-1979.12）[108]的日治時期台灣
　　　文學譯作

作者譯者	篇名／*原出處	連載日期
巫永福作；鄭清文譯	〈慾〉，《台灣文學》第1卷第2期（1941.09）	1月6日-1月9日（共4回）
張文環作；廖清秀譯	〈辣薤罐〉，《台灣藝術》第2號（1940.04）	1月22日
張文環作；鍾肇政譯	〈論語與雞〉，《台灣文學》第1卷第2號（1941.09）	原文未見，但根據花村的〈試評〈論語與雞〉、〈辣薤罐〉兼及文學的超越感〉（1979.02.26）一文中的提示。
張文環作：路人譯	〈閹雞〉，《台灣文學》第2卷第4號（1942.10）	3月18日-4月1日（共15回）
呂赫若作；鄭清文譯	〈風水〉，《台灣文學》第2卷第4號（1942.10）	4月5日-6日
楊逵作	〈牛犁分家〉	5月16日
郭啟賢作；林鍾隆譯	〈郭啟賢詩選：二、獨語；三、青春；四、池畔；五、秋像；六、十月的天空；七、這個出征〉	5月？、21、23、25、26、29、30日（共7回）
翁鬧作；路人譯	〈憨伯仔〉，《台灣文藝》第2卷第7號（1935.07）	5月26日-28日（共3回）

---

108 目前國家圖書館的館藏資料，缺1978年10月至12月這三個月的資料，因民
　　眾日報社已解散，經多次交涉仍未能尋獲原始資料，甚感遺憾。因此本文以
　　1979年為主要整理對象，等待他日資料出土。

作者譯者	篇名／*原出處	連載日期
龍瑛宗自譯	〈龍瑛宗詩抄：歡鬧河邊的（女查）某們、花與痰盂、蟬、印度之歌〉、〈歡〉：《台灣日日新報》（1939.08.03）／〈花〉：《華麗島》創刊號（1939.12.01）／〈蟬〉：《台灣文學》第3卷第3期（1943.07.03）／〈印〉：《台灣公論》第8卷第10號（1943.10.01）	3月24-26日、4月1日
龍瑛宗自譯	〈黑少女〉，《海を越えて》第2卷第2期（1939.02.01）	6月5日
龍瑛宗自譯	〈白鬼〉，《台灣日日新報》（1939.07.13、22）	6月15日
陳火泉自譯	〈道〉，《文藝台灣》第6卷第3號（1943.07）	7月7日-8月16日（共39回）
龍瑛宗作；鍾肇政譯	〈紅塵〉	6月20日-12月23日（共117回）
楊逵作；陌上桑譯	〈犬猴鄰居〉，《芽萌ゆる》，1944年（排版中被查禁）	7月23日

第六章

1980年代葉石濤跨語越境的翻譯實踐

前言

　　1980年代台灣社會面對全球化經濟轉型，中產階級也隨著經濟成長而誕生，他們對政治民主的期待也為之提高，進入所謂「狂飆的年代」。人們試圖掙脫舊時代的枷鎖，是個新的事物與社會內容開始被放入舊結構與舊文化裡的時期。[1]台灣文學的發展亦邁向更自由、寬容、多元化的途徑。作家創作取向方面主要可分成兩類：一類是具有使命感和歷史感的作家，隨著言論自由的擴大，試圖打破政治禁忌，開拓政治小說和政治詩等領域。另一類的作家則是儘管對政治持有批判態度，但仍避免直接抨擊，居高俯視社會百態，以進行客觀的描寫。[2]在翻譯實踐方面也出現大量的西方文學理論的譯作，其中包括傅柯（Michel Foucault）、德希達（Jacques Derrida）、羅蘭・巴特（Roland Barthes），以及左派的馬庫色（Herbert Marcuse）等的中譯本開始在學界流行。台灣文壇既得面對西方批判理論不停地被介紹進來，另一方面又得面對資本主義持續高漲，但社會政治卻仍停滯在戒嚴狀態的窘境。這兩股勢力相互拉扯，使得知識分子與作家處於亟欲突破現狀又不能的夾縫中。[3]

　　但，台灣跨語作家卻有別於當時學院派翻譯者，他們位居民間與文壇的邊緣，利用殖民地的文化遺產「日語」，積極地譯介東亞區域內的文本，進行另類的跨語書寫活動。葉石濤（1925-

---

1　南方朔，〈青山繚繞疑無路〉，楊澤編，《狂飆八〇：記錄一個集體發聲的年代》（台北：時報文化公司，1999），頁28-29。

2　葉石濤，《台灣文學史綱（註解版）》（高雄：春暉出版社，2010）。

3　陳芳明，《台灣新文學史》（台北：聯經出版公司，2011）。

2008）是其中最具代表性的一位翻譯者（the translator）。目前葉石濤文學的相關研究主要側重於《台灣文學史綱》、台灣文學論述、回憶性文章、小說創作等文本或議題性的分析討論。但，葉石濤的「譯業」成就至今仍未被充分討論。詩人黃樹根曾說：

> 從他的翻譯，尤其是日文作品方面，可以看出翻譯的功力，他能讓讀者毫無阻礙的了解日本人的生活與世界，乃至日本人與眾不同的精神特色，他的譯文細膩、文雅，所以我認為葉石濤的翻譯，應與他的小說，評論等量齊觀，都有很高的成就。[4]

在1970年代末台灣鄉土文學論戰後，鍾肇政等人譯介台灣日語作家的作品，並與遠流出版公司合作出版《光復前台灣文學全集》，系統性地整理戰前台灣新文學的成就，以提供1980年代本土論述有效的文化資源。[5]然而，此時葉石濤並未直接參與這項翻譯工程，[6]只撰寫評論並談論他與前輩作家們往來的歷史經驗，鋪陳戰前台灣文學史的發展脈絡，為戰後讀者提供閱讀台灣文學的

4　莊金國，〈南葉傳奇〉，彭瑞金編，《葉石濤全集》23卷（台南：國立台灣文學館、高雄：高雄文化局，2009），頁404。

5　王惠珍，〈析論1970年代末台灣日語文學的翻譯與出版活動〉，《台灣文學研究學報》20期（2015.04），頁251-290。

6　根據〈葉石濤致鍾肇政書簡，1979.03.02〉：「遠景方面有跟我談『日據時代台灣文學全集』的事。說是希望能由你跟我負責編選的工作。並要我翻譯龍瑛宗氏的小說。可惜我對小說翻譯沒有信心，我也從來沒做過小說翻譯的事情。」（葉石濤，《葉石濤全集》11卷，台南：國立台灣文學館，高雄：高雄文化局，2008，頁343）。

預備知識。

　　若根據《葉石濤全集》的「翻譯目錄」[7]將可發現，葉石濤翻譯台灣文學相關的文章，最早是受吳濁流之託，於1973年翻譯了尾崎秀樹（1928-1999）的〈吳濁流的文學〉（《台灣文藝》10卷41期）。之後，他又零星地翻譯了幾篇日語文章，直到1980年代他才正式投入翻譯台灣文學的工作。他先譯出戰後初期《中華日報》「日文版」的作品（《文學界》8、9期，1983年11月、1984年3月）。之後，又陸續譯出日人關於台灣文學的研究成果或回憶性的文章。其中尾崎的〈台灣人作家的三篇作品〉（《自立晚報》，1985年2月2日）的譯作，影響了戰後台灣文學界對楊逵、呂赫若、龍瑛宗三人的歷史評價。另外，由於他和西川滿（1908-1999）曾有過短暫的師生情誼，此時他也譯出他的小說〈稻江冶春詞〉（《聯合報》，1980年4月24日）。

　　葉石濤戰後藉由「日語」不斷地擴展翻譯範圍的邊界，以開闊的文學視野超越時空，橫跨戰前、戰後從台灣到東亞，甚至擴及至第三世界。彭瑞金曾歸納出葉石濤譯業的範疇：

> 　　葉老的文學相關翻譯，大致集中於兩個方向：一是日治時代台灣文學日文文獻作品、資料的翻譯，用以填實那個年代文學論述的缺口、空頁，一是翻譯早覺的日本台灣文學學者的論述、著作，為國內的台灣文學研究引光點燈。[8]

7　作者不詳，〈翻譯作品目錄及出處一覽表〉，彭瑞金編，《葉石濤全集》23卷（台南：國立台灣文學館、高雄：高雄文化局，2009），頁451-470。

8　彭瑞金，〈為台灣文學點燈、開路、立座標〉，《葉石濤全集》21卷（彭瑞金編，台南：國立台灣文學館；高雄：高雄市文化局；台南：國立文學館，

以此肯定推崇葉石濤與台灣文學相關的譯業，但有關大眾文學等的譯業卻存而未論。若考量作家的文學活動與生計的關係，將無法低估翻譯大眾文學的經濟效益對其文學活動的影響。在1970年代，他為了家計應友人之邀，翻譯了許多日本實用的書籍，例如：應林曙光之邀承接大舞台書店的翻譯業務。1974年認識楊青矗後，又為他的「文皇出版社」翻譯許多日文書籍，從股票到服裝設計，從心理學到通俗科學等書皆有之。[9]他戰後的中文創作雖被認為是罹患了「失語症」，[10]但在翻譯領域裡「日語」卻是他重要的謀生之技。因此，本文將從經濟效益的面向，重新檢視葉石濤譯介日本大眾文學的成就與貢獻。

「翻譯」（translation）是葉石濤很重要的跨語書寫的方式，雅克布慎（Roman Jakobson）由詩歌翻譯的角度提醒我們，「翻譯者是一被叛者」，抑或德希達建議以「變形」（transformation）的概念取代「翻譯」。因此，筆者將檢視跨語作家葉石濤身為「被叛者」在其譯本生產的過程中，如何「變形」進行他的翻譯書寫，這樣的翻譯實踐在當時的台灣文學場域（literary field）中又具有怎樣特殊的文化意義？即是在1980年代的社會文化脈絡中，譯文變異的可能性及其生成的方式（manner of becoming）。解嚴前後台灣環境變動劇烈，葉石濤的《台灣文學史綱》的內容與初稿之間也出現與時俱變的問題，例如在初刊稿中雖屢次提出「台

2009），頁45。

9　張守真主訪、臧紫騏記錄，《口述歷史：台灣文學耆碩——葉石濤先生訪問紀錄》（高雄：高雄市文獻委員會，2002），頁146。

10　楊照，〈「失語震撼」後的掙扎、尋覓——論葉石濤的文學觀〉，《霧與畫：戰後台灣文學史散論》（台北：麥田出版，2010），頁163-177。

灣文學是中國文學的一支」，但在單行本中卻將此論點一一剔除，這樣的改寫問題也同樣出現在他的譯本中。因此，若要探討葉石濤譯業的特殊性，亦應關注譯文版本變異的問題，釐清譯者如何考量當時台灣社會政治等因素的權衡之「變」，出現怎樣的「翻譯的背叛」。

在文化生產的過產中，「出版社」扮演著譯本整理出版的重要角色，藉由書籍的出版延長了譯作的影響時效性，也提供譯者重新檢視譯作的機會。葉石濤的譯本產出亦是循此模式，即是先將譯作發表於當時的報紙副刊或雜誌上，才由出版社集結成冊發行出版。[11]因此，本文將以葉石濤收入於名流出版社「世界文庫」的《地下村》、「台灣文庫」的松永正義、若林正丈的解說論文譯本，志文出版社和林白出版社出版的譯本等作為題材，採實證主義的研究方法，闡釋跨語作家葉石濤如何在1980年代以「翻譯」作為手段，進行東亞區域文化的知識跨界交流，以下分別就翻譯的政治性、大眾商業性、譯者的自主性三個面向進行闡述，藉以探討他的譯業在戰後台灣文學場域中的特殊意義與文本貢獻。

一、翻譯的政治性：日本台灣文學研究論文的改譯

1980年代日本學界才逐漸關注到台灣，吸引了一批年輕學者

---

11 葉石濤的譯作並非每篇都會被收入單行本中，未被收入者只能散見於各家報紙副刊或雜誌中，《葉石濤全集》編輯群雖然盡心蒐集整理，但仍有不少漏網之魚，譬如下文將討論的《地下村：朝鮮短篇小說選》中便有多篇未被羅列出來。又，葉石濤翻譯大眾文學時所使用的筆名龐雜難辨，諸如：方一心、葉顯國、葉松齡、李淳、周金滿、邱素臻、葉珍肆、鄧石榕等。

投入研究，開啟了在日的台灣研究。以下將探討1980年代日本的
台灣文學譯介研究活動、名流出版社的選集出版，進而闡釋葉石
濤譯本的生成方式。

（一）1980年代在日台灣文學的研究活動和翻譯

　　戰後台灣文學在日的出版情況曾出現過兩個波段，第一波是
1950年代。主要是戰前日語世代，戰後他們仍繼續以日語寫作，
直接在日本出版作品集，譬如：邱永漢、吳濁流、張文環等人的
作品。另一波是藉由「翻譯」在日出版，第一本譯作是陳紀瀅的
《荻村傳》（《荻村の人々》，東京：新國民出版社，1974年），接
著是陳若曦的《耿爾在北京》（《北京のひとり者》，東京：朝日
出版社，1979年），這兩本的作者雖然都出身台灣，但都並非以
台灣為題材，直到黃春明的《さようなら・再見》（東京：めこ
ん，1979年）台灣的人事物才正式在作品中登場。1980年代由東
京研文出版企畫刊行的「台灣現代小說選」系列，才又開啟了第
二波台灣文學的出版活動。[12]

　　在1980年代後半雖然大家開始提問「何謂台灣文學？」，思
索台灣文學主體性等問題，但在戒嚴時期研究台灣文學仍有其政

---

[12] 下村作次郎，〈序章〉，中島利郎、河原功、下村作次郎編，《台灣近現代文
學史》（東京：研文出版，2014），頁4-6。有關在日台灣出版情況，可參閱
赤松美和子，〈日本に於ける台湾文学出版目録〉，《台湾文学と文学キャン
プ：読者と作家のインタラクティブな創造空間》（東京：東方書店，
2012），頁168-184。1980年代在日出版的小說譯本尚有瓊瑤作品集全三卷
《六個夢》、《白狐》、《窗外》（東京：現代出版，1984）、陳逸雄編譯《台灣
抗日小說選》（東京：研文出版，1988）。

治顧忌。日本台灣文學研究的學術成果，當時扮演著海外資訊的角色。1980年代初以交換教師身分來台的下村作次郎，曾憶及當年訪台的經驗：當時研究台灣文學仍屬禁忌，在台並無什麼系統性的參考文獻可供閱讀，除了既有的出版品之外，也積極地蒐集當時的《台灣文藝》、《現代文學》、《書評書目》等雜誌，並找尋出版社，關注《自立晚報》、《中國時報》等報紙「副刊」內容，甚至到光華商場蒐集舊籍，在重慶南路書攤上購入黨外雜誌，藉以理解掌握台灣現代文學的發展。另外，他也會親炙台灣前輩作家們，請教他們有關戰前台灣文壇的種種。[13]返回日本後他仍積極地透過天理台灣文學研究會的運作，將其學術研究成果反饋台灣學術界。下述的日人研究者松永正義、若林正丈亦是如此，他們直接進入台灣社會，進行田野觀察和取材，作為他們返日撰寫台灣研究的材料。1970、1980年代在日的台灣文學研究因而被稱為「誕生期」。[14]其中，在東京以戴國煇為首的「台灣近現代史研究會」（1978年）和天理塚本照和的「台灣文學研究會」（1982年）是組織規模和影響力最大的研究會。他們除了聚集同人研究討論之外，也發行學術刊物發表研究成果，發揮學術影響力。前者的刊物為《台灣近現代史研究》，後者從《台灣文學研究會會報》（1982.6-1985.7）改名為《咿啞》。這些研究會亦積極邀請台灣作家出席與談，前者曾接待從美國愛荷華大學返台過境

---

13 下村作次郎，〈龍瑛宗先生的文學風景：絕望與希望〉，王惠珍編，《戰鼓聲中的歌者：龍瑛宗及其同時代東亞作家論文集》（新竹：國立清華大學台灣文學研究所，2011），頁10。

14 下村作次郎，〈序章〉，中島利郎、河原功、下村作次郎編，《台灣近現代文學史》（東京：研文出版，2014），頁8-11。

日本的楊逵（1982年11月），後者曾邀請鍾肇政前往天理大學演
講（1984年9月11日），1980年代初日、台之間的文化學術交流
往來自此更形熱絡。同時，為了避免台灣文學因力主本土化而遭
「自我封閉，格局太窄」之非，日人的研究成果適時地提供台灣
民族文化論者重要的國際研究視野和借鑑，他們藉由「翻譯」建
構了台、日之間相互流動回饋的「知識迴路」，其中「譯者」葉
石濤在這個迴路系統中即扮演著重要的角色。

　　松永正義等人所編譯的選本《台灣現代小說選》（三冊）與
「台灣近現代史研究會」（舊稱：後藤新平研究會，1978年3月2
日-1987年12月23日）的關係密切。[15]該研究會成員完成譯文後，
再委由研文出版社出版《彩鳳の夢》（1984年4月）、《終戰の賠
償》（1985年4月）、《三本足の馬》（1985年4月）三冊。廣告中
雖言全卷五冊，但最後只出版了三冊，據說第四冊原訂收入施明
正的〈喝尿者〉和〈渴死者〉等人的作品；第五冊是李昂的長篇
《殺夫》。[16]但，最後兩冊延宕多年才改出版第四冊的《鳥になった
男》（1998年）和別卷劉大任《デイゴ燃ゆ》（1991年）。前三冊
作品集對台灣現代文學在日的宣傳，扮演相當重要的角色。[17]

（二）葉石濤的改譯書寫

　　前述的《台灣現代小說選》日譯選本出版後，名流出版社將

---

15 河原功，《台湾文学研究への道》（東京：村里社，2011.7），頁9-10。
16 李魁賢，《李魁賢回憶錄：人生拼圖》（新北：新北市政府文化局，2013），
　　頁630。
17 下村作次郎，〈序章〉，中島利郎、河原功、下村作次郎編，《台灣近現代文
　　學史》（東京：研文出版，2014），頁5-6。

中文底本集結成冊重新出版，逆流回到台灣的讀書市場。名流出版社是一間一人出版社，根據社長李魁賢的回憶，當時他因參訪芝加哥大學圖書館時，看見中國雜誌《世界文學》雙月刊後，起心動念也想在台灣辦一本類似的雜誌，但由於辦雜誌的手續等較為複雜，轉而利用手上的五十萬資金創設名流出版社，成為他業餘兼差的工作。他為節省出版成本開支，從集稿、整稿、發稿、校對、聯絡打字和印刷廠聯絡皆由他一人包辦，為尊重作者，書一出版他即付清版稅。當時台灣與各國之間的著作權互惠保護條例尚未實施，因而在出版過程中獲得了某種便利。中文版的《台灣現代小說選》第一刷共刷了二千冊，因庫存問題未馬上再二刷。但由於趙天儀採用《台灣現代小說選》、《台灣詩人作品論》作為大學教材，才讓出版社在結束營運時尚有十萬元的餘絀。[18] 對當時的台灣文學界而言，誠如葉石濤所言：

> 他山之石可以攻錯，我們只好仰賴日文譯本來透視自己這四十年來的文學環境了，由國人來編選自己的小說選也許有主見較深之弊，由這點來看，日本的這三本《台灣現代小說選》正好能提供較客觀、公正的看法，使台灣作家有所警惕。[19]

這三冊的出版他認為是日本知識分子重新認識台灣重要的契機，

---

18 李魁賢，《李魁賢回憶錄：人生拼圖》，頁625-638。本文撰寫過程承蒙李魁賢先生不吝提供諸多相關資訊，謹此誌謝。

19 葉石濤，〈《台灣現代小說選》序〉，《彩鳳的心願》（台北：名流出版社，1986），頁11。

同時肯定他們「高明地選出了富有時代精神的作品，尤其松永正義、若林正丈所寫的三篇專論」。可見，他們一直關注在日台灣文學的研究實況。1984年4月研文出版一發行《彩鳳の夢》，葉隨即在7月就譯出松永正義的〈解說：台灣文學的歷史與個性〉連載於《民眾日報》（1984年7月9日-14日）之上。

在國家檢閱制度的規訓下，在譯介日人學術研究成果時，譯者葉石濤仍有所顧忌，但李魁賢為取信讀者，仍堅持全文譯出，其說明如下：

> 第一、三冊的解說已由葉石濤譯成中文在國內發表過，足見立論受到方家肯定，惟因台灣當時仍然處在白色恐怖陰影未消狀態下，比較敏感的語句被譯者自動刪節，尤以第三冊刪除字數最多，為求原貌，特商請葉老重新校閱補訂。[20]

然而，經筆者核對實際改譯的情況並非如上所言，將留待下文詳述。

葉石濤的文學創作當時經常苦無刊登處，捎信委請鍾肇政協助，他對當時的台灣文壇的環境甚為不滿，滿腹牢騷委屈。但即使如此，他對台灣文學界仍懷有一股強烈的使命感（雖然他自嘲是「天譴」），若受文友之託，他仍會義不容辭地從事譯介台灣文學研究相關的論文等。戒嚴時期無論創作或翻譯內容皆受到國家檢閱制度的規範，葉石濤在進行翻譯工作時，因國家機器的規訓，不由自主地進行自我檢閱，藉由刪改原文以達到刊載與出版

20　同註16，頁629。

的目的。曾受過牢獄之災的葉石濤對於政治禁忌特別敏感，他曾拒譯張良澤在日發表的〈苦惱的台灣文學，蘊含「三腳人」之聲的系譜，強烈反應迂迴曲折的歷史〉一文，理由是「其中會碰到禁忌」。[21] 經筆者核對研文日文原文（簡稱：原版）和譯作《民眾日報》版（簡稱：民眾版）、名流出版社版（簡稱：名流版），發現中譯的兩個版本竟然都未「忠於原文」譯出。「名流版」雖然較接近原版，但未放入「譯者前記」的說明，譯文仍出現譯者自覺不妥和不同意而「故意漏譯」的情況，例如：

> 此期間在大陸承繼1930年代革命文學的成果，**有四二年延安座談會和毛澤東的「文藝講話」，逐漸形成人民文學，**也接續重慶和昆明在抗日戰爭中的文學活動。[22]（筆者按：粗體字漏譯，〈台湾文学の歴史と個性〉，頁194）

> 一九四五年日本敗戰同時台灣回歸中國。**台灣以戰勝國中國的一員參與戰後重建。當初可看到台灣人狂熱的解放的喜悅，作為中國的一員對於新台灣的建設有很大的期待。**（筆者按：粗體字漏譯，〈台湾文学の歴史と個性〉，頁194）

或改譯之處，如：

---

21 葉石濤，《鍾肇政全集　書簡集（七）情純書簡》（桃園：桃園縣文化局，2002），頁331。

22 松永正義，〈解說　台湾文学の歴史と個性〉，《台灣現代小說選I彩鳳の夢》，（東京：研文出版，1984），頁194。

　　原文：魯迅など国民党に批判的だった作家や、大陸に残った作家

　　葉譯：像**魯迅**這樣反體制傾向強烈的作家或者靠攏中共留在大陸的作家

　　筆者譯：魯迅等批判國民黨的作家和留在大陸的作家

另外，「名流版」的譯文則有三處脫落，其原因卻令人費解。以下是葉石濤在兩個版本皆未譯出的兩個小段落：

　　在這期間，只能留在台灣的民眾，在游擊武裝攻擊和嚴酷的鎮壓中，逐漸被編入殖民地的奪取機構裡。日本一方面徹底鎮壓武裝抗日，一方面舉辦饗老典和揚文會，歷屆總督與台灣詩人們進行漢詩唱和等，致力於對緩衝人才的仕紳層、舊知識分子展開懷柔。（〈台灣文學的歷史與個性〉，頁181）

　　如上一直擁有各種面向，紮根於台灣的土地、人民、歷史，他們描寫這些現實的文學，不久便被稱為鄉土文學。（〈台灣文學的歷史與個性〉，頁213）

根據上述引文內容似乎無關政治禁忌或個人意識形態的問題，漏譯原因應是「譯者」在翻譯過程中的疏忽。但以下這一段在「民眾版」已譯出，但在「名流版」竟未刊出，雖然這段有點長，但請容筆者引文說明：

　　以上以吳濁流、鍾肇政、及台南的作家‧評論家葉石濤等

為中心，紮根於台灣土地的文學雖是文壇的旁流，但實力逐漸增加中。

又，在一九六六年尉天驄、陳映真、黃春明、王禎和、施叔青、七等生等人創設《文學季刊》，立足於對 1960 年代文學的現代主義和缺乏現實的批判之上，開始顯現想要描寫台灣現實的意向，在作家和思想上皆是 1970 年代文學動向的母體。他們以新世代的台灣作家為中心，以吳濁流等之前的世代的本土性和《現代主義》等雙方的成就基礎，立足於揚棄的位置上。例如本書收入的早期陳映真的作品〈鄉村的教師〉，他喜歡描寫下階層外省人和台灣人的交涉。其等價看待雙方的視點，與前個世代不同令人感到新鮮。他又將創作方法理論化，其批判現代主義的評論很多值得看。喜歡描寫小人物善於說故事的黃春明，已有日文譯本（田中宏、福田桂二譯《さよなら・再見》，めこん，一九七九・九），在日本一樣看得到。

以上，主流的現代主義和它對抗的兩種本土意向的文學潮流的形成，即是 1960 年代文學的構圖。（〈台湾文学の歴史と個性〉，頁 184）

以上陳述的文學事實，並未觸及敏感議題，力求完整譯出的編者應該不至於刪除此段，這顯然是在謄寫編排時技術上的疏漏。整體而言，「名流版」在校對上雖然仍有些名詞上的小錯誤，但基本上並未曲解文意。

相對於「名流版」的力求「全譯」，「民眾版」卻展現葉石濤「忠於意志」（國家意志和個人意志）的一面，他刪改了大篇幅的

原文，將十三段改譯成十二段，分段方式也依譯者的判斷裁剪成文。但，譯者刪改原文並非恣意為之，其原則仍有跡可循。誠如《民眾日報》的「譯者前記」（1984年7月9日）的說明：

> 　　譯者並不十分贊同松永先生的見解，不過台灣文學具有屬於中國大陸的、屬於台灣本土的雙重結構，以及台灣文學有可能成為未來中國文學的主流，這一個看法，相當令人注目。
> 　　特別要向松永先生致歉的是我大膽地刪除許多不合國情的有關政治情勢的分析；當然誤譯和意譯也不少，這也是深深引以為遺憾的。

前者所指的是松永有關「中國新文學影響台灣新文學」的論述，葉石濤因不同意「台灣的白話文運動開始對大陸動態產生壓倒性的共鳴」（〈台湾文学の歴史と個性〉，頁184），因此將有關張我軍引發的「新舊文學論戰」的段落說明，整大段刪除。後者所謂「有關政治情勢」的分析是指敏感的政治事件和批判國民黨獨裁、蔣氏政權的內容等。文中只要觸及當時的「政治禁忌」的內容一律被刪除，例如：雷震案、彭敏明案、戰後初期台灣社會情勢、二二八事件、土地改革問題、中壢事件、美麗島事件、保釣事件等等，譯者甚至將部分段落順序調換和採「意譯重寫」的方式處理。

　　一年後若林正丈的第三冊《台灣現代小說選Ⅲ　三腳馬》（簡稱：研文版）相繼出版，解說〈語られはじめた現代史の沃野〉[23]

---

23 若林正丈，〈解說 語られはじめた現代史の沃野〉，《台灣現代小說選Ⅲ 三

一發表沒多久，葉石濤也將它改譯成〈歷史與文學〉，發表於
《台灣文藝》（簡稱台文版）。原文內容分成十大段，譯者依序將
這十段譯出，雖未大幅刪改，但部分原文亦遭刪除，根據「譯者
前記」：

> 原文中談到台灣現實政治狀況歷歷如繪，可惜這又犯了此
> 地的禁忌，所以只好任意割愛，隨意連綴而成，這也是對作
> 者的大不敬，心裡深覺不安，而且不知能保留多少風貌，這
> 我也沒有多少把握。24

名流出版社在出版《台灣現代小說選Ⅲ　三腳馬》時，因李魁賢在
出版這套書時力求「忠於原文」，促請葉石濤將標題改譯成原題：
〈現代史沃野初探〉（簡稱：名流版），但譯文還是出現「有意漏
譯」的問題，筆者在核對原文版後大致可歸納他在「台文版」中
漏譯的三種情況：其一，文獻出處未確實標出。若林是位歷史學
者言必有據，著重歷史事件與小說之間的關係。在行文中他會以
括弧標註文獻史料的出處，譯文中卻未確實標出。其二，逕行刪
除某些歷史事件的轉引內容，譯者為避免觸犯當局禁忌重蹈《台
灣文藝》被禁的覆轍，25例如：在第一段中大量刪除若林轉引傑

腳馬》（東京：研文出版，1985），頁169-203。

24 若林正丈，〈歷史與文學〉，葉石濤譯，《台灣文藝》96期（1985.09），頁22-
　47。

25 國民黨政府曾以「內容不妥，扭曲事實，混淆視聽，挑撥政府與人民感情」
　為由，查禁《台灣文藝》91期。作者不詳，〈台灣文學研究會聲明〉，《台灣
　文藝》92號（1985.01），頁2。

克・貝登〈中國震撼世界〉中的報導（日譯，青木文庫所收，53
失樂園・台灣的虐殺）、鄭洪溪的〈回憶台灣「四六事件」〉（《台
聲》3期，1984年），及亞細亞經濟研究所製作的〈戰後台灣關係
年表〉（《台灣經濟綜合研究資料篇》，1969年）的1950年相關拔
萃資料。其三，刪除作者對政治事件的陳述，例如：第十段中有
關「林義雄滅門慘案」、林義雄與林奐均父女的對話、高雄事件內
容等皆被刪除，原文中若林在「高雄事件」之後的括弧內加註：

　　一九七九年十二月十日，反國民黨的民主運動的核心《美
　麗島》雜誌團體，在其主辦的世界人權紀念日集會中與官方
　憲兵的衝突事件，在高雄市中心發生，之後隔年以此為藉口
　開始逮捕民主運動的關係人數百十人。（〈解說　語られはじ
　めた現代史の沃野〉，頁204）

又，「在四月，全員有罪，從十二年到無期徒刑的判決」，全段被
刪除。相較松永的論文，這篇譯文漏譯的篇幅不算多，主要的段
落如下：

　　在台灣也出了夏之炎的《北京最冷的冬天》的中譯本，M
　君戲仿說「台灣最冷的冬天」。這兩個事件（筆者註：「二二
　八事件」和「滅門慘案」）給台灣人的衝擊和悲痛，我這位
　只不過是偶爾到訪的客人也看得很清楚。歸國後，想在研究
　上與他交換意見，和論文一起寄了好幾回信給M君，但卻石
　沉大海。從那之後經過半年以上，寄來解釋的信：「從那個
　事件以來，心情消沉不已」。（〈解說　語られはじめた現代史

の沃野〉，頁 206）

可見「滅門血案」對當時台灣社會和知識分子的心理衝擊之大。這一段應該也是因攸關政治禁忌而被譯者有意漏譯。

　　相較松永和若林兩人的論文，實際上第一冊松永的論文被刪的篇幅較多，而非第三冊若林的論文。葉石濤未能完整地譯出這兩篇論文，除了譯者主觀有意的刪除與無意的漏譯之外，最大問題還是戒嚴時期國家檢閱制度的規訓。外國學者因其身分上的豁免，可以肆無忌憚論述戰後台灣社會政治的種種現象，特別是戰後國民黨統治台灣的社會情勢，但當這些資訊藉由「翻譯」回流到台灣時，譯者還是得先進行「譯者的自我檢閱」裁剪內容，以免遭到禁刊的處分。

　　如今，我們重新檢視葉石濤這兩篇譯作的問題，並不是為了質疑譯文的正確性，而是藉由重新檢視譯作的生成方式，釐清戒嚴時期日、台文學研究的交流過程中，國家的政治規訓和譯者的意識形態如何影響譯作的生成。曾受國家暴力殘害過的譯者葉石濤，在戒嚴時期面對「台灣」文學的相關論述時，為達到翻譯的「目的」又如何謹慎以對。1960 年代葉石濤的小說〈葫蘆巷春夢〉充滿浪漫主義色彩，「是作者對時代空氣的過敏，他有意以刻意裝扮的不正經、突梯滑稽，沖淡白色恐怖的凝重空氣。」即使到了 1980 年代他仍舊「對時代空氣的過敏」。葉曾自嘲是膽小怕事的人，只想當一個旁觀者，「謹慎行事，畏頭縮尾，偷偷苟活，姑保平安。」[26] 從這兩篇「不完整」的譯作雖可見他面對政治禁忌

26　彭瑞金，《葉石濤評傳》（高雄：春暉出版社，1999），頁 173。

的戒慎恐懼，但在其翻譯行為中卻隱藏著另一種悖逆與挑戰，換言之，他的譯本並非是純然的文字語言間的轉譯，而是譯者試圖藉由譯作展示他高度的政治意識和企圖以「翻譯」的手段贖回台灣文學詮釋權的積極性。

台灣跨語作家面對「再殖民」政權的文化霸權時，自我演繹的翻譯行徑，實難套用當前的後殖民理論。該譯作既非呈現殖民地複雜的語言交混關係，亦非東西文化間的跨語際的翻譯關係。葉石濤只是想藉由翻譯日人研究台灣文學的成果，解放在台長期被壓抑的台灣文學論述，將「他者」的文論「變形」成台灣文學者自我論述的資本，使這些譯本中蘊藏他們隱晦的政治性抵抗意涵。

二、翻譯的大眾商業性：日本推理小說的譯介

1980年代台灣進入另一個快速發展的消費型社會，在戰後台灣大眾文學的讀書市場裡，外文翻譯引介的作品形成另一個閱讀世界。當時推理小說有其一定的影響力，出現不少喜愛日本推理小說的讀者群。由於當時台灣尚未發展出完善的創作條件與環境，因此養成大量依賴、消費日本作品的習慣。[27] 為了滿足這群讀者閱讀消費的需求，日本推理小說的跨國譯介出版活動亦隨之熱絡起來，據說這股熱潮大致從1986年到1988年維持了三年的時

---

27 楊照，〈四十年台灣大眾文學小史〉，《霧與畫：戰後台灣文學史散論》，頁443。

間，各家出版社約莫出版了二百萬本。[28]當時的書店裡陳列不少日本文學的中譯本，商業氣息很重，大眾化的作品除外，只有諾貝爾得主川端康成、芥川賞著作才有人翻譯。一窩蜂現象以推理小說最為明顯。[29]可見當時日本大眾文學譯本曾風靡1980年代台灣大眾文學的讀書市場。

（一）報紙副刊與大眾文學

　　葉石濤的文學活動與當時「非主流」報紙副刊關係密切，他的文學作品在1970年代之前鮮少被報紙副刊採用，直到鍾肇政擔任《民眾日報》副刊主編的期間，他才有較多「見報」的機會。之後，接任編務的主編陌上桑、吳錦發、張詠雪等人，也與他維繫某一程度的合作關係。直到好友許振江接任《台灣時報》副刊主編後，他的作品在報紙副刊上的刊登率才逐漸提高。他認為當時除了南部的副刊之外，其餘各地的副刊仍未卸下武裝，「整個1980年代的報紙副刊，仍缺乏公正、公平的取稿水平，相當歧視本土作家的創作活動。」[30]因此，他的譯稿大都發表在南部地方性、非兩大報的副刊版面上，例如：「民眾副刊」、「台時副刊」、「自立副刊」、「西子灣副刊」等。雜誌則是以《台灣文藝》、《文學界》、《推理雜誌》等為主。《台灣時報》與《民眾日

---

28 陳瀅州，〈推理小說在台灣 傳傳與林佛兒的對話〉，《文訊》269期（2008.03），頁72-79。

29 黃美惠整理，〈面對面 書市日本現象就是文化真象？翻譯一窩蜂，好書難得見！杜國清、陳明台下針砭論使命〉，《民生報》（1988.01.11）。

30 葉石濤，〈我的副刊經驗〉，《舊城瑣記》（高雄：春暉出版社，2000），頁31-37。

報》同屬高雄地區的報刊，這兩個報紙的副刊風格深受該媒體特性的影響。解嚴後，以《自立晚報》的「台灣本土論」為前導，《台灣時報》、《民眾日報》、《自由時報》副刊企畫一連串有關台灣文學的本源探討、台語文學、客家文學、原住民文學研究。這些副刊除了提供他們對主流文壇的批判之外，有別於兩大報的編輯方向，似乎更貼近「大眾」。[31] 因此，在戰後台灣大眾文學的文化生產（culture production）過程中，這類型的報紙副刊的傳播影響力不容小覷。

　　1980年代的報紙副刊、雜誌、出版社又提供跨語作家葉石濤怎樣刊行譯作的機會，讓他得以參與1980年代大眾文學譯本的生產活動呢？葉石濤在1965年發現戰後有一群台灣省籍作家活躍於台灣文壇驚異不已，激起他重新寫作的慾望，但他重返文壇的過程並不順遂，經常陷入投稿無門的窘境。他為了家計曾氣餒地說：「你我都應該放棄台灣文學，靠翻譯偵探小說苟延殘喘。」[32] 顯然這個時期譯作的刊出機會遠比創作、評論還多。根據他與鍾肇政往來的書信可知，當時報紙副刊的計費方式，《民眾日報》是每千字四百元、《成功時報》是每千字三百至四百元，發行量

---

31 封德屏，〈花圃的園丁？還是媒體的英雄？〉，瘂弦、陳義芝編，《世界中文報紙副刊學綜論》（台北：行政院文化建設委員會，1997），頁343-387。

32 〈葉石濤致鍾肇政書簡，1987.6.14〉，《葉石濤全集12》，頁72。根據〈葉石濤致鍾肇政書簡，1986.4.9〉：「今後或許譯些翻譯小說度此餘生吧！」「過去我拚命幫忙而當了副刊主編的傢伙竟然杯葛我的作品。一個月也不肯替我刊出一篇。我只好靠著寫日本電影明星或歌手的花邊新聞，一篇只五十元過活。這樣的現實世界，我夫復何言？今後我是絕對不再跟台灣文學掛鉤了。」（葉石濤，《葉石濤全集》12卷，台南：國立台灣文學館，高雄：高雄文化局，2008，頁64）。

不大的嘉義《商工日報》卻是每千字五百元。他為了提供兒子的大學學費，得拚命地寫稿籌錢。[33] 他總是得在現實經濟與文學理想中取得平衡鬻譯文維生。[34] 要是譯文能獲得副刊主編青睞，連載日本推理小說的譯稿費將成為他穩定的經濟來源。因此，他一直期待能夠翻譯松本清張的「長篇」小說。另外，除了經濟的理由之外，翻譯日本推理小說也是他創作投稿受挫時的一線「生機」。[35]

1987年解嚴報禁解除後，副刊的內容隨著報業競爭、報紙張數增加而內容產生多元而複雜的改變，「文化副刊」也逐漸往「大眾副刊」的方向進行調整。[36] 但，在此之前副刊主編其實已敏銳地掌握時代副刊發展的趨勢，以《自立晚報》為例，早在1985年4月11日起便增設第十一版「大眾小說」版刊載大眾文學，其理由：

> 大眾文學以其內容的貼近生活，對於社會大眾的確具有撫
> 慰功能，不管是「行之有年」的武俠、言情，或近年崛起的

---

33 葉石濤，《葉石濤全集》12卷，頁31-32。

34 根據〈葉石濤致鍾肇政書簡，1980.02.10〉：「你的生活不會成問題吧？我今後也想做做可以賺錢的翻譯工作。」（葉石濤 2008：383）。又〈葉石濤致鍾肇政書簡，1980.02.02〉：「我目前在蒐集翻譯的資料，待身體好些了，我想或許要靠翻譯來換飯吃。」（葉石濤，《葉石濤全集》11卷，頁385）。

35 根據〈1985年致鍾肇政書簡（1985.12.17）〉：「在這一期《台文》中，宋澤萊把我罵得狗血淋頭。我也是氣得不得了。從今以後，我打算就靠翻譯推理小說或寫雜文度此餘生。」同註31，頁57。

36 林淇瀁，〈「副」刊「大」業──台灣報紙副刊的文學傳播模式與分析〉，瘂弦、陳義芝主編，《世界中文報紙副刊學綜論》（台北：行政院文化建設委員會，1997），頁117-135。

> 科幻、推理，都擁有階層廣泛的讀者，一方面，大眾文學提
> 供了喜愛她的讀者心靈的滋潤和慰藉；一方面給讀者也以實
> 際的閱讀行動支持了大眾文學的存續。[37]

另外一個理由是，基於報刊對於大眾文學，特別是小說的期待與
鼓勵。報社一方面希望培養副刊的讀者群，一方面也希望提供大
眾文學家發表園地，以培養在地的新人作家。在1980年代台灣大
眾文學的文化生產過程中，報紙副刊顯然扮演著推波助瀾的角
色。該版除了連載台灣本土的推理小說家林佛兒、杜文靖等人的
大眾小說之外，也陸續連載了日本著名推理小說家的譯作，例
如：赤川次郎的〈小花貓推理記〉[38]（鍾肇政譯）和〈大臣之戀〉[39]
（葉石濤譯）等作品，以此培養報紙固定的閱讀群。主編為了補

---

37 向陽當時擔任「自立副刊」（1982.07-1986.05）主編，之後改由劉克襄接任
（1986.06-1987.12）。

38 鍾肇政《自立晚報》日本推理小說的譯作：赤川次郎，〈小花貓推理記〉
（1987.07.14-1986.12.23），除了第一回在第10版「自立副刊」刊出之外，其
他皆於第11版刊出。

39 葉石濤1980年代刊於《自立晚報》「自立副刊」上的日本推理小說的譯作：

原作者	篇名	日期，報紙版面	譯者名
松本清張	〈溫泉的風景〉	1985.09.30-10.01，第10版	羅桑榮
松本清張	〈大臣之戀〉	1985.12.23、26、28-29，第11版	鄭左金
星新一	〈復讎〉	1987.01.17-18，第11版	葉石濤
星新一	〈雨〉	1987.02.05，第11版	葉石濤
星新一	〈外太空來的訪客〉	1987.02.04，第11版	葉石濤
星新一	〈外太空的殖民地〉	1987.03.23-24，第11版	葉石濤
片圖鐵兵	〈走繩索的少女〉	1987.11.28-12.04，第11版	葉石濤

足「大眾小說」版面,「千山林」還特意編選台灣純文學作家
「小說中的愛情」,節錄了其中有關「愛情」的段落,橫跨戰前戰
後世代,例如:龍瑛宗、張文環、鍾肇政、吳濁流、葉石濤、郭
松棻等人的作品。在「大眾小說」版中主編似乎有意模糊「純文
學」與「大眾文學」的界線,以報紙的閱讀消費大眾作為主要訴
諸的對象。

　　刊出葉石濤譯作的報紙副刊除了「自立副刊」之外,尚有
《台灣新聞報》的「西子灣副刊」、《台灣時報》的「時報副刊」、
《民眾日報》的「民眾副刊」、《大華晚報》的「淡水河副刊」
等。其中,「西子灣副刊」最常刊出他的日本推理小說的譯作。
《台灣新聞報》1961年創刊,原為《台灣新生報》的南部版,屬台
灣省政府經營的報刊,社址位於高雄市。當時「西子灣副刊」的
主編由魏端(在職期間:1976-1988.12)和鄭春鴻(在職期間
1989-1996)擔任。根據筆者的管見,副刊內容以大眾文學為主,
刊載日本大眾文學的譯作其實並不多,但所刊出的卻幾乎都是葉
石濤和鍾肇政兩人的譯作。[40]

(二)葉石濤與松本清張的譯介

　　在眾多的日本推理小說大家中,葉石濤翻譯松本清張(1909-
1992)的作品最多。松本清張(Matumoto Seichou)本名清張
(Kiyoharu),1909年生於福岡縣企救郡板櫃村大字篠崎。由於家

---

40 鍾肇政曾在《台灣新聞報》的「西子灣副刊」中翻譯日本推理小說,例如松
　本清張的〈另一種審判〉(陸仁譯,1986.09.17-9.21)、〈卷首詩的女人〉(陸
　仁譯,1987.10.17-19);赤川次郎的〈一朵野菊花〉(陸仁譯,1987.04.03-
　04.07)等。

境貧寒在青春期嘗盡了人生各種辛酸，因此對於貧窮欲振乏力的庶民生活深有同感，以反強權的視點，關注社會運作中出現的各種黑暗勢力，也對此具有強烈的好奇心。他的小說觀拒絕日本傳統的私小說，強調虛構的趣味性，同時又追究在非虛構下所隱藏的真實性，並對此保持高度關心，而這些文學特質都是源自於他嚴苛的生命體驗。[41]相較於其他日本文學大家，松本大器晚成，四十一歲任職朝日新聞社的記者時，才以處女作《西鄉札》入選《週刊朝日》「百萬人的小說」徵文比賽的第三名進入文壇。之後，在文壇獲獎連連，以〈或る「小倉日記」傳〉獲得第二十八屆芥川文學獎。〈啾啾吟〉獲得第一屆オール新人杯佳作第一名。1956年才辭去記者的工作成為一名專職作家。1957年以〈顏〉榮獲第十屆偵探小說作家俱樂部獎。隔年出版的《點和線》、《眼之壁》暢銷熱賣，成為在日本社會派推理小說熱潮的原動力。[42]他的書寫題材多元而豐富，跨足純文學、歷史小說、推理小說、告發文學等類型。

　　松本清張的推理小說之所以被稱為「社會派推理小說」，是因為在當時日本的大眾文學中，他的作品有三個創新之處：一是與戰前偵探小說強調奇怪幻想的要素不同，他寫實地描繪出潛藏在日常生活中的犯罪之謎與恐怖。二是由於他重視犯罪動機，凸顯犯罪者的人性面，讓推理小說更接近文學作品。三是在重視犯罪動機的同時，會在其動機中加入社會性。[43]松本的推理小說熱透

41　權田萬治，《松本清張》（東京：新潮社，1998），頁2-19。

42　作者不詳，〈松本清張略年譜〉，《松本清張：昭和と生きた、最後の文豪》（東京：平凡社，2009），頁156。

43　權田萬治，《松本清張》，頁35。

過「翻譯」也直接影響東亞各地大眾文學的閱讀流行。以韓國為例，松本在1944年曾以衛生兵的身分屯駐於朝鮮的龍山，1945年日本戰敗後在全羅北道井邑除役，被遣返後重返朝日新聞社上班，在朝鮮的戰爭經驗和殖民地經驗，成為他日後寫作很重要的書寫題材。根據統計，韓國自1961年到2009年之間至少譯出85冊松本清張的作品，韓國著名的推理小說家金聖鐘也深受他的影響。但，韓國和台灣一樣在學術界直到近幾年才逐漸將大眾文學領域納入學術研究的範疇中，因此目前有關松本清張的研究成果並不多。[44]香港在1980年代也因當地媒體和流行文學的推波助瀾，同樣出現松本清張的翻譯熱潮。[45]總之，1980年代隨著東亞經濟的發展，東亞各地的大眾文學也為之蓬勃發展，經由「翻譯」的路徑出現所謂的松本清張熱。

但，葉石濤最早譯介松本的作品並非是推理小說，而是從《古代史疑》中節譯〈日本的先史時代〉（《台灣時報》，1983年4月7日），並在文末的「譯者按」中肯定他在日本古代史方面的造詣。松本清張的推理小說之所以被大量引進台灣的讀書市場，主要歸功於林佛兒的推動。林在1968年創辦林白出版社，該社最早在1969年便出版松本清張初期的作品《零的焦點》（《ゼロの焦点》，東京：光文社，1959年），他從1977年代末到1990年有系統地出版過十九冊以上松本的作品，其他出版社也陸續跟進，[46]帶

---

44 南富鎮、鄭惠英，〈松本清張の朝鮮と韓国における受容〉，《松本清張研究》12號（2011），頁62-75。

45 關詩佩，〈メディア、流行文学として：香港一九八〇年代における松本清張翻訳ブーム〉，《松本清張研究》14號（2013.03），頁182-206。

46 陳國偉，〈「歪んだ複写」；1980年代台湾における松本清張の翻訳と受容〉，

動台灣翻譯松本清張作品的熱潮。甚至在1984年11月林佛兒進一步創辦《推理雜誌》希望藉此培養本土的推理小說家。跨語作家鍾肇政、葉石濤也曾受邀為該誌的「日本推理小說」專欄譯介作品,[47]並和鄭清文一起擔任第二屆「林佛兒小說獎」的評審。林白出版社為何選擇社會派的松本清張作為推理敘事的典範,陳國偉認為這與1980年代台灣社會的發展關係密切,由於松本所主張的寫實主義導向,以及對國家政治與社會問題採取更嚴厲批判的文學觀,較易為解嚴前後台灣的讀者接受。[48]

　　葉石濤參與1980年代台灣日本推理小說譯本的生產方式,主要是先以「鄧石榕」、「鄭左金」、「葉左金」、「羅桑榮」等筆名,將譯稿投至上述的報紙副刊或《推理雜誌》等,累積到一定

《松本清張研究》14號（2013.03）,頁207-223。

47 葉石濤刊於雜誌《推理雜誌》的「日本推理小說」專欄的譯作:

原作者	篇名	卷號　頁數	日期
江戶川亂步	心理測驗	1卷5期	1985.03
松本清張	鈴蘭花	2卷4期	1985.08
松本清張	紅顏薄命	2卷6期	1985.10
土屋隆夫	上午十點的女人	3卷1卷	1985.11
夏樹靜子	敵方的女人	3卷3、4期	1986.01-02
江戶川亂步	D坡的殺人事件	3卷4期	1986.02
森村誠一	精神分裂殺人事件	3卷6期	1986.04

林白出版社最後將前六篇和結城昌治的〈冷焰〉、佐野洋〈綠車裡的女人〉、筑都道夫〈退休刑警〉、戶阪康二的〈派爾十八號練習曲〉、夏樹靜子〈敵方的女人〉的五篇譯作集結成《紅顏薄命》（1986.05）出版。

48 陳國偉,《越境與譯徑:當代台灣推理小說的身體翻譯與跨國生成》（台北:聯合文學,2013）,頁42-50。

的文量後再集結成書出版。[49] 例如：他以「羅桑榮」的筆名先在「自立副刊」上發表松本清張的〈溫泉風景〉（1985年9月30日至10月1日）的譯作，進而再收入於新潮推理系列日本推理短篇系列之一《紅籤》，[50] 並為該書撰寫序文〈締造紀錄奇蹟的松本清張〉。以「鄭左金」發表〈大臣之戀〉後，再收入於《女囚》（台中：晨星出版社，1986年）之中。又，松本的〈紅顏薄命〉先刊於《推理雜誌》後再收入《紅顏薄命》（台北：林白出版社，1986年）。同時，他也受林白出版社之託，翻譯戰後日本知名的女流推理作家先驅仁木悅子（1928-1986）的《黃色的誘惑》（1988年）、《黑色的緞帶》（1988年）等作品。

　　葉石濤在取得松本清張的自傳《半生記》後，節錄其中的篇章，譯稿分別發表於南部報紙副刊之上。[51] 接著他又毛遂自薦希望

---

49 由於葉石濤的譯作分散各家非主流報紙副刊，目前保存狀況不佳，整理譯作的初刊之處仍有待克服之處。

50 作者不詳，〈溫泉風景〉，葉石濤譯，《紅籤》（台北：志文出版社，1987），頁171-183。

51 葉石濤譯介松本清張的《半生記》（《半生の記》，新潮社，1970.06）的篇章：

篇　　名	譯者名	初刊時間	報紙副刊
賣掃帚的日子	葉石濤	1986.1.7	《台灣新聞報》「西子灣副刊」，第八版
後記	葉左金	1986.1.15	《台灣時報》「時報副刊」，第八版
鐵絲與竹子	葉石濤	1986.1.30	《台灣新聞報》「西子灣副刊」，第八版
賣年糕的日子	葉石濤	1986.2.15	《台灣新聞報》「西子灣副刊」，第八版
泥濘	葉石濤	1986.2.24	《台灣時報》「時報副刊」，第八版
紙塵	葉石濤	1986.3.10	《台灣新聞報》「西子灣副刊」，第八版
山路	葉石濤	1986.3.18	《台灣新聞報》「西子灣副刊」，第八版

但，目前未見葉石濤的這本譯作。

轉手將譯本賣給張清吉的志文出版社。[52]同時，他也為志文出版社翻譯了松本清張短篇小說集《紅籤》（1987年），與其他譯者合譯《詐婚》（1987年）等。在這波大眾文學出版景氣中，葉石濤也陸續在各報紙副刊中發表有關日本推理小說的評論，例如：〈日本推理小說在台灣〉（《民眾日報》，1983年3月4日）和〈在推理小說中樹立社會正義觀點的作家松本清張〉（《台灣日報》，1983年8月10日）。其中，「寒士」葉石濤對於清張優渥的稿酬收入特別羨慕，因為清張從1961年到1976年日本經濟高度成長期的所得，都維持在日本作家中的前三名，其中有十年都是第一名，稿費之豐是純小說家的七倍。[53]

　　置身於社會的作家都得面對經濟財源的問題，一是內部財源，以著作權版稅為收入。二是外部資助與自籌財源。[54]但，葉石濤內外皆「空」，只能發展他的「翻譯副業」，支持他的文學理想與家庭經濟。他之所以譯介松本清張的作品，除了個人對作家文學風格的偏好之外，主要還是受惠於這波台灣翻譯日本大眾小說的熱潮，以其與原著作者不成比例的譯稿費維繫生計，支撐並行的《台灣文學史綱》寫作工程，同時以「翻譯」活動在文壇邊緣介入1980年代台灣大眾文化的譯本生產。

---

52 根據〈葉石濤致鍾肇政1986.05.1607.19〉的內容，《半生記》的譯稿費足夠葉兩個月的生活開銷（葉石濤，《葉石濤全集》11卷，頁65-66）。

53 山本芳明，〈「純文學」と「家計小說」〉，《文學》15卷3期（2014.08），頁2-21。

54 Robert Escarpit，葉淑燕譯，《文學社會學》（台北：遠流出版公司，1991），頁56。

三、翻譯的自主性：韓國短篇小說選集的擇譯

　　東亞的韓半島和台灣海島雖然分置於東亞的南北，但卻同遭日本帝國殖民支配，在日帝侵略東亞各地時，兩地分別被當作「北進跳板」和「南進基地」，兩地文化人士才因而關注到彼此的殖民處境。在帝都東京的左翼運動中，兩地的知識青年彼此互通聲氣，甚至還會在看守所不期而遇。[55] 在日本帝國的支配下兩國既同病相憐，但卻又存在著某種競爭關係，這樣的關係似乎一直延續至今。以下將先說明戰後韓國文學在台翻譯的情形，再探討葉石濤透過「日語」如何重新擇譯，在其譯作生產過程中怎樣展現譯者的自主性？

（一）在台譯介的韓國文學

　　戰前台灣人最熟知的朝鮮文化人，莫過於「半島舞姬」崔承喜（1911-1969）和在日朝鮮作家張赫宙（1905-1997）兩位，他們是當時日本帝國對外宣傳殖民統治的活看版和報章媒體的寵兒。在戰前台灣雜誌中時常可見他們的動態報導和言說，崔曾三次來台表演。[56] 在戰爭末期用紙限量配給的情況下，張赫宙甚至仍有機會將自己的作品《新しき出発》（《新出發》）寄至殖民地台灣出版，且一刷就刷了五千本（當時呂赫若的《清秋》才刷兩千

55 王惠珍，〈日本における吳坤煌の文化翻訳活動について── 1930年代の日本左翼系雑誌を中心に〉，《天理台灣學報》23號（2014.06），頁31-52。

56 下村作次郎，〈現代舞踊と台湾文学──吳坤煌と崔承喜の交流を通し〉，《「磁場」としての日本　1930、1940年代の日本と「東アジア」》1輯（2008.03），頁43-67。

本），可見他在殖民地的宣傳影響力。[57]但，戰後台、韓兩地的作家交流已不似戰前頻繁。

戰後1970年亞洲作家大會在台灣舉辦時，韓國作家安壽吉（1911-1977）曾代表韓國作家訪台。1981年政大韓語系教授金相根改譯他的代表作〈第三人間型〉（1953年）為〈戰爭的雕像〉發表於《台灣文藝》上。[58]陳千武率先翻譯出版《韓國現代詩選》（台中：光啟出版社，1965年），選集中除了韓國兒童詩的作者之外，選錄的二十九位詩人皆是戰前出生的詩人，書中未有譯者序文說明譯介動機與翻譯底本，因此只能推測「日語」應是他們的共通語。隨之，鍾肇政也在1979年翻譯高麗大學國文系教授宋敏鎬著，金學鉉編譯的《朝鮮の抵抗文学—冬の時代の証言》（東京：拓植書房，1977年2月），在台他重新改譯為《朝鮮的抗日文學》（台北：文華出版社，1979年）出版。[59]在〈譯序〉中他也提到曾譯過1972年獲得芥川賞的在日朝鮮作家李恢成（1935.02- ）的短篇小說〈搗衣的人〉（〈砧をうつ女〉）。

1981年5月鍾肇政與尹雪曼、林秋山等一行人以「中國筆會代表」的名義出訪日、韓兩國。返國後鍾肇政在他主編的《台灣

57　王惠珍，〈戰時東亞殖民地作家的變奏：朝鮮作家張赫宙與台灣作家的交流及其比較〉，《台灣文學研究學報》13期（2011.10），頁9-40。

58　安壽吉，金相根譯，〈戰爭的雕像〉，《台灣文藝》72號（1981.05），頁67-104。

59　筆者雖然曾在2007年12月13日於靜宜大學圖書館蓋夏廳的座談會「鍾肇政口述歷史」的會後請教過鍾肇政先生，當時他翻譯此書的動機，據他的說法是：「當時他受中國筆會之託，為1981年的參訪活動暖身的翻譯之作。」

文藝》九月號上策畫編輯「韓國文學特輯」。[60]楊碧川亦在《台灣文藝》上發表〈韓國的良心──詩人金芝河〉，[61]介紹南韓抗議詩人金芝河（1941- ）如何受盡迫害、刑求及肺病等種種內外煎熬，但他仍堅持「神及革命統一」理念，為追求自由及尊嚴奮鬥不懈。這樣的詩精神似乎與戒嚴時期台灣社會追求民主的氣氛有其相呼應之處。除此之外，台北的新文豐出版社也在1980年代重新出版1946年范泉為上海永祥書局編譯的張赫宙的《朝鮮風景》（1982年8月）。但，直到1984年葉石濤才藉由「日語」系統性地譯介韓國短篇小說選集。綜觀1980年代在台的韓國文學譯介出版現象，似乎間接地反映了，在冷戰結束後東亞區域經濟轉型，台、韓兩國同時進入經濟快速成長期，導致東亞社會區域內部的往來交流更形密切，台灣文化界也再度關注到「亞洲四小龍」之一的韓國、及其社會文化的發展近況。

（二）1980年代葉石濤譯介的韓國文學

　　不僅前述來台的日人研究者，1980年代開始研究朝鮮殖民地的日人研究者當中，有不少人前往南韓教授日語之後，在文學研究上因田野調查找到新的視野和嶄新的研究方法。[62]1980年代初大村益夫、長璋吉、三枝壽勝因應岩波書局的企畫案而編譯《朝

---

60 《台灣文藝》74期（1981.09）中收入的篇章如下：鍾肇政〈韓國文壇一片蓬勃氣象〉；趙演鉉著，楊人從譯〈韓國現代小說概觀〉；李孝石作，江銘煜譯〈燕麥花開時〉；金東里著，詹卓穎譯〈花郎的後裔〉。

61 高伊哥，〈韓國的良心──詩人金芝河〉，《台灣文藝》85號（1983.11），頁210-217。

62 下村作次郎，〈序章〉，頁10。

鮮短篇小說選》（東京：岩波書店，1984年4月）上下兩冊。這
套書與研文出版社出版推出《台灣現代小說選》同一年發行，可
見日本的出版界和日本社會，在1980年代逐漸關注到舊殖民地的
文學。根據選集的編譯者之一的大村益夫教授的回憶：

　　在此之前岩波文庫出版的朝鮮相關出版品大都是韓國人的
　　著作，所以編輯部希望出版由日人主導的書籍。當時沒有特
　　定的選材標準，但有顧及文學史發展的問題，如普羅系和民
　　族主義系作品的平衡等，也迴避在日本已譯出的作品，共同
　　決議應該譯出的文學者，至於作家個別的作品則由譯者依其
　　個人喜好選擇。當時據說約刷了三萬本（自己手邊的是第七
　　刷）。曾改版過一次，封面也改過，李箕永的〈民村〉後來
　　又改譯過。63

　　這兩冊《朝鮮短篇小說選》的出版意味著，日本出版社試圖
以「日人」的立場重新認識韓國文學。該選集4月甫在東京出
版，9月葉石濤就將此選集作為翻譯底本，在《成功時報》的副
刊上發表〈朝鮮近代小說的變遷〉（1984年9月11日）和金東仁
〈甘藷〉的譯作。根據《成功時報》副刊的編按：

---

63 大村益夫教授於2014年9月18日接受筆者諮詢後所回覆之內容，謹此誌謝。
　據大村所述這套書的出版計畫與1988年奧運在漢城（首爾）舉辦的時代背景
　多少有關。日本在1980年代之前只有關西地區的大阪外國語大學和天理大學
　有韓語科班學生，1980年代之後關東地區才逐漸有韓語課程的設置，並積極
　培養韓語人才。在《朝鮮短篇小說選》出版後，這個翻譯團隊隨之又翻譯了
　《韓國短篇小說選》（東京：岩波書局，1988），但銷售狀況卻不如前者。

> 〈甘藷〉是韓國已故名作家金東仁的作品，故事是敘述一
> 名女子嫁了一位貧窮、年老的漢子的心路歷程，作者筆觸細
> 膩，寫作技巧高明，讀來不禁對此女的遭遇倍生憐憫，本刊
> 特邀名作家葉石濤翻譯，以饗讀者。[64]

葉選譯此書的最初動機應與副刊主編的邀稿有關。之後，他又陸
續以葉石濤或葉左金之名，翻譯其他作品發表於各報紙副刊之
上。[65]最後，於1987年2月才由名流出版社編訂成冊，成為該社
「世界文庫」的第一本譯作。

　　當初之所以選擇姜敬愛的小說〈地下村〉為書名，根據李魁
賢的回憶，當時他認為這篇的篇幅最長，且富有反抗文學的隱
喻。又，1986年他參加漢城亞洲詩人會議，順道參訪韓國民俗村
時購得的明信片中有「地下女將軍」和「天下大將軍」木雕圖
像，因此擇以「地下村」為書名。[66]

　　岩波日文底本的編排方式，是在小說正文之前先放入漫畫式
的作家擬人素描相和作者簡介。葉石濤也節譯「作者簡介」的部
分內容，但因報紙副刊編排之需，分別在文前先附上「譯者的
話」，或在文末才附上作家簡介。但，最後集結成冊時，編者卻
將作者簡介全部擺置書末。

　　《地下村》出版後，李喬特地在《聯合文學》上撰寫書評進

---

64 作者不詳，《成功時報》（1984.09.21）。

65 參閱附錄：《地下村》相關之刊出資料表。日文選集的作家們都是當時韓國
　　文壇具代表性的作家，本應逐一介紹，但受限於篇幅，本文只針對葉石濤譯
　　出的作家和與這些作家相關的媒體雜誌進行註解說明。

66 李魁賢，《李魁賢回憶錄：人生拼圖》，頁634。

行介紹宣傳，他以第三世界文學的觀點，針對這本韓國殖民地時期的作品選集進行評述，肯定這些小說的「歷史性」與「告發精神」，但文末他也指陳譯本的缺漏：

> 這本譯作有些輕忽：一、譯者未說明，原文是韓文還是日文；是直接譯自日文，還是韓文日譯後再中譯。其二是；每篇發表（原發表）日期厥如，影響這些作品的定位研究。[67]

根據筆者的查閱可知，日文底本主要擇譯了1920年代至1940年代共十九位作家、二十二篇韓國短篇小說（韓文），並附上三枝壽勝的〈解說〉。[68]文中提示作家個人的文學風格與特徵，及該作家在韓國近代文學史中的地位等。但，葉石濤卻只擇取其中發表於1925年至1937年期間的八位作家的九篇作品，前五篇選自上冊，後四篇選自下冊。李喬因讀了三枝的〈解說〉而誤以為《地下村》的作品是發表於1930年代至1940年代的作品。在葉石濤的〈序文：朝鮮近現代小說的變遷〉中，他並未說明選譯的標準為何？但根據他擇譯的結果，可知他完全刪除了1940年代所謂「黑暗時期」的作品。以下依日本選集的順序，說明作中譯作品的梗概，藉以釐清葉石濤選譯的傾向，說明他如何配合1980年代媒體副刊之需與個人的文學偏好進行韓國現代小說的重譯。

　　日文選本的第一篇作品選擇了金東仁（1900-1951）少數處理

67　李喬，〈歷史與文學之間：評朝鮮短篇小說選「地下村」〉，《聯合文學》36期（1987.10），頁220-221。

68　大村益夫等編，《朝鮮短篇小說選》（東京：岩波書局，1984），頁395-421。

民族主義的作品〈笞刑〉，另一篇是具自然主義風格的〈甘藷〉，但葉卻只選譯後者。這篇作品主要是描寫「曾是成長於家教嚴格的正直農家」的主角福女走向墮落的過程，探討人的行為究竟是為道德，還是為環境所左右？人最後似乎只能依其生存本能，屈服於金錢的誘惑。[69]

接著，葉又選譯了玄鎮健（1900-1943）的〈運氣好的日子〉，這篇作品亦屬於寫實主義的小說，透過描寫生活在社會底層的人力車夫的人物形象，呈現被金錢所支配的資本主義社會，為人所帶來的不幸，其中充滿著諷喻。作者使用反寫的方式，〈運氣好的日子〉實際上是最悲慘的日子，藉此來諷喻殖民地統治朝鮮民族的生存現實。[70]

---

69 金東仁（1900-1951）出生於平壤，主張藝術至上主義，以此批判李光洙的啟蒙主義文學，1925年發表〈明文〉、〈甘藷〉、〈鄉下的黃書房〉等自然主義的作品而受到文壇的關注。〈甘藷〉可視為他早期的代表作，發表於《朝鮮文壇》的短篇小說，以寫實的手法描寫主角福女因貧困而在醜陋的現實中，走向墮落、死亡、破滅的過程，可窺得其中自然主義決定論的思想。（權寧珉，田尻浩幸譯，《韓國近現代文學事典》，東京：明石書店，2012，頁104-108）。

70 玄鎮健（1900-1943）出生於大邱，在書房受過漢文教育，1917年自日本的成誠中學畢業。1918年投靠在上海的二哥玄鼎健進入滬江大學。曾擔任過朝鮮日報社、《東明》、《時代日報》的記者。至1936年日章旗抹殺事件入獄為止，一直以《東亞日報》記者的身分活躍於文壇。1921年因自傳性小說〈貧妻〉受到文壇關注後，成為《白潮》同人。玄鎮健的小說可以分成三個階段：第一階段是1920年代初期體驗性的小說為主，在第一人稱的小說中作家自傳性的成分很多。第二階段是現實告發的小說，幾乎都是以第三人稱，虛構的人物反寫的方式告發當時的現實，〈運氣好的日子〉便是這一階段代表作。第三階段是撰寫歷史小說的時期（同註69，頁132-135）。

　　葉石濤依序譯出羅稻香（1902-1927）[71]的〈桑葉〉，這篇作品和〈甘藷〉同樣是自然主義的作品。作者細緻地刻畫出為金錢和本能所支配的小說人物形象，描寫喜歡賭博的丈夫金三甫，和為了生存出賣身體換取所需物資的妻子安香普，其中還有位男子薩姆特利處處想占她便宜，作者以寫實的技法描寫這場愛慾的悲劇。無論金東仁〈甘藷〉的福女、羅稻香〈桑葉〉的安香普皆是描寫女性以「身體」換取生存物資的過程，但小說女主角為維護個人的尊嚴不惜採行激烈的反抗。如此「強悍」的女性形象在同時期的台灣小說中並不多見。

　　1920年代中期到1935年「朝鮮普羅藝術同盟」（簡稱：卡普）解散為止的十年間在韓國文學史中被稱為「傾向文學」的時代，日文選集中收入了不少這個階段的作品，例如李箕永（1895-1984）的〈民村〉、崔曙海（1901-1931）的〈白琴〉、趙明熙（1894-1938）的〈洛東江〉。李的〈民村〉是描寫父親因為貧窮而以二石穀物為代價，就將女兒賣給人當妾的悲劇。崔曙海由於曾越境到中國東北的「間島」地方流浪，因此善於以動人的筆觸刻畫處於極端貧窮的人物。崔的〈白琴〉是描寫因貧窮所迫不得不犧牲摯愛的小女兒白琴的悲痛心境。趙的〈洛東江〉是描寫因

71　羅稻香（1902-1927）出生於首爾，曾進入京城醫學專門學校，但為了學習文學而休學前往東京，1925年發表成熟之作〈水車小屋〉、〈桑葉〉、〈啞的三龍〉等作品而受到關注。但，1926年因受祖父（醫生世家）的阻擾無功而返，1927年逝世。初期的作品具有《白潮》派的感傷性、幻想性的特質。但是〈女理髮師〉（1923）以後，轉以寫實手法冷靜觀察，客觀地映照出一些小事件，留下如〈水車小屋〉、〈桑葉〉這樣的秀作，耽美傾向的〈啞的三龍〉則是另一類型（同註69，頁347-350）。

自己居住的故鄉被奪走而流浪的主角，出於思鄉而返回故里，並選擇戰死在那裡。其中，小說以抒情的氣氛筆調暗示了，他的死將號召同志，有朝一日他們將為他完成遺願。

上述的這些小說皆基於階級意識對殖民地社會提出強烈控訴批判的作品，葉石濤或許考量報紙「大眾副刊」的性質和意識形態等問題，並未選錄這些傾向派男性作家的作品。但，他卻完整地譯出日文選集中兩位「傾向派」的女性作家朴花城（1904-1988）與姜敬愛（1907-1943）的作品。三枝認為以這兩位同伴作家代表朝鮮女性作家雖有疑義，但在那個時代，的確出現過如此具有男性傾向的女作家，他們在當時被評為「普羅陣營中很有價值的兩位作家」。[72]

朴花城出生於全羅南道木浦，1925年發表〈秋夕前後〉受李光洙賞識而進入文壇。參加過朝鮮普羅藝術同盟，戰爭末期因拒絕以日文寫作親日作品而輟筆，1946年才重新執筆至1985年持續發表作品。[73]她是《地下村》選集的作者中最長壽的一位，其他的作家幾乎都因貧病交迫而英年早逝。1930年代她開始關注農民，熱衷閱讀農村問題的書籍。[74]〈旱鬼〉以羅州為舞台（全羅南道是朝鮮半島最大的產米之地），描寫農民在經歷水災後又遇乾旱，而陷入絕望的窘況。這篇作品較為特別的地方是，作者在小說深入探討在天災中人與信仰之間的關係。主角的妻子雖然曾是虔誠的基督徒，但在經歷洪災後便不再相信神的存在，甚至質疑譏諷

---

72 同上注，頁54。

73 同上注，頁312-313。

74 山田佳子，〈朴花城の植民地期の作品と舞台について〉，《朝鮮學報》201輯（2006.10），頁89-126。

先生的信仰又揚言要自殺，並參與迷信的祈雨活動。小說中細膩
地描寫出人在面對天災時，所顯露的種種非理性的荒謬行徑。

　　姜敬愛[75]與朝鮮普羅藝術同盟並無直接的關係，但她卻寫實
地描寫出殖民地的矛盾與糾葛，和其中所顯露的階級意識。她的
長篇小說《人間問題》在1980年代被評價為日本殖民地時期寫實
主義作品中最有成就的作品。[76]〈地下村〉主要是描寫以主角狄遜
一家（無父）的慘狀，他幼年因病而殘疾，求告無門，不得不靠
行乞維生，而飽受嘲笑欺凌，卻暗戀隔壁眼瞎的昆娘，忍受種種
身心的苦痛，最後因昆娘竟遠嫁他方，自己的大弟龍溪眼疾無法
醫治，小弟因長期的營養不良而病逝，一切婚戀的空想隨之幻
滅。作者對主角的心理描寫甚為細膩，極致地表現出窮人在黑暗
的現實中所顯露的絕望感。綜觀上述的作品，不難發現葉石濤對
自然主義、寫實主義作品的偏好，這些主角皆因貧窮而陷入不幸
與絕望讓他感同身受，同時也顯現出譯者的人道關懷。

　　日文選集上冊的最後一篇是俞鎮午（1906-1987）的〈金講師
與T教授〉。這篇作品是他1935年發表於《新東亞》的短篇小
說，以細緻的手法描寫不知道與現實妥協的知識分子的樣貌。在

---

75 姜敬愛（1907-1943）出生於黃海道松禾。1923年在一場文學演講中認識尹東
　　柱，隔年上京，插班進入同德女校三年級一年後，卻因與尹東柱的關係決
　　裂，於1924年9月返回故鄉，投身夜學運動和新幹會等社會運動。1931年前
　　往滿州旅行，返國後開始她的創作生涯，其進入文壇的代表作是同年發表於
　　《朝鮮日報》「婦人文藝」的〈破琴〉。同年與張河一結婚，婚後移住滿州，
　　積極展開她的文學活動，1939年擔任《朝鮮日報》滿州（間島）的分局長，
　　1942年卻因健康惡化返鄉，但隔年即病逝（同註69，頁54-56）。
76 同註69，頁54-56。

日文選集下冊中又選錄他另一篇連載於《東亞日報》的〈滄浪亭記〉（1938年），主要描寫作者自身童年的故事，是篇書寫從殖民現代的物質文明中，感受到人生的無常與鄉愁的作品。[77]但，葉石濤竟未選譯他任何一篇作品，這或許是因為這些作品的題材過於嚴肅，偏向知識分子題材有關。

日文選集下冊葉石濤選譯了李孝石（1907-1942）的〈蕎麥花開的時候〉（1936年），雖然江銘煜已在《台灣文藝》上譯過這篇作品，但他仍重新譯出。李孝石的小說的類型大致可分成三種類型：同伴者作家的傾向、情愛小說、異國情調。〈蕎麥花開的時候〉是他褪退左傾色彩時期的作品，是他情愛小說類型的代表作。在作品中他將自然與性恰如其分地對比融合，呈現詩化文體、精煉的語言和抒情性的氛圍。李孝石被評為1930年代朝鮮純文學中，帶給人最大藝術感動的小說家。[78]

〈蕎麥花開的時候〉主要描寫主角許生員與同為趕集商人的趙先達、童伊在坪蓬擺攤結束後，預計隔天到大和的五日市行商，三人連夜趕集的過程。小說中衰老的驢子與左撇子的許生員的形象有其重疊之處，文中老驢發情的橋段勾起許生員回想過去與女子邂逅的情景。在李孝石的小說中人與動物並非全然不同的存在，人乃是自然的一部分。在前往大和的夜路中，在蕎麥花綻放的景況中，許生員向他們娓娓道出自己的來歷。小說透過老驢和小驢的關係，隱約透露出童伊的身世祕密和尋父的神話原型。

---

77 同註69，頁343-345。

78 李孝石（1907-1942），出生於江原道平昌郡坪蓬面。1930年畢業於京城帝國大學法文學部英文科。1934年起任職於平壤崇實專門學校邊教書邊創作，1942年病逝（同註69，頁364-368）。

作者採以由「現在」父子的邂逅，談「過去」的回憶，進而預見「未來」的喜劇結構。將實際的故事作品化，表現出完整的敘事結構和設定、優美的描寫和抒情的美學意識等。因此，這是篇充滿情節性，溫馨良善的庶民故事，被評為詩化的小說作品。[79]

　　葉石濤在擇譯的過程，將日文選集中金裕貞（1908-1937）的小說〈山茶花〉和〈春‧春〉這兩篇作品全譯出，可見他對金裕貞小說風格的偏愛。金裕貞的每篇作品幾乎都是以他獨特優秀的諧謔精神撰寫而成。他的作品所引發的「笑」，並非是耽溺在苦痛的生活中，虛無主義的敗北感和鬱抑悲憤，而是希望從現實生活的痛苦壓力中尋獲自由，其中顯露出含蓄的諧謔精神。雖然許多人物的行為滑稽，看來愚鈍沒品，但他們並未全然屈服於令人痛苦的外在世界和嚴酷的周遭環境，作者藉此詮釋那是下層民眾強韌的生命力與自信的表現。[80] 這樣的戲謔精神與葉石濤1980年代的文學風格似乎有其相呼應之處，因為當時他的人生哲學從1960年代的「黑色幽默文學」逐漸轉化以「苦微笑」來看待眾生怪象、世間縮影，雖然現實並不美好，但他卻可以「笑」看一切，期待從中「獲得自由」。[81] 在1970年代末受到鄉土文學論爭洗

---

79 同上注，頁364-368。

80 金裕貞（1908-1937）出生於首爾（一說春川），進入小學前曾受過漢文教育。1930年進延禧專門學校文科後即遭退學。1931年又進普成專門學校但還是被退學。1933年上京到首爾從事文學活動後頻頻獲獎，但1937年卻不幸早夭。在他短短四年的文壇活動中，寫了三十餘篇小說，發表十多篇隨筆展現他旺盛的創作力（同註69，頁122-124）。

81 葉瓊霞，〈文學主體性的建立——葉石濤白色文學的探索〉，《點亮台灣文學的火炬：葉石濤文學國際學術研討會》（高雄：春暉出版社，1999），頁1-21。

禮之後，讓他對於這樣具鄉土氣息的小人物的故事多了一份親切感。

〈山茶花〉（1936）是發表於《朝光》的短篇小說，當時以「農民小說」為標題發表，諧謔地描寫農村純樸的少女與少男情竇初開的戀愛故事。兩位的階級關係非常清楚，一位是佃農的兒子，一位是管理佃農者的女兒，儘管他們有其階級和身分上的矛盾，但彼此卻很自然地萌生愛意，作者以綻放的山茶花作為小說背景，顯現純粹之美。小說主要描寫女主角蔣順妮主動追求心儀的少男「我」，藉由鬥雞逗弄「我」，「我」卻難以理解，反而想與她一爭高下的過程，作品中因為「我」的單純傻勁而展現另一種特殊的趣味性。

〈春·春〉（1935）一樣是由「我」與蔣順妮為主角，「我」雖接受招贅的條件，提供婚前的勞動服務，但蔣順妮的父親卻充滿算計，以蔣身高不夠高（其實她早已停止長高）為由拖延婚期，其中帶出朝鮮農村招贅的風俗。日本殖民時期韓國和台灣相似，農村是小說重要的舞台，但金裕貞的農村與一般普羅作家從批判控訴或思想啟蒙的角度描寫農民不同，在他的作品中的農民雖然是群貧窮受虐、質樸又愚直的眾生，但他們的生活中卻仍散發出一種滑稽的哀愁感。

李箱（1910-1937）的詩和小說同為1930年代朝鮮現代主義前衛代表之作。他的詩展現現代人荒涼的內在風景，代表作之一的〈鳥瞰圖詩第一號〉即是以反寫實主義的技法展現人的不安與恐懼。他的小說則是透過解構傳統小說形式，顯現現代人的生活條件。在日文選集收入的作品〈翼〉中，他同樣展現意識流的書寫技法，呈現人無法與日常生活結合的片段、遭物化的現代人的

疏離感。因此這篇作品被認為是韓國文學最早的現代主義的小說作品。[82]雖然1960年代復出文壇之初葉石濤也曾創作充滿浪漫主義色彩、現代主義或帶異國風味的歷史小說，但他卻未擇譯出這篇具現代主義的代表作，這與葉石濤在1980年代強調寫實主義抑或與大眾副刊的發展趨勢有關。

　　殖民地末期的親日作家與戰後前往北韓的越北文人研究，在1980年代的南韓學術界仍被視為禁忌，但日譯本卻未受國情影響，編者選譯了不少越北作家的作品。戰後南韓作家越北的時間約有三次，第一次是1945-1946年左右，因朝鮮文學家同盟內部組織問題，左翼作家李箕永和韓雪野（1900-1976），因喪失文壇領導權而越北，之後主導北韓文壇。第二次是1947-1948年期間大韓民國政府成立時，美軍政權圍剿共產黨勢力，致使南韓勞動黨的主要勢力、朝鮮文學家同盟的核心人物李泰俊（1904-1970）、林和（1908-1953）、金南天（1911-1953?）、李源朝（1909-1955）等人北行。第三次是1950年朝鮮戰爭期間，出現自願越北和被強制擄走的越北作家如朴泰遠（1909-1986）、鄭芝溶（1902-1950）。[83]日文選本選譯了朴泰遠的〈五月的薰風〉、韓雪野的〈泥濘〉、金史良（1914-1950）的〈在看守所遇見的男子〉、李箕永的〈民村〉、李泰俊的〈狩獵〉的作品，但葉石濤卻只擇譯其中金南天的〈少年行〉。

　　在1935年朝鮮藝術同盟瓦解後，朝鮮作家面臨得重新找尋新

82　同註69，頁347-377。

83　權寧珉，〈越北文人をどう見るべきか〉，王泰雄譯，《文芸研究：明治大學文學部紀要》69號（1993），頁251-270。

的創作方向的問題，金南天[84]也同樣面臨如此的創作困境。在這個階段他深受「告發精神」所影響。所謂「告發精神」就是在這個時期對作家的迷失方向或自我分裂，無論是自己或他人絕不饒恕、毫不同情、不作妥協的批判精神，卡普的文學精神貫穿其中，並主張予以發展，展現一種非轉向的精神，[85]葉石濤選譯的〈少年行〉即是這類型的作品。小說中主要是描寫姊弟兩人相依為命的故事，姊姊桂香因家貧而當妓生，除了愛人（左翼知識分子）之外並不賣身，弟弟鳳根將她視為聖潔的象徵，是他心靈唯一的寄託。但，鳳根個性彆扭頑固與前述的「告發精神」有其契合之處。作者假借鳳根之口，批判左翼轉向者。金南天同系列的作品中，如自虐性的〈毆妻〉、〈跳舞的丈夫〉、〈祭退膳〉、〈遙池鏡〉等作品，幾乎都是以自我告發形式的作品，由此可看出金南天對道德倫理一貫的關心態度。[86]

在日譯本下冊〈少年行〉之後的七篇作品皆未被譯出，其中的理由究竟是，因譯者葉石濤主觀的選擇而捨棄？還是因譯者心

---

84 金南天1911年出生於平安南道成川，1929年平壤普通學校畢業後，進入東京法政大學，1931年被退學。加入朝鮮普羅藝術聯盟東京支部，在「無產者社」中活動。卻在1931年的卡普第一次檢舉時，因朝鮮共產主義者協議會事件遭逮捕起訴。出獄後他將入獄經驗小說化，並發表短篇〈水〉一作，因文學實踐的階級主體的問題與林和展開論爭。他大半的創作都是為了實踐作家自身的創作方法論。戰後在朝鮮文學家同盟中活動，且對馬克思、恩格斯、列寧的文學論深感興趣。1947年左右和林和前往北韓擔任要職，但因南朝鮮勞動黨肅清活動被求處死刑，確切的存活年未知（同註69，116-118）。

85 三枝壽勝，〈解說〉，大村益夫等編，《朝鮮短篇小說選》（東京：岩波書局，1984），頁407。

86 三枝壽勝，〈解說〉，頁407-408。

有旁騖，因為他除了發表這些譯作之外，同時亦在《台灣時報》
的副刊上連載〈台灣文學史綱（前篇）〉（1984年10月25日至
1984年12月5日），而未能繼續譯介完成呢？《朝鮮短篇小說選》
選譯的作品約略可分為：強調階級意識的左翼文學、現代主義派
（含私小說）、處理朝鮮傳統世界的鄉土題材。葉石濤似乎有意在
三類之間取得平衡，但限於個人的時間和心力，他最後仍「忠於
譯者意志」擇其所好，以寫實主義和具有鄉土色彩的作品為主，
選譯其中的九篇。

　　根據「本文附錄」整理葉石濤所選譯的作品，原文的初刊處
都是當時韓國主流刊物的韓文作品，都具有相當高的普及性和代
表性。韓國近現代文學與雜誌報章媒體的發展關係密切，在1919
年三一運動後，韓國的民間報紙和雜誌才陸續被允許發刊普及大
眾，新的文學形態與技法隨之確立。《朝鮮日報》和《東亞日報》
等日刊以韓文和漢字混用的方式也隨即發刊，刊行《開闢》
（1920年）等大眾綜合雜誌，以純文學同人雜誌《創造》（1919
年）、《白潮》（1922年）、《廢墟》（1920年）、《金星》（1923
年）等為中心形成所謂的「朝鮮文壇」。《開闢》[87]甚至導入懸賞

---

[87]《開闢》是殖民地時代的綜合月刊。1920年6月25日創刊，發行人李斗星，
　主編李敦化。在創刊號中即倡導精神的開闢和社會改造，鼓吹抗日思想，創
　刊號被查禁以來共被禁刊三十四回，一次停刊處分，罰金一次等備受鎮壓。
　1920年代的金億、金基鎮、金東仁、朴鍾和、廉想涉、玄鎮健等人為其執筆
　群，皆是在文壇具有代表性的作家，但該雜誌隨之成為新傾向派文學的據
　點，朱耀燮、李箕永、趙明熙等作家透過這本雜誌進入文壇，歷經禁刊、停
　刊、復刊、休刊等過程，至1949年3月為止通卷共發行了81號（同註69，頁
　36）。

文藝制度，《朝鮮文壇》[88]等文學綜合雜誌透過推薦制度挖掘新人，培養專業作家和擴大其文學活動的基盤。《地下村》中擇譯1920年代的作品〈甘藷〉就是發表於《朝鮮文壇》，金東仁因這篇作品才備受文壇關注。玄鎮健的〈運氣好的日子〉（1924年）、羅稻香的〈桑葉〉（1925年）則先後發表於《開闢》之上。1930年代擇譯的作品，除了姜敬愛的〈地下村〉（1936年）發表於《朝鮮日報》之外，其他都是刊於《朝光》[89]的作品。

　　《地下村》九篇譯文的初刊處都是報紙副刊，受限於1980年代報紙副刊朝向大眾副刊發展的趨勢，因此譯作的故事性和韓國的異國特色，成為副刊主編選材考量的要素之一。例如《商工日報》的副刊主編李瑞騰特意在〈旱鬼〉譯文的標題上加上「域外小說」，以強調小說的異國風。《成功時報》的副刊主編則將金東仁的〈甘藷〉定調為「生活的故事」。但，在譯本的生產過程中，葉石濤除了考量副刊的特性之外，剔除日文選集中現代主義派強調文學藝術性、傾向派作家強調階級性的作品之外，多擇取

88《朝鮮文壇》於1920年代的文藝誌，1924年10月由方仁根出資，李光洙主編由朝鮮文壇社創刊。從第四號以方仁根的名義發行。1926年6月後歷經多次停刊、休刊、復刊直到1935年12月全然廢刊，共發行26號。執筆群有李光洙、金東仁、廉想涉、羅稻香、金億、朱耀翰等為中心，崔曙海、蔡萬植、朴花城、任英彬、桂鎔默等小說家，和曹雲、李殷相、劉道順等詩人因本刊物的新人推薦而進入文壇（同註69，頁286）。

89《朝光》於1935年11月1日創刊的綜合性月刊雜誌，發行人萬應謨，編輯成大勳、金來成，由朝鮮日報出版部刊行。內容含括國際問題、經濟、國學、生活、小說等。1940年8月因為《朝鮮日報》遭廢止，而獨自創設朝光社有限公司，由於受到日方的壓力，又於1942年1月起混雜日文，1945年春以戰時為由廢刊，雖然戰後復刊但於1948年12月停刊（同註69，頁260-261）。

寫實主義的作品，主要描寫1920-1930年代在韓國社會底層努力
掙扎過活的鄉土小人物、貧無立錐之地的弱勢者。從這些譯本的
文學風格與台灣鄉土文學論戰後，葉石濤所主張的鄉土文學（台
灣文學）的鄉土經驗似乎有其內在連結關係，又與1980年代台灣
重要的現實主義的文學現象有其相呼應之處。[90]

　　葉石濤除了譯介戰前朝鮮作家的作品之外，之後也陸續譯出
韓國現代文學的作品，雖然他譯文文末標註：「譯自一九八六年
五月漢城文藝社發行的夏季號《韓國文藝》」（《自立晚報》，
1986年9月12日），但他的底本是否真為韓文雜誌令人費解。他
從這本雜誌中選譯了新銳作家金龍雲的作品〈磨損的男人〉和柳
周鉉的〈誕生〉（《台灣時報》，1986年10月29日-30日）。葉石
濤是跨語譯者中少數累積這麼多韓國小說譯本的譯者。總之，他
在1980年代透過日語再生產譯本，為當時的台灣讀者開啟一扇韓
國小說的視窗，為當今台韓文學交流奠下重要的文本基礎。同
時，也藉由翻譯韓國文學的他山之石，重新思考台灣文學發展論
述的方向。

結語

　　本文針對葉石濤的翻譯活動進行個案研究，藉由整理他和友
人的往返書信，釐清他在私領域中有關翻譯議題的論述，遍尋譯
作的初刊處，確認譯作版本的問題，釐清在譯作的生產過程中，

90　呂正惠，〈1970、1980年代台灣現實主義文學的道路〉，《戰後台灣文學經驗》
　　（台北：新地文學出版社，1992），頁49-73。

譯者與報章媒體和出版社的關係。具體勾勒出跨語作家葉石濤在1980年代的文化場域中，如何利用舊帝國的「日語」展開東亞區域文化的翻譯活動，闡釋他翻譯再現（representation of translation）的三種主要的譯本類型及其文化意涵，重新評價他的譯業在戰後台灣文學場域中的特殊意義與文本貢獻，說明葉石濤如何在他戰後的翻譯實踐中闡明自身。

　　1980年代葉石濤為因應台灣本土文化論述之需，譯介日本的台灣文學研究成果藉以累積本土論述的文化資源。在戒嚴期間他改譯了松永正義和若林正丈論文，之後因出版社主編的要求重新修訂譯文，但最後還是未能如實譯出。筆者在比較譯文版本的過程中，發現除了部分內容因譯者和編排者的疏漏而出現漏譯問題之外，譯者因政治性的考量和主觀的意識形態，也影響了譯文版本的變異。在戒嚴時期譯者因國家檢閱制度的規訓而進行自我檢閱，但不能忽略的是，譯者在翻譯「台灣文學」時，其行為的本身就展現了譯者對官方壓抑台灣文學論述的反抗姿態。

　　葉石濤戰後飽嘗跨時代的艱困與跨語的窘境，「日語」竟成為他重要的文化資本，他以翻譯日本推理小說為副業，進入台灣大眾文學的消費閱讀市場，累積經濟資本支撐家計。他配合大眾文學的商業運作模式，譯介副刊、雜誌主編所需的日本推理小說，藉此練就自己的譯筆，並增加家庭的經濟收入。由於1980年代台灣出現了松本清張作品的翻譯熱，因此他譯介了相當多松本清張的短篇作品。但，他並未如陳國偉所言，台灣菁英們的閱讀多局限於推理小說作品，只將松本視為推理小說家而已。[91]綜觀葉

---

91 陳國偉，〈「歪んだ複写」；1980年代台湾における松本清張の翻訳と受容〉，

石濤的譯作可發現，他節譯了松本的古代疑史和自傳性的《半生
記》，且在譯者後記中提及他榮獲純文學大獎芥川賞的紀錄等，
肯定他短篇小說的文學技巧，和他在小說中所流露出的人道主義
關懷和真實人生冷靜的寫實，[92] 企圖多元地介紹這位日本昭和時代
的最後一位文豪。

　　最後，《地下村》翻譯底本幾經筆者確認，應是選自岩波書
局的《朝鮮短篇小說選》。由於葉石濤當時身處文壇邊緣，即使
這些作品都是韓國文學史上的代表作，但它們卻仍無法在主流媒
體之上刊出，只能刊於具本土色彩的報紙副刊中。之後，因名流
出版社集結成冊才延長這些譯本在台灣文化界的閱讀時效。葉雖
然是在日人選編者的基礎上進行重譯，但從選譯的結果卻可見他
個人的文學偏好，及譯者如何想像讀者配合大眾副刊的發展趨
勢，進行具有在地性意義的翻譯實踐。他在翻譯日人台灣文學研
究時有其政治性的顧慮，翻譯日本推理小說需要配合報刊商業的
大眾性，但擇譯朝鮮文學的過程中，在異國情調的修飾下，似乎
顯現出多一點譯者的自主性。相較於鍾肇政1970年代末的譯作
《朝鮮的抗日文學》，服膺島內「抗日」文藝觀，1980年代的葉石
濤卻展現忠於譯者意志和文學品味的翻譯風格，擇譯以描寫韓國
鄉土色彩和庶民生活的寫實主義的作品為主，回應當時台灣鄉土
文學的論述邏輯。

　　總之，葉石濤所擇譯的內容既非菁英式的經典文學，亦非西
方中心主義的經典文本，而是日本的台灣文學研究、日本大眾文

《松本清張研究》14號（2013.03），頁207-223。

92　葉石濤，〈譯序〉，《女囚》（台中：晨星出版社，1986），頁1-5。

學、日譯的朝鮮短篇小說等東亞區域內的文化知識。他藉由「翻譯」篩選、傳播這些東亞區域內的文本，甚至以改譯、選譯作為策略，讓它得以順利進入1980年代台灣社會的文化脈絡中，進行文化再生產（reproduction）的翻譯實踐，讓台灣讀者從戒嚴的縫隙中窺見當時東亞區域內其他多元文化的存在。

　　藉由探討葉石濤的翻譯活動，讓我們重新思考台灣的翻譯發展史與東亞政經情勢轉變的對應關係。當戰後世代積極翻譯西方英美現代文學理論時，像葉石濤這樣具有殖民地經驗的跨時代跨語作家們，卻另闢「市場」，展現他們這個世代特殊的文化能動性。他利用舊帝國的語言「日語」，以「翻譯」為手段，獲取戰後台灣文學復權的文化資源，透過譯介日本推理小說補充台灣大眾文學的文本，藉由譯介文學文本，與舊殖民地韓國進行歷史文化經驗的橫向連結。這樣跨時代跨語際的翻譯模式有別於全球化下的跨語際的翻譯活動，它是台灣跨語世代在東亞區域內發展出來的另一種戰後東亞舊殖民地雙語者的特殊翻譯形態。

　　葉石濤的譯業一直延續到1990年代初期，為報紙副刊翻譯日本文學的譯稿費一直是他重要的經濟來源，但翻譯的內容隨著台灣社會的轉變，又進入另一個百花齊放的階段，其中包括長期被視為禁忌的西川滿文學及其他在台日人的作品等。這些譯本在台灣文學翻譯發展史中又有何文化歷史意義，與葉石濤的文學創作中產生怎樣的內在連結？翻譯家葉石濤的縱深研究，限於篇幅將有待另文處理。

附錄：葉石濤譯作《地下村》相關之刊出資料表

作者	篇名 （中／原日譯者）	原文發表年份 和刊載刊物	中譯文初出處
1.金東仁 （1900-1951）	〈甘藷〉（長璋吉譯）	1925年《朝鮮文壇》1月號	《成功時報》（晚刊） （1984.09.21-09.24） ＊葉石濤譯
2.玄鎮健 （1900-1943）	〈運氣好的日子〉 （〈運のよい日〉，三枝壽勝譯）	1924年《開闢》6月號	《台灣時報》 （1984.09.23-09.24） ＊24日標葉左金譯，在其文末簡單地標註：「譯自一九八四年四月日本岩波書店刊行的《朝鮮短篇小說選》」
3.羅稻香 （1902-1926）	〈桑葉〉（桑の葉，三枝壽勝譯）	1925年《開闢》12月號	《台灣時報》 （1985.01.14-01.16） ＊葉左金譯
4.朴花城（女） （1904-1988）	〈旱鬼〉（〈旱鬼〉，三枝壽勝譯）	1935年《朝光》11月號	《商工日報》 （1984.12.11-12.12） ＊葉石濤譯
5.姜敬愛（女） （1907-1942）	〈地下村〉（〈地下村〉，三枝壽勝譯）	1936年3月12日-4月3日《朝鮮日報》補充部分內容	《台灣時報》 （1985.04.17-04.20，04.22-04.25） ＊葉左金譯
6.李孝石 （1907-1942）	〈蕎麥花開的時候〉（〈そばの花咲く頃〉），長璋吉譯）	1936年《朝光》10月號	《台灣時報》 （1985.02.25） ＊葉左金譯

作者	篇名 （中／原日譯者）	原文發表年份 和刊載刊物	中譯文初出處
7.金裕貞 （1908-1937）	〈山茶花〉（〈椿の花〉，長璋吉譯）	1936年《朝光》 5月號	《自立晚報》 （1984.11.03） ＊葉石濤譯
8.金裕貞	〈春・春〉（〈春・春〉，長璋吉譯）	1935年《朝光》 12月號	《民眾日報》 （1984.11.26-12.27） ＊葉石濤譯
9.金南天 （1911-1953?）	〈少年行〉（〈少年行〉，長璋吉譯）	1937年《朝光》 7月號	《自立晚報》 （1985.03.25-26，03.28） ＊葉石濤譯
10.三枝壽勝	〈近代朝鮮文學：1920年代到1940年代〉〈解說〉	《朝鮮短篇小說選》	《自立晚報》 （1985.09.20-9.21） ＊葉石濤譯

第七章

後解嚴時期西川滿文學翻譯的文化政治

前言

　　1970年代的台灣在政治上開始「回歸現實」，文化上回歸台灣「鄉土」，為日後台灣民族主義的發展奠定基礎。1980年代台灣民族主義者藉由文化政治（cultural politics）的運作試圖「重構台灣」，1980年代下半葉起台灣民族主義文化論述如浪潮般席捲而來，蕭阿勤歸納這波文化論述的重要特色為：（1）台灣文化和中國文化被二元對立起來，（2）強調台灣文化的多元起源，（3）翻轉台灣文化和中國文化中心與邊陲的關係，（4）呼籲台灣「文化主體性」的建立。[1]他們為了與官方的文化論述有所區別，本土性雜誌《笠》和《台灣文藝》的成員開始強調台灣人的歷史經驗與集體記憶，日本統治時期對台灣社會發展的重要性，被殖民的歷史，變成另一項「資產」，不再是國民黨教化宣傳所汙名化的「負債」。[2] 1990年代的「台灣文學」在民主化浪潮裡伺機「正名」，取代戰後在中華民國文藝史觀主導下，被邊緣化的台灣「鄉土文學」、「在中華民國的台灣文學」等名詞。然而，台灣文學所含括的範圍、定義等問題，依論者自身的身分認同、國族意識、文學史觀等因素，呈現各持己見的爭鳴狀態。

　　解嚴後台灣文化場域的文學題材更形多元，他們曾被壓抑的歷史記憶，在威權體系鬆動之際不斷湧現，女性文學大量出現，以抗拒男性中心論述；眷村文學抬頭挑戰黨國中心論；原住民文

---

[1]　蕭阿勤，《重構台灣當代民族主義的文化政治》（台北：聯經出版公司，2012.12），頁211-216。

[2]　蕭阿勤，〈追求國族：1980年代台灣民族主義的文化政治〉，《思想》22期（2012），頁90。

學大放異彩，挑戰漢人中心論；同志文學批判異性戀中心論。這都是前所未有的多元文學趨勢與景況，不僅在重新建構新的台灣文化主體，更重要的是他們強調彼此的差異性，性別的、族群的、階級的差異，構成了解嚴後台灣文學發展的主要特質。[3]

　　台灣日語文學的整理出版活動，1990年代前衛出版社繼承前人之志出版台灣作家全集。[4]之後，政府文化單位也隨之投入國家資源著手整理、翻譯、出版戰前台灣日語作家個人全集，例如楊逵全集、張文環全集、龍瑛宗全集等。然而，自1970年代末起的幾波台灣日語文學的翻譯活動裡，雖有譯者曾多次試譯西川滿文學作品，但卻仍有所顧忌，甚至因此引爆皇民文學論爭。直到1990年代後陳千武、葉石濤、張良澤才又重新啟動翻譯西川滿文學的作業，在報紙副刊上譯介他的台灣書寫。

　　返日後的西川滿雖早已退出台灣文學場域，但他卻仍執意以「台灣」作為他的小說舞台，在日本文藝界生產許多書寫台灣的文本。他也與戰後日本一些殖民地遣返派作家有類似的喪鄉之感，但他卻以書寫台灣「原體驗」[5]的方式維繫與台灣超越時空的情感連結。因此，在1990年代複數歷史記憶的召喚祭典中，他的文學也以翻譯文學的形式重新被迎回台灣文學界，他的記憶被台

3　陳芳明，〈複數記憶的浮現：解嚴後的台灣文學趨勢〉，《思想：解嚴後的台灣文學》8期（2008.01），頁131-140。

4　鍾肇政，〈血淚的文學、掙扎的文學：七十年台灣文學發展縱橫談（總序）〉，《台灣作家全集》（台北：前衛出版社，1991），頁37-38。

5　尾崎秀樹，〈外地引揚派」の發言─歷史の傷痕とからみあう作家たち〉，《旧殖民地文学の研究》（東京：勁草書房，1971），頁321。「殖民地遣返派作家」和「原體驗」的用詞皆源自本文。

灣文化民族主義者「算數」[6]了。因為文化民族主義者認為民族認同主要是個意識問題，它的基礎在於，將民族獨特的歷史地理所產生的特殊生活方式加以內化，而非僅僅參與當前國家統治下的社會政治過程。因此，文化民族主義者經常致力於保存、挖掘，甚至「創造」民族文化的特殊之處，認為這種文化特殊性是民族認同的基礎。[7]台灣跨語世代的翻譯家們在戰後亦試圖藉由「翻譯」重新「保存、挖掘」，甚至「創造」台灣民族文化的特殊之處，以凸顯與中國民族文化的異質性，戰前在台日人生產的文學文本成為台灣文學另一種特殊的文學內容。

　　因此，本文將以台灣跨語世代的翻譯者陳千武譯介西川滿返日後的文本作為主要討論的範疇，探討解嚴後台灣本土論述如火如荼地展開之際，他如何介入西川滿文學翻譯文本的生產活動中？因時制宜擇譯了哪些作品？這些作品又折射出譯者怎樣的國族意識與文學史觀？在帝國時期作者與譯者的關係曾存在著殖民者與被殖民者的對立關係，然而，戰後為了台灣文化民族主義論述之需，卻積極譯介日人作家的台灣書寫，譯者選譯的目的性與原著創作動機之間，存在著怎樣的翻譯悖逆性？

　　以下將依序釐清在日本遣返者文學中，西川滿書寫台灣的特殊性，探討翻譯者陳千武在本土性的報紙副刊中擇譯哪些西川滿戰後的文學文本，其譯作的內容如何與戰後台灣社會產生連結，思考台灣文化民族主義論者在建構台灣文化主體性的過程中，面

6　此語出自朱天心的〈古都〉：「難道，你的記憶都不算數……」（《古都》，台北：麥田出版，1997），頁151。
7　蕭阿勤，《重構台灣當代民族主義的文化政治》，頁54-55。

對前殖民者的文學時為何欲去還留，他們如何藉由翻譯這些戰前在台日人的鄉愁文學，折射出台灣當代的懷舊情感，在台灣「鄉土」之上共構屬於他們的殖民地記憶，形成另一種舊帝國的集體記憶。

一、日本遣返者文學中的台灣書寫

1945年8月15日日本敗戰後，散居於中國戰場、滿州、朝鮮、台灣、南洋等地的軍人和居住外地的日人約六百多萬人（相當於當時全台灣島內的人口數），紛紛從海外各地被遣返回日本。相較於其他戰區，台灣是其中最平和的地方，因而被日方設定為最後執行遣返作業的區域。當時在台日人包括軍人、軍屬157,388人和日人百姓322,156人，合計479,544人。台灣總督府先讓日本軍人在台就地除役，並向美軍商借遣返船隻遣送日人歸國。前後共有六次遣返作業，其中前三個梯次的規模較大，第一次大規模的遣返作業始於1946年2月21日到4月29日止為期兩個多月。第二次遣返作業於1946年10月到12月，主要遣返的對象是「留用日僑」和「殘餘日僑」和沖繩籍民。1947年2月台灣因爆發二二八事件，島內社會情勢丕變，國民黨政府緊急解聘「留用日僑」，於1947年5月展開第三次大規模的遣返作業，其中醫院船「橘丸」搭載了當時在台大續任的淺井惠倫、矢野峰人、森於菟一家等人返國，[8]結束這群在台日人的殖民地生活。

8　河原功，〈《台灣引揚者關係資料集》解題〉，《台灣引揚者關係資料集第一卷》（東京：不二出版，2011），頁3-12。

　　在台日人返國後積極地投入生活重建的工作，其中「全國台灣引揚民會」的成員多為「引揚者團體全國連會」的核心幹部，並支持該連會營運的開銷，亦足見台灣遣返者在遣返者組織中活躍的情況。[9]同時他們以民主化為名，批判日本政府政策，活躍於地方的政治圈，曾擔任「台灣引揚京都人會」幹部的木俣秋水後來甚至當上京都府議會的議長。[10]由於他們被遣返的過程較為平穩，比其他地區的遣返者更早美化台灣時代，望鄉之念也較其他地區的遣返者更為強烈。[11]

　　戰後日本政府為了安頓這群約占全國總人數一成的海外歸國僑民和除役軍人，面對相當嚴峻的施政課題，藉由建設戰後「民主主義」、「文化國家」等概念的闡述，肯定這群歸國者「為國犧牲勞苦功高」的社會價值，試圖盡速將他們收編納入日本國內的公共論述中。然而，在戰後社會集體記憶重新整編的過程中，卻忽略了這群遣返者「加害」和「被害」的雙重身分，致使他們將戰前統治者的「殖民記憶」講述成戰後「勞苦」的「遣返記憶」，殖民統治的責任與戰爭責任被混為一談，[12]因此錯失了戰後日本社會重新反省清算在亞洲殖民侵略歷史責任的機會。

9　同上注，頁7。

10　安岡健一，〈引揚者と戰後日本社会〉，《社会科学》44 卷 3 號（2014.11），頁3-16。

11　加藤聖文，〈台湾引揚と戰後日本人の台湾観〉，《台湾の近代と日本》（台湾史研究会部編，名古屋：中京大學社會科學研究所，2003），頁122-147。

12　淺野豐美，〈折りたたまれた帝国——戰後日本における「引揚」の記憶と戰後的価值〉，細谷千博、入江昭、大芝亮編，《記憶としてのパールハーバ》（東京：ミネルヴァ書房，2004），頁273-513。

　　相較於「終戰」、「原爆」的紀念出版活動等，有關遣返者的經歷卻相對較少受到關注，雖然曾出現描述遣返者過程為題材的作品，例如藤原テイ的《流れる星は生きている》（東京：日比谷出版社，1949年）和五味純川平的《人間の条件》（京都：三一書房，1956-1957年）等暢銷書，一時備受關注。然而，日人曾經歷過集體東亞移動的經驗，由於牽涉到戰後戰爭究責等政治性敏感議題，並未引起學界該有的重視。直到1990年代後川村湊因研究滿洲文學，才提出「遣返者小說」和「遣返精神」的詞彙，2012年朴裕河再次提出「遣返者文學」這個概念：

　　　　我重新指出，在日本戰後文學中，有不少處理稱作遣返體驗及遣返體驗後遺症題材的「表現者」，因此想將他們的嘗試命名為「遣返者文學」。思考戰後日本和日本文學時，「遣返者文學」將會是很重要的立足點。[13]

遣返者文學因此重新受到學界的關注，在日本現代文學中的「遣返者文學」隱含著日本敗戰的歷史烙痕，被遣返者即使回到故里或移居他鄉重新生活，因深怕受到周遭的歧視，自身亦不願再提及曾經歷過的殖民地經驗。在戰後的日本社會中他們的「原體驗」和歷史記憶受到某種程度的壓抑，表面上他們從「外地」回到「內地」的空間，接受「日本帝國崩壞」的時間，但實際上卻繼續保有「帝國」時代的記憶，與「戰後日本」社會出現格格不

---

13 轉引自崔佳琪〈滿洲引揚げ文學について──研究史の整理及びこれからの展望〉，《現代社會文化研究》55號（2012.12），頁52。

入的現象，成為尷尬的「在日日本人」抑或「異鄉人」。[14]五木寬
之曾闡述過這樣的心境：

> 對我來說那個土地是自己渡過幼年期的故鄉山河。卡謬對
> 阿爾及利亞的風土錯綜複雜的感情，我非常可以理解。所謂
> 「異鄉人」並非只是觀念上的問題，阿爾及利亞生長的法國
> 殖民者，對於國籍上的祖國的隔閡感，且又被生長的風土的
> 土地所拒絕。懸空的人們，作為遣返者的卡謬的立場莫非就
> 是如此。在朝鮮半島我們作為壓制者的一族，其中在日本本
> 土階級對立的舊框架依舊存在。由於貧困才到外地看看，但
> 在那土地上這次卻站在對其他民族支配的階級立場，在那裏
> 有了異樣的重層構造。[15]

尾崎秀樹曾轉引五木寬之這一段的闡述，說明這一代「非英雄性
光榮逃脫」的遣返派文學者的心境，揭露深藏在他們內心對日本
祖國的虛妄感和喪失「故鄉」的失落感。[16]

曾有過台灣經驗的文學家，並非全都經歷過被遣返的過程，
知名作家埴谷雄高（1909-1997）在日本敗戰前就已返日，河野慶
彥因眼疾敗戰前夕提早返日。然而，其他在台日人文學者長崎

---

14 朴裕河，〈「引揚文學」を考える〉，《日本近代文學研究》87號（2012.11），頁116-122。

15 五木寬之，〈長い旅への始まり───外地引揚者の発想〉，《深夜の自画像》（東京：創樹社，1974），頁37。

16 尾崎秀樹，〈「外地引揚派」の発言─歴史の傷痕とからみあう作家たち〉，頁323-324。

浩、濱田隼雄、川合三良、西川滿、坂口䙝子等人都是在台獲知
日本敗戰的消息，經歷被遣返的旅程，重返戰後日本社會後，他
們備嘗人間冷暖，誠如西川滿的小說〈地獄的谷底〉中女主角的
陳述：

> 在戰後的台灣，只要說出自己是日本人，就算彼此不認識
> 也會互相幫助。有錢出錢，有力出力。想像回到日本後，同
> 胞們應該會對我們伸出援手吧！畢竟彼此都是敗戰國的兄弟
> 們，結果全部都是自以為是，太過天真了，甚至連有關係的
> 同胞也都不理不睬。[17]

這群在台文學者中，西川滿是少數仍堅持留在東京繼續鬻文維生
的人，其他的人幾乎都先返鄉安頓家人生活，等待生活穩定後才
重新投入地方區域性的文化活動。

　　另一位戰後日本知名的偵探小說家日影丈吉（1908-1991），
在1944年曾被徵召來台，1946年3月在台除役返日，戰前他雖未
參與過台灣文壇的活動，但返日後「三年的台灣經驗」卻成為他
創作的「原體驗」，因為：

> 戰爭時只待在台灣三年。但總覺得當時在那裏的自然和人
> 們皆處於未曾停滯不斷流動的真實狀態。只經歷過清晰可
> 辨，時間快速流逝的記憶。不斷被死亡危機挑釁的時間。包
> 括活在那裏的自己，因為全瞭然於目，而沒有悠閒和放空的

---

17 西川滿，〈地獄の谷底〉，《台灣脫出》（東京：新小說社，1952），頁125。

時間。不，死和愛的問題更無需贅言。因此，台灣對我而言不只是回憶之地。[18]

他以台灣為小說舞台發表了十幾篇短篇和兩篇長篇作品，其中深藏作家的反戰意識。[19]同時，在這些作品中也隱藏著作家的鄉愁之音，但這個鄉愁卻蘊藏著殘忍的內在本質，即是「沒有機會回想，印象逐漸模糊」的過去記憶，得經常回溯。因而與其說它是種甜蜜，不如說是對所執著的時間的深切復仇。[20]這樣殘忍的內在本質，也深刻地殘存於戰後仍執意書寫台灣的西川滿文本之中，即使舊帝國的時間已不復存在，但唯有不斷書寫他才能保有曾有過的台灣記憶。

　　從明治領台以來日人作家對台灣原住民的題材一直深感興趣，但依作家各自的創作動機和寫作視角生產不同的文學類型。戰後返日的坂口䙥子仍延續她戰前的「蕃地」書寫，1953年在丹羽文雄主持的同仁雜誌《文學者》（第37號，1953年7月）發表她戰後第一篇以原住民為題材的作品〈比基的故事〉。之後她又陸續發表了系列的作品，但都是描寫戰爭末期疏散避難山區中原的原住民舊識與「蕃地」景觀，其中〈蕃地〉（1953年）一作更榮獲新潮社文學獎，同時〈蕃婦ロポウの話〉（1960年）亦曾入

18 日影丈吉，〈序〉，《華麗島志奇：日影丈吉未刊短篇集成》（東京：牧神社出版，1975），頁1-2。

19 姚巧梅，〈日影丈吉の〈崩壊〉と台湾〉，《大漢學報》22期（2007.12），頁1-21。

20 草森紳一，〈時間の復讐‧風景の悪意〉，《華麗島志奇：日影丈吉未刊短篇集成》，頁322-330。

圍過芥川獎。[21]

　　與坂口文學風格迥異的西川滿也敏銳地掌握當時日本大眾文學的流行趨勢，以描寫台灣的表象為手段，成就大眾小說的趣味性與娛樂性，積極地處理充滿異國情調的台灣原住民題材，發表了〈蕃地〉、〈蕃女〉、〈パイワンの饗宴〉、〈蕃歌〉等作品。但，其內容大都將原住民部落傳說與奇風異俗文學化，人物的心理與現代文明對部落文化的衝擊等問題，顯然欠缺如坂口在部落生活的真實感和戰後的贖罪意識。[22]

　　在帝國瓦解後經歷美軍占領時期，日本社會很快就遺忘曾是日本殖民地的台灣，在戰後的四十年間，台灣的知識分子雖然曾經孜孜不倦地企圖了解日本戰後文化的演變，卻鮮見日本知識分子為台灣和台灣人的政治、經濟、文化仗義執言，做客觀的發言與分析。[23]直到後冷戰時期，因為美國東亞布局的調整，美援陸續撤出台灣，日商重新以企業投資的方式重返舊殖民地，部分的被遣返者才藉機覓得來台的機會。1980年代末隨著日本經濟體的海外擴張，亞洲四小龍的崛起，日本社會才開始關注舊殖民地戰後的社會文化發展情況，出版界陸續翻譯台、韓的當代文學，關心東亞社會的發展。

---

21 小笠原純，〈坂口䙡子的1945體驗及其戰後寫作：一個「蕃地」作家〉，謝政諭等主編，《何謂戰後亞洲的1945年及其之後》（台北：允晨出版社，2015），頁483-498。

22 同上注，頁494-495。據小笠純原對坂口〈蕃地〉的分析，坂口戰後不斷自我反省，抱著強烈的罪惡感面對自己的蕃地寫作。

23 葉石濤，〈《台灣現代小說選》序〉，《終戰的賠償（台灣現代小說選 II）》（台北：名流出版社，1986），頁8。

綜覽在日本戰後出版的《昭和戰爭文學全集》（第12卷，《流離の日々》，1965年）、《生きて祖国へ》（全6冊，國書刊行會，1981年）中，[24] 皆未收入與台灣相關的作品，戰後遣返者文學中「台灣」顯然又再次被遺忘了。因此，若要理解帝國崩解後日本文學的發展全貌，不應忽略日人作家的台灣原體驗的書寫，唯有如此才能真正清理因日本帝國在東亞擴張帶來的歷史傷痕。

二、戰後西川滿的文學活動

西川滿和濱田隼雄是戰爭末期在台灣文壇中最為活躍的在台日人作家，但日本敗戰後，兩人立即攜家帶眷隨第一批遣返日人歸國。他們於1946年4月9日從基隆港出發搭乘美軍Liberty型運輸艦返國，13日抵達日本和歌山的遣返港口田邊登陸後，濱田於4月16日回到故鄉仙台展開他新的生活。[25] 西川滿返日並未直接返鄉，選擇在關東地區輾轉流離依親，先後住過山梨縣、池袋、足利等地。1946年6月在阿佐谷的「台灣引揚寮」（遣返者的收容所）落腳，重新展開他的寫作生活，為求養家餬口只能在擁擠嘈雜的生活空間中振筆疾書。1947年西川滿在台期間的摯友，版畫家宮田彌太郎也隨之後搬進「台灣引揚寮」繼續創作。西川滿一家人於1948年9月23日才搬離收容所，結束遣返者的生活。[26]

---

24 崔佳琪，〈滿洲引揚げ文学について—研究史の整理及びこれからの展望〉，頁40-44。

25 松尾直太，《濱田隼雄研究：台灣遣返作家的文化活動（1946-1962）》（台南：國立成功大學台灣文學系博士論文，2013.07），頁14。

26 西川滿，《わが越えし幾山河》（私人裝訂版），頁41-49。根據西川潤教授於

　　戰後日本文壇的狀況大致可以歸納為三種類型：一是戰前資深作家復出，其後繼者如丹羽文雄、石川淳等人的風俗小說、中間小說相當風行。二是由舊普羅文學系的作家以民主主義文學的形式再出發。三是運用新方法意識的戰後派文學的登場。[27]戰後新文學的苗頭主要是以1946年《新日本文學》和《近代文學》的創刊作為象徵性的指標，前者以重建發展普羅文學運動的同人作家為主；後者卻是以轉向體驗為基點，試圖展開新的主體性論述，其中曾有過台灣殖民地經驗的埴谷雄高則是《近代文學》的重要同人之一。[28]西川滿返日後的文學活動，則與第一種類型的作家往來較為密切。

　　西川滿返日後，利用他在台期間寄贈《文藝台灣》所建立的人脈關係和累積的社會資本，在林房雄的提攜下以〈會真記〉（1948年2月）一作入選夏目漱石賞佳作。又，因結識戰前曾多次訪台的長谷川伸，[29]受邀加入他主持的新鷹會。隨之，西川也寄稿至長谷川的義弟島源四郎所經營的新小說社發行的《大眾文藝》。在當時日本大眾文學的市場裡，該誌的發行量僅次於文藝

　　2014年2月4月於早稻田大學大隈會館接受筆者口訪的內容：西川滿之所以選擇定居在阿佐谷，主要是因為中央線的交通便利，當時的文友也大多居住附近的沿線上。

27　平野謙，《昭和文學史》（東京：筑摩書房，1975），頁260。

28　安藤宏，《日本近代小說史》（東京：中央公論新，2015），頁165。

29　根據《台灣日日新報》的報導長谷川伸曾多次訪台，最早於1934年1月與多位日人大眾作家訪台。1938年12月參加筆部隊前往南支那時過境台灣。1941年7月應台灣總督府之邀與村上元三等人來台為期一個多月，期間甚至前往花東地區進行電影取材等活動。西川滿在台期間亦曾寄贈《文藝台灣》給長谷川，因而在《文藝台灣》的「諸家芳信」中看到長谷川的回應。

春秋社的《オール読物》和《別冊文藝春秋》，是本知名的大眾文藝雜誌。西川在《キング》發表以遣返經驗為題材的作品〈地獄的谷底〉一作，入圍第二十二屆的直木賞，建立他在當時大眾文學的立足點。[30]另外，他也積極在新鷹會上代讀引薦濱田隼雄的稿件，[31]西川滿在《大眾文藝》上連載〈ちょぷらん島漂流記〉時，亦邀請立石鐵臣為作品繪製插圖。除了在台日人之外，他也照顧旅日台籍作家，他受邱永漢之託在東京的新鷹會的聚會上朗讀〈偷渡者的手記〉，這篇作品備受山岡莊八先生與村上元三先生讚賞，並順利在《大眾文藝》刊出，成為邱永漢進入日本文壇一個重要的契機。[32]之後，他的〈濁水溪〉（14卷8-10月號，1954年8月-10月）和〈香港〉（16卷2月號，1956年2月）也陸續在《大眾文藝》刊出，〈香港〉甚至榮獲第三屆新鷹會賞。王榕青在日出版詩集《花蜜園：詩集》（東京：馬雪舲出版，1950年8月）時，也是經過西川滿的引薦，由立石鐵臣為詩集繪製封面與插畫。總之，返日後的西川滿仍熱心地為台灣關係者尋找文學發展的空間。

　　西川滿除了仰賴新鷹會的人脈關係，他返日後出版的第一本作品集，並非是文學創作集，而是在中山省三郎的協助下，出版在台已完成的譯作《西遊記（百花之卷）》（東京：八雲書店，

30　和泉司，〈「引揚」後の植民地文学──1940年代後半の西川満を中心〉，《藝文研究》94號（2008.03），頁63-81。

31　松尾直太，〈引揚後の濱田隼雄の中央志向をめぐる考察〉，第26屆天理台灣學會（2016.07.04），頁63-68。

32　邱永漢，〈相識六十年〉，《淡水牛津文藝》3期（1999.04），頁56。

1947年5月）。[33] 1948年，西川滿才由新小說社出版創作集《七宝の手筐》，隔年又出版《中國妖艷小說集》（東京：大日本雄辯會講談社，1949年12月）。1952年，他始以「台灣」為名，由新小說社出版了文庫本《台灣脫出》（1952年1月）。

　　根據中島利郎的《西川滿全書誌》，[34] 大致可歸納出西川滿戰後主要三種題材類型：（1）中國古典文學的翻譯與改寫，（2）台灣書寫（原住民族和漢族），（3）日本遣返者的書寫。返日後出版的第一本以「台灣」為名的小說集《台灣脫出》所收入的五篇作品也正好涵蓋這三種主要的類型。其中，〈雙蝶記〉是以中國古典梁祝的愛情故事為題材所改寫的作品；〈青鯤鯓的艷婆〉以台南為小說舞台，以聖母像為物件和媽祖廟為宗教神祕空間所撰寫的作品；〈蕃歌〉是以日人較為熟知的霧社事件為題材改寫的作品；〈地獄の谷底〉是西川返日後重新關注日本社會現實的遣返者文學。其中，〈台灣脫出〉據說是他以新垣宏一離台前的見聞為題材，所撰寫的作品。[35] 上述的第一、二類型是從戰前延續至戰後的題材類型，第三類型是他返日後新發展出來的題材類型。

　　戰後他仍延續戰前浪漫想像的文學風格和對中國古典文學的

---

33 西川滿早在1940年至1943年就已改譯《西遊記》連載於台灣日日新報社的《國語新聞》之上，之後，改刊於《皇民新聞》，由台灣藝術社集結成五冊發行，返日後他將其中的一部分以單行本發行。1952年1月25日再由新小說社以文庫本發行。

34 中島利郎，《西川滿全書誌（未定稿）》（大阪：中國文藝研究會，1993）。

35 新垣宏一著、嘉玲譯，〈美麗島文學〉，《淡水牛津文藝》4期（1999.07），頁31。「我因殘留在台而親眼目睹了二二八事件。於離台返日後，將其經過報告給西川，西川則以此為題材寫了〈台灣脫出〉這部作品吧。」

興趣，翻譯改寫許多中國古典白話通俗小說的翻案性作品，這些作品的題材多出自於《西遊記》、《水滸傳》、《聊齋誌異》、《三國志》等。戰前西川滿文本中的女性與台灣日語作家筆下的女性迥然不同，無論是〈劉夫人的祕密〉、〈梨花夫人〉或〈赤嵌記〉等的女性都帶有一種詭異的神祕性。戰後他仍執著於刻畫各種類型的女性形象，舉凡美女、俠女、狐女、女鬼、花娘、艷婆等（非村姑農婦）。這樣的文學傾向主要應源自他的戀母情結。在他的自傳中曾清楚地憶及自己因為讀了谷崎潤一郎的小說後才真正清楚地意識到自己的戀母情結，[36]這樣的作家心理素質直接投射在他的女性書寫，因此，他的性別書寫不應單純地被化約為男性「殖民者」身分，「投射了殖民者的膨大影像，也滲透了傲慢男性的意淫遐想」[37]作結。他返日卸下殖民者的身分後，仍延續這樣的文學命題，戀母情結也直接投射到他的媽祖崇拜，他終其一生都以他的方式膜拜女神，並無意褻瀆亦無「情色慾望」。西川滿形構出另一種想像大於寫實，在異國情調中帶上神祕面紗的女性形象，藉以彰顯他的獨特的浪漫美學。

帝國崩解後迫使他得面對現實生活中的種種問題。在他的作品中也同樣顯露出當時被遣返者內心無以為告的剝奪感，猶如〈地獄的谷底〉的女主角的宣告：「我的青春之夢，已和台灣一起宣告永遠的終結。」[38]然而，相較其他區域返日的作家，他的遣返經歷似乎平和許多，思念台灣之情也表現得更露骨。

---

36 西川滿，《わが越えし幾山河》，頁6-7。

37 陳芳明，《台灣新文學史（上）》，頁196。

38 西川滿，〈地獄の谷底〉，頁130。

　　西川滿在戰後返日後之所以能與文壇順利接軌，除了貴人相助之外，與他本身獨特的浪漫主義和異國情調的文學特質有關。因為這樣的特質弔詭地降低了他重返日本文壇的門檻，但這樣的無縫接軌卻導致他的文本出現遣返「被害」意識過剩，與對殖民地時期在台日人的「加害者」意識欠缺反省與自覺的問題，其文本的時間仍滯留於舊帝國的時間裡。如果比較西川滿戰前、戰後的台灣書寫最大的差異，在於台灣時期書寫講述「台灣」本身是有其建構「外地文學」的目的性；但返日後在他的文本中，「台灣」充其量只不過是他展演異國氛圍與非日常性的舞台裝置而已。[39]然而，若檢視「作家」書寫台灣的內在本質性的動機，其書寫的本身即是他存取日本敗戰「舊帝國記憶」與「台灣鄉愁」的另一種表現形式。如戰爭末期楊逵對坂口所言，日本敗戰後她什麼也帶不走，建議她疏散到山區，看看蕃人的生活，因為那將成為她帶回日本的唯一財產。[40]戰後她懷念部落的生活如同懷念自己的故鄉一樣，對「蕃地」人文風景充滿鄉愁與懷舊。同樣地，西川滿亦將他在台期間對台灣民間信仰與宗教儀式的台灣知識攜帶返日，成為他重返文壇的文化資本，終其一生執著對「台灣故鄉」的憧憬和追憶，將作品奠基於他曾努力研究過的台灣歷史、風土民情、宗教信仰與儀式等的文化知識上，藉以延續他的文學生命和保存屬於在台日人的台灣「鄉土」記憶。

---

39 和泉司，〈「引揚」後の植民地文学──1940年代後半の西川滿を中心〉，頁78-79。

40 坂口䙡子〈蕃地との関り〉，《霧社：坂口䙡子作品集2》（東京：コルベ出版社，1978），頁262。

　　然而，戰後的日本社會急速地遺忘舊殖民地台灣，如同急欲遺忘日本的敗戰記憶一般，藉以規避在東亞發動戰爭和殖民統治的責任。西川滿因其文學傾向在日本經濟快速成長時逐漸欠缺新鮮感，讀者也隨之流失。他也因此不得不選擇轉向，發展個人詮釋神祕宗教世界現象的興趣。

　　西川滿的文學欠缺社會寫實與生活感，只重視文學美感與趣味性的問題，在戰前台灣文壇備受攻訐。然而，這樣的文學特質卻讓他順利跨進戰後日本大眾文學界的門檻。戰後當他卸下殖民者的政治性身分，他所書寫的後殖民文本，以翻譯文學重返殖民地台灣時，又遭逢到怎樣的質疑？譯者又如何淡化西川滿戰前的政治性色彩，讓他重新以日本作家的身分在台灣文學界現身呢？

三、戰後西川滿文學在台的翻譯接受史

　　單德興曾以伊塔瑪・易文・左哈爾（Itamar Even-Zohar）的文學多元系統之觀念說明冷戰時期在台美國文學的中譯問題，指出一般在討論本土文學和翻譯文學時，經常將本土文學置於首位，翻譯文學居次。但，易文・左哈爾對這樣的論點與排序提出質疑，他提出在三種情況下翻譯文學有可能在多元系統中居於中心地位或首要位置：（1）文學處於「稚嫩」（young）期或正值確立的過程中，（2）文學處於「邊緣」（peripheral）或「弱勢」（weak）或兩者皆是的情境下，（3）文學處於「危機」、轉捩點或真空狀態。易文・左哈爾承繼俄國形式主義（formalism）的理論，認為文化、語言、社會、文學並非由不相干元素組成的混合體，而是由相關的元素所組成的系統。這些系統也不是單一的系

統，而是由多個相交甚至相疊的系統組成的，所以他創造「多元系統」這個概念。[41]台灣跨語作家的翻譯文學，並非是單純的跨語際的溝通，其中隱藏著戰後台灣文化政治、歷史、殖民文化等複雜交錯的關係。雖然他們的譯作不見得居於當時文壇的中心或首要位置，但卻提供台灣文學多元論述許多重要的文本。1970年代末鄉土文學論戰後，他們為因應當時的左翼階級、抗日精神、台灣民族主義等論述的需求，積極扮演著翻譯者的角色，譯介戰前台灣日語作家的作品，這或許與台灣省籍作家的文學長期處於台灣文壇邊緣且弱勢有關。

　　解嚴是台灣民主政治發展的重要轉折點，作家的創作題材也因之解禁，為了提供台灣文化多元來源的論述材料，他們也試圖將在台日人作家的作品譯出，將這些作品收編納入台灣文學的範疇建構「多元系統」的文化內涵。在戰後如何回收這些前殖民統治者的文學文本進入「台灣文學」的範疇中，其過程與皇民文學的譯作一樣充滿爭論性。戰後研究者重新觸及戰爭時期的文學文本時，台灣人的「皇民文學」早已爭論不已，更遑論翻譯、刊出西川滿文學的譯作。直到1990年代台灣出現文化多元來源的論述框架，才讓西川滿文學得以重新被包裝成充滿台灣趣味與鄉愁的「翻譯文學」，重回台灣文學界。因此，本文希望重新回顧西川滿文學戰後在台譯介的接受史，藉以釐清後解嚴時期西川滿譯本再生產的文化政治。

---

41 單德興，〈冷戰時代的美國文學中譯——今日世界出版社之文學翻譯與文化政治〉，《翻譯與脈絡》（台北：書林，2009.9），頁141。

（一）解嚴前西川滿文學的譯介

戰前西川滿在台曾擔任《台灣日日新報》文藝欄主編，編輯《愛書》、《媽祖》等，與總督府官僚、台北帝大教授們往來密切。1939年，在他們的支持下成立台灣文藝家協會並主編《文藝台灣》。但，中山侑、張文環等人因對西川滿個人的領導風格有所不滿，另行創設《台灣文學》，該文學集團多視他為「御用作家」。在戰後的台灣文學史中，他也就此定型而備受非議。戰後在日本的近現代文學史中，也一直未給予這群海外日人文學家一個文學史上的歷史定位，川村湊試圖以「異鄉的昭和文學」[42]重新評論偽滿洲國日人作家的文學活動。然而，在帝國政治版圖上的「異鄉」，在戰後卻是他們的心靈地圖裡回不去的「故鄉」，這種「喪鄉」的失落感成為這群日人作家在戰後無以為告的生命記憶與歷史傷痕。

戰後台灣日語作家憶及台灣日人文學時，無論對西川滿或他的文學風格喜愛與否，皆不得不論及他在台的文學活動，畢竟他是日治時期少數專職寫作的作家，積極建構屬於在台日人的「外地文學」，其創作質量亦不容忽視。郭千尺（郭水潭）和龍瑛宗在1950年代回顧台灣新文學運動時，都曾提及西川滿在台的文學成就，龍瑛宗將西川滿和濱田隼雄的文學評為最具「生長於台灣的日人文學」的典型特色。[43] 1956年，林曙光雖曾翻譯西川滿的

---

42 川村湊，《異鄉の昭和文学—「満州」と近代日本—》（東京：岩波書局，1990）。

43 郭千尺的〈台灣日人文學概觀〉和龍瑛宗的〈日人文學在台灣〉（《台北文物》3卷3期，1954.12，頁2-17、頁18-22）。

中國歷史故事《殘忍的呂后》，[44]但卻未引起關注。1970年代末本
土意識崛起，民族主義（無論中國民族主義者或台灣民族主義
者）情緒高漲，譯介西川滿文學仍與當時的社會輿情和政治氣氛
有所齟齬。張良澤雖嘗試譯出台灣民間傳說〈鴨母皇帝〉，但礙
於當時戒嚴的政治情勢，最後無疾而終。當時葉石濤也反對譯出
在台日人的文學，深怕被誣指為「皇民」、「漢奸」而陷入難以預
期的尷尬處境。[45]但，他仍撰文介紹這位「日本作家」的文學活
動，因為「他們雖對台人的抗日運動沒有任何幫助，但也未見有
任何損傷，他們是一群天真的人。對於這類型的作家，我們仍懷
有深摯的懷念」。[46]顯然他對在台日人的文學成就並未全面否定。

　　1980年代日人學者近藤正己在台發表〈西川滿札記〉；[47]張良
澤繼之發表〈西川滿書誌〉，[48]他整理了西川滿的著作年表，試圖
回歸作家研究，探討西川滿的文學軌跡與意義，重新評價西川滿
對台灣文學發展的貢獻，肯定他是位「愛台作家」。[49]此舉隨即引
來陳映真等人的批判，雙方在《文季》上展開激辯，展開第一次
皇民文學的論爭。陳映真大量援引近藤正己的中譯資料，質疑張

---

44 西川滿著、林曙光譯，《殘忍的呂后》（台北：龍門出版社，1956）。全書共
　　35頁的小冊子，書中譯者未有任何說明。

45 王惠珍，〈析論1980年代葉石濤在東亞區域中的翻譯活動〉，《台灣文學學
　　報》27期（2015.12），頁113-152。

46 葉石濤，〈日人作家在台灣〉，《台灣日報》（1974.07.11-16），9版。

47 近藤正己，〈西川滿札記（上）、（下）〉，《台灣風物》30卷3期-4期，
　　（1980.09、12），頁1-28、80-130。

48 張良澤，〈西川滿書誌〉，《台灣文藝》84期（1983.09），頁157-165。

49 張良澤，〈戰前在台灣的日本文學：以西川滿為例兼致王曉波先生〉，《文季》
　　2卷3期（1984.09），頁16-27。

良澤的立場批判他的意識形態。[50]之後，西川滿的研究者無論如何試圖「排除非文學的論點」、「認定西川滿是日據時代在台灣殖民地居住、生活過的重要日人作家」，[51]皆難以翻轉西川滿在台的作家形象。然而，1980年代西川滿文學的譯本並不多，論者經常未讀先判，在日後多次的皇民文學論爭中，西川滿也猶如地雷般，總是容易引爆來自不同立場的民族主義者對皇民文學的批判。[52]

　　除了張良澤之外，葉石濤亦曾在「聯合副刊」上譯出西川滿的〈稻江冶春詞〉（1980）文末評論到：「如他深厚的人道主義精神，浪漫、耽美的傾向以及台灣氣味濃的異國情調。」但之後，未再見到新的譯作。直到解嚴前後葉石濤、陳千武才又開始翻譯西川滿的文學作品。

（二）解嚴後西川滿文學的翻譯

　　解嚴後台灣社會的日本觀已非單純的線性發展，因島內族群、語言、歷史經驗等因素，發展出多樣的台灣歷史敘事，抗日敘事只不過是眾多之「一」。自此台灣社會長期被壓抑的日語書寫以自傳、詩歌、日記、小說等的形式如怒濤般宣洩而出。島內

---

50 許南村（陳映真）的〈談西川滿與台灣文學〉（《文季》1卷6期，1984.06，頁1-11）和張良澤的〈戰前在台灣的日本文學〉（《文季》2卷3期，1984.09，頁16-27）。

51 陳明台，〈西川滿論：以其台灣題材之創作為中心〉，（高雄：春暉出版社，1997.02），頁317-343。

52 可參閱：曾巧雲，《未完成的進行式：戰前戰後的皇民文學論爭／述》（台南：國立成功大學台灣文學研究所碩士論文，2004）和賴婉玲《皇民文學論爭研究》（桃園：國立中央大學中國文學研究碩士論文，2006）的相關研究。

陸續出現原住民運動與還我母語運動等社會運動的訴求，中華民族的國族論述也始見鬆動，「中華民族」的概念被「四大族群」所取代。[53] 在這樣的時空背景下，在台日人的文學找到了新的歷史出口，藉由翻譯文學的形式重被介紹閱讀。

　　戰後在台的日本翻譯文學以大眾文學作家和諾貝爾文學、芥川文學獎等獲獎作品的譯介居多。戰後西川滿雖在日本以大眾文學作家的身分重新出發，但並非一線知名作家，無法直接獲得台灣出版社的青睞而被譯介來台。但，他卻是戰後在日本文藝界中最投入書寫台灣題材的日人作家，藤井省三將日本近代文藝界的「台灣熱」分成兩期：第一期是從1930年代後半到日本敗戰1945年的十年間；第二期是1947年到1960年代半的二十年間。台灣作家活躍的領域，前者以普羅文學和純文學的領域為主；後者則是大眾文學領域為主。西川滿從1940年代到第二期皆以書寫台灣著稱，活躍於當時的日本文藝界，成為重要的跨時代日人台灣書寫者。另外，刊出西川滿作品的大眾文學雜誌書籍，約莫有數十萬部的總量，其作品的讀者規模不容小覷，與西川同期刊出的作者群中，也有多位已是當時文壇的知名作家，西川的作品並非全屬低俗之作。[54] 但，戰後礙於台灣的各種政治禁忌，西川滿文學在台的譯介仍困難重重。

　　1970年代末遠景出版社的《光復前台灣文學全集》（1979年），和前衛出版社的「台灣文學作家作品集」（1991年），都將

53　黃智慧，〈台灣的日本觀解析（1987- ）〉，《思想》14號（2010.01），頁53-97。

54　藤井省三，〈西川滿の戰後創作活動と近代日本文学史における第2期台湾ブーム〉，張季琳編，《日本文学における台湾》，（台北：中央研究院人文社會科學研究中心，2014），頁1-39。

「皇民作家」和在台日人作家的作品排除在外，因為「民族意識」和寫實主義手法是這套書主要的選編標準。在文學史的論述裡，葉石濤的《台灣文學史綱》（1987年）〈第二章台灣新文學的展開〉的「戰爭期」中對在台日人的文學活動亦著墨不多，以「它是屬於統治階級的刊物，大多數台灣民眾都不諳日文的狀態下，它可能由一部分台灣知識分子所接受」，質疑西川滿主編的《文藝台灣》對台灣文壇的影響力。[55] 然而，戰前台灣文壇欠缺廣大的日語讀者大眾，其實是台灣日語文學同人雜誌共同面臨的難題。2000年後，陳芳明撰寫《台灣新文學史》時，在台灣雖已有不少西川滿文學的譯本，在〈西川滿：皇民文學的指導者〉一節中作者卻仍歸納西川滿的文學為：「以美麗的神話再呈現台灣，可以說相當成功地遮掩了許多醜陋的殖民史實。以熱愛台灣的方式來傷害台灣，才是西川滿皇民文學的精髓。」[56] 他仍從民族主義的立場將西川滿戰前文學定調為加害者的文學，強調他戰前的政治性身分。

　　「西川滿」這位作家當時之所以受到台灣讀者的關注，並非因為他的文學作品本身，全然是拜戰後皇民文學論爭之賜。他以「御用作家」之姿代表日本殖民統治者成為台灣評論者攻擊撻伐的箭靶。有趣的是，論爭的重點鮮少討論西川滿文學內容本身，最後批判的焦點往往指向檢視「研究者」個人意識形態的問題。西川滿卻對於種種的批判未曾辯駁過，或口出惡言。直到1990年代後始有陳藻香因研究西川滿文學，而指出：

55　葉石濤，《台灣文學史綱》（日譯註解版）（高雄：春暉出版社，2010），頁102。

56　陳芳明，《台灣新文學史》（台北：聯經出版公司，2011），頁198。

　　（台灣人）曾因日領時代的皇民政策、戰後國民政府採行
的中原意識強化政策之下，將自己的鄉土看作化外之地而輕
視它，視自己的文化為卑劣惡習而蔑視它。對台灣人來說，
經由西川滿的文藝手法所構成的這些作品，是重新恢復自信
與自豪最好的覺醒劑。[57]

重新肯定西川滿的「文學題材」的重要性，而這些「鄉土」題材
又如何透過譯文介紹給戰後的台灣讀者呢？

　　1987年，解嚴後台灣社會從「狂飆」的1980年代邁向「混
亂」的1990年代，[58]台灣社會的言論自由更形開放，台灣文化民
族主義者致力於台灣文學「民族化」，建構所謂「建國的文學」。
在此過程他們除了透過《台灣文藝》與《笠》詩刊的發行展開本
土論述之外，還積極利用翻譯活動進行跨語跨時代的文化傳承。
解嚴前後葉石濤、陳千武兩人開始積極譯出西川滿的作品，先後
刊於具有本土色彩的《自由時報》、《自立晚報》、《台灣時報》
等報紙的副刊之上。

　　西川滿戰後的台灣書寫仍延續他對台灣民間文化的興趣，作
品中經常出現民間迎神賽會的場景和傳說信仰等敘事內容，藉以
增添小說情節的懸疑性與宗教的神祕性。他的文學由於欠缺批判
戰後日本社會現實問題的嚴肅性，也難直接讀出他戰後對日本殖
民地統治的反省，大部分作品與戰前被批評作家耽溺於異國浪漫

---

57 陳藻香，《日本領台時代の日本人作家─西川滿を中心として─》（東吳大學
　　日本文化研究所博士論文，1995），頁784。

58 南方朔，〈青山繚繞疑無路〉，楊澤主編，《狂飆八○：記錄一個集體發聲的
　　年代》（台北：時報文化公司，1999），頁20-29。

想像等問題如出一轍。然而，這樣一貫欠缺社會現實感的文學風格，卻也讓他得以在台順利轉換成「日本作家」的角色，重現在1990年代的台灣報紙副刊之上。解嚴後台灣報禁隨之解除，各家副刊只能各憑本事在自由競爭激烈的報刊消費市場中，找尋生存或轉型之道。[59]根據林淇瀁的研究：1990年代的報紙副刊，出現了既非「綜合副刊」，也非「文學副刊」、「文化副刊」那樣涇渭分明，而是與報業市場政策相隨，隨時調整它們適應讀者（市場）的內容。這種讀者取向的形式可以名為「大眾副刊」模式，它反映的是「非傳統的、非菁英的、成批生產的、商業的、同質的」大眾文化的特質。[60]戰後西川滿的文學作品，之所以順利譯介至台灣的報紙副刊中，除了他的「台灣」因素之外，其作品的「大眾」文學特質與當時的副刊趨勢似乎有其不謀而合之處。副刊主編以「日本作家的台灣小說」、「淡水傳奇小說」、「橫渡黑水溝小說」等副標包裝西川滿的作品，至於作家的介紹方式，以〈血染鐘樓〉的〈西川滿簡介〉的說明為例：

> 作者西川滿現年八十一歲。二歲時，隨父自日本若松市來台（筆者按：日本的會津若松市）。住在台灣三十六年，戰後返日。台北一中、早稻田大學法文系畢業。處女詩集《媽祖祭》，受吉江喬松博士評為「日本文學未聞的新聲」。小說

---

59 王浩威，〈社會解嚴，副刊崩盤？從文學社會學看台灣報紙副刊〉，《世界中文報紙副刊學綜論》（台北：行政院文化建設委員會，1997），頁232-247。

60 林淇瀁，〈第三章「副」刊大業〉，《書寫與拼圖：台灣文學傳播現象研究》（台北：麥田出版，2001），頁88。

〈赤嵌記〉，獲長谷川台灣總督頒發「台灣文化獎」。曾任
《台灣日日新報》文藝版主編，並刊行雜誌《媽祖》十六
冊、《台灣風土記》四冊、《文藝台灣》之十八冊（筆者按：
三十八冊），在台日人主要作家，於1942年與張文環、龍瑛
宗、濱田隼雄等，以台灣文藝家協會代表，參加東京的「大
東亞文學者大會」。前年收集十四短篇出版的《台灣小說
集》，即於台北大稻埕、南鯤鯓、桃園的歌仔戲、艋舺、台
南赤嵌、鹿港風水、淡水紅毛城、士林、板橋玫瑰等地為背
景的小說，表現對台灣抱持著無限懷念與慕情。目前在東京
阿佐谷建立奉祀掌握全天之星的天上聖母元君「生命之
塔」，為日本天后會總裁。[61]

譯者顯然特別強調西川滿與台灣的淵源及其在台文化活動、文學
成果等，最後提及他返日後對台灣的鄉愁與思慕之情，其他小說
作品的作家簡介內容大都不出此範疇。

　　西川滿的文學活動大致可以分成三期：台灣期（1920-
1945）、戰後期（1945-1960）、天后會台灣回憶期。[62]葉石濤主要
負責譯介在台時期的作品，陳千武負責翻譯他戰後期的作品為
主。他們依循一貫的譯作生產模式，將報紙副刊的譯作集結成冊
出版，於1997年，由春暉出版社出版《西川滿小說集（1）》（葉
石濤譯）和《西川滿小說集（2）》（陳千武譯）並附上西川滿的
序文及其他學者的評論，希望延長西川滿文學譯作的閱讀時效。

---

61 陳千武，〈西川滿簡介〉，《自立晚報》（1990.08.11），14版。
62 中島利郎，《西川滿全書誌》，同注34。

兩人都是台灣重要的跨語作家，戰後積極地從事東亞區域內台、日、韓的文學翻譯工作，葉石濤以譯介小說和日人的台灣文學研究論著為主，陳千武則以翻譯現代詩和兒童詩為大宗。解嚴後為因應台灣本土論述之需，他們的譯作除了提供重構台灣文學的譯本之外，也試圖開展東亞區域內的文學交流。葉石濤在1980年代已開始著手翻譯日人台灣文學研究、日本推理小說、韓國文學等作品，累積相當多的譯業和翻譯文學作品的信心。解嚴後他仍積極地從事翻譯工作，以賺取譯稿費維持生計，他除了譯介日本作家的作品之外，也開始譯介戰前在台日人作家的作品，並為讀者導讀評介這些作品。

　　葉石濤雖與西川滿曾有過一段師生情，但他仍很謹慎地處理西川滿文學的問題，即使是1990年代他翻譯戰爭期的《台灣文學集1：日本作品選集》時，仍似有顧忌地強調台灣被殖民的歷史傷痕，例如在濱田隼雄的〈蝙蝠〉的「譯者按」中即指出主角陳少年的奴性與日本統治者的優越感，在物質匱乏的戰爭年代裡，日台的差別待遇等。其中他也清楚地表達譯者立場：

> 　　即使是日本作家或台灣作家的日文作品，也是屬於台灣文學遺產的重要部分。四百年來台灣常被外來統治者統治，如果把所有外來統治者有關台灣的文學作品排除於台灣文學之外，那麼清朝統治台灣二百二十年的舊文學中許多中國宦遊文人的傑作也必須排除在外，這難道不是荒謬的事嗎？我們必須以世界性的宏觀立場來接納這些作品，我之所以翻譯西川滿先生的小說，也是出於這善意罷了。
>
> 　　（中略）

　　畢竟台灣人曾經是日本統治、經濟、文化侵略的受害者，這種被損害的記憶流在血液裡，變成台灣人恥辱的血肉的一部分。[63]（下線為筆者所標示）

　　顯然地，葉石濤並非純然為「翻譯」西川滿文學而翻譯，他一再強調翻譯者選擇的主體性與重新建構台灣文學內涵和它的歷史意義。他站在台灣文化民族主義者的立場，將日本與中國皆視為外來政權，西川滿的文學同是外來「統治者」的文學，釋出善意，以「世界性」的宏觀立場來回收西川滿的台灣書寫。

（三）陳千武譯介西川滿的遣返者文學

　　1933年西川滿從早稻田大學畢業後，在恩師吉江喬松的鼓勵下返台，再度踏上台灣的他「以後數年，貪婪地在探索台灣的歷史中度過」。[64]返台後他深受島田謹二外地文學論的啟發與影響，試圖建構在台日人的鄉土文學，積極撰寫台灣的歷史小說，其中包括鐵道長篇小說《台灣縱貫鐵道》、《採硫記》、《龍脈記》等。這些文本題材奠基在既有的台灣文獻史料之上，除了呼應戰爭末期國策書寫之外，其中仍充滿西川滿個人獨特的文學想像、歷史詮釋。然而，這類帶有建構在台日人鄉土文學的使命感和充滿戰時帝國意識的歷史書寫，隨著西川滿的返日也隨之告終。

　　西川滿遣返後的作品主要由陳千武負責譯出，並收入於《西

63　濱田隼雄著、葉石濤譯，〈蝙蝠〉，《台灣文學集：日文作品集》（葉石濤編譯，高雄：春暉出版社，1996），頁130-131。

64　西川滿，〈歷史のある台灣〉，《台灣時報》2月號（1938.02），頁66。

川滿小說集（2）》。其中，除了〈赤嵌記〉之外，都是西川被遣返後沒多久發表於《新讀物》、《コメット》、《講壇俱樂部》、《キング》等通俗雜誌上的作品，後來收入於《神々の祭典》（東京：人間の星社，1984年10月），以「台灣」的大稻埕、鹿港、台南古都為舞台，深具傳奇色彩的短篇小說。

　　翻譯者陳千武（1922-2012）是台中州南投人，1935年考入台中州立台中第一中學，1939年發表第一篇日文詩作〈夏深夜の一刻〉於《台灣新民報》（1939年8月27日）後陸續在該刊報上發表詩作。1941年畢業後任職於台中製麻株式會社。1942年7月台灣總督府公布「台灣特別志願兵制度」，因被選入第一期「陸軍特別志願兵」。受訓後1943年9月赴南洋參加濠北地區的防衛作戰。1945年敗戰後，部隊受英軍指揮，轉而參加印度尼西亞獨立軍作戰。1946年4月在印尼雅加達的集中營發起明台會，同時6月主編《明台報》但隔月即返台。12月返台後考進行政院農委會林務局，擔任人事行政工作。1958年才發表他第一篇中文詩作〈外景〉（《公論報》「藍星週刊」182期，1958年1月10日），開始以筆名「桓夫」發表作品。1960年代就開始譯介台、日、韓詩人的作品和詩論，參與東亞詩人團體的交流活動，在1980年代初藉由「翻譯」讓「日治時期新詩傳統」再現。[65]

　　1965年陳千武因寄贈《笠》詩刊給日本靜岡縣圖書館的葵文庫，因而結識高橋喜久晴、村野四郎、北川冬彥、田村隆一等日本知名詩人，並與各詩刊主編的各務章、古克彥、南邦和等人，

65　羊子喬，〈論陳千武的翻譯、文學交流與建構〉，《文學台灣》66期（2008.04），頁207-222。

藉由譯作通訊、互訪聯繫，搭起兩國詩學的交流平台網絡。隔年
1966年在靜岡詩人會報中，他又結識韓國詩人李沂東，輾轉結識
韓國重要詩人金光林，並藉信箋往返，進行詩刊與譯詩的交流。
1980年10月因參加「東京國際詩人會議」，與高橋喜久晴、金光
林三人商議決定三國輪流編纂《亞州現代詩集》，同時輪流召開
「亞洲詩人大會」，1982年在台北召開「中日韓現代詩人會議」，
陳千武積極透過「翻譯」活動積極推動台灣新詩的國際化。[66]

　　除此之外，他也在北原政吉的引薦下，認識了熊本市もぐら
書房的負責人宮崎端。宮崎端1921年出生於嘉義，1941年前往東
京升學。戰前他曾加入《文藝台灣》並發表過小說〈赤城山埋藏
金〉（《文藝台灣》6卷6號，頁118-127）。戰後他仍與雜誌同人
北原政吉、本田晴光等人往來密切，並出版他們的詩集。[67]龍瑛宗
戰後發表的第一篇日文小說〈夜の流れ〉亦刊於該書房發行的雜
誌《だぁひん》。[68] 1977年8月上旬宮崎端、北原政吉與當時
《笠》詩社社長陳秀喜、陳千武會面後，促成《台灣現代詩集》
的譯介工作，並於1979年2月由該書房出版詩集，1989年5月又
出版了《續・台灣現代詩集》。陳千武與這群作家時有書信往來
互動密切，並陸續譯介他們的作品，例如岬たん（宮崎端）的
〈林玉蘭的徵召令〉、〈垃圾鬼〉，台中一中的同窗平井克郎的〈海
上墓碑〉、西川滿的〈裸神的饗宴〉等。

　　陳千武是少數親身經歷戰時海外前線戰況，且在戰火的洗禮

---

66 陳素蘭，《陳千武的文學人生》（台北：時報文化公司，2004），頁220-224。

67 感謝中島利郎教授提供もぐら書房等相關研究資訊，謹此誌謝。

68《だぁひん》（DAHIN）到彼方的意思。由宮崎端的もぐら書房所編輯發行的
　年刊文藝誌，自1975年至1979年共發行五期。

後還能平安返台的作家。對於戰時人們面對戰爭的軟弱與無可奈何的心境，保有深刻的理解與包容力。因此，他雖耳聞許多有關西川滿的負評，但因為「西川氏敢說他那麼愛台灣，用他的文學構造台灣美醜、善惡分清的知性令人感動」。[69] 讓他自覺沒有討厭西川滿的資格，便試著接納、翻譯他的文學作品。當他閱讀刊於《Andromeda》的重刊舊作〈劍潭印月〉、〈血染鎗樓〉、〈赤嵌記〉三篇小說時，發現西川滿以台灣各地不同的地方歷史傳說為題材，充滿著濃厚的民俗趣味，引發他譯介的興趣。在翻譯的過程中，對於西川處理小說情節幽美的思維及技巧，應用其特有的浪漫美文表現出獨特的魅力，且含有淨化人心的文學意象而深受感動。因此，他認為這些「它山之石」應有其值得借鏡之處，利用訪美度假的兩個月假期一口氣譯出《神明祭典》的十篇。[70]

　　然而，翻譯的底本《神々の祭典》中雖收有十四篇短篇小說，但陳千武卻只選譯其中以台灣古都「一府二鹿三艋舺」作為小說舞台的作品，遣返後的第一作〈青衣女鬼〉和描寫女海賊〈豹之花〉、查某嫺的〈花娘夜語〉、描寫淡水歌仔戲劇場的〈天女散花〉皆未選入其中。

　　在1994年，二二八事件發生後四十七年的前夕，陳千武刻意譯出西川滿以二二八事件為背景撰寫的〈惠蓮的扇子〉的短篇。[71] 1946年西川滿便返日，並未目睹1947年爆發的二二八事件。其寫

---

69 陳千武，〈西川滿印象〉，《文學人生散文集》（台中：台中市文化局編印，2007），頁121。

70 同上註，頁116-122。

71 陳千武雖譯出西川滿的〈裸神的饗宴〉（原住民題材刊於《台灣時報》，1994.09.10）但卻未選入該譯本集。

作動機據說聽聞友人受難而讓他悲傷憤怒不已，在1954年2月於《台灣民聲》創刊號上發表二二八詩歌〈丈夫和大地的憤怒〉。[72]另外，他也根據新垣宏一的二二八經驗寫了〈台灣脫出〉一作。這些作品可算是台灣二二八事件書寫的先聲，亦是他少數表露他戰後政治意識的作品。

　　陳千武試圖藉由「翻譯」西川滿文學，揭示作品中台灣民間傳說、民俗祭典與歷史空間的文學再現形式，以彰顯作品中台灣「鄉土」的符碼。關於西川滿戰後的遣返經驗書寫和中國古典文學的改寫等類型卻被摒除在他的譯介活動之外。他藉由譯作讓台灣讀者跳脫對台灣民間傳說、祭典題材既定的「鄉土文學」認知，重新發現這些曾被鄙視的庶民題材，經由作家的文學想像是如何昇華成為另類的文學文本，同時也滿足1990年代後台灣讀者另一種鄉土懷舊情愫的閱讀需求。

　　戰後在皇民文學論爭中對西川滿的批判大都聚焦於殖民者的歷史身分，卻鮮少觸及殖民地經驗的遺緒（legacy）書寫。西川滿返日後他不斷表達離台的無奈，對台灣的鄉愁更勝於殖民地反省，「本想要永住下去的台灣，不得不被遣回」（〈煉金術〉，頁188）。關於二二八事件他也藉由主角「我」和「仲明」兩人的辯詰表達在台日人與台灣人面對國民黨政府戰後接收的想法，其中仲明說：

　　　跟中國人在一起，就把五十萬的日人驅趕回去的台灣同

72　岡崎郁子，〈西川滿先生和二二八事件〉，《淡水牛津文藝》4期（1999.07），頁71-72。

胞，很令我生氣。對政治貧弱的台灣人，我未曾像今天這樣
地生氣過。如果日本人在或許會協助解決這樣的混亂。英國
人未曾驅逐致力開拓加拿大的法國人。現在的台灣是誰建設
的？並非是阿山。是日本人。對在台日人不應該將侵略大陸
的軍閥同等處置。（略）

　　台灣人並非是日本人，但更非中國人。是日本人讓台灣變成
如此的。在道義上，我相信日本人應該不會棄台灣人於不顧。[73]

　　文本中似乎仍潛藏著西川滿肯定舊帝國殖民統治的文化遺
緒。然而，翻譯者對於西川滿曾是殖民者的政治身分卻欠缺說
明，只聚焦於文本中「台灣」題材的文化意義上，忽略作者的文
本產出的歷史脈絡和西川滿戰前的政治立場。對此施淑也從「台
灣人」的立場評介這本譯作，提醒讀者：

　　日據時代曾被奉為「外地文學」（殖民地文學）樣板的西
川滿，他戰前戰後始終不渝地書寫台灣、描繪台灣的熱情和
文學志業，固然應予尊敬，我們也確實從他的作品找回漸次
失落了的台灣的記憶。但他這些在敘述上始終不容台灣人發
音，在活動上，把台灣風土人情一貫限制在哥特式情境的作
品，卻像一切殖民主義文學一樣，宣示著被殖民者的奴隸式
的社會性死亡（Social death）。而這應該是我們在認識台
灣，重建台灣文學史時不能不認識到的問題。[74]

---

[73] 西川滿，〈惠蓮の扇〉，《アンドロメダ》250號（1990.03.17），頁7。
[74] 施淑，〈認識台灣西川滿文學現象〉，《中國時報》（1997.07.31），42版。

施淑很清楚地點出西川滿文學以翻譯文學方式被迎回台灣時，以「認識台灣」為由的問題點，提醒台灣讀者西川滿文學欠缺社會性的問題。但是「欠缺社會性」的問題不只是以台灣為題材的作品才出現的問題，而是西川滿文學本身傾向大眾通俗的特質。作家藏諸作品中的在台日人的「鄉愁」意識與翻譯者重建台灣文學的「鄉土」意識之間的齟齬，正凸顯了翻譯的悖逆性。

中島利郎的〈書評〉試圖釐清西川滿文學在台的接受史，肯定西川滿文學與台灣新文學發展的貢獻，推崇他是台灣歷史小說的開山祖師，認為這兩本翻譯集的出版具有西川滿文學的復權的象徵意義。[75] 但是，西川滿文學的譯本顯然只是台灣文化民族主義者選擇的「結果」，譯者對台灣鄉土題材的重視更勝於如何在台灣文學史中定位西川滿這位在台日人作家。

返日後的西川滿因對國民黨政權有所顧忌，又因雙腳不良於行，即便在1970年代早有部分灣生陸續來台探訪友人，但他卻未曾再踏上台灣，只能透過友人口述得知台灣友人的近況。反之，台籍作家張文環、龍瑛宗、鍾肇政、陳千武、杜潘芳格等人，戰後訪日時皆曾拜訪過他。戰前因為帝國殖民體制迫使他們在民族立場上必須站在彼此的對立面，但，戰後他們卻成為分享緬懷彼此文學過往的知音，因為他們的台灣記憶，在戰後的國家論述中都曾是不容辯說的過往。

相較於日本其他有過殖民地經驗的作家，返日後西川滿似乎毫無顧忌書寫「台灣」，藉此來填補他心中失鄉的落寞。因此，

---

75 中島利郎，〈日本統治期台湾の日本人作家：西川滿文学の復権〉，《東方》201號（1999.11），頁37-40。

在《西川滿小說集2》的〈序〉：

> 〈赤嵌記〉以外的十二篇，是因日本敗戰，不得不離開我
> 心裡決定的終身住家的台灣，我對已經成為遙遠的島抱持難
> 於忍受的慕情，永不消失的讚頌，一天又一天，用力敲打似
> 地寫出來的東西。（中略）。這一卷是，我以深摯的感情，獻
> 給曾經允許我居住過、生活過，使我愛上的台灣---美麗島的
> 小說集。[76]

　　戰後西川滿全然對於自己曾是「殖民者」的政治身分毫無顧
忌，即使他不在場卻執意書寫台灣，在他的作品中「台灣」的文
學符碼清晰可辨，但這樣的被標籤化的結果，因東亞國際政治局
勢的轉變冷戰結束，日、台關係逐漸疏遠，1960年代以後他不得
不選擇從日本大眾文學的場域中退場。

　　這些譯本與解嚴後台灣本土文化論述之間的關聯性，主要著
眼於文本中的台灣鄉土因素，西川滿殖民者作家的形象已悄然轉
換成「日本作家」。西川滿文學的通俗趣味性也相當符合1990年
代大眾副刊的走向，他雖是「日本」作家，但其小說敘事內容卻
相當「台灣」而不見隔閡，讓他的翻譯文學得以順利隱身在報紙
副刊中。

　　1998年，張良澤在聯合副刊上輯譯了被稱為皇民文學的短詩
文，並發表〈正視台灣文學史上的難題──關於台灣「皇民文

---

76 西川滿著、陳千武譯，〈序〉，《西川滿小說集2》（高雄：春暉出版社）。

學」作品拾遺〉[77]一文，引發1990年代的皇民文學之爭。其中，陳映真又再次點名西川滿為「台灣皇民文學頭號總管」。[78]雖然這一次的論爭同樣是統獨論述與左右立場之辯，「反共文學」與「皇民文學」被相提並論，由於1990年代已累積了部分西川滿的翻譯文學，使得論述內容較言之有物。彭瑞金也利用葉石濤的譯作〈採硫記〉，與郁永河的〈裨海紀遊〉進行比較研究，以「屬地主義文學」的觀點將西川滿文學收編進入台灣文學的範疇中，進行文本的再生產活動。[79]但，游勝冠同樣檢討研究者的意識形態，認為那是研究者「長年以來未曾加以清理的、心靈的殖民地化的一個鮮明的表現」。[80]這種「剪不斷理還亂」的殖民地清理，也映照出台灣人面對清理在台日人文學的「困難」。然而，清理困難真正的癥結點或許並不在西川滿文學本身，而是台灣人如何面對戰後自身的「日本症候群」。[81]戰後西川滿文學的譯作，顯然是文化民族主義者因應時代所需譯介的結果。戰後的台灣讀者所關注的，除了論者對西川滿帝國意識的批判之外，另一方面，西川滿如何將台灣民間文化透過文學的浪漫想像加以藝術化，「鄉土」如何可以不寫實，亦成為另一個閱讀關注的重點。

---

77 張良澤，〈正視台灣文學史上的難題——關於台灣「皇民文學」作品拾遺〉，《聯合報》（1998.02.10）。

78 陳映真，〈精神的荒廢：張良澤皇民文學論的批評〉，《聯合報》（1998.04.02）。

79 彭瑞金，〈用力敲打出來的台灣歷史慕情：論西川滿寫〈採硫記〉〉，陳義芝編，《台灣現代小說史綜論》（台北：聯經出版公司，1998），頁12-28。

80 游勝冠，〈在殖民者與被殖民者之間徘徊：又見一場以皇民文學為焦點的論戰〉，《聯合報》副刊（1998.07.24）。

81 汪宏倫，〈台灣的日本症候群〉，《思想》14期，頁35-38。

結語

　　近來台灣陸續以講述日本人回憶的台灣殖民地經驗的紀錄片
《灣生回家》（2015）中，導演透過懷舊尋「根」之旅，重拾他們
隱藏多年在舊殖民地台灣的生命記憶。當白髮蒼蒼舊殖民者尋求
已入鬼籍的台灣友人，抑或重返歷史現場時，他們共有的鄉土記
憶為之湧現而上。攝影鏡頭聚焦於逐漸模糊的童年記憶和昔日泛
黃的照片，反覆地拼湊大時代的悲歡離合，找尋他們昔日一幕幕
移民村的生活場景，藉以召喚他們難以啟齒的台灣情感。然而，
個人層次悲歡離合的感人故事，是無法消弭因日本帝國的戰爭擴
張殖民所帶來的歷史傷痕。

　　這樣的懷舊題材透過影像能否引發日本戰後世代的閱聽大
眾，對戰前日人海外移民史產生興趣與共鳴，特別是這種非光榮
的帝國記憶，令人存疑。然而，藉由影像的「翻譯」為何會引起
台灣視聽大眾的關注？除了與片商行銷策略的成功有關，他們主
要引發一些對日本懷舊的日語世代觀眾的關注，部分的觀眾竟是
接受抗日史觀教育的台灣戰後世代，他們鮮知戰前在台日本農業
移民的歷史，出自於對台灣土地歷史的好奇，而對這部紀錄片產
生莫大的興趣。

　　台灣人在戰後經歷戒嚴與白色恐怖，殖民記憶被排除在國家
集體的抗日記憶之外，在台日人的「被遣返經驗」與台人的「殖
民經驗」同樣在戰後長期受到政治的壓力而被漠視，被視為「負
面遺產」，個人記憶被淹蓋在國家集體記憶中，因此他們彼此之
間存在著類似的情感結構。即使，他們之間存在著種族、階級的
差異，這群在台日人的身上背負著帝國的歷史印記是無法褪脫

的，跨語世代的譯者面對西川滿文學訴諸對台的望鄉思慕之情時，在個人的情感層次上，顯得多了一點同情的理解和包容。

西川滿戰後的台灣書寫仍維持他一貫的寫作風格，喜好使用台灣民間傳說的文化表象和創造神祕的異質空間，積極地在日本文藝界中書寫「華麗島」。戒嚴時期島內戰前殖民的歷史記憶和民間文化備受壓抑，台灣文化在國民黨的中華民國史觀下不斷地被邊緣化、被視如敝屣。然而，這些民間文化竟被西川滿特殊的浪漫筆觸包裝得極具文學的趣味性和娛樂性。戰後台灣的政治氛圍與他殖民者的政治身分等因素，使得他的文學遲遲無法被正視和翻譯，直到後解嚴時期，才有系統地被逐一譯出。然而，重新檢視譯本類型，不難發現這些譯本的題材主要都是與台灣民間傳說和常民信仰有關，這顯然是翻譯者在1990年代建構台灣文化主體性時，為強調台灣文化多元性所篩選的結果。因為這些西川滿文學的譯本既能滿足1990年代報紙大眾副刊鄉土內容之需，又能滿足當時台灣的懷舊情懷和台灣文化民族主義的論述之需。

翻譯者透過強調西川滿文學中的台灣鄉土性，試圖翻轉西川滿戰前既定的作家形象。然而，戰後這些後殖民的譯本並非是本土派主張的寫實主義的「鄉土」，而是充滿浪漫懷鄉的「鄉土」，「鄉土」成為作者與翻譯者最大的公約數，各取所需各解其意，翻譯者所背叛的並非語意的背離，而是因應文化政治之需，無視作者帶有舊帝國意識的創作意識，將閱讀重點置於鄉土的題材之上。在某種文化意義上西川滿也藉由這些譯作達到他重返台灣鄉土的目的，「鄉土」也因而成為1990年代讀者重新閱讀理解西川滿文學的另一個可能的視角。

附錄：戰後西川滿文學在台翻譯年表

時間	篇名（譯者）	刊物	譯稿底本
1956	《殘忍的呂后》（曙光譯）	台北：龍門出版社	未見
1979.07.17	〈一本書的奇異旅行〉（葉石濤譯）	《民眾日報》，第12版	未見
1979.07.24-25	〈鴨母皇帝〉（張良澤譯）	《自立晚報》本土副刊，第10版	《台灣時報》7、8月號（1934.07、08）
1980.04.24	〈稻江冶春詞〉（葉石濤譯）	《聯合報》第8版	《文藝台灣》1940.01.01
1981	《華麗島顯風錄》（曾淑敏、曹延麗、黃惠鴻、陳玉青、許文萍、吳怡嫻、黃絹雯、游淑芬、王家瑜等譯）	台北：致良出版社	東京：人間の星社，1981
1987.06.15-25	〈赤嵌記〉（陳千武譯）	《台灣時報》台時副刊，第8版	《赤崁記》（東京：人間の星社，1942）
1990.08.11-12	〈血染鎗樓〉（陳千武譯）	《自立晚報》本土副刊，第14版；第12版。	〈赤き死の銃楼〉《アンドロメダ》第194號，（東京：人間の星社，1985.08.23）
1993.10.23-25（未見）	〈獄帝廟的美女〉（陳千武譯）	《自由時報》自由副刊，第25版	《ロマンス》，東西南北社，1948.08
1993.11.04	鍊金術（陳千武譯）	《自由時報》自由副刊，第25版	《アンドロメダ》第275號（東京：人間の星社，1992.07.23）。

時間	篇名（譯者）	刊物	譯稿底本
1993.11.21	〈月夜的陷阱〉（陳千武譯）	《民眾日報》星期小說，第24版	〈満月の夜の陥阱〉，《コメット》オール読切号，1948.02
1993.12.05-07	〈神明的祭典〉（陳千武譯）	《自立晚報》本土副刊，第19版	〈神々の祭典〉，《神明祭典》（東京：人間の星社，1984.10.10）。／《モダン日本読物シリーズ》（第一卷，1947.11）
1993.12.28-1994.01.05	〈青鯤廟的艷婆〉（陳千武譯）	《台灣時報》台時副刊，第22版	〈青鯤廟の豔婆〉，《新讀物》，1947.12
1994.01	〈玫瑰記〉（陳千武譯）	《文學台灣》第9期	〈玫瑰記〉，《大衆文芸》，1954.2
1994.01.23	〈閻王蟋蟀〉（陳千武譯）	《民眾日報》星期小說，第24版	《講談倶楽部》，1953·11
1994.01.26-27	〈劍潭印月〉（陳千武譯）	《自立晚報》本土副刊，第19版	《アンドロメダ》第180號，（東京：人間の星社，1984.08.23）
1994.02.24-26	〈惠蓮的扇子〉（陳千武譯）	《自立晚報》「本土副刊」，第19版「二二八紀念專題」	〈恵蓮の扇子〉《アンドロメダ》第250號，（東京：人間の星社，1990.06.23）；（《キング》，1955.02.01）
1994.06.19	〈風水譚〉（陳千武譯）	《民眾日報》星期小說，第24版	《大都会》，1948.08
1994.07.22-27	〈戀情與惡靈〉（陳千武譯）	《自由時報》本土副刊，第29版	《ダイヤ》，1948.01

時間	篇名（譯者）	刊物	譯稿底本
1994.09.10	〈裸神的饗宴〉（陳千武譯）	《台灣時報》台時副刊，第22版。	《読物りべらる》，1953.06
1996.05.05-06.06	〈採硫記〉（葉石濤譯）	《台灣新聞報》，西子灣副刊，第19版	《文藝台灣》第3卷第6號，1942.03
1996.07.07-18	〈龍脈記〉（葉石濤譯）	《台灣新聞報》，西子灣副刊，第19版	《文藝台灣》第4卷第6號，1942.09
1997.04.11-13	〈噶瑪蘭行〉（張良澤譯）	《聯合報》第41版	《新讀物》，1947.08
1997.07.23-24	〈楚楚公主〉（張良澤譯）	《台灣時報》台時副刊，第30版	《媽祖》，1935.11.15
1997.2.26	〈劉夫人的祕密〉（張良澤譯）	《聯合報》第41版	《媽祖》，1937.12.22
1998	《元宵記》（溫井禎祥譯）	東京：吾八書房	《新潮》11月號，1940.11
1999	《華麗島民話集》（致良日語工作室）	台北：致良出版社	台北：日孝山房
2005	《台灣縱貫鐵道》（黃玉燕譯）	台北：柏室科技藝術	東京：人間の星社，1979

結論

　　由於台灣的統治政權不斷地更迭轉換，作家也得隨之一再轉換自己的創作語言，從清領時期的古典漢文體系到日本帝國的「日語」，再到戰後的「中文」，這樣的跨語學習讓他們耗盡了大半的生命精力學習語言，台灣內部新文學的發展也因而出現了斷層的現象，以至於無法累積深厚的文化底蘊，又得承受帝國加諸其上的文化霸權宰制，台灣猶如被詛咒的「文化沙漠」。然而，翻譯實踐為他們開啟空間性橫向的文化交流，和時間性縱向的文化傳承，藉由翻譯研究的視角，讓我們重新發現台灣作家不同的文化活動樣態。

　　1930年代的台灣日語作家前進東京文壇，參加徵文比賽試啼初鳴，但獲獎後卻只能遊走在日語主流文壇的邊緣，與左翼同人誌建立合作關係。他們利用「來自殖民地」的身分，應媒體編輯策略之需進行邊緣性的自我文化翻譯活動。1940年代台灣文學雖從日本帝國的「外地文學」晉升為「地方文學」，但只能算是帝國附屬的文學，配合大東亞戰爭文化動員之需，利用日語雜誌媒體，以多重身分書寫和翻譯「殖民地台灣」。

　　戰後初期是島內政權更替的過渡時期，國民黨政府為了在台宣導政令，將台灣「再中國化」，「翻譯」成為官民溝通的必要手

段。台灣民間社會為獲得更多當時戰後東亞社會的文化資訊，亦不得不借重日語譯作。左翼文化人士則將譯介活動作為國語運動的一環，譯本內容夾帶著左翼的大眾文化關懷與現實批判之精神，在其中展現各自翻譯的目的性。

　　戰後在黨國威權體制下，台灣研究成為一種政治禁忌，台灣知識只能隱身在台灣省或台北市等地方文獻委員會中，「台灣文學是中國文學的一個支流」成為不容踰矩的鐵律。跨語世代的省籍作家戰後奮力學習中文，試圖翻越語言的高牆譯寫並行，成為跨時代的重要譯者，在外省籍作家主導的台灣文壇邊緣找尋發表「異」聲／「譯」聲的管道，「翻譯」成為他們介入台灣文壇的形式之一。在文本選譯的過程中，充分地展現作為譯者的主體意識，進行另一種自我表述，並展現其文化的能動性。1960年代他們藉由對日譯介活動，重新整編省籍作家社群。1970年代末台灣鄉土文學論戰後，為了累積論述資源，以鍾肇政為首的譯者群，承先啟後重新譯介日語世代的文學作品。1980年代隨著亞洲經濟快速發展，葉石濤除了投入日人研究台灣文學成果的譯介之外，更積極翻譯偵探小說和韓國現代小說。在台灣文學界具爭議性的西川滿的文學，因為1990年代台灣文化民族主義者強調台灣文化來源的多元性，改以「翻譯文學」的形式重返台灣。在台灣戰後社會中，「日語」有其多重文化象徵意義，包括具有「被奴化」、「殖民遺緒」、「抵抗再殖民」等文化意涵，但在台灣翻譯文學的領域中，「日語」仍有其高度的工具性價值，譯者為回應各個時代文化議題與知識性的需求，在其翻譯實踐的過程中，進而發展出多元的形態樣貌。

　　為了具體觀察台灣作家在文學創作之外的翻譯實踐方式，本

書依序分章讓譯者現身，將他們重置於台灣新文學史的發展脈絡中，考量該時代的歷史語境，聚焦於這些作家的翻譯活動，說明他們如何利用「日語」在東亞進行跨時代越境的翻譯實踐。運用文學社會學中文化生產的論述框架，探討譯者、譯作、出版媒體、讀者之間的關係，闡釋在譯作中所蘊含的翻譯的政治性與目的性，藉以彰顯譯者在各個時代借由翻譯實踐所展現的文化能動性。

根據第一章的討論說明可知，戰前旅日台灣青年吳坤煌以台灣詩人的身分在日本與中、日、韓的文化人進行多方的文化譯介交流活動，在左翼同人雜誌上與旅日的東亞青年唱和，勾勒出他們的時代精神樣貌和左翼理想。第二章闡釋楊逵如何利用〈送報伕〉的獲獎機會與日本媒體建立合作關係，在報章上扮演台灣文學的代言人，翻譯台灣文壇訊息與殖民地社會現狀，拓展台灣在日本文化場域的能見度，並積極與重建後的日本普羅文學運動建立連帶關係。總之，筆者藉由這兩章的討論，重新檢視這兩位作家在戰前利用哪些「媒體」作為發表平台，釐清他們在1930年代如何利用雜誌這樣的物質文化進行文化翻譯，鏈結東亞知識文化圈，以達到與朝鮮、中國、日本知識分子文化交涉的可能。

戰後初期東亞境內出現大規模的復原工作，國民黨政權渡海接收台灣，展開「去日本化、再中國化」的社會重建工作。第三章主要聚焦探討此一過渡性階段，島內文化工作者的翻譯活動，「日語」作為譯語發揮它的工具性價值。在當時台灣文化重建的場域裡，翻譯作為一種文化傳播策略，官方積極譯介中國文化思想與治理政策等，推動政治性宣傳；台灣本土的日語世代擇其時代所需，生產了包括三民主義、通俗小說文本、婦權報導、左翼

思想等譯作，譯本的出版充分展現讀者的閱讀慾望、譯者的自主
性和戰後初期翻譯文化的多樣性。

　　冷戰時期因台灣經濟發展之需，國民黨政府為引進日資，轉
而動員深諳日語的本省籍文化人士協助編輯《今日之中國》。第
四章則以《今日之中國》的文藝欄等作為討論的題材，探討龍瑛
宗等人如何藉機翻譯「今日之台灣」，致力於日譯當代台灣文學
和民間文化，追求實踐文化理想的自由空間。這個文藝欄也成為
1964年《台灣文藝》省籍作家重新再集結的重要起點，他們藉由
翻譯重新啟動省籍作家的文化能動性。

　　1970年代末日治時期的日語文學文本重新被整理、翻譯出
土，其中鍾肇政扮演著關鍵性的角色。第五章主要聚焦於討論這
些譯作生產過程，爬梳這些譯作在各家報紙副刊的刊載情形，集
結成冊其衍生的問題等。這一波日治時期台灣日語文學的翻譯文
本，是戰後台灣文學史的建構與詮釋過程中不可或缺的史料基
礎。同時，這些譯本一一呈現了台灣日語作家有關殖民地經驗的
清理與反省。

　　1980年代跨語作家葉石濤除了撰寫《台灣文學史綱》和作品
評論、創作小說之外，他的譯業成就亦應受到重視。因此，第六
章主要釐清了葉石濤譯作的政治性、大眾商業性及譯者選譯的自
主性，藉以肯定譯者葉石濤在戰後台灣文學場域中進行跨學術
界、大眾文學界及日、韓文學的翻譯實踐，闡明他在台灣翻譯文
學中特殊的文化位置與譯作貢獻。

　　西川滿文學戰後在台譯出充滿著爭議性，1990年代的台灣文
學界重新以翻譯文學的形式回收他的作品。第七章主要以戰後被
遣返者西川滿台灣書寫的譯本作為討論題材，清理西川滿文學在

台的翻譯接受史，最後討論譯者陳千武在其中展現的主體性。其中，選譯的作品以描寫台灣民間傳說、祭典與歷史再現的文學作品居多。這些欠缺作家殖民反省，充滿異國浪漫懷舊的「鄉土」題材，與譯者主張的台灣寫實「鄉土」雖有所歧異，然而，「鄉土」卻是他們的最大公約數，亦成為1990年代台灣讀者重新閱讀西川滿文學另一個可能的視角。

近年來台灣翻譯研究的邊界與議題不斷地擴大深化，研究者也試圖「建構台灣翻譯史」，讓隱身的譯者能夠現身，展開翻譯與文學的對話。[1]又，呂美親的研究[2]也提醒我們戰前台灣的世界語者與各國世界語雜誌進行廣泛的交換流通，其中除了翻譯世界時事消息、社會主義之外，台灣世界語者同時也對外進行「自我翻譯」，透過翻譯實踐與世界文化交涉，確立自我文化的價值。另外，戰爭時期台灣的譯者的活動不只局限於島內，他們也追隨日本帝國勢力的擴張，前往海外進行翻譯工作，以詩人吳瀛濤為例，他在香港的《華僑日報》上也發表了不少譯作。戰前在中國淪陷區進行文化活動的台灣人張我軍、洪炎秋等人亦曾在北京展開他們的翻譯實踐活動。

因此，我們除了關注台灣作家本身的創作活動之外，亦應關注他們隱而未現的「譯者」身分，藉此完整地掌握作家的文學思想等。另外，他們的譯本又該如何回收到台灣翻譯文學的範疇

---

1 主持人陳宏淑；與談人：楊承淑、橫路啟子、藍適齊、王惠珍、王梅香，〈翻譯與歷史的對話：建構台灣翻譯史〉，《編譯論叢》第10卷第2期（台北：國家教育研究院，2017.9），頁199-216。

2 呂美親，《日本統治下における台湾エスペラント運動研究》（日本一橋大學博士論文），2016年3月。

中，值得我們再進一步深入地探討與思考。總之，台灣文學研究的邊界若隨著東亞跨境交涉研究不斷地擴大，台灣翻譯文學的邊界亦將隨之擴充而更形豐富，希望藉由拙著的討論拋磚引玉，期待台灣文學的日語譯者能獲得更深入的研究與討論。

參考書目

（按姓氏筆畫排列）

三劃

Robert Escarpit著；葉淑燕譯，《文學社會學》（台北：遠流出版公司，1991）。

小谷一郎，〈黃新波に関するいくつかの写真から── 1930年代後期中国人日本留学生文学・芸術活動 断章（四）〉，《中国文芸研究会会報》，380號（2013.06），頁2。

小笠原純，〈坂口䙾子的1945體驗及其戰後寫作：一個「蕃地」作家〉，《何謂「戰後」：亞洲的「1945」年及其之後》（謝政諭等主編，台北：允晨出版社，2015），頁483-498。

大村益夫，〈来日と文学活動の開始〉，《愛する大陸よ─詩人金竜済研究─》（東京：大和書房，1992），頁39。

大村益夫等編，《朝鮮短篇小說選》（東京：岩波書局，1984）。

山田佳子，〈朴花城の植民地期の作品と舞台について〉，《朝鮮學報》201輯（2006.10），頁89-126。

山本芳明，〈「純文學」と「家計小說」〉，《文学》15卷3期（2014.08），頁2-21。

川村湊，《異鄉の昭和文学─「満州」と近代日本─》（東京：岩波書局，1990）。

下村作次郎，〈フォルモサは僕らの夢だった──台湾人作家の私信から垣間見る日本語文学観とその苦悩〉，《中国文化研究》29號（2013.03），頁33-60。

───，〈現代舞踊と台湾文学──呉坤煌と崔承喜の交流を通し〉，《「磁場」としての日本 1930、1940年代の日本と「東アジア」》1輯（2008.03），頁43-67。

───，〈現代舞蹈和台灣現代文學──透過吳坤煌與崔承喜的交流〉，《台灣文

學與跨文化流動：東亞現代中文文學國際學報》3期（台北：文建會，
2007.04），頁157-175。

───，〈留日時期における呉坤煌の文学活動」〉，《台湾近代文学の諸相─
1920年から1949年─》（關西大學審查學位論文，2004.09），頁138-162。

四劃

中島利郎、河原功、下村作次郎編，《台灣近現代文學史》（東京：研文出版，
2014）。

───，《日本統治期台湾文学研究序說》（東京：綠蔭書房，2004）。

───，《西川滿全書誌（未定稿）》（大阪：中國文藝研究會，1993）。

───，〈日本統治期台湾の日本人作家：西川滿文学の復権〉，《東方》201號
（1997.11），頁37-40。

王惠珍，〈析論1980年代葉石濤在東亞區域中的翻譯活動〉，《台灣文學學報》27
期（2015.12），頁113-152。

───，〈析論1970年代末台灣日語文學的翻譯與出版活動〉，《台灣文學研究
學報》20期（2015.04），頁251-290。

───，《戰鼓聲中的殖民地書寫：作家龍瑛宗的文學軌跡》（台北：台大出版
中心，2014）。

───，〈日本における呉坤煌の文学翻訳活動について── 1930年代の日本左
翼系雜誌を地中心に〉（《天理台灣學報》23號，2014.06），頁31-52。

───，〈帝國讀者對被殖民者文學的閱讀與想像：以同人雜誌《文藝首都》為
例〉《台灣文學研究集刊》11期（2012.02），頁1-34。

───，《戰鼓聲中的歌者：龍瑛宗及其同時代東亞作家論文集》（新竹：國立
清華大學台灣文學研究所，2011），頁10。

───，〈戰前臺灣知識分子閱讀私史：以臺灣日語作家為中心〉，收於柳書琴
編《戰爭與分界：「總力戰」下臺灣‧韓國的主體重塑與文化政治》（台
北：聯經出版公司，2011）。

───，〈戰時東亞殖民地作家的變奏：朝鮮作家張赫宙與台灣作家的交流及其
比較〉，《台灣文學研究學報》13期（2011.10），頁9-40。

───，〈老兵不死：試論50、60年代台灣日語作家的文化活動〉（「台灣研究
的國際化與譯化」：天理台灣學會第20屆國際學術紀念大會，2010.09.11）。

───，〈殖民地文學的傷痕──論龍瑛宗《蓮霧的庭院》的禁刊問題〉，《台灣

文學研究集刊》9期（2011.02），頁53-90。

───，〈龍瑛宗研究台湾人日本語作家の軌跡〉（大阪：關西大學大學院文學研究科中國文學專攻博士論文，2004）。

王鈺婷，〈代言、協商與認同── 1950年代女性文學中台籍家務勞動者的文本再現〉，《成大中文學報》46期（2014.09）。

王浩威，〈社會解嚴，副刊崩盤？從文學社會學看台灣報紙副刊〉，《世界中文報紙副刊學綜論》（台北：行政院文化建設委員會，1997），頁232-247。

日影丈吉，〈序〉，《華麗島志奇：日影丈吉未刊短篇集成》（東京：牧神社出版，1975），頁1-2。

尹子玉，〈附錄《台灣新文學》雜誌廣告一覽表〉，收入國立清華大學台灣文學研究所編：《第一屆全國台灣文學研究生學術論文研討會論文集》（台南：國家台灣文學館籌備處，2004）。

五劃

白川豊，《植民地期朝鮮の作家と日本》（岡山：大学教育出版，1995）。

白春燕，《普羅文學理論轉換期的驍將楊逵：1930年代台、日普羅文學思潮之越境交流》（台中：東海大學日本語文學系碩士論文，2012）。

江亢虎，《台游追記》（上海：中華書局，1935）。

平野謙，《昭和文學史》（東京：筑摩書房，1963）。

民眾日報社，《民眾日報四十年史》（高雄：民眾日報社，1990）。

未著撰人，〈三信出版社專訪〉，《出版家》33期（1974.11），頁11。

加藤聖文，〈台湾引揚と戰後日本人の台湾觀〉，《台湾の近代と日本》（台湾史研究会部編，名古屋：中京大學社會科學研究所，2003）。

六劃

西川滿著、陳千武譯，〈序〉，《西川滿小說集2》（高雄：春暉出版社，1997）。

───，《わが越えし 幾山河》（私人裝訂版，1983）。

───，〈歷史のある台湾〉，《台灣時報》2月號（1938.02），頁66。

羊子喬，〈論陳千武的翻譯、文學交流與建構〉，《文學台灣》66期（2008.04），頁207-222。

───，〈歷史的悲劇‧認同的盲點──讀周金波〈水癌〉、〈「尺」的誕生〉有感〉，《文學台灣》8期（1993.10），頁231-236。

安岡健一，〈引揚者と戰後日本社会〉，《社会科学》44卷3號（2014.11），頁3-16。

朴裕河，〈「引揚文學」を考える〉，《日本近代文學研究》87號（2012.11），頁116-122。

伊藤信吉，〈《詩精神》題解：一つの詩史〉，《プロレタリア詩雑誌集成中》（東京：久永社，1978.11），頁4。

七劃

呂正惠，《戰後台灣文學經驗》（台北：新地文學出版社，1992），頁49-73。

呂訴上，《現代陳三五娘》（台北：銀華出版部，1947）。

呂興昌，〈文章千古事，得失寸心知──評王昶雄〈奔流〉的校訂本〉，《國文天地》77期（1991.10），頁17-22。

呂美親，《日本統治下における台湾エスペラント運動研究》（日本一橋大學博士論文，2016.3）。

汪宏倫，〈台灣的日本症候群：解題〉，《思想》14期，頁35-38。

赤松美和子，《台湾文学と文学キャンプ：読者と作家のインタラクティブな創造空間》（東京：東方書店，2012），頁168-184。

吳坤煌著，吳燕和、陳淑容編，《吳坤煌詩文集》（台北：國立台灣大學出版中心，2013）。

李祖基編，《「二二八」事件報刊資料彙編》（台北：海峽學術，2007）。

李育霖，《翻譯閾境：主體、倫理、美學》（台北：書林出版社，2009），頁65。

李喬，〈歷史與文學之間：評朝鮮短篇小說選「地下村」〉，《聯合文學》36期（1987.10），頁220-221。

李進益編選，《台灣現當代作家研究資料彙編26 鄭清文》（台南：國立台灣文學館，2012）。

李魁賢，《李魁賢回憶錄：人生拼圖》（新北：新北市政府文化局，2013），頁625-638。

李麗玲，〈1950年代國家文藝體制下台籍作家的處境及其創作初探〉（新竹：國立清華大學中文研究所，1995.07）。

杉森藍，〈戰後台灣文學翻譯史（1948-1982）──以跨越語言世代作家的翻譯工作為中心〉（台南：國立成功大學歷史學研究所博士論文，2015.07）。

沈登恩，〈我的獻禮〉，《民眾日報》，1979.03.11，12版。

作者不詳，〈松本清張略年譜〉，《松本清張：昭和と生きた、最後の文豪》（東京：平凡社，2006），頁156。

何義麟，〈戰後初期台灣出版事業發展之傳承與移植（1945～1950）〉，《台灣史料研究》10期（1997.12）。

尾崎秀樹著；陸平舟一、間ふさ子譯，《舊殖民地文學的研究》（台北：人間出版社，2004）。

───，《旧殖民地文学の研究》（東京：勁草書房，1971）。

安藤宏，《日本近代小說史》（東京：中央公論新社，2015）。

八劃

金允植著，大村益夫譯，〈韓国作家の日本語で書いた作品とその問題点〉，《傷痕と克服─韓国の文学者と日本─》（東京：朝日新聞社，1975），頁171-172。

林以衡，〈文化傳播的舵手──由「蘭記圖書部」發行之「圖書目錄」略論戰前／戰後的出版風貌〉，《文訊》257期（2007.03）。

松永正義，〈台湾新文学運動史研究の新しい段階──林瑞明「頼和与台湾新文学運動」，《台湾近現代史研究》6號（1988.10），頁171-188。

───，〈解說：台湾文学の歴史と個性〉，《台灣現代小說選 I 彩鳳の夢》，（東京：研文出版，1984），頁194。

邱永漢，〈相識六十年〉，《淡水牛津文藝》3期（1999.04），頁56。

林鐘雄，《台灣經濟經驗一百年》（台北：三通圖書，1995）。

林衡道口述，林秋敏記錄整理，《林衡道先生訪談錄：口述歷史叢書（10）》（新北：國史館，1996）。

松尾直太，〈引揚後の濱田隼雄の中央志向をめぐる考察〉，第26屆天理台灣學會（2016.07.04），頁52-74。

───，《濱田隼雄研究：台灣遣返作家的文化活動（1946-1962）》（台南：國立成功大學台灣文學系博士論文，2013）。

和泉司，〈懸賞当選作としての「パパイヤのある街」──『改造』懸賞創作と植民地〈文壇〉〉，《日本台湾学会会報》10號（2008.05），頁119-139。

───，〈「引揚」後の植民地文学── 1940年代後半の西川満を中心〉，《藝文研究》94號（2008.03），頁63-81。

河原功，《台湾引揚者関係資料集》（東京：不二出版，2011）。

———,〈雜誌《台灣藝術》と江尚梅／《台灣藝術》、《新大眾》、《藝華》〉，《成蹊論叢》39號（2002.03）。

———,《翻弄された台湾文学　検閲と抵抗の系譜》（東京：研文出版，2009）。

———,《台湾文学研究への道》（東京：村里社，2011.7）。

———,黃安妮譯,〈《臺灣藝術》雜誌與江肖梅〉，收於彭小妍編《文藝理論與通俗文化（上）》（台北：中央研究院中國文哲研究所，1999）。

岡崎郁子,〈西川滿先生和二二八事件〉,《淡水牛津文藝》4期（1999.07），頁71-72。

林梵,《少尉的兩個世界》（台南：南市文化，1995）。

林淇瀁,《場域與景觀：台灣文學傳播現象再探》（台北：印刻出版社，2014），頁137-161。

———,《書寫與拼圖：台灣文學與傳播現象研究》（台北：麥田出版社，2001）。

———,〈「副」刊「大」業——台灣報紙副刊的文學傳播模式與分析〉，瘂弦、陳義芝主編,《世界中文報紙副刊學綜論》（台北：行政院文化建設委員會，1997）。

孤蓬萬里編,《台灣萬葉集（續編)》（東京：集英社，1995）。

近藤正巳,〈西川滿札記（上）、（下）〉,《台灣風物》30卷3期-4期（1980.09、12），頁1-28、80-130。

近藤龍哉,〈胡風と矢崎弾：日中戦争前夜における雑誌『星座』の試みを中心に〉,《東洋文化研究所紀要》151號,（2007.03），頁55-95。

九劃

垂水千惠,〈中西伊之助と楊逵―日本人作家が植民地台湾で見たもの〉，横浜国立大学留学生センター編,《国際日本学入門》（横濱：成文社，2009）。

———,〈台湾人プロレタリア作家楊逵の抱える矛盾と葛藤について〉,《国文学：解釈と教材の研究》54巻1號（2009.01），頁40-50。

———,〈為了台灣普羅大眾文學的確立〉，柳書琴、邱貴芬主編,《後殖民的東亞在地思考：台灣文學場域》（台南：國家台灣文學館籌備處，2006），頁113-130。

———,《呂赫若研究：1943年までの分析を中心として》（東京：風間書房，2002）。

南方朔,〈青山綠繞疑無路〉，楊澤編,《狂飆八〇：記錄一個集體發聲的年代》

（台北：時報文化公司，1999），頁28-29。

南富鎮、鄭惠英，〈松本清張の朝鮮と韓国における受容〉，《松本清張研究》12 號（2011.03），頁62-75。

姚巧梅，〈日影丈吉の〈崩壞〉と台湾〉，《大漢學報》22期（2007.12），頁1-21。

若林正丈，〈解說 語られはじめた現代史の沃野〉，《台灣現代小說選Ⅲ 三腳馬》（東京：研文出版，1985），頁169-203。

胡風著，梅志、張小風整理輯注，《胡風全集》（湖北：人民出版社，1999）。

施淑，〈認識台灣西川滿文學現象〉，《中國時報》（1997.07.31），42版。

封德屏編，《台灣人文出版社30家》（台北：文訊雜誌社，2008.12）。

———，〈花圃的園丁？還是媒體的英雄？〉，瘂弦、陳義芝編，《世界中文報紙副刊學綜論》（台北：行政院文化建設委員會，1997），頁343-387。

十劃

高伊哥，〈韓國的良心——詩人金芝河〉，《台灣文藝》85號（1983.11），頁210-217。

馬蹄疾，《胡風傳》（四川：四川人民出版社，1989）。

徐秀慧，《戰後初期（1945-1949）台灣的文化場域與文學思潮》（台北：稻鄉，2007）。

徐瓊二，《台湾の現実を語る》（台北：大成企業局出版，1946）。

十一劃

張文菁，〈1950年代台灣中文通俗言情小說的發展：《中國新聞》、金杏枝與文化圖書公司〉，《台灣學研究》17期（2014.10）。

張文環，《閹雞》（台北：遠景出版社，1979）。

張守真主訪、臧紫騏記錄，《口述歷史：台灣文學耆碩：葉石濤先生訪問紀錄》（高雄：高雄市文獻委員會，2002），頁146。

張良澤編，《吳新榮日記8》（台南：國立台灣文學館，2008）。

———，〈正視台灣文學史上的難題——關於台灣「皇民文學」作品拾遺〉，《聯合報》（1998.02.10），41版。

———，〈戰前在台灣的日本文學：以西川滿為例兼致王曉波先生〉，《文季》2卷3期（1984.09），頁16-27。

———，〈西川滿書誌〉，《台灣文藝》84期（1983.09），頁157-165。

張恆豪，〈超越民族情節回歸文學本位：楊逵何時卸下〈首陽農園〉？〉，《文星》
　　99號（1986.09），頁122-124。

張炎憲，〈《台灣風物》五十年——從草創到茁壯〉，《台灣風物》50卷4期
　　（2001.01）。

張俐璇，〈冷戰年代的翻譯介入——「新潮文庫」的譯者觀察（1967-1980）〉，
　　《文史台灣學報》3期（2011.12）。

張家禎，《中西伊之助臺灣旅行及書寫之研究：兼論1937年前後日本旅臺作家的
　　臺灣象》（台中：靜宜大學台灣文學所，2011）。

尉天驄主編，《鄉土文學討論集》（台北：遠景，1978）。

陳千武，〈西川滿印象〉，《文學人生散文集》（台中：台中市文化局，2007），
　　頁121。

———，〈西川滿簡介〉，《自立晚報》（1990.08.11），14版。

陳芳明，《台灣新文學史》（台北：聯經出版公司，2011）。

———，〈複數記憶的浮現：解嚴後的台灣文學趨勢〉，《思想：解嚴後的台灣文
　　學》8期（2008.01），頁131-140。

陳采琪，〈跨時代的「皇民文學」作家——陳火泉研究〉（新竹：國立清華大學
　　台灣文學研究所，2015.01）。

陳明台，〈西川滿論：以其台灣題材之創作為中心〉，《台灣文學研究論集》，
　　（高雄：春暉出版社，1997），頁317-343。

陳素蘭，《陳千武的文學人生》（台北：時報文化公司，2004），頁220-224。

陳培豐，〈殖民地大眾的爭奪——〈送報伕〉、《國王》、《水滸傳》〉，《台灣文學
　　研究學報》9期（2009.10），頁249-290。

陳建忠，《被詛咒的文學：戰後初期台灣文學論集》（台北：五南，2007）。

陳康芬，〈第二章　反共必勝、建國必成——文學體制與時代文學〉，《斷裂與生
　　成——台灣1950年代的反共／戰鬥文藝》（台南：國立台灣文學館，2012）。

陳淑容，〈重讀吳坤煌：思想與行動的歷史考察〉，《吳坤煌詩文集》（台北：國
　　立台灣大學出版中心，2013），頁311-319。

陳國偉，《越境與譯徑：當代台灣推理小說的身體翻譯與跨國生成》（台北：聯
　　合文學，2013），頁42-50。

———，〈「歪んだ複写」；1980年代台湾における松本清張の翻訳と受容〉，
　　《松本清張研究》14號（2013.03），頁207-223。

陳萬益等編，《龍瑛宗全集 資料輯（七）》（台南：國立台灣文學館，2006）。

———，〈龍瑛宗與《今日の中国》——記1960年代一段軼事〉，《文學台灣》33號（2000.01）。

陳鳴鐘、陳興堂主編，《台灣光復和光復後五年省情（上）》（南京：南京出版社，1989）。

陳學祈，〈寸草心，泥土情：春暉出版社〉，《文訊》299期（2010.09），頁138-145。

陳瀅州，〈推理小說在台灣　傅傳與林佛兒的對話〉，《文訊》269期（2008.03），頁72-79。

陳藻香，《日本領台時代の日本人作家—西川滿を中心として—》（台北：東吳大學日本文化研究所博士論文，1995）。

細谷千博、入江昭、大芝亮編，《記憶としてのパールハーバ》（東京：ミネルヴァ書房，2004）。

崔佳琪〈満洲引揚げ文学について—研究史の整理及びこれからの展望—〉，《現代社會文化研究》55號（2012.12），頁40-44、52。

莊金國，〈南葉傳奇〉，彭瑞金編，《葉石濤全集》23卷（台南：國立台灣文學館、高雄：高雄文化局，2009），頁404。

莊華堂編，《鍾肇政口述歷史：戰後台灣文學發展史　十二講》（台北：唐山出版社，2008）。

郭千尺，〈台灣日人文學概觀〉，《台北文物》3卷3期（1954.12），頁2-17。

郭紀舟，《1970年代台灣左翼運動》（台北：海峽學術出版社，1999）。

許芳庭，〈戰後台灣婦女團體與女性論述之研究（1945～1972）〉（台中：東海大學歷史研究所碩士論文，1997）。

許俊雅，〈1946年之後的黎烈文——兼論其翻譯活動〉，《成大中文學報》38期（2012.09），頁141-176。

許南村（陳映真），〈談西川滿與台灣文學〉，《文季》1卷6期（1984.06），頁1-11。

許雪姬，〈台灣史上一九四五年八月十五日前後——日記如是說「終戰」〉，《台灣文學學報》13期（2008.12）。

———，〈台灣光復初期的語文問題——以二二八事件前後為例〉，《史聯雜誌》19期（1991.12）。

許詩萱，〈戰後初期（1945.8～1949.12）台灣文學的重建——以《台灣新生報》「橋」副刊為主要探討對象〉（台中：國立中興大學中國文學系碩士論文，

1999）。

許維育,《戰後龍瑛宗及其文學研究》,（新竹：國立清華大學中國文學系碩士論文,1997.06）。

許博凱,〈跨越殖民之台灣在地知識分子的文化能動與策略——以吳瀛濤為觀察對象〉,《台灣文學評論》7卷1期（2007.01）。

許寶強、袁偉選編,《語言與翻譯的政治》（北京：中央編譯出版社,2001）。

郭澤寬,〈第六章　省政文藝叢書裡的族群與書寫（二）——省籍作家作品中的本土〉,《官方視角下的鄉土：省政文藝叢書研究》（高雄：麗文文化,2010）。

十二劃

黃天橫口述,何鳳嬌、陳美蓉訪問記錄,《固園黃家：黃天橫先生訪談錄》（新北：國史館,2008）。

黃武忠,《日據時代台灣新文學作家小傳》（台北：時報,1980）。

黃英哲,《「去日本化」「再中國化」：戰後台灣文化重建（1945-1947）》（台北：麥田,2007）。

黃美惠整理,〈面對面　書市日本現象就是文化真象？翻譯一窩蜂,好書難得見！杜國清、陳明台下針砭論使命〉,《民生報》（1988.01.11）。

黃崇軒,《建構本土‧迎向群眾：《自立副刊》研究（1977-1987）》（台中：靜宜大學中國文學系碩士論文,2007）。

黃惠禎,《左翼批判精神的鍛接：四〇年代楊逵文學與思想的歷史研究》（台北：秀威資訊科技,2009）。

───,〈台灣文化的主體追求：楊逵主編「中國文藝叢書」的選輯策略〉,《台灣文學學報》15期（2009.12）。

黃智慧,〈台灣的日本觀解析（1987- ）〉,《思想》14號（2010.01）,頁53-97。

曾巧雲,《未完成的進行式：戰前戰後的皇民文學論爭／述》（台南：國立成功大學台灣文學研究所碩士論文,2004）。

曾健民,《台灣光復史春秋　去殖民‧祖國化和民主化的大合唱》（台北：海峽學術,2010）。

焦桐,〈意識形態拼圖——兩報副刊在鄉土文學論戰中的權力操作〉,《國文天地》151期（1997.12）,頁48-58。

彭小妍編,《楊逵全集》（台南：國立文化資產保存研究中心籌備處,2001）。

彭瑞金編,《葉石濤全集》23卷（台南：國立台灣文學館、高雄：高雄文化局,

2009），頁451-470。

———，《葉石濤評傳》，（高雄：春暉出版社，1999）。

———，〈為台灣文學點燈、開路、立座標〉，彭瑞金編，《葉石濤全集》21卷（台南：國立台灣文學館、高雄：高雄市文化局，2009），頁45。

———，《鍾肇政文學評傳》，（高雄：春暉出版社，2009），頁173。

———，〈用力敲打出來的台灣歷史慕情：論西川滿寫〈採硫記〉〉，陳義芝編，《台灣現代小說史綜論》（台北：聯經出版公司，1998），頁12-28。

曾健民主編，《那些年，我們在台灣……》（台北：人間出版社，2001）。

游勝冠，〈在殖民者與被殖民者之間徘徊：又見一場以皇民文學為焦點的論戰〉，《聯合報》副刊（1998.07.24）。

單德興，〈朝向一種翻譯文化—評韋努堤的《翻譯改變一切：理論與實踐》〉，《翻譯論叢》8卷1期（2015.03），頁146。

———，〈譯者的角色〉，《翻譯與脈絡》（台北：書林，2009）。

十三劃

雷石榆，池澤實芳、內山加代編譯，《もう一度　春に生活できることを——抵抗の浪漫主義詩人雷石榆の半生》（東京：潮流出版社，1997），頁97-119。

葉石濤，《台灣文學史綱（註解版）》（高雄：春暉出版社，2010）。

———，《葉石濤全集》12卷（台南：國立台灣文學館、高雄：高雄文化局，2008），頁64。

———，《葉石濤全集》11卷（台南：國立台灣文學館、高雄：高雄文化局，2008）。

———，《鍾肇政全集　書簡集（七）情純書簡》（桃園：桃園縣文化局，2002），頁331。

———，〈我的副刊經驗〉，《舊城瑣記》（高雄：春暉出版社，2000），頁31-37。

———，《台灣文學入門》（高雄：春暉出版社，1997）。

———，〈《台灣現代小說選》序〉，《終戰的賠償（台灣現代小說選Ⅱ）》（台北：名流出版社，1986），頁8。

———，〈《台灣現代小說選》序〉，《彩鳳的心願》（台北：名流出版社，1985），頁11。

———，〈日人作家在台灣〉，《台灣日報》（1974.07.11-16）。

葉瓊霞，〈文學主體性的建立——葉石濤白色文學的探索〉，《點亮台灣文學的火

炬：葉石濤文學國際學術研討會》（高雄：春暉出版社，1999），頁1-21。

塚本照和，〈第一屆台灣文學與語言國際學術研討會文學組補遺──簡介日本的
台灣文學研究：並論楊逵著「新聞配達夫（送報伕）」的版本〉，《台灣文學
評論》4卷4期（2004.10），頁28-46。

瘂弦主編，《世界中文報紙副刊學綜論》（台北：行政院文化建設委員會，
1997）。

新垣宏一著，嘉玲譯，〈美麗島文學〉，《淡水牛津文藝》4期（1999.07），頁3。

葉思婉、周原柒朗編；陳淑容譯，《七色之心》（高雄：春暉出版社，2008）。

楊照，《霧與畫：戰後台灣文學史散論》（台北：麥田出版，2010），頁163-177。

楊聰榮，〈從民族國家的模式看戰後台灣的中國化〉，《台灣文藝》18卷138期
（1993.08）。

楊澤主編，《狂飆八〇：記錄一個集體發聲的年代》（台北：時報文化公司，
1999）。

───，《1970年代：理想繼續燃燒》（台北：時報文化公司，1994）。

十四劃

廖風德，〈台灣光復與媒體接收〉，《政大歷史學報》12期（1995.05）。

廖嘉瑞編著，《「スパイ小說」女間諜飛舞》（台南：興台日報社出版部，1947）。

趙勳達，《《台灣新文學》（1935-1937）定位及其抵殖民精神研究》（台南：台南
市立圖書館，2006）。

十五劃

蔡文斌，〈中國古典小說在臺的日譯風潮（1939-1944）〉（新竹：國立清華大學
台灣文學研究所碩士論文，2011）。

蔡芳玲，〈1950年代大陸來台小說家作品論〉，陳義芝主編，《台灣現代小說史綜
論》（台北：聯經出版公司，1998）。

蔡美俐，〈未竟的志業：日治世代的台灣文學史書寫〉，（新竹：國立清華大學台
灣文學研究所，2008）。

蔡盛琦，〈戰後初期的圖書出版1945年至1949年〉，《國史館學術集刊》5期
（2005.03）。

魯迅，〈答徐懋庸並關於抗日統一戰線問題〉，《且介亭雜文末編》（台北：風雲
時代出版，1990），頁94。

歐坦生著，《鵝仔：歐坦生作品集》（台北：人間出版社，2000）。

劉捷，《我的懺悔錄》（台北：農牧旬刊社，1994）。

衛藤瀋吉等著，《中華民国を繞る国際関係》（東京：アジア政治学会，1967）。

十六劃

樸月，〈醉裡挑燈看劍：訪將軍作家公孫嬿〉，《文訊》121 期（1995.11）。

蕭阿勤，《重構台灣：當代民族主義的文化政治》（台北：聯經出版公司，2012）。

———，〈追求國族：1980 年代台灣民族主義的文化政治〉，《思想》22 期（2012），頁90。

賴明珠，《沙漠‧夢土 賴傳鑑》（台中：國立台灣美術館，2015）。

賴婉玲，《皇民文學論爭研究》（桃園：國立中央大學中國文學研究碩士論文，2006）。

賴傳鑑，〈放浪的詩魂鄭世璠〉，《埋在沙漠裡的青春：台灣畫壇交友錄》（台北：藝術家出版社，2002）。

龍瑛宗，〈日人文學在台灣〉，《台北文物》3 卷 3 期（1954.12），頁18-22。

錢鴻鈞，〈鍾肇政內心深處的文學魂——向強權統治的周旋與鬥爭〉，《文學台灣》34 期（2000.04），頁258-271。

十七劃

薛化元等編，《戰後台灣民主運動史料彙編（七）新聞自由（1945～1960）》（新北：國史館，2002）。

聯合報編輯部編，《寶刀集——光復前台灣作家作品集》（台北：聯經出版公司，1981）。

鍾肇政，《鍾肇政全集24‧書簡集（二）肝膽相照》（桃園：桃縣文化局，2004）。

———，《鍾肇政全集25‧書簡集（三）情深書簡》（桃園：桃縣文化局，2004）。

———，《鍾肇政全集29‧書簡集（七）純情書簡》（桃園：桃縣文化局，2004）。

———，《鍾肇政全集19‧隨筆集（三）》（桃園：桃縣文化局，2004）。

———，〈血淚的文學、掙扎的文學：七十年台灣文學發展縱橫談（總序）〉，《台灣作家全集》（台北：前衛出版社，1991），頁37-38。

應鳳凰，〈第三章　聶華苓文學與台灣文壇〉，《文學史敘事與文學生態：戒嚴時期台灣作家的文學》（台北：前衛出版社，2012）。

———，《嗨！再來一杯天國的咖啡 沈登恩紀念文集》（台北：遠景出版社，

2009）。

──，〈文藝雜誌、作家群落與1960年代台灣文壇〉,《台灣文學評論》7卷2期（2007.04）。

──,〈第九章 「文學柏楊」與戰後台灣主導文化〉,《1950年代台灣文學論集：戰後第一個十年的台灣文學生態》（高雄：春暉出版社，2007）。

──,〈文學出版與文化生產機制〉,《文訊》188期（2001.06），頁6-8。

──,〈勤寫譯、多參賽、砥礪文友：鍾肇政與50年代台灣文學運動〉,《聯合文學》230期（2003.12），頁141-144。

──,〈林海音與六十年代台灣文壇──從主編的信探勘文學生產與運作〉,國立文化資產保存研究中心籌備處編,《霜後的燦爛：林海音及其同輩女作家學術研討會論文集》（台南：國立文化資產保存研究中心，2003），頁337-351。

十九劃

藤井省三,〈西川満の戦後創作活動と近代日本文学史における第2期台湾ブーム〉,張季琳編,《日本文学における台湾》（台北：中央研究院人文社會科學研究中心，2014），頁1-39。

關詩佩,〈メディア、流行文学として：香港1980年代における松本清張翻訳ブーム〉,《松本清張研究》14號（2013.03），頁182-206。

二十二劃

權田萬治,《松本清張》（東京：新潮社，1998），頁2-19。

權寧珉,田尻浩幸譯,《韓國近現代文學事典》（東京：明石書店，2012）。

──,〈越北文人をどう見るべきか〉,王泰雄譯,《文芸研究：明治大学文学部紀要》69號（1993.02），頁251-270。

網路資料

館藏光復初期台灣地區出版圖書目錄

臺灣記憶Taiwan Memory／首頁／圖書文獻／（已數位化共982筆資料）（檢索日期：2018年1月11日）

論文出處一覽

第一章〈日本における吳坤煌の文化翻訳活動について：1930年代左翼系雜誌を中心に〉，《天理台灣學報》第23號（2012.6），頁31-52。

第二章〈1930年代日本雜誌媒體與殖民地作家的關係：以臺灣／普羅作家楊逵為例〉，《東亞學人報》第32輯（2015.9），頁61-90。（韓國）

第三章〈翻譯作為一種文化傳播策略：論戰後初期（1945~1949）日譯本的出版與知識生產活動〉，《台灣文學學報》第19期（2011.12），頁145-180。

第四章〈1960年代台灣文學的日譯活動：《今日之中國》的文學翻譯與文化政治〉，《台灣文學研究學報》第23期（2016.10），頁255-290。

第五章〈析論1970年代末台灣日語文學的翻譯與出版活動〉，《台灣文學研究學報》第20期（2015.4），頁251-290。

第六章〈析論1980年代葉石濤在東亞區域中的翻譯活動〉，《台灣文學學報》第27期（2015.12），頁113-152。

第七章〈後解嚴時期西川滿文學翻譯的文化政治〉，《台灣文學學報》第29期（2016.12），頁79-110。

後記

　　台灣是個多語的移民社會，外來政權因為近代國家國民統合之需，迫使島民在短時間內歷經兩次「國語運動」，台灣社會也因而出現文化斷層的現象。然而，這樣的時代斷裂感在庶民生活史中，其實更為具體而真實。筆者成長於台南台江內海外圍的鯤島漁村，家庭用語全然以「台語」（閩南話）溝通，語尾還會有海口人特殊的「答」音，入學後才從ㄅㄆㄇ開始學習「國語」。當電視還是三台的年代，「晚間國語新聞」時段總是得翻上幾句，給不諳「國語」不解「國字」的父親聽。

　　1980年代初台灣錢逐漸「淹腳目」，漁村的人們開始有經濟條件購入80CC的鈴木機車出入台南府城做生意。左鄰右舍便集資邀請「老師」到家裡開班授課，使用「台語」解說駕照考試題庫。當時還是小學生的我，總是疑惑著：「書上明明有字，這群大人為什麼不自己讀，都要用問的？」老師沒來的時日，他們就會自動播放卡式錄音帶練習，我也順勢扮演起「給他們問」的角色。熱帶地區的大嬸們總是記不得「雪地加鍊」的三角標誌，這個標誌的台語發音至今仍深深地銘刻在我的生命記憶裡。在家使用「台語」，到校使用「國語」的雙語生活，是我離開台南前的語言日常。到新竹求學後，接觸了完全陌生的客語區和泰雅語

364 譯者再現：台灣作家在東亞跨語越境的翻譯實踐

區，實際體驗島內多語的景況，進而在同一個空間使用「國語」翻譯彼此。我之所以對翻譯議題感興趣，顯然並非純粹是源自於學術的旨趣，或許其中有一部分是源自於生命經驗的直覺感知。

除了台灣社會內部生活日常的翻譯活動之外，台灣文學翻譯的歷史縱深究竟為何的學術關懷，主要仍源自於龍瑛宗戰後文學活動的研究，即是筆者在研究《今日之中國》時，發現外譯者多為跨時代作家，進而關注跨語世代的翻譯活動，探討葉石濤、鍾肇政、陳千武等人的譯業，接著將譯者研究延伸至1930年代，將戰前活躍於日本文壇的楊逵、吳坤煌的譯介活動納入研究範疇，試圖釐清出不同年代台灣譯者的翻譯策略和譯本的文化政治等等。

由於筆者深受日本學風影響，較擅長文獻史料的蒐集和實證研究，拙於提出宏觀的理論框架。但，為了適應台灣學術環境的要求，不斷地學習參閱翻譯理論等，藉以提升文章的論述性。另外，在眾家之言中，亦深受單德興教授提倡重視譯者的觀點所啟發，轉而在作家研究的基礎上，重新檢視他們的「譯者」身分，以個案分析的方式，釐清個別作家的翻譯活動和譯本的產出過程。總而言之，這本書是從龍瑛宗戰後文學活動研究所衍生的議題想像，借鑑當代翻譯理論梳理論述脈絡而成的。

在當前的學術氛圍中，個別作家的研究雖非主流的研究方法，甚至有些過氣，畢竟從資料蒐集、題材發酵到議題產出曠日費時，但它的時效性和延展性卻往往超乎預期，因為它可能會不斷地鏈結到另一個未知的新議題，形成研究者自己的知識體系。至少在這二十年來，作家龍瑛宗一直引領著我理解他所經歷的時代和種種的文學風景，引發我思索可能的研究課題。

在撰寫本書的過程中，因涉及日文文獻史料的蒐集等，經常往返台、日之間的各大圖書館，若無連續性的研究經費挹注支持，將難以成書。因此，特別感謝台灣科技部多年來的專題研究計畫和專書撰寫計畫的補助、2011年住友財團獎助金補助、2015年日台交流協會補助等。同時，感謝中研院台史所陳培豐教授、一橋大學人文社會學院星名宏修教授的大力協助，才能順利完成2015年的進修計畫。感謝天理台灣學會的下村作次郎、中島利郎、河原功、澤井律之、野間幸信、魚住悅子等諸位教授提供學會論文發表平台，自「学者の卵」到成為「一人前」從不吝給予最溫暖的鼓勵與支持，提供珍貴的建言和資料。在東亞殖民地研究的範疇中，有關戰前朝鮮日語文學的學習，主要得力於大村益夫、波田野節子教授的慷慨賜教，和多年來韓國金在勇教授等人所組成東亞殖民主義與文學研究會所提供的交流機會，在此一併深深地誌謝。在成書之前每章幾乎都歷經過退稿、修改、再投稿的過程，得感謝多位匿名審查委員，因為您們認真嚴謹的審稿和寶貴的賜言，讓本書的論述更形縝密和豐富。

最後，本書得以順利出版，感謝撰稿期間耐心幫忙校稿的兼任助理瀞儀、容展同學等人、和好友游維真女史提供莫大的幫助。聯經出版公司編輯團隊的專業與細心，這本書才得以順利付梓。最後，感謝家人的支持和包容，讓我在學術研究之餘，感受到生活日常的溫度和熱情。

2018年初夏於清華園